MAGGIE McGINNIS

Echo Lake
Mein Herz schlägt für dich

Weitere Titel der Autorin

Echo Lake – Zweimal ist für immer
Ein Tanz im Schnee (exklusiv als E-Book)

Über die Autorin:

Maggie McGinnis lebt mit ihren Kindern und Katzen in New England und hat sich in den USA als Autorin von romantischen Liebesromanen einen Namen gemacht. Mit diesem Roman führt sie uns ins wunderbare Vermont.

MAGGIE McGINNIS

Echo Lake

Mein Herz schlägt für dich

ROMAN

Aus dem amerikanischen Englisch
von Angela Koonen

lübbe

MIX
Papier aus verantwortungsvollen Quellen
FSC® C014496
www.fsc.org

Dieser Titel ist auch als E-Book erschienen.

Vollständige Taschenbuchausgabe

Deutsche Erstausgabe

Textredaktion: Kerstin Ostendorf, Bonn
Titelillustration: © getty-images: DenisTangneyJr | Cecilie_Arcurs
Umschlaggestaltung: ZERO Werbeagentur, München
Satz: Dörlemann Satz, Lemförde
Gesetzt aus der Garamond
Druck und Verarbeitung: GGP Media GmbH, Pößneck
Printed in Germany
ISBN 978-3-404-17910-7
2 4 5 3 1

Sie finden uns im Internet unter www.luebbe.de
Bitte beachten Sie auch: www.lesejury.de

Für meine Töchter
Mögen sie eines Tages auch ihre
unvollkommenen Helden finden

1

Hier riecht es nach Schweiß, verbranntem Kaffee und Tränen. Das war Delaney Blairs erster Gedanke, als sie sich in Erwartung ihres Todesurteils in den Besuchersessel vor dem Schreibtisch des Finanzchefs setzte.

Während der vergangenen Woche hatten dort schon sechs Kollegen gesessen, und jeder war anschließend von einer Eskorte des Personalbüros aus dem Haus geleitet worden, mit einem Logo-Kaffeebecher des Mercy Hospital und einem Stoffbeutel als zynischem Abschiedsgeschenk.

Rein äußerlich war sie eine erfolgreiche Finanzanalystin. Sie trug ein anthrazitgraues Business-Kostüm, ein professionelles Lächeln und ihre bevorzugten Jimmy Choos. Innerlich war sie jedoch so nervös, dass sich ihr Magen ständig zusammenzog.

Während Gregory noch mit seinem Kuli spielte, rechnete sie aus, wie lange ihre Ersparnisse für die Raten ihrer nagelneuen Wohnung reichen würden.

Nicht lange.

»Werde ich entlassen, Gregory? Bitte, sagen Sie es geradeheraus.«

»Nein.« Er schüttelte den Kopf und seufzte. »Aber wenn Sie hören, was auf Sie zukommt, werden Sie sich wünschen, es wäre so.«

Frustriert strich er sich mit beiden Händen übers Gesicht. Delaneys Nervosität stieg. Sie hatte ihn bisher immer als ruhigen, nüchternen Menschen erlebt.

»Ich habe eine Aufgabe für Sie, aber ... die wird Ihnen nicht gefallen. Gestern hat eine Vorstandssitzung stattgefunden. Am Ende wurde ein ziemlich bitterer Beschluss gefasst.« Abermals seufzend lehnte er sich zurück. »Wir müssen umfassende Kürzungen vornehmen, andernfalls kann das Krankenhaus dieses Jahr seine Zahlungspflichten nicht erfüllen.«

»Wie umfassend?«

»In allen Abteilungen. Bei allen Budgets.«

Delaney ließ sich gegen die Rückenlehne sinken und schloss die Augen. Manche Abteilungen arbeiteten schon jetzt mit Minimaletat. Das war das ewige Problem von Kleinstadtkliniken, aber im ländlichen Vermont war es noch ausgeprägter. Da Boston mit seinen vielen Großkliniken nur ein paar Stunden entfernt lag, nahmen die wohlhabenden, gut versicherten Patienten die Autofahrt auf sich, um sich dort behandeln zu lassen. Dadurch blieben kleineren Krankenhäusern wie dem Mercy nur die Notfälle und das bisschen Geld der schlecht oder gar nicht versicherten Landbevölkerung, die selbst jeden Cent zweimal umdrehen musste.

Delaney nahm den Schreibblock aus der Tasche und zückte den Kugelschreiber. *Ich habe meinen Job noch.* Mit diesem erleichternden Gedanken versuchte sie, die *Mission-Impossible*-Melodie in ihrem Kopf zu übertönen.

»Gut. Wann will der Vorstand den Kürzungsplan haben?«

»In dreißig Tagen.«

»In einem Monat?«, fragte Delaney ungläubig. »Sie lassen uns nur einen Monat Zeit?«

»Ich weiß.« Er seufzte ein weiteres Mal. »Und die jüngsten Entlassungen sind wahrscheinlich nur der Anfang.«

»Ich nehme an, Sie haben schon festgelegt, welche Abteilungen ich mir vornehmen soll?« Sie schloss die Faust um ihren Stift, damit nicht auffiel, dass ihre Hand zitterte. Wie sollte sie kürzen, wo nichts mehr zu holen war?

»Zunächst gebe ich Ihnen nur eine. Der Vorstand hat einer Schwerpunktliste für die erste Kürzungsrunde zugestimmt, und im folgenden Monat werden wir die nächste Stufe in Angriff nehmen.«

»Gut. Welche Abteilung hat diesen Monat den Kürzeren gezogen?«

Gregory holte tief Luft. »Die Pädiatrie.«

»Die … wie bitte?« Delaneys Stift glitt ihr aus der Hand und fiel auf den Teppich. »Sie lassen *mich* das Budget der *Kinder*station kürzen?«

Gregory stand auf, ging zum Fenster, kehrte um und lehnte sich gegen seinen Schreibtisch. Er deutete auf sein Gesicht. »Sehen Sie die dunklen Ringe unter meinen Augen? Ich habe mir drei Nächte um die Ohren geschlagen, um eine Lösung zu finden. Ich wollte Ihnen die Kinderstation nicht zuweisen.«

»Warum tun Sie es dann?«

»Weil ich diese Aufgabe noch weniger jemand anderem geben will. Die Kinderstation liegt Ihnen am Herzen, Delaney.«

»Allerdings! Warum sollte ich ihr dann Geld wegnehmen wollen?«

»Ich weiß, dass Sie es nicht wollen. Aber wenn ich die Aufgabe nicht Ihnen übertrage, muss ich sie Kevin geben. Soll *er* etwa das Budget zusammenstreichen?«

Delaney sah ihren blonden Büronachbarn, diesen Blödmann, lebhaft vor sich und schüttelte hastig den Kopf. »Um Gottes willen, nein.«

»Wir sitzen zwischen den Stühlen, Delaney. Ich weiß, es tut Ihnen weh, den Rotstift anzusetzen, aber ich denke, es wäre für Sie noch schlimmer, wenn jemand anderes das tut. Bei Ihnen kann ich mich darauf verlassen, dass Sie wohlüberlegt und objektiv an die Sache herangehen. Ich bin mir nicht sicher, ob ich das über … andere auch behaupten kann.«

Aufgewühlt hob Delaney ihren Stift vom Boden auf. *Verdammter Mist!* Die Kinderabteilung war mit Abstand der letzte Ort, an dem sie anfangen wollte, Gelder zu streichen, und doch musste sie nun genau das tun.

»Ist dem Vorstand klar, dass wir vielleicht wichtige Projekte aufgeben müssen? Und Personal?«

Er presste die Lippen aufeinander und nickte. »Ja, aber uns bleibt keine andere Möglichkeit. Wir müssen eben darauf achten, dass die Budgetanpassungen die Patienten möglichst wenig beeinträchtigen.«

»So nennen wir das jetzt? Budgetanpassung?« Delaney schüttelte den Kopf. »Sollen wir die Sache offen angehen? Kennen die leitenden Ärzte die Zahlen?«

Gregory seufzte. »Wenn nicht, dann haben sie den Kopf bisher in den Sand gesteckt. Eigentlich sollten wir Kooperation erwarten können. Aber Sie wissen ebenso gut wie ich, dass kein Stationsleiter in diesem Krankenhaus freiwillig sein Behandlungsangebot kürzt. Da rennen wir gegen eine Wand, Delaney.«

Sie nickte langsam. Ihr schwirrte der Kopf. »Gibt es eine Zielvorgabe? Einen Prozentsatz? Womit arbeite ich?«

Nach kurzem Zögern begab Gregory sich hinter seinen Schreibtisch, nahm einen Stoß zusammengehefteter Blätter und reichte ihn ihr. Dabei tippte er mit grimmiger Miene auf den unteren Rand des Deckblatts.

»Da steht die Zahl.«

Delaney starrte darauf, bis ihr die Ziffern vor den Augen verschwammen. Es war unmöglich, ganz und gar unmöglich, in der pädiatrischen Abteilung so viel Geld einzusparen. Oder in irgendeiner anderen.

»Gregory ...«

»Ich weiß.« Er klopfte ihr zweimal auf die Schulter und ging zur Tür, um sie zu öffnen. »Ich schlage vor, Sie geben in den nächsten Wochen möglichst viel Arbeit an Megan ab, damit Sie genügend Zeit haben.«

Da das Gespräch offenbar beendet war, stand sie auf. »Danke. Dass Sie mich nicht entlassen haben.«

Er lächelte müde. »Schön, dass ich heute wenigstens einen glücklich machen konnte.«

»Ich bezweifle, ob glücklich -«

»Ich weiß.« Er deutete auf die Papiere und kehrte zu einem ernsten Ton zurück. »Wir müssen das hinkriegen, Delaney. Wenn nicht, bekommen wir vielleicht beide am Ende des Monats einen Kaffeebecher und eine Eskorte zum Ausgang.«

Zehn Stunden später nahm Delaney einen großen Schluck von ihrer Frozen Margarita und hoffte, den Arbeitstag mithilfe des Tequilas möglichst schnell zu vergessen. Im Mexicali, dem neuesten Restaurant der Stadt, hatten sie und Megan einen Tisch im Freien ergattert und kurz darauf die Drinks bekommen, die dazu geschaffen waren, einen jeden miesen Tag vergessen zu lassen.

Durch das Ambiente einer umgebauten Mühle mit hohen Holzbalken und warmen Ziegelmauern, die noch dazu mitten in Echo Lake stand und einen tollen Blick auf den Abenake River bot, war das Mexicali bereits äußerst beliebt. Noch besser als die Lage gefielen Delaney die Margaritas, von denen jeder nur zwei pro Abend bekam, und die hausgemachten Tortillachips.

Sie hob ihre Haare an, damit die leichte Brise ihr den Nacken kühlte. Den Tisch im Freien hatten sie nur bekommen, weil es auf der Terrasse eigentlich zu heiß war, aber sie konnte dem Reiz des Flusses nie widerstehen.

Megan kramte ein Haargummi aus ihrer Beuteltasche hervor und band ihre langen blonden Locken zu einem verschlungenen Knoten. Delaney beneidete ihre Assistentin um den langen Bauernrock und die weite Bluse. Darin war ihr sicherlich nicht so warm wie Delaney in ihrem Bürokostüm, das sie nicht mehr gegen etwas Luftigeres hatte eintauschen können.

Megan studierte die Speisekarte. »Nehmen wir die Nachos?«

»Schwimmen Fische im Wasser?«

»Die meisten. Zumindest alle, die du nicht übers Wochenende zum Füttern hattest.« Megan zog eine Braue hoch, und Delaney beugte sich tiefer über ihre Karte.

»Ich habe mich schon tausendmal dafür entschuldigt. Ich konnte nicht ahnen, dass Mrs. Rileys Katze sich auf meine Veranda schleichen würde. Oder dass sie eine Vorliebe für Goldfische hat.«

»Für meine zukünftigen Kinder werde ich dich nicht als Babysitterin engagieren, nur falls du dich das fragst.«

Delaney tat, als ob sie schauderte. »Sehr gute Entscheidung.«

Sie sah über das Geländer auf den Fluss, der für Juli noch bemerkenswert schnell dahinströmte. Während sie das Wasser betrachtete, kam ihr eine Erinnerung – an einen heißen Sommertag, große Reifenschläuche, Geplansche und Gelächter … und einen Rettungswagen.

Blinzelnd schüttelte sie die Bilder ab.

Megan hatte das Kinn in die Hand gestützt. Sie rührte

träge in ihrem Glas und blickte Delaney unverwandt an. »Weißt du, deine neue Aufgabe hat auch etwas Gutes.«

»Wie das?«

»Da Dr. Kendrick sein Sabbatjahr hat, wirst du mit dem vorübergehenden Leiter der Kinderstation zusammenarbeiten, Josh Mackenzie.«

»Und?« Delaney sah sie fragend an. Sie war dem Mann noch nie begegnet, aber er konnte nicht anders sein als die übrigen Klinikärzte: überarbeitet, genervt von ständigen Besprechungen und voreingenommen gegen Mitarbeiter der Finanzabteilung.

»Du kennst Josh Mackenzie nicht?«

»Nein. Seit mir die Budgetkürzung seiner Station aufs Auge gedrückt wurde, hat er meine Einladungen zu einem Gespräch ignoriert.« Für sie war der Name bloß eine Unterschrift auf Verwaltungsformularen.

»Du weißt, ich habe das schon tausendmal gesagt, aber es wäre gut, wenn du ab und zu mal die Vorstandsetage verlassen und die echten Menschen treffen würdest, die im Mercy arbeiten.«

»Ich ... treffe jede Menge von ihnen.« Delaney zog die Brauen zusammen. Sie hatte keine Zeit, um in der Cafeteria oder am Wasserspender auf dem Flur herumzutrödeln.

»Du bist zurückhaltend. Du bist schwer beschäftigt. Du hast keine Zeit für Geselligkeit unter Kollegen. Das sehe ich doch.«

»Was du nicht alles siehst! Ich habe dir Gregorys Zahlen gezeigt. Wir sind dem Untergang geweiht.«

Megan nippte an ihrer Margarita, in der das Eis schnell schmolz. Am Stiel des Glases rann das Kondenswasser herab. Delaney war so müde, dass sie einen Tropfen verfolgte, bis er in die Serviette einzog.

Megan schnippte mit den Fingern vor Delaneys Gesicht. »Hey … Hast du schon Ideen, wie du die Sache angehen willst? Meiner Ansicht nach wird man echte Menschen einbeziehen müssen. Viele vielleicht.«

»Eine sehr lustige Idee.« Delaney versuchte, ein Stückchen Eis mit dem Strohhalm aufzuspießen. »Ich habe mir eine Liste von Ausgabenbereichen gemacht, die zu prüfen sind. Ich habe einen Plan. Es muss etwas geben, das wir streichen können, ohne die Sicherheit der Patienten zu gefährden, oder?«

Seit dem Gespräch mit Gregory war sie in Gedanken mit dem Problem beschäftigt. Den Nachmittag über hatte sie eine Liste nach der anderen geschrieben und die Zahlen von fünf Haushaltsjahren verglichen, bis sie glasige Augen bekommen hatte.

»Okay, sag's mir. Was hast du vor?«

»Als Erstes werde ich ein Gespräch mit Dr. Mackenzie ansetzen. Morgen früh.«

Megan nickte nachdenklich. »Was willst du sagen? Wie willst du es angehen?«

Delaney straffte die Schultern, was sie in den letzten acht Stunden auffällig oft getan hatte. »Ich werde mich vorstellen und sagen, ich sei mit einer routinemäßigen Prüfung der Abteilungsbudgets betraut. Dann frage ich ihn, ob er Vorschläge machen möchte, wo wir kürzen können.«

»Na, ob das so klappt, ist fraglich.«

»Ich weiß.« Delaney machte ein düsteres Gesicht.

»Es wäre vielleicht besser, ganz direkt zu sein, meinst du nicht auch?«

»Nicht, wenn ich ein zweites Gespräch möchte.«

»Gutes Argument.« Megan schien kurz zu überlegen. »Mir kommt da eine Idee.«

»Ich bin ganz Ohr.«

Megan zeigte mit ihrem Strohhalm auf Delaneys Brust. »Du könntest ein, zwei Knöpfe offen lassen. Bei dem Gespräch.«

»Wie bitte? Das ist deine Lösungsidee?«

»Ich meine ja bloß. Du stehst schon auf der Verliererseite, bevor der Kampf losgeht. Er wird dich nicht willkommen heißen, und er wird nicht kooperieren. Garantiert nicht.«

»Das ist doch albern.« Delaney griff sich automatisch an die Knopfleiste ihrer Bluse. »Ich werde ganz bestimmt nicht meinen …«

»Ach, komm.« Megan zwinkerte. »Die uralten Tricks wirken nicht ohne Grund, weißt du. Er ist jung, er ist Single …«

»Also, im Ernst, Meg.«

»Na schön. Willst du einen guten Rat von jemandem, der den ganzen Tag mit Menschen zu tun hat, anstatt mit Zahlen?«

»Ich versuche jetzt mal, nicht beleidigt zu sein. Falls dir das etwas bedeutet.«

Megan lachte. »Du musst dich bei ihm beliebt machen, sein Vertrauen gewinnen. Und zwar bevor du anfängst, seine Gelder zusammenzustreichen.«

»Natürlich. Ganz klar.« Delaney räusperte sich. »Äh, hast du eine Idee, wie ich das tun soll? Sein Vertrauen gewinnen, meine ich.«

Grinsend schob sich Megan einen Tortillachip in den Mund. »Indem du einen Knopf mehr öffnest.«

2

»Ha, Doc. Hier haben Sie sich versteckt.«

Josh schreckte hoch und schaute blinzelnd auf sein Handy. *Scheiße.* Beim vorigen Blick auf das Display war es noch Montagabend gewesen. Jetzt war es Dienstagmorgen, sieben Uhr. Er hatte Kaya die halbe Nacht lang im Arm gewiegt. Ihm tat der Rücken höllisch weh, weil er stundenlang in derselben Haltung im Schaukelstuhl gesessen hatte.

Und jetzt trat die Oberschwester der Kinderstation ihren Dienst an. Er seufzte. Millie war alt genug, um seine Mutter zu sein, und wer glaubte, jemand anderes als sie leite die Station, war auf dem Holzweg. Josh Mackenzie mochte vorübergehend Leiter der pädiatrischen Abteilung sein, aber Millie Swan hatte eindeutig das Sagen.

Müde strich er sich übers Gesicht und merkte, dass er sich dringend rasieren sollte. »Ich habe mich nicht versteckt.«

»Wie geht es ihr?« Millie deutete mit dem Kinn auf das vierjährige Mädchen.

»Sie hatte eine schlimme Nacht.«

Millie zog die Brauen hoch. »Haben Sie sie die ganze Nacht im Arm gehalten?«

»Nicht die ganze.« Ihm war unwohl bei der Lüge, aber Millie bekäme einen Anfall, wenn sie wüsste, dass er – seit wann? – seit Sonntag kaum geschlafen hatte.

»Josh, Sie betreiben Raubbau an Ihren Kräften.«

Er senkte den Blick auf seine Patientin, da sie gerade im Schlaf stöhnte, und sprach flüsternd weiter. »Was hätte ich tun sollen, Millie? Sie alleinlassen? Wir wissen doch beide, dass wir selbst in den ruhigsten Nächten nicht genügend Krankenschwestern haben. Und diese Nacht war allerhand los. Das haben Sie bestimmt schon gehört.«

»Ja.« Millie strich der Kleinen die Haare aus der Stirn und sagte sanft: »Ich wünschte, ihre Eltern könnten bei ihr sein. Das arme Ding ist viel zu oft allein.«

Er deutete mit dem Kopf zum Flur. »Wie läuft es da draußen?«

»Tja, die Station ist voll belegt, und zu allem Überfluss sind heute die vier frischgebackenen Ärzte gekommen, die von Tuten und Blasen noch keine Ahnung haben.«

Josh lachte leise. »Das ist nicht nett.«

»Die stehen herum und machen einen nutzlosen Eindruck. Wie soll ich es anders ausdrücken?«

»Millie, die sind zum ersten Mal auf einer Station. Natürlich sind sie noch nutzlos. Das ist jeden Juli so, wenn die Neuen kommen.«

»Na ja, ich mochte die Alten. Wir haben diese Woche keine Zeit, um den Neulingen etwas beizubringen. Die Station platzt aus allen Nähten.«

»Dann sind sie wenigstens vom ersten Tag an der vollen Belastung ausgesetzt. Das ist der Traum jedes neuen Assistenzarztes.«

Sie schnaubte frustriert. »Und der Albtraum jeder Oberschwester. Wir sind schwer in Versuchung, sie in den Putzmittelraum zu stecken.«

Josh schüttelte lächelnd den Kopf. Millie sah seit über dreißig Jahren jeden Juli die neuen Assistenzärzte kommen und die alten gehen. Sie wusste ganz genau, wie die Ausbildung lief, und am Ende ihrer Zeit waren die Ärzte der Kinderstation immer die besten. Millie nörgelte eine Woche lang herum, bis die Neuen kapiert hatten, wer der Boss war.

Nämlich Millie.

»Das schaffen wir schon, Millie. Wie immer.«

»Okay.« Sie wirkte ein wenig beschwichtigt, aber wie er aus Erfahrung wusste, würde das höchstens drei Minuten anhalten. »Ach, übrigens, Therese hat Ihnen gerade einen frischen Kaffee auf den Schreibtisch gestellt.«

»Sie wollen mir ja bloß den Bürosessel schmackhaft machen.«

»Schon möglich, aber zu meiner Verteidigung: Ich würde Sie im Bereitschaftsraum verstecken, wenn ich Ihnen dadurch ein paar Stunden Schlaf verschaffen könnte.«

»Ich weiß.« Er gähnte unwillkürlich.

»Kommen Sie.« Millie beugte sich herunter und streckte die Hände aus. »Geben Sie mir das Kind, und gehen Sie den Kaffee trinken. Dann lasse ich Sie vielleicht an die Patienten heran. Solange ich hier arbeite, läuft kein halbtoter Doc durch meine Flure.«

Behutsam übergab er ihr die schlafende Kaya, dann lehnte er sich zurück und reckte sich.

»Ach, eines noch«, sagte Millie und drehte sich an der Tür noch einmal um. »Therese hat eben einen interessanten Anruf für Sie entgegengenommen. Jemand aus der Finanzabteilung.«

Josh riss die Augen auf. Anrufe von dort bedeuteten selten etwas Gutes. »Worum geht es?«

»Keine Ahnung.« Sie zuckte mit den Schultern. »Sie kennen Therese. Sie wird es Ihnen selbst sagen wollen.«

Als Millie den Flur entlangeilte, musste er trotz seiner plötzlichen Gereiztheit lächeln. Oh ja, er kannte Therese. Sie war die Stationssekretärin, und sie wusste von jedem Anruf, von jedem Schriftstück, das die Abteilung passierte. Sie verwaltete die Terminpläne, sie entschied, welcher Patient in welches Zimmer gelegt wurde und welche Kollegen zu Mittag essen gehen durften – und wann. Ihre Macht auf der Kinderstation war monumental, aber Josh hatte schnell begriffen, dass unter ihrer rauen Schale ein weicher Kern steckte.

Darum standen auf ihrem Schreibtisch jeden Montagmorgen frische Blumen, dank der Dauerlieferung, die er in seinem ersten Monat am Mercy veranlasst hatte. Ihr Geburtstag war in seinem Kalender eingetragen, und er ließ sich von seiner guten Freundin Josie helfen, bei jedem gegebenen Anlass das richtige Geschenk auszusuchen.

Und deshalb durfte er mittags essen gehen … manchmal.

Er stemmte sich aus dem Schaukelstuhl, um den Raum zu verlassen. In der Tür hielt er inne und schaute seufzend zum Schwesternzimmer. Auf dem Flur herrschte emsiger Betrieb. Josh war sich nicht sicher, ob er schon bereit war, es mit den Anforderungen des Tages aufzunehmen. Doch das musste er. Sie hatten auch so schon zu wenig Ärzte, zu wenig Pflegepersonal, zu wenig von allem.

Ja, es sah ganz so aus, als hätte er wieder einen Tag ohne Mittagessen vor sich.

Die Finanzabteilung würde warten müssen.

Sechs Stunden später ging Josh auf dem Weg zu einem Patienten am Schwesternzimmer vorbei, als Therese sich über den Tresen beugte und ihn heranwinkte. »Dr. Mackenzie, wenn Sie einen Moment Zeit haben, würde ich gern ein paar Dinge mit Ihnen erledigen.«

Er sah auf die Uhr und drehte sich um. *Du lieber Himmel!* Wieso war es plötzlich Nachmittag? Ihm knurrte der Magen. Seit er um halb acht im Pausenraum das Schälchen Mikrowellen-Haferbrei in sich reingeschaufelt hatte, hatte er nichts mehr gegessen.

»Ich mache Ihnen einen Vorschlag, Therese: Wenn Sie mir ein Sandwich besorgen, bin ich Ihr Sklave.«

Sie lachte. »So einen habe ich schon einen zu Hause. Im Moment brauche ich von Ihnen nur ein paar Unterschriften.«

Sie reichte ihm ein Tablet über den Tresen und drehte ihren Computerbildschirm so, dass er lesen konnte, was er unterschrieb. Während er sich durch Behandlungsanweisungen und Medikamentenrezepte klickte, blätterte Therese durch Mitteilungszettel. Alle Benachrichtigungen liefen über Computer, aber da Josh nie Zeit hatte, sich in sein Büro zu setzen, griffen sie zusätzlich auf die altmodischen rosa Formulare zurück.

»Möchten Sie eine Übersicht?« Sie hielt den Stapel hoch und fächerte ihn auf wie ein Kartenblatt.

»Wenn's nicht anders geht.«

»Dr. Peterson bittet um einen Rückruf wegen Ian. Aus der Radiologie sind die Befunde für den Kleinen in Zimmer vier gekommen, und bei Sasha soll morgen eine Lumbalpunktion gemacht werden.«

Josh zog mitfühlend die Brauen zusammen. »Das wird ihr gar nicht gefallen. Können Sie dafür sorgen, dass dann eine Sozialarbeiterin bei ihr ist?«

»Habe sie schon eingeplant.«

»Danke.« Er gab ihr das Tablet zurück. »Also wird nichts aus meinem Sandwich?«

»Bedaure. Darum müssen Sie sich selbst kümmern. Ich habe Ihnen heute schon Kaffee gebracht.«

Schmunzelnd wandte er sich ab, um zu seinem Büro zu gehen. Er brauchte etwas im Magen, bevor er nach einem Patienten schaute. Vielleicht fand sich in einer Schreibtischschublade noch ein Päckchen Erdnussbutter-Kräcker oder etwas Ähnliches.

Doch er kam nur drei Schritte weit, da Therese ihn noch einmal aufhielt. »Ach, eine Nachricht habe ich noch für Sie: Delaney Blair von der Finanzabteilung möchte Sie sprechen.«

Josh runzelte die Stirn. Den Namen kannte er, aber nicht das Gesicht dazu. Das musste der Anruf sein, von dem Millie heute Morgen erzählt hatte.

»Was will sie?«

»Das wollte sie nicht sagen.«

Er nahm den rosa Zettel, auf dem Delaneys Durchwahl notiert war. »Ich melde mich später bei ihr.«

»Sie hat es heute schon zweimal versucht. Es scheint wichtig zu sein.«

Seufzend ging er in sein Büro und schloss die Tür hinter sich. Er schaute zu seinem Schreibtischsessel, sehr in Versuchung, für fünf Minuten die Augen zuzumachen. Aber bei einem Blick durch das Gangfenster verwarf er den Gedanken wieder.

Zurzeit lagen bei ihnen Kinder mit Krebs, mit Infektionskrankheiten, mit Mitochondriopathie und Anorexie, Kinder, die zu Hause keine ausreichende Pflege erhielten und solche, die frisch operiert waren oder denen die OP noch bevorstand.

Die Krankenschwestern taten ihr Bestes, um die viele Arbeit zu bewältigen. Doch wenn er den Gang hinunterblickte, stand außer Zweifel, dass er irgendwie an mehr Personal kommen musste.

Vielleicht war es das, worüber diese Ms. Blair mit ihm reden wollte: eine personelle Aufstockung.

Na klar.

Er sah auf das rosa Formular, zerknüllte es schließlich und warf es in den Papierkorb. Er hatte keine Zeit, um in die Vorstandsetage hochzufahren und sich anzuhören, dass sie mehr mit weniger erreichen müssten oder neue Vorschriften anstünden oder der Klinikauftrag mehr Engagement verlange.

Wenn jemand aus den heiligen Hallen der Finanzabteilung ein Gespräch wünschte, konnte das nichts Gutes bedeuten. Nach einem Blick auf den hektischen Flur betrachtete er den Aktenstapel auf seinem Schreibtisch, für den er auch heute keine Zeit haben würde.

Wenn Ms. Blair ihn sprechen wollte, würde sie zu ihm kommen müssen.

»Du wirst eben zu ihm gehen müssen, Delaney«, sagte Megan zwei Tage später und setzte sich halb auf Delaneys Schreibtischecke.

Delaney beneidete ihre Assistentin um das legere Outfit: langer Rock, Kreolen und eine lange, weite Baumwollbluse. Im College hätte sie dazu noch einen Schal um den Kopf und Schnürstiefel getragen, aber ins Büro kam sie mit einfachen Ledersandalen.

Delaney schaute an sich hinunter. Wann war sie eigentlich dieser Country-Club-Typ geworden? Sie sah ja fast aus wie ihre Mutter! Ihre ordentlich gebügelte Bluse wurde durch ein nüchternes Kostüm betont, und als sie an ihre Perlenkette fasste, seufzte sie. Dann glitt ihr Blick an ihren Waden entlang zu den Jimmy Choos, die sie sich vorigen Monat geleistet hatte. Das hatte sie einem Kaufrausch zu verdanken, ihrer Verneigung vor der Weiblichkeit und vor verschwenderischer Geldausgabe, und sie war vernarrt in die Schuhe, oh ja.

Aber die Perlen sollte sie unbedingt ausrangieren.

»Ich kann nicht einfach da runtergehen, Megan.« Wenn sie nur an die Kinderstation dachte, bekam sie eine Gänsehaut im Nacken. Nein, sie konnte definitiv nicht.

»Nun ja, offensichtlich kommt er aber nicht zu dir.«

»Wie kann er meine Anrufe einfach ignorieren? Er ist ganz schön unhöflich.«

»Oder vollauf beschäftigt. Hast du gesehen, wie viele Betten diese Woche bei denen belegt sind?«

»Nein«, räumte Delaney verlegen ein. Das gehörte nicht zu den Dingen, die sie täglich im Auge behielt.

»Es ist auch sehr gut möglich, dass er dich nicht absichtlich ignoriert. Ich meine ja bloß.«

»Das werde ich prüfen.« Delaney klickte sich in das System, in dem die Zahl der stationären Patienten erfasst wurde. Als sie zur pädiatrischen Abteilung kam, machte sie große Augen. »Du lieber Himmel ...«

»Genau.« Megan nickte.

»So viele Betten haben die doch gar nicht.«

»Ich weiß. Sie mussten zwei Jugendliche zu den Erwachsenen verlegen.«

Delaney klickte den vergangenen Monat an. Die Patientenzahl schwankte, aber nur geringfügig.

»Es könnte also auch daran liegen, dass Dr. Mackenzie nicht zurückruft.« Megan neigte sich über den Schreibtisch zu Delaney und knöpfte ihr den obersten Blusenknopf auf. »Das heißt für dich: heute Nachmittag dritter Stock. Er kommt eindeutig nicht zu dir rauf.«

Delaney lief es eiskalt den Rücken hinunter. Sie war nie wieder auf der Kinderstation gewesen – nicht seit Parkers Tod.

»Delaney? Alles in Ordnung?« Megan musterte sie. »Du bist weiß wie die Wand, Mädchen. Jagt es dir solch einen Schrecken ein, außerhalb der Vorstandsetage mit jemandem reden zu müssen?«

»Nein«, hauchte Delaney.

»Oh.« Megan schlug sich die Hand vor dem Mund. »Oje. Es tut mir leid.« Sie kniff beschämt die Augen zusammen. »Es tut mir leid. Das war gedankenlos von mir.«

Delaney nickte langsam. »Schon gut. Es ist … lange her. Natürlich denkst du nicht mehr daran.«

»Hätte ich aber tun sollen. Es tut mir wirklich leid.« Megan suchte Blickkontakt, aber Delaney wich ihr aus. »Soll ich dich begleiten?«

»Nein, Meg. Ich will überhaupt nicht hingehen.«

»Aber …«

»Ich weiß. Er kommt nicht herauf.« Sie holte tief Luft und atmete langsam aus. Vielleicht wäre es doch gar nicht so schlimm. Vielleicht würde sie doch aus dem Aufzug steigen können, ohne vor Panik weiche Knie zu kriegen. Vielleicht würde sie doch nicht überall Parker sehen.

Vielleicht konnten Schweine doch fliegen.

Sie sah nach rechts, nach links, griff nach einem Stapel Unterlagen, legte ihn wieder hin. Dabei bemerkte sie, dass ihre Hände zitterten.

Verfluchter Mist.

Sie hatte eine Aufgabe zu erledigen, und dafür brauchte sie Dr. Mackenzies Mitarbeit. Und um seine Mitarbeit zu bekommen, musste sie den Mann offenbar auf seinem eigenen Territorium stellen.

Sie atmete tief durch. Sie musste … einfach hingehen. In den Aufzug steigen, auf die Drei drücken und sich zusammennehmen.

»Ich komme klar. Bestimmt.« Sie stand auf.

»Du gehst jetzt?«

»Muss ich ja.« Delaney legte sich eine Hand auf den Magen. Ihr war ein wenig übel. »Ich habe eine Deadline. Dr. Mackenzie lässt mir eigentlich keine Wahl.«

»Und ich soll dich ganz bestimmt nicht begleiten?«

Delaney musste sich zu einem Lächeln zwingen, was Megan ihr garantiert ansah. »Die Vorstandsetage muss sich schon genug anhören, weil sie mit der Alltagsrealität des Mercy nicht in Berührung kommt. Da sollte ich die Leute nicht auf den Gedanken bringen, ich bräuchte jemanden, der mir den Weg in den dritten Stock zeigt.«

»Ich bin doch deine Assistentin. Es würde gar nicht auffallen, wenn ich dabei bin – um Protokoll zu führen zum Beispiel.«

»Ich weiß dein Angebot zu schätzen. Wirklich. Aber ich muss allein gehen. Das hätte ich längst mal tun sollen. Ich werde schon klarkommen.«

Megan zog nur stumm die Brauen in die Höhe.

»Na gut, es wird mir zusetzen. Aber ich werde es überleben. Besser?«

»Zumindest ehrlicher, ja.« Megan nahm Delaneys Notizbuch von ihrem Schreibtisch. »Hast du deine Liste mit den Kürzungsvorschlägen?«

»Ich dachte, ich soll beim ersten Gespräch auf nett machen.«

»Das war vor drei Tagen unsere Strategie, Liebes. Für nett haben wir keine Zeit mehr. Du wirst alles auf eine Karte setzen müssen, fürchte ich.«

Zehn Minuten später fuhr Delaney mit angehaltenem Atem in den dritten Stock hinunter. Als der Aufzug am vierten Stock vorbeisank, schloss sie den obersten Blusenknopf, der sich immer wieder durch das Knopfloch schob. Auf keinen Fall würde sie zu Megans Trick greifen, zumindest nicht jetzt schon.

Als die Türen zur Seite glitten, zögerte sie auszusteigen.

Ihr Atem ging plötzlich zu schnell, ihre Arme begannen zu kribbeln. Sie war sehr versucht, den Türschließer zu drücken und das Gespräch auf später zu verschieben.

Jeden Tag, wenn sie zur Arbeit kam, parkte sie auf dem Angestelltenparkplatz, lief ein paar Hundert Meter über den Besucherparkplatz, marschierte durch das Foyer und drückte im Aufzug auf den obersten Knopf. In den fünf Jahren war sie immer am dritten Stock vorbeigefahren. Daher konnte sie jetzt überhaupt nicht einschätzen, wie sie nach dem Aussteigen zurechtkäme.

Schließlich machte sie doch den Schritt über die Schwelle und zuckte nervös zusammen, als sich die Türen leise zischend hinter ihr schlossen. Sie ging drei weitere Schritte und ballte die Fäuste, um nicht kehrtzumachen und den Aufzug zu rufen. Die Wand gegenüber war mit bunten Dschungeltieren bemalt, der Boden rot, grün und gelb gestreift.

Plötzlich sah sie vor ihrem geistigen Auge Parker auf dem Dreirad an einem grünen Streifen entlangflitzen, dann zur Seite sinken, weil er keine Luft mehr bekam.

Mühsam schluckend verdrängte sie das Bild und schaute sich nach beiden Seiten um. In welcher Richtung lag Dr. Mackenzies Büro?

Soweit sie sehen konnte, nahmen ein paar Büro- und Konferenzräume die Mitte des Flügels ein. Die Patientenzimmer befanden sich auf dem rechten und dem linken Flur. Dort war ein pausenloser Betrieb zu beobachten, der sie beeindruckte.

Die Krankenschwestern in ihren farbigen Kitteln sausten von einem Zimmer ins andere, und Delaney sah auch ein Grüppchen junger Mediziner, die sich Mühe gaben, kompetent zu erscheinen. Ihre nagelneuen weißen Arztmäntel verrieten jedoch das Gegenteil.

Ihr Vater hatte ihr im Lauf der Jahre viele Anekdoten über

seine Assistenzärzte erzählt, denen sie ihr Leben nun niemals anvertrauen würde. Jedes Jahr im Juli tat sie ihr Möglichstes, um sich nicht zu verletzen oder krank zu werden, da in jedem Krankenhaus der Vereinigten Staaten die Universitätsabsolventen mit viel theoretischem Wissen, aber ohne praktische Erfahrung auf die Patienten losgelassen wurden.

Diese dort sahen ganz genau so aus. Als sie den Flur hinunterging, trat eine diensteifrige Krankenschwester auf die Anfänger zu und wies sie auf einen Konferenzraum hin. »Wenn Sie nutzlos herumstehen wollen, tun Sie es da, wo wir Sie nicht sehen können.«

Delaney runzelte missbilligend die Stirn und musste doch schmunzeln. Offenbar war ihr Vater mit seinem Unmut im Juli nicht allein.

Dann drehte sich die Frau um und entdeckte sie, woraufhin ihre Lippen – Delaney war sich ganz sicher – ein wenig schmaler wurden. Sie war ein Ebenbild von Betty White, allerdings ohne das liebliche Lächeln. »Kann ich helfen?«, fragte sie, aber ihre Haltung sagte: Können heißt noch nicht Wollen.

»Ja, danke.« Delaney bemühte sich, die richtige Mischung aus Selbstbewusstsein und Herzlichkeit in ihren Ton zu legen. »Ich bin Delaney Blair. Ich möchte zu Dr. Mackenzie.«

Die Krankenschwester sah sie noch abweisender an, und Delaney hob ihr zittriges Kinn um einen Fingerbreit. »Aus der Finanzabteilung?«

»Ja.« Sie streckte der Schwester die Hand entgegen und bekam einen festen Händedruck.

»Millie Swan. Ich glaube, er ist in seinem Büro.« Sie deutete den Flur hinunter. »Dritte Tür links.«

»Danke.«

Delaney wandte sich zum Gehen, hielt aber noch mal inne,

weil Ms. Swan weiterredete. »Wir haben heute die Station voll schwerkranker Kinder. Ich wäre Ihnen dankbar, wenn Sie es kurz machen.«

Delaney nickte langsam. In bestimmtem Ton in die Schranken gewiesen, und noch vor ihrem Gespräch. »Ich werde … mich bemühen.«

Als sie Dr. Mackenzies Büro erreichte, sah sie ihn durch die halb offene Tür am Schreibtisch sitzen, den Kopf über Akten gebeugt, sodass er sie nicht sofort bemerkte.

Das war auch gut so, denn sie starrte ihn mit offenem Mund an.

Auf Megans Drängen hatte sie sich am Morgen sein Mitarbeiterprofil angeschaut, aber das Foto darin wurde dem Mann nicht annähernd gerecht.

Seine dunklen Haare waren ordentlich geschnitten, Kinn und Wangen dunkel von Bartstoppeln. Als er sich frustriert durch die Haare strich, starrte sie erneut mit offenem Mund, diesmal auf seine muskulösen, im richtigen Maß behaarten Unterarme, und stellte sich vor, wie er mit seinen Fingern – oh-oh – gewisse Dinge tat.

Jede Wette, dass das rauchblaue Oxfordhemd zu seiner Augenfarbe passte. Die Schicksalsgöttinnen hassten sie, das stand jetzt fest. Bisher hatte sie im Mercy mit lauter alten, schrulligen Ärzten zu tun gehabt. Nun traf sie mal einen, den sie nicht von der Bettkante schubsen würde, und musste ihm gleich zu Anfang eröffnen, dass sie ihm den Stationsalltag zur Hölle machen würde.

3

Josh hörte Absätze auf dem Flur klappern, die bei keinem Patientenzimmer innehielten. Ihm wurde mulmig. Die Krankenschwestern seiner Station bevorzugten Schuhe mit leisen Sohlen. Die Schuhe, die sich da zielstrebig seinem Büro näherten, klangen eher, als wären sie auf dem Teppichboden der Vorstandsetage zu Hause. Hatte Delaney Blair es aufgegeben, auf ihn zu warten? Kam sie, um ihm die Leviten zu lesen, weil er ihre Anrufe und E-Mails ignorierte?

Er war heute nicht in der Stimmung, um über sein Budget zu reden. Eigentlich war er nie in der Stimmung dazu, schon gar nicht mit jemandem, der hoch oben in einem Büro saß und mit Zahlen jonglierte, während die wahre Arbeit auf den übrigen fünf Etagen geleistet wurde. Mitarbeiter aus der Finanzabteilung ließen sich nur blicken, wenn sie jemanden zurechtweisen wollten ... oder um über Kürzungen zu informieren.

Oder beides.

Kurz vor seiner Tür wurde das Klackern der Absätze langsamer und hörte schließlich auf, aber er blickte nicht hoch. Passiv-aggressives Abwehrspiel. Diesen Sport betrieb er noch nicht lange, und dennoch beherrschte er schon ein paar Spielzüge. Er ging in Arbeit unter, verdammt. Sie konnte gefälligst warten.

Und dann klopfte sie, aber nicht autoritär, wie er erwartet hatte. Es klang nicht nach »Ich komme von der Finanzabteilung. Zeigen Sie Respekt!«, sondern zaghaft. Kurz darauf vernahm er eine sanfte Stimme.

»Dr. Mackenzie?«

Er blickte auf. Im Türrahmen stand eine Frau von Ende zwanzig oder Anfang dreißig, das war schwer zu schätzen. Sie hatte schulterlange, wellige braune Haare, und ihr Körper steckte in einem Kostüm, das sie noch mehr als ihre Absätze als Mitarbeiterin des sechsten Stocks auswies.

Bevor er die Absätze ihrer Schuhe gehört hatte, die, wie er jetzt sah, schwarz, hoch und absolut scharf waren, hatte er mit einer alten Schachtel in orthopädischen Schuhen und einem an den falschen Stellen eng sitzenden Hosenanzug gerechnet.

Manchmal war es erfreulich, sich geirrt zu haben.

Er stand auf und hielt ihr die Hand hin. »Sie müssen Ms. Blair sein.«

Angemessen kurz und kräftig schüttelte sie ihm die Hand. Ihm fiel außerdem auf, dass sie an der Linken keinen Ring trug, und im nächsten Moment schüttelte er über sich den Kopf, weil er hingeschaut hatte.

Sie lächelte. »Ich bedaure, wenn ich störe. Ich habe ein-, zweimal um Kontakt gebeten, bin mir aber nicht sicher, ob Sie meine Nachrichten bekommen haben.«

Er hob die Augenbrauen. »Sie haben es sechsmal versucht, und ich habe Ihre Nachrichten erhalten, ja.«

»Oh. Doch Sie haben beschlossen … nicht zu reagieren?«

Er deutete auf die Aktenstapel auf seinem Schreibtisch. »Ich hatte keine Zeit. Tut mir leid.«

»Darf ich mich setzen? Haben Sie einen Moment für mich?«

Er nickte, dann sah er zu, wie sie sich anmutig auf seinem Besuchersessel niederließ und die Beine übereinanderschlug. Sie schob die Haare hinter ein niedliches Ohr, aber eine widerspenstige Strähne fiel sofort wieder nach vorn, und er verspürte den Impuls, sie ihr aus dem Gesicht zu streichen. Während sie sich zurechtrückte und ein paar Aktendeckel aus ihrer Tasche zog, atmete er tief durch und holte unter einem der vielen Stapel auf seinem Schreibtisch einen Notizblock hervor. Delaney Blair schien es ernst zu meinen. Da sollte er besser die gleiche Haltung zeigen, auch wenn er dafür eigentlich viel zu müde war.

Er lehnte sich zurück. »Was treibt Sie aus den heiligen Hallen der Finanzabteilung in den dritten Stock?«

Ups. Falscher Ton.

Sie stellte ihre Beine wieder nebeneinander, um sie gleich darauf erneut zu kreuzen. Dabei wirkte sie so, als fühlte sie sich ausgesprochen unwohl, und sie war auffallend blass. War sie nervös? Schließlich holte sie tief Luft und sah ihm in die Augen. »Ich bin hier, um mit Ihnen über Ihr Budget zu sprechen.«

Er schloss die Augen. *Na, was sonst?*

»Auf Anweisung des Vorstands.« Sie hielt inne und suchte sichtlich nach den passenden Worten. Fast hatte er Mitleid mit ihr. Aber nur fast.

»Lautet diese Anweisung unter anderem, mein Budget zu kürzen?«

»Ja.«

Immerhin direkt und ehrlich.

»Um wie viel?«

»Um möglichst viel.« Sie hob die Augenbrauen. »Und ich habe dafür dreißig Tage Zeit. Tatsächlich nur noch achtundzwanzig. Es waren dreißig, als ich meine erste E-Mail schickte.«

Touché.

Josh wäre gern aufgestanden und fluchend auf und ab gegangen. Stattdessen beugte er sich vor, stützte die Ellbogen auf den Schreibtisch und gab sich gelassen.

Mit leicht zittriger Stimme fuhr sie fort. »Ich muss Ihr Budget auf Kostenüberschreitungen prüfen und sehen, wo wir stutzen können, wissen Sie. Wir werden überall ein bisschen Überflüssiges wegschneiden.«

»Wir haben hier nichts Überflüssiges.«

»Jeder ... hat das irgendwo.«

»Nicht hier, wir nicht.« Josh schüttelte den Kopf. »Woher kommt das auf einmal?«

Sie zuckte verlegen mit den Schultern. »Ich weiß, das hört keiner gern, aber glauben Sie mir, für mich ist das auch unangenehm.« Ihr linkes Auge zuckte. Es verschaffte ihm ein kleines bisschen Befriedigung zu wissen, dass ihr dabei unbehaglich zumute war.

»Ms. Blair ...«

»Delaney. Bitte.«

»Delaney, in dieser Abteilung herrscht die straffste Betriebsführung im ganzen Krankenhaus, und das werden Sie sicherlich wissen, da Sie ja die Zahlen den ganzen Tag vor Augen haben.«

Sie schlug das rechte über das linke Bein ... und sein Blick huschte gegen seinen Willen zu ihren verdammten Schuhen hinunter. Wollte sie ihn quälen?

»Ich verstehe Ihre Verwirrung, aber ob Sie nun glauben – oder ob ich glaube –, es gebe hier nichts zu kürzen, tut nichts zur Sache. Ich muss in jedem Fall eine gründliche Überprüfung Ihrer Ausgaben vornehmen.«

»Andernfalls?«

»Was meinen Sie damit?«

»Entweder Sie überprüfen, oder es passiert was?«

Sie neigte den Kopf. »Es wäre in Ihrem eigenen Interesse zu kooperieren.«

»Sagt sie in düsterem, filmreifen Ton.«

Darauf senkte sie den Blick auf ihren linken Fuß. Josh fiel der Aufsatz über Körpersprache ein, den er mal gelesen hatte. Log der Täter, wenn er nach links unten blickte? Oder war es rechts oben? Er konnte sich nicht mehr erinnern.

Sie holte hörbar Luft und sah ihn wieder an. »Wir werden in allen Abteilungen kürzen, falls Sie das tröstet. Die Kinderstation ist nicht als Einzige betroffen.«

»Sie werden mir sicher verzeihen, wenn ich sage, dass mich das überhaupt nicht tröstet. Wir sind vielleicht nicht als Einzige betroffen, aber betroffen sind wir dennoch.«

»Und das tut mir wirklich leid. Aber das ist Haushaltsrealität.« Sie deutete mit den Händen zwei Waagschalen an. »Die Einnahmen müssen größer sein als die Ausgaben, und zurzeit ist das nicht der Fall.«

»Ich nehme an, das ist ein hehrer Grundsatz der Ökonomie?«, fragte er ironisch.

Sie zuckte mit den Schultern. »Es wäre einfacher, wenn Sie nicht …«

»Schwierig werden? Oder argwöhnisch?« Er hob die Augenbrauen.

»Aggressiv ist das Wort, das mir als Erstes einfiel.« Sie straffte die Schultern und sah ihn herausfordernd an.

Ein paar Augenblicke lang hielt er ihrem Blick stand, dann schüttelte er den Kopf und schnaubte leise. *Scheiße.* »Haben Sie schon eine Liste mit Kürzungsvorschlägen?«

Ihre Haltung entspannte sich kaum merklich, woraufhin er sich erneut schuldig fühlte. Sie tippte auf die Aktendeckel auf ihrem Schoß. »Ich habe mir einige erste Ideen notiert, ja.«

Seufzend lehnte er sich zurück, ohne den Blickkontakt zu unterbrechen. »Darf ich mal sehen?«

Sie schlug eine Mappe auf, nahm ein Blatt heraus und schob es ihm über den Schreibtisch zu. »Ich hatte nur Zeit für eine kurze Analyse, das ist also erst mal ein ganz grober Überblick, aber er zeigt Ihnen, was ich mir vorstelle.«

Josh nahm das Blatt und überflog die Liste. Sauber und akkurat, mit Säulen für Artikelnummern, laufende Ausgaben, offizielle Prognosen und Kosteneinsparungen. Er blickte auf den unteren Rand des Blatts und riss angesichts der Kürzungssumme die Augen auf. »Sie scherzen.«

Sie neigte den Kopf zur Seite. »Ich weiß nicht so recht, was Sie meinen.«

»Sie glauben wirklich, so viel Überflüssiges in meinem Budget gefunden zu haben?«

»Das ist nur eine vorläufige Einschätzung.«

»Klar. Das macht einen enormen Unterschied.«

»Wie gesagt, es –«

»Ich weiß.« Josh gab sich Mühe, seinen Ärger zurückzudrängen. »Es tut Ihnen leid.«

»Eigentlich nicht.«

Als er ihren unnachgiebigen Ton vernahm, blickte er überrascht auf. Vielleicht war sie doch nicht die zurückhaltende, süße Frau, die er auf den ersten Blick in ihr gesehen hatte?

»Es ist noch nichts beschlossen, und ich bitte Sie um Mitwirkung. Ob Sie der Bitte nachkommen oder nicht, ist Ihre Entscheidung.«

»Aber wenn ich nicht kooperiere, geben Sie diese Liste als Ihren Vorschlag weiter?«

Sie zuckte mit den Schultern. »Ich hätte wohl keine andere Wahl.«

»Ach, wirklich?« Er legte das Blatt hin und fühlte Ärger in sich aufsteigen. Wer war sie eigentlich, dass sie in ihrem engen Rock und der kaum vorhandenen Bluse bei ihm hereinstöckelte und ihm erzählte, wie sie sein Abteilungsbudget zu kürzen gedachte? Hatte sie überhaupt die nötige Kompetenz?

Sie beugte sich über ihre Tasche, um die Unterlagen wegzupacken, und richtete sich wieder auf. »Mir wurde diese Aufgabe zugewiesen. Ich habe mir das nicht selbst ausgedacht. Es wäre besser, wenn Sie kooperieren. Das ist alles. Wenn Sie sich meinen Vorschlag möglichst bald ansehen könnten und dann auf mich zukämen, wäre ich Ihnen dankbar.«

Ihr Ton war wieder sanft, hatte aber einen gewissen Beiklang, der ihm nahelegte, sich nicht mit ihr anzulegen. Das nötigte ihm Respekt ab.

Er seufzte. Gewöhnlich kamen einem die Leute von der Finanzabteilung mit einstudiertem Geschwafel über gesunde Unternehmensführung und Wachstum und Werte. Sie redeten leeres Zeug, bis einem der Kopf schwirrte. Die hochtrabenden Worte bemäntelten jedoch nur die Tatsache, dass sie einem die dringend benötigten Gelder wegnehmen und woanders verwenden würden, wo sie – zumindest seiner Meinung nach – eigentlich nicht gebraucht wurden.

Die Situation war jetzt nicht anders, bloß weil die Botschaft von einer Kollegin überbracht wurde, die er vielleicht gebeten hätte, mit ihm auszugehen, wenn sie nicht gerade versuchen würde, seine Abteilung bis an die Grenzen der Funktionstüchtigkeit zu beschneiden.

Er schob das Blatt Papier zu ihr zurück. »Die Auflistung mag vom sechsten Stock aus gesehen logisch erscheinen, aber die Realität sieht anders aus, Ms. Blair. Wenn Sie diese Posten aus dem Haushalt streichen, wird das katastrophale Konsequenzen haben.«

Er sah ihre Lippen schmal werden, aber sie schwieg.

»Sie müssen sich eine andere Abteilung für Ihren Kürzungssport aussuchen.«

»Das ist kein Sp…« Sie atmete tief durch und bemühte sich sichtlich um einen ruhigen Ton. »Vielleicht können wir die Liste einfach durchgehen, Posten für Posten, und Sie sagen mir, warum meine Ideen katastrophale Konsequenzen, wie Sie es nennen, zur Folge hätten.«

»Aber gern.« Er nahm das Blatt in die Hand. »Posten eins: Personal. Das kann nicht Ihr Ernst sein.«

»Das Betreuungsverhältnis Pflegepersonal zu Patient ist enorm hoch. Das muss Ihnen doch klar sein.«

Er senkte das Blatt und sah sie an. »Sie wissen, dass hier Kinder behandelt werden?«

»Selbstverständlich.«

»Dann wissen Sie auch, dass das Verhältnis höher sein muss.«

»Auch das. Aber bei uns liegt es über dem Bundesdurchschnitt, also kann man theoretisch kürzen.«

Er legte das Blatt hin und musste an sich halten. Er hatte gute Lust, sie mit einem Tritt in den hübschen kleinen Hintern aus seinem Büro zu befördern, mit der Empfehlung, sich auf der Kinderstation nie wieder blicken zu lassen. Stattdessen holte er tief Luft und versuchte, sich der Realität zu stellen: *Falls* sie sein Pflegepersonal reduzierte, *stünden* sie vor einem ernsten Problem.

»Gestatten Sie mir eine Frage. Werden bei besagtem Bundesdurchschnitt auch die demografischen Zahlen berücksichtigt? Die Häufigkeit chronischer Erkrankungen? Der Bildungsstand der Einwohner? Die Anzahl der Pflegekinder im Umkreis von fünfzig Meilen?«

Delaney ließ sich mit der Antwort einen Moment Zeit, während sie ihre Unterlagen zusammenraffte. »Das werde ich prüfen.«

»Sie werden? Sie haben noch nicht?«

Hastig machte sie eine Notiz auf der Rückseite ihrer Liste. »Ich werde das recherchieren. Genau deshalb bin ich auf Ihre Mitarbeit angewiesen.«

»Heute habe wir eine Sozialarbeiterin auf der Station. Ich bin sicher, sie würde Ihnen zu derlei Informationen sehr gern verhelfen.«

»Prima.« Sie überflog ihre Aufstellung und hielt am unteren Blattrand mit dem Stift inne. »Wie viele Stunden arbeitet sie hier?«

Er kniff die Augen zusammen. »Oh nein, kommt nicht infrage. Die Sozialdienste werden nicht angerührt.«

»Ich sammle nur Informationen. Und bei allem Respekt, Dr. Mackenzie. Sie sind nicht befugt, mir zu sagen, was ich, äh, anrühren darf und was nicht.«

Er setzte zu einer Erwiderung an, besann sich aber eines Besseren. Es käme nichts Gutes dabei heraus, wenn er einfach ausspräche, was ihm gerade auf der Zunge lag.

Einen Ellbogen aufs Knie gestützt, neigte sie sich nach vorn, sodass ihr oberster Blusenknopf aus dem Knopfloch sprang. War das Absicht? »Wollen wir zu Punkt zwei kommen?«

Er lehnte sich zurück und musterte sie kritisch. »Was würde eigentlich passieren, wenn Sie dem Vorstand keine Kürzungen empfehlen? Wenn Sie nach dreißig Tagen zu dem Schluss gelangen, dass meine Abteilung schon auf Sparflamme läuft?«

»Nach achtundzwanzig. Und im Moment weiß ich das nicht.« Sie tippte auf die Liste. »Aber ich will es auch gar nicht herausfinden. Wir müssen es wenigstens versuchen.«

»Dann frage ich mal anders: Wenn Sie keine Möglichkeit finden, mein Budget beträchtlich zu kürzen, welche Folgen hätte das für Sie?«

Gespannt verfolgte er ihr bewegtes Mienenspiel. Schließlich klappte sie energisch ihr Notizbuch zu.

»Ich würde vielleicht meine Stelle verlieren, Dr. Mackenzie. Das wäre für mich die Folge.«

4

»Du hast gesagt, du musst kürzen oder du verlierst deinen Job?« Megans Augen wurden am Freitagmorgen groß wie Golfbälle. Sie schnitt ein Croissant durch und legte eine Hälfte auf Delaneys Schreibtisch.

Delaney schlug sich die Hände vors Gesicht. »Ich weiß! Er hat mich angeguckt, als wäre er richtig sauer, und da war klar, dass er auf keinen Fall kooperieren wird, und da habe ich einfach … oh Gott, ich weiß auch nicht. Es war total unprofessionell. Ich habe die Fassung verloren.«

»Wow. Gleich beim ersten Gespräch die Sympathie-Karte ausgespielt!«

»Kann ich den Oh-Gott-Satz noch mal bringen?«

Megan schüttelte den Kopf und biss in ihr Croissant. »Was willst du jetzt tun? Hast du ihm für seine Antwort auf deine Vorschläge eine Frist gesetzt?«

»Nein.«

»Warum nicht?«

»Darum nicht!« Delaney drückte die Fingerspitzen an die Augen. »Diese Hände, diese Brust, diese Augen – oh Gott, hast du seine Augen mal gesehen? –, die haben mich ganz durcheinandergebracht. Er sieht aus wie ein Calvin-Klein-Unterwäschemodel! Wieso habe ich das überhaupt nicht gewusst?«

Megan wackelte mit den Augenbrauen. »Ich sag ja, du musst ab und zu mal aus der Vorstandsetage raus.«

»Bei diesem Mann«, sie schüttelte den Kopf, »bei diesem Mann verwandle ich mich innerhalb von Sekunden von einer professionellen Finanzanalystin in eine schmachtende Vierzehnjährige, die in einen heißen Typen verknallt ist. Wie soll ich meinen Ruf noch retten? Wahrscheinlich hat er genau gesehen, dass ich bis an die Haarwurzeln rot wurde.«

»Männer sind gewöhnlich nicht so aufmerksam.«

»Aber diese Augen.« Delaney legte den Kopf in den Nacken und stellte sie sich vor. »Bin mir ziemlich sicher, dass ihnen nichts entgeht.«

Megan lachte. »Wow. Ich werde wohl darauf bestehen müssen, beim nächsten Gespräch das Protokoll zu führen. Ich habe noch nie erlebt, dass dich ein Mann in nur einer Stunde so verrückt gemacht hat.«

»Und ich muss heute wieder in den dritten Stock.«

»Ach, wirklich?« Megan lächelte süffisant.

»Ja. Du hast selbst darauf hingewiesen: Ich habe ihm noch keine Frist genannt.«

»Und das könntest du nicht zum Beispiel per E-Mail nachholen? Oder mit einem kurzen Anruf? Bei der Stationssekretärin?«

Delaney schüttelte den Kopf. »Er reagiert auf so etwas nicht. Und bei mir schon gar nicht. Ich bin die Tusse, die überall den Rotstift ansetzt, weißt du noch?«

»Richtig.« Megan nickte. »Dann fährst du wirklich besser noch mal runter.«

»Hör auf zu grinsen. Das ist nicht komisch.« Delaney zog die Brauen hoch und legte den Kopf schräg. »Wir stehen so dicht davor, eigene Mercy-Tassen zu kriegen.«

»Ich weiß. Völlig klar. Die Lage ist ernst. Ich versuche nur, die positiven Aspekte zu sehen. Und Dr. Hottie McHotterson ist definitiv ein positiver Aspekt.«

Drei Minuten nachdem Megan hinausgegangen war, um an ihren Schreibtisch zurückzukehren, steckte Kevin McConnell bei Delaney den Kopf zur Tür herein. Vor fünf Jahren war er mit ihr zusammen eingestellt worden, im Abstand von ein paar Monaten. Charakterlich lagen sie jedoch weit auseinander. Während Delaney entschlossen war, eines Tages aufgrund ihrer Befähigung zur Finanzdirektorin aufzusteigen, wollte Kevin sich den Posten mithilfe seiner Verbindungskontakte und seines unwiderstehlichen Lächelns unter den Nagel reißen.

Bislang war sie sich nicht sicher, wer von ihnen beiden das Rennen machen würde.

»Morgen, Delaney.«

Sie blickte nicht auf. »Kevin. Du bist früh dran.« *Das heißt, annähernd pünktlich.*

»Konnte heute Morgen nicht schwimmen, weil der Pool gereinigt wird. Da dachte ich, ich komme ein bisschen früher, damit ich mich dafür um vier zum Training wegschleichen kann.«

»Du bist nicht wirklich früh gekommen.« Sie blickte auf. »Sondern gerade mal pünktlich, und insofern bist du für deine Verhältnisse früh dran.«

Er grinste, und seine ebenmäßigen, strahlend weißen Zähne gaben ihm eine Aura der Unantastbarkeit. Jede Wette, dass er dieses Lächeln auch schon angewandt hatte, bevor er sich die Jacketkronen leisten konnte.

»Na, na. Es ist nicht nett, zickig zu Leuten zu sein, die neben der Arbeit noch ein Privatleben haben.«

Delaney maß ihn mit einem Blick, der schon ganz andere vernichtet hatte, aber Rasierwasserdunst und Haargel bildeten vermutlich eine undurchdringliche Schicht, denn er zeigte keine Reaktion.

»Kann ich etwas für dich tun?« Sie hielt den Bleistift schreibbereit über dem Kalkulationsbogen, an dem sie arbeitete.

»Du musst mir heute Vormittag noch mal bei den Kostenplänen helfen. Ich glaube, da stimmt was nicht mit der Datei, die du mir geschickt hast. Die blöden Tabellen funktionieren bei mir nicht.«

Oh doch, das tun sie. Sie hatte sie ihm in unberührtem Zustand geschickt, obwohl sie sehr versucht gewesen war, einen Fehler einzubauen, nur, um zu sehen, ob er das überhaupt bemerkte.

»Die haben bestens funktioniert, als ich sie verschickt habe.« Sie deutete auf ihren Laptop. »Ich benutze gerade selbst eine.«

»Vielleicht hast du da erst hinterher was ausgebügelt?«

»Ich will nicht respektlos sein, Kevin, aber wenn du im Finanzbüro arbeitest, musst du irgendwann mit Tabellenkalkulation klarkommen.«

»Vielleicht borge ich mir Megan für ein paar Stunden aus. Sie kann mir helfen, wenn du es nicht willst.«

»Tut mir leid, nein. Du hast sie diese Woche schon drei Mal ausgeborgt. Sie hat reichlich zu tun.«

Er zog ein klägliches Gesicht, mit dem er immer halb wie ein Bernhardinerwelpe und halb wie ein verletztes Seehundbaby aussah. Wirklich ergreifend. Aber Delaney war zum Glück immun dagegen.

»Ach komm, Delaney. Zeig es mir noch dieses eine Mal, und ich verspreche, ich werde dich nie wieder darum bitten.«

Sie starrte ihn an, und einen Moment lang tat er ihr fast leid. Verblüffend, dass dieser große Junge, der erst noch aus der Studentensprache herauswachsen musste, ihr größter Konkurrent um den Posten des Finanzdirektors sein würde, wenn Gregory in den Ruhestand ging ... sofern sie dann noch im Mercy arbeiteten. Kevin war mit seinem Zahnpastalächeln und den Country-Club-Verbindungen weit gekommen, aber im Ernst, damit musste jetzt mal Schluss sein. Er war die Inkompetenz höchstpersönlich, in Gestalt einer hübschen Ken-Puppe.

»Wie kommst du mit deiner Haushaltsanalyse voran, Kev?« Delaney wusste, dass er gleich nach ihr in Gregorys Büro gerufen worden war, hatte aber noch nicht erfahren können, welche Abteilungen er für das massive Kürzungsprojekt an Land gezogen hatte.

»Ist ein Kinderspiel. Und du?«

Sie lächelte verärgert. War ja klar, dass er das behauptete. »Ein Klacks.«

»Na bestens.« Kevin klopfte an ihren Türrahmen. »Sag mir Bescheid, wann du dir die Formulare bei mir vornehmen willst.«

Delaneys Bleistiftspitze brach ab, während er den Flur hinunterging, und als sie hinsah, bemerkte sie, dass sie ein Loch ins Papier gebohrt hatte. *Verflixt.*

Sie musste dringend Dr. Mackenzie bewegen, mit ihr zusammenzuarbeiten, damit sie dem Vorstand einen überzeugenden Kürzungsplan präsentieren konnte. Andernfalls würde sie Kevin in das Eckbüro einziehen sehen ... und selbst diejenige sein, die man mit einer Mercy-Tasse zum Ausgang eskortierte.

»Der kleinen Rechenkünstlerin kann ich gerne zeigen, was eine Schere ist. Sagen Sie ihr das.« Millie schimpfte im Personalraum, während sie am Freitagvormittag neuen Kaffee aufsetzte. »Was denkt Miss Schickimicki denn, was sie hier beschneiden kann? Will sie vielleicht noch die Klospülung drosseln? Hier gibt es nichts Verzichtbares mehr.«

»Ich weiß.« Josh lehnte sich an die Wand, das gestrige Gespräch noch vor Augen. Seit Delaney aus seinem Büro stolziert war und den leichten Vanilleduft zurückgelassen hatte, war es ihm nicht gelungen, sie aus seinen Gedanken zu verbannen, obwohl er sich weidlich bemüht hatte.

»Also, Sie werden doch zu ihren Ideen nicht blauäugig Ja sagen, weil sie so hübsch ist, oder?«

»Millie, ich bitte Sie.«

»Nichts für ungut. Das ist schon Geringeren als Ihnen passiert.«

Ja, das wusste er. Auch ihm selbst war das vor noch nicht allzu langer Zeit passiert.

Sie zuckte mit den Schultern. »Könnte eine neue Taktik des sechsten Stocks sein, wissen Sie. Die schicken das heiße Mädel mit den unangenehmen Aufgaben nach unten, und wenn ihr Jungs endlich aufhört zu sabbern, hat sie das Budget längst zusammengestrichen.«

»Wow.« Josh lachte. »Haben Sie ein tieferliegendes Problem, über das wir mal sprechen sollten?«

»Nein. Ich nicht. Aber Sie!« Sie zeigte mit dem Finger auf ihn. »Sie arbeiten an sechs von sieben Tagen unter Schlafmangel und hatten schon wie lange kein Date mehr?«

»Und darum bin ich zu sehr mit Sabbern beschäftigt, um zu bemerken, dass sie die Budgetschere ansetzt?«

»Seien Sie einfach auf der Hut, okay? Mehr sage ich gar nicht.«

Er nickte. »Verstehe. Ich verspreche, nichts zu unterschreiben, wenn ich nicht mindestens zwei Stunden geschlafen habe.«

Sie schlug ihn mit einem Aktendeckel. »Werden Sie nicht frech, junger Mann, sonst sage ich meinen Krankenschwestern, Sie suchen die Frau fürs Leben.«

»Nein, bitte nicht.« Lachend hob er die Hände und gab sich geschlagen.

»Wissen Sie was? Ich hab eine Idee. Diese Blair will unser Budget überprüfen? Vielleicht sollte sie für einen Monat auf die Kinderstation ziehen – uns zuschauen, wie wir die Patienten versorgen. Mal sehen, was sie danach für verzichtbar hält.«

Josh runzelte die Stirn. Vor seinem geistigen Auge sah er die schwarzen hochhackigen Schuhe und das Businesskostüm zwischen lauter weißen Kitteln und Gesundheitssandalen. »Fehl am Platz« war noch gelinde ausgedrückt.

Einerseits gefiel ihm die Idee. Er könnte ihr eine provozierende E-Mail schicken: *Sie wollen unser Budget kürzen? Kommen Sie her und beobachten Sie das Budget bei der Arbeit.*

Andererseits – diesen knackigen Körper, die langen braunen Haare und den blitzgescheiten Verstand ständig um sich zu haben, könnte sehr, sehr gefährlich werden.

Er lächelte.

Eine *blendende* Idee.

Zum zweiten Mal in zwei Tagen stieg Delaney im dritten Stock aus dem Aufzug. Zum zweiten Mal rang sie mit dem Panikgefühl, das sie beim Geruch von Desinfektionsmitteln und kranken Kindern überkam. Zum zweiten Mal musste sie sich an die mit Dschungelmotiven bemalte Wand lehnen und konzentriert atmen, bevor sie auf sicheren Beinen den Flur entlanggehen konnte.

Sie rieb sich die Schläfen. Sobald sie das grelle Licht, die gebohnerten Böden und die blöden Streifen sah, schossen ihr Erinnerungen durch den Kopf, die sie erst mal ausblenden musste.

Nach zehn tiefen Atemzügen schlug sie die Richtung zum Stationszimmer ein, mit einem möglichst zielstrebigen, aber gelassenen Gang. Sie würde Dr. Mackenzie finden und erneut mit ihm sprechen. Wenn nichts dabei herauskäme, würde sie wieder verschwinden. Und in Zukunft würden sie sich anderswo treffen. Sie würde nicht noch einen Gang durch diese Flure ohne Panikattacke durchstehen.

Gerade als sie am Schwesternzimmer vorbeiging, blickte eine blonde Frau im pinkfarbenen Kittel vom Computerbildschirm auf und winkte sie heran. »Kann ich helfen?«

Delaney schätzte sie rasch ein. Das musste eine der legendären Stationssekretärinnen sein, von denen Megan immer erzählte. Sie waren unterbezahlt, überarbeitet und mit viel Macht ausgestattet – und darum ernst zu nehmende Gegner.

Delaney sah den Flur hinunter zu Dr. Mackenzies Büro. Seine Tür stand offen. Aus ihrem Blickwinkel war jedoch nicht zu erkennen, ob er dort war.

»Ich möchte bloß Dr. Mackenzie sprechen.« Sie wandte sich ab, um weiterzugehen, aber die Frau räusperte sich demonstrativ.

»Und Sie sind?«

»Delaney Blair. Nach unserem gestrigen Gespräch haben sich für mich noch Fragen ergeben. Ich schaue schnell in sein Büro, ob er da ist.« Nach ihrem flüchtigen Lächeln kam sie zwei Schritte weit, bevor sie erneut das Räuspern hörte.

Sie drehte sich um. Jetzt hielt die Sekretärin einen gelben Notizblock in der Hand. »Ich bin Therese, und er ist beschäftigt. Wenn Sie so freundlich wären, Ihren Namen zu hinterlassen, dann richte ich ihm gern aus, dass Sie hier waren.«

Die Ansage kam in einem korrekten, überaus freundlichen Ton, aber der Blick, mit dem Therese ihr Block und Stift reichte, fiel mitnichten freundlich aus.

Delaney schaute sich um. Auf den beiden Fluren waren allerhand Leute unterwegs, aber ihn sah sie nirgends. Ob er tatsächlich beschäftigt war oder sich ihretwegen nicht blicken ließ, wusste sie nicht.

Sie begegnete Thereses falschem Lächeln. »Wissen Sie, wann er mal frei ist?«

»Er ist nie frei.« Therese zuckte mit den Schultern. »Und das sage ich nicht, um es Ihnen schwer zu machen, sondern weil es eben so ist.«

Widerstrebend nahm Delaney den Stift und den Block und schrieb ihren Namen und die Durchwahl darauf.

»Danke«, sagte Therese mit demselben Lächeln wie zuvor. »Einen schönen Tag noch.«

Seufzend machte Delaney kehrt, mit dem ärgerlichen Verdacht, dass der Zettel im Papierkorb landen würde, bevor sie am Aufzug anlangte. Wenn seine Mitarbeiter Wind davon bekommen hatten, dass sie auf der Station war, um über Kürzungen zu reden, war der Empfang bewusst kühl gewesen.

»Ms. Blair? Schon so schnell wieder bei uns?«

Beim Klang seiner Stimme blickte sie erschrocken auf. Dr. Mackenzie kam ihr grimmig lächelnd mit großen Schritten entgegen.

»Hi. Hallo ... hi.« Delaney wollte im Boden versinken. Sie hörte sich an wie eine verknallte Dreizehnjährige.

Er blieb stehen und nahm sie am Oberarm, um sie wegzuziehen und einem vorbeikommenden Rollwagen Platz zu machen.

Es war peinlich, wie sehr ihr die Berührung gefiel.

Unter seinem Arztmantel trug er ein dunkelgrünes Oxfordhemd mit schwarzer Krawatte, was das Blaugrün seiner Augen enorm zur Geltung brachte. Geradezu schwindelerregend. »Angry ocean« wäre ein treffender Name für die Farbe.

Vermutlich war sie es, die die zornige Nuance in seine Augen brachte.

Jetzt, da er so nah bei ihr stand, könnte sie Megan berichten, dass er genau die richtige Statur für sie hatte: einen Kopf größer als sie, Schultern, die von einer Football-Vergangenheit sprachen, und eine Taille, die von täglich fünf Meilen Jogging zeugte.

»Ich nehme an, Sie wollen mich sprechen?« Er blickte sie erwartungsvoll an.

»Ja. Stimmt. Ja.« Die eingehende Betrachtung seines Körperbaus machte ihre Eloquenz glatt zunichte. Sie musste sich zusammenreißen! Er schaute belustigt und argwöhnisch zugleich, und je länger er sie ansah, desto nervöser wurde sie.

Dann blickte er auf die Uhr. »Also – was kann ich für Sie tun?«

»Ich wollte nur ... fragen, ob wir noch mal miteinander sprechen ... und vielleicht einen zweiten Blick auf meine Liste werfen können?«

»Demnach war unsere Begegnung gestern kein böser Traum?« Mit demselben belustigten Blick zog er sie wieder beiseite, weil ein Klinikbett vorbeigeschoben wurde. Wahrscheinlich bildete sie sich das nur ein, aber er schien sie nicht so schnell loszulassen wie beim vorigen Mal.

Sie straffte die Schultern. »Ein böser Traum für wen?«

»Touché.« Er lächelte sie an, und sie schmolz dahin. Was war mit ihr los? Ein Hauch von seinem herben Aftershave wehte ihr um die Nase, und sofort bemerkte sie den ärgerlichen Impuls, einen Schritt näher zu treten, um es deutlicher zu riechen.

Mit verschränkten Armen lehnte er sich gegen die Wand. »Was passiert denn, wenn ich Sie überzeuge, nichts zu streichen? Mir scheint, für Sie steht allerhand auf dem Spiel. Wenn es für Sie um Ihre Stelle geht, ist mir ein Rätsel, wie Sie da objektiv bleiben wollen.«

Hörte sie etwa einen Anflug von Mitgefühl? Oder wünschte sie sich das bloß?

»Objektiv zu sein ist meine Pflicht, und ich werde mich durch nichts davon abbringen lassen. So viel kann ich Ihnen versprechen.«

Seufzend blickte er an ihr vorbei den Flur entlang. Dann schwenkte sein Blick zu ihren Augen. »Okay. Im Sinne einer guten Zusammenarbeit werde ich mich bemühen und Sie über alles informieren, was Sie interessiert. Aber ich werde mich nicht daran beteiligen, finanzielle Einschnitte zu machen, die meine Patienten beeinträchtigen.«

»Verstanden.«

Das war wirklich das Beste, worauf sie zu diesem Zeitpunkt hoffen konnte, obwohl sie bereits fürchtete, dass jeder Einschnitt seine Patienten beeinträchtigte.

Er deutete auf den Flur. »Sehen Sie sich um, Delaney. Entdecken Sie irgendjemanden, der herumsteht? Jemanden, der nichts zu tun hat?«

Gegen ihren Willen folgte sie seiner Geste mit den Augen, obwohl sie bereits wusste, was sie sehen würde: hin und her eilende Krankenschwestern, Ärzte, die ihnen auswichen, Eltern, die im Stillen um ein Wunder flehten und sich bemühten, keinem in den Weg zu geraten.

Aber sie kannte das noch von damals, aufgrund einer Situation, von der Dr. Mackenzie nichts ahnen konnte.

Er hob die Augenbrauen. »Nun, wollen wir einen Termin vereinbaren?«

»Ich stehe Ihnen jederzeit zur Verfügung.«

Er stutzte und sah ihr so lange forschend in die Augen, dass ihr ein bisschen unbehaglich wurde. Dann drehte er sich um und bedeutete ihr, mitzukommen. »Ich habe eine Idee. Bitte folgen Sie mir.«

»Wohin?« Delaney holte ihn mit ein paar schnellen Schritten ein und lief neben ihm her.

Schmunzelnd drehte er ihr den Kopf zu.

»In Ihr neues Büro, Ms. Blair.«

5

»Wovon reden Sie?«, fragte sie mit schwacher Stimme, während Josh sie zu dem freien Büro am Ende des Flurs führte.

»Büro« war eigentlich zu viel gesagt, denn es war nur ein schrankgroßer Raum. Aber alles Nötige war vorhanden: ein Schreibtisch, zwei Stühle und – nun ja, mehr nicht. Er schaltete das Licht ein und trat zur Seite, damit sie einen Blick hineinwerfen konnte. Dabei versuchte er zu ignorieren, dass sie ein wenig panisch wirkte.

»Kommen Sie, setzen Sie sich.« Josh zeigte auf den abgewrackten Schreibtischsessel und nahm sich selbst den noch klapprigeren Stuhl, der schräg gegenüber in die Ecke gequetscht stand.

Delaney betrat den Raum und betrachtete skeptisch das ihr zugewiesene Sitzmöbel, als zweifelte sie, ob es sie tragen würde.

»Wann haben Sie hier das letzte Mal neue Möbel bekommen?«

»Ich weiß nicht. 1968?«

Behutsam senkte sie sich auf die Sitzfläche, wobei ihre Bluse kurz den Blick auf ein rotviolettes Spitzenhemd freigab. Er versuchte wirklich, nicht hinzusehen.

»Gut, ich sitze. Und ich stelle fest, dass Ihre Möbel stark abgenutzt sind. Ist es das, was Sie mir zeigen wollten?«

»Eigentlich nicht. Das ist nur ein positiver Nebeneffekt.« Sein Stuhl knarrte unheildrohend, als er sich setzte. Sie verschränkte die Arme, wirkte abwehrend. Fast bekam er ein schlechtes Gewissen, weil er sie in dieses Kabuff geschleppt hatte.

Fast.

Gestern war sie in diesem überkorrekten Kostüm, das seine Fantasie mächtig angeregt hatte, auf seine Station gekommen. Heute trug sie eine dünne Bluse mit einem scharfen Hemdchen darunter, einen langen Rock und hochhackige Stiefel, die vermutlich bis zu den Knien reichten. Ihre welligen Haare streichelten ihre Wangen, und ihre Augen hatten dasselbe rauchige Blau wie die Bluse – dasselbe Blau wie seine Schlafzimmerwand, an der das Bett stand.

Einen verrückten Moment lang stellte er sich vor, wie ihre Porzellanhaut nach einem langen, heißen Kuss aussähe, dann riss er sich von ihrem Anblick los, bevor ihr noch auffiel, mit welchen Blicken er sie musterte.

»Hören Sie, Delaney.« Unruhig lehnte er sich in dem Stuhl zur anderen Seite und versuchte, seine schweifenden Gedanken zu zügeln. »Ich sage es ohne Umschweife, denn ich habe keine Zeit, drum herumzureden.«

Sie blickte ihn gespannt an.

»Also, die Sache ist die.« Er neigte sich nach vorn. »Wenn man den ganzen Tag oben im sechsten Stock am Computer sitzt, ist es wahrscheinlich leicht, alles abgehoben zu betrachten. Sie können nichts dafür, aber so ist es nun mal.«

»Ich betrachte hier gar nichts abgehoben, Doktor.«

Anstatt etwas zu erwidern, hielt er inne. »Werden Sie mich je mit meinem Namen ansprechen?«

»Wahrscheinlich nicht.«

Na schön. Offenbar bemühte sie sich um professionelle Distanz, damit es nichts Persönliches würde, wenn sie seine Geldmittel auf ein Nichts reduzierte. Er sah ein, dass es ihr dadurch leichterfiel.

Warum wollte er dann unbedingt seinen Namen aus ihrem Mund hören?

Er schüttelte den Kopf. *Schluss damit, Mackenzie!*

»Ich meine, wenn Sie wirklich an pädiatrischer Gesundheitsversorgung interessiert sind – wenn Sie wirklich die richtigen finanziellen Entscheidungen für diese Abteilung treffen wollen –, dann müssen Sie ein Teil der Abteilung werden.«

»Und das heißt?«

»Das heißt ... Sie sollten Ihr Büro hierher verlegen.«

»Hierher ver... – sind Sie verrückt?«

»Nur donnerstags. Heute ist Freitag.« Er blickte an die Decke. »Also nein.«

»Sie *sind* verrückt. Sie glauben wirklich, ich ziehe hierher?«

Er grinste. Er konnte nicht anders. Ihre Wangen wurden zusehends röter, und ihr Körper war angespannt wie der einer Raubkatze im Käfig. Ob sie Angst hatte oder stocksauer war, konnte er nicht sagen, aber so oder so brachte er sie eindeutig aus der Fassung.

Beschwichtigend hob er die Hand. »Nur vorübergehend.«

»Wie lang ist vorübergehend?«

»Nur bis Sie alles erfahren haben, was Sie wissen müssen.«

Sie löste die verschränkten Arme und stützte die Ellbogen auf den Schreibtisch. Dabei erhaschte er einen weiteren Blick auf die violette Spitze unter ihrer Bluse. Tat sie das mit Absicht? Um ihn abzulenken?

»Ist Ihnen schon mal der Gedanke gekommen, dass ich die nötigen Informationen längst haben könnte? Dass ich Sie aus reiner Höflichkeit einbeziehen könnte?«

»Sie haben weder die Informationen, noch tun Sie das aus Höflichkeit«, widersprach er. »Sie brauchen mich.« Diese drei Worte klangen in seinen Ohren sehr verlockend.

Ihr schien das auch aufgefallen zu sein, denn er sah sie erröten.

»Sie sind furchtbar von sich überzeugt, Doktor.«

Er lehnte sich zurück, und der Stuhl unter ihm knarrte. »Das bin ich. Aber ich will Ihnen die bittere Pille versüßen. Ich verspreche, Ihre Fragen zu beantworten, Ihnen in alles Einblick zu geben und mich bei diesem Experiment zu engagieren.«

»Sofern ich auf Ihre Etage ziehe.«

»Für zwei Wochen.«

»Zwei … nein.«

Erneut errötend drehte sie den Kopf weg, um durch das Fenster auf den Flur zu schauen. Während ihre Augen die Wege der emsigen Schwestern verfolgten, betrachtete er ihr Profil und bemerkte schließlich das schnelle Zucken der Halsschlagader unterhalb ihres Ohrläppchens.

Er sah sie schlucken, dann beugte sie sich nach vorn, um ihren Stiefelschaft zurechtzurücken. Als sie sich wieder aufrichtete, hätte er schwören können, dass ihre Augen nass glänzten, aber sie blinzelte es hastig weg.

Oh, oh. Er hatte einen Nerv getroffen.

Nach einem tiefen Atemzug wandte sie sich ihm wieder zu. »Also gut. Ich komme. Aber nur für eine Woche.«

Er überlegte zuzustimmen, doch etwas bewog ihn, Druck zu machen. »Zwei.«

»Eine.«

Ihre grimmige Haltung brachte ihn zum Schmunzeln. *Na schön. Soll sie in diesem Punkt ihren Willen durchsetzen.* »Dann eben eine.« Er stand auf, um ihr die Tür zu öffnen. »Aber ich wette, am Ende betteln Sie darum, noch eine Woche bleiben zu dürfen.«

»Wir werden sehen.« Sie schob sich an ihm vorbei nach draußen.

Dabei stieg ihm ihr Vanilleduft in die Nase, und er ertappte sich dabei, dass er sich schnuppernd nach vorn neigte.

Nach ein paar Schritten auf dem Flur drehte sie sich noch einmal um. »Hoffentlich bereuen Sie das nicht, Doktor.«

»Er will, dass du für zwei Wochen in einen Schrank ziehst? Weil er denkt, damit könne er dich überzeugen, sein Budget nicht zu kürzen?« Fünfzehn Minuten später setzte sich Megan in Delaneys Besuchersessel und schob ihr eine Salatbox zu, bevor sie ihre eigene öffnete.

»So ähnlich.«

»Ich kann kaum glauben, dass du zugestimmt hast.«

»Mir blieb nicht viel anderes übrig, Megan. Er denkt, ich sei eine typische Führungskraft, die vom praktischen Betrieb keine Ahnung hat.«

»Was natürlich nicht stimmt.« Megan blickte von ihrem Salat auf. »Richtig?«

»Selbstverständlich.« Delaney sah aus dem Fenster, das eine fantastische Aussicht über den See bot, und bekam ein schlechtes Gewissen. Von den zwei Stippvisiten auf der dritten Etage wusste sie nun, dass man aus den meisten Räumen der Kinderstation auf die Fassade des Parallelflügels hinausschaute. Die sechste war den ganzen Tag lichtdurchflutet, doch da unten blickte man auf eine Backsteinwand und bekam kaum Sonne ab.

Während sie in einem ruhigen Büro auf einer ruhigen Etage mit Teppichboden arbeitete, war man auf den unteren Stockwerken der lebhaften Geräuschkulisse einer unterbesetzten und überbelegten Station ausgesetzt.

Aber war sie deswegen abgehoben? Es gehörte zu ihrem Job, hier oben zu sitzen. Sie brütete jeden Tag über Haushaltstabellen und Kostenplänen, arbeitete hart, um Entscheidungen zu fällen, die die bestmögliche Auswirkung auf die Patientenpflege hatten. Glaubte das da unten niemand? Meinte das medizinische Personal wirklich, der sechste Stock sei so isoliert vom übrigen Krankenhaus, dass die Verwaltung keine Ahnung habe, wie der medizinische Betrieb tagtäglich funktionierte?

Sie schluckte.

Konnten sie ... vielleicht recht haben?

Megan stellte einen Fuß an die Schreibtischkante. »Vielleicht brauchte er einen Vorwand, um dich in seiner Nähe zu haben. Hast du daran schon mal gedacht?«

Delaney schnaubte innerlich. Der Mann verströmte ungeheuren Sexappeal, und soweit sie gesehen hatte, war er von jungen, kecken, blonden Krankenschwestern umgeben, die wahrscheinlich ganz scharf darauf waren, ein Kind von ihm zu bekommen. Sie dagegen war eine Buchhalterin, ein Nerd.

Da hatte sie herzlich wenig Aussicht auf Erfolg.

»Nein, Megan. Persönliche Anziehung, ob gegenseitig oder nicht, ist hier ganz bestimmt nicht im Spiel.«

Megan riss die Augen auf. »Du hast gerade gegenseitig gesagt.«

Delaney verdrehte die Augen und zuckte mit den Schultern. »Er ist eine echte Sahneschnitte, meine Güte. Eine Mischung aus Unterwäschemodel, Footballspieler und Fernsehdoktor. Ein Wunder, dass die jungen Mütter ihre Kinder nicht mit erfundenen Krankheiten einliefern, um sich an ihn ranzuschmeißen.«

»Darüber macht man keine Witze. Das kommt vor, weißt du.«

»Ja, leider.« Sie zog die Brauen zusammen. »Ich nehme das zurück.«

Megan neigte sich zu ihr. »Also ist er wirklich so heiß? Noch besser als sein Online-Profil?«

»Zum Dahinschmelzen.«

»Du Glückliche.« Stirnrunzelnd aß Megan weiter.

»Ha. Die wäre ich, wenn ich und er ein tolles, gut dotiertes Projekt bekämen und wir stundenlang gemeinsam überlegen können, wie wir das viele Geld am besten ausgeben. Stattdessen muss ich die nächsten Wochen auf einer Station verbringen, auf der ich Ausschlag bekomme, muss die Kosten besagter Station beträchtlich reduzieren und werde damit den umwerfendsten heiratswürdigen Junggesellen im ganzen Krankenhaus verärgern. Hör bloß auf.«

»Okay, das ist vielleicht nicht ideal.«

»Meinst du?« Delaney legte ihre Gabel hin. Der Appetit war ihr vergangen. »Ich weiß nicht, Meg. Was, wenn Dr. Mackenzie recht hat? Wenn die Budgetkürzung seiner Station wirklich ernsthaft schadet?«

»Kannst du denn auch empfehlen, das Budget unangetastet zu lassen?«

»Nein. Gregory sagte, alle Abteilungen seien betroffen. Es ist ja bekannt, dass die Mitarbeiter gern Polster in ihre Budgets einbauen, aber wir hatten in den letzten drei Jahren schon drei Kürzungen. Ich frage mich allmählich, ob da noch Polster sein können.«

»Unglaublich, dass er gewagt hat, eine Entlassung anzudeuten.«

Delaney zuckte müde mit den Schultern. »Das Geld muss irgendwo herkommen, oder? Dadurch wäre ein Gehalt weniger zu zahlen. Und ich muss ihm zugutehalten, dass er sich bei der Entlassungsliste nicht ausgenommen hat.«

»Du meinst, es kann wirklich dazu kommen?«

»Ja, allerdings. Ich habe die Zahlen gesehen. Wir standen noch nie so übel da. Und jetzt hat uns der Vorstand eine Frist von dreißig Tagen gesetzt, damit wir keine Zeit für das übliche Hin und Her haben. Ich bin darauf angewiesen, dass Dr. Mackenzie sich mit mir hinsetzt, meine Kürzungsvorschläge durchgeht und mit einem tragfähigen Kompromiss aufwartet. Am besten sofort.«

»Okay. Scheint mir ein guter Plan zu sein.« Megan legte die Gabel hin und zog ihr Handy hervor. »Wann gehen wir das an?«

»Wir?«, fragte Delaney verblüfft.

»Ja, wir. Bin ich nicht deine treue, ergebene Assistentin?«

»Die nur einen Vorwand sucht, um bei einem Meeting mit Dr. Joshua Mackenzie dabei zu sein? Die Assistentin meinst du?«

Megan zuckte unschuldig mit den Schultern. »Kann ich den Treu-und-ergeben-Satz noch mal bringen?«

»Sieh mal an.« Delaney lachte. »Nein. Ich muss das allein tun. Es ist meine Aufgabe, mein Kopf liegt auf dem Richtblock, wenn ich versage. An deiner Stelle würde ich Abstand halten.«

»Wenn du gefeuert wirst, kündige ich.«

»Ach, Meg. Das ist wirklich süß von dir. Dumm, aber süß.«

»Es geht mir nicht um dich.« Megan schüttelte den Kopf. »Wenn du weg bist, wird Gregory mich anweisen, für Kevin zu arbeiten. Und ich arbeite nicht für einen Mann, der seine Transfettsäuren sorgfältiger analysiert als die Haushaltszahlen des Mercy.«

Ein paar Augenblicke lang schaute sie über den Flur, dann tippte sie mit den Fingern auf den Schreibtisch. »Nimm mir nicht übel, wenn ich das vorschlage, aber – hast du mal überlegt, deinen Dad um Hilfe zu bitten? Er hat doch jede Menge Erfahrung mit solchen Situationen. Vielleicht kann er dir einen Tipp geben. Du weißt schon, aus ärztlicher Perspektive und so.«

»Nein.« Delaney lehnte strikt ab. »Es denken schon genug Leute, ich hätte im Grunde seinetwegen den Job bekommen. Kannst du dir vorstellen, wie es aussähe, wenn der Verdacht aufkommt, ich hätte ihn benutzt, um die Stelle zu behalten? Oder um – Gott bewahre – zur Finanzdirektorin befördert zu werden?«

»Welche Strategie hast du stattdessen?«, fragte Megan.

»Daran arbeite ich noch. Ich habe gerade erst mein neues Büro gesehen.«

»Schrank«, korrigierte Megan. »Als der superintelligente Mensch, der du bist, hast du bestimmt schon erkannt, warum er dir das Büro gegeben hat, stimmt's? Er will nicht, dass du da drin sitzt. Er will dich auf seinem Flur haben.«

Delaney lächelte angespannt, während es in ihrem Bauch heftig kribbelte. »Da könntest du recht haben. Und weißt du was? Ich werde die ganze Station unsicher machen. Ich werde bohrende Fragen stellen, bis mir die Puste ausgeht. Er wird mich schon am ersten Abend so leid sein, dass er mich gleich wieder nach oben schickt.«

Das klang zuversichtlich und tapfer, aber innerlich fühlte sie sich zittrig wie Wackelpudding. Bei der Fahrt im Aufzug nach oben hatte sie leise fluchend mit dem Fuß aufgestampft und dann die Augen geschlossen, als ihr klar geworden war, dass er sie in die Enge getrieben hatte.

Dr. Mackenzie würde nur kooperieren, wenn sie auf seine Bedingungen einging, und sosehr sie das fuchste, sie respektierte seine Haltung. Der Mann hatte vermutlich mehr Haushaltssitzungen ausgesessen, als er ertragen konnte, und da kreuzte sie nun auf seiner Station auf und verlangte ein paar weitere von ihm.

Als sie durch ihre Tür auf den teppichgedämpften, tapezierten Flur schaute ... als sie sich langsam mit ihrem Schreibtischsessel herumdrehte, der wahrscheinlich mehr gekostet hatte als Joshuas gesamte Büromöbel ... als sie aus dem Fenster blickte und eine Aussicht genoss, die in dieser Klinik nur zehn Mitarbeiter zu sehen bekamen, da schluckte sie schwer an einer Erkenntnis.

Sie *war* abgehoben. Sie saß ja wirklich den ganzen Tag hier oben in dem bequemen Büro, während das medizinische Personal sich bei der Versorgung der Patienten die Hacken wund lief.

Ihre Distanz war jedoch zweckdienlich, in gewisser Hinsicht – und andererseits ererbt. Ihr Vater kannte den Namen des Patienten nie, wenn er in sterile Kleidung gehüllt den Operationsraum betrat. Er nannte sie nach ihrer Krankheit oder dem akuten Problem, und nachdem man sie in den Aufwachraum geschoben hatte, sah er sie gewöhnlich nicht wieder.

Für ihn war das perfekt. Ohne Bindung kein Verlust. Wenn er einen Patienten nicht durch die Operation brachte, empfand er das als professionelles Versagen, nahm aber nicht an der Beerdigung teil. Er hatte noch nie eine Familie in der Kapelle besucht, wenn sie für die Genesung beteten. Stattdessen spielte er Golf oder schwamm Bahnen oder schraubte an dem Oldtimer in der vierten Parkbucht seiner enormen Garage.

Man mochte das für gefühlskalt halten und das vielleicht zu Recht – aber für ihn bedeutete es das Überleben. Delaney wusste das aus eigener Anschauung. Er hatte nur einen Herzpatienten je betrauert ... und der war nicht sein eigener gewesen.

Sondern sein Sohn.

»Laney?«

Megans Stimme riss sie aus ihren Gedanken.

»Alles in Ordnung?« Megan klappte ihre Salatbox zu, behielt dabei jedoch Delaney im Auge.

»Klar. Sicher. Ja. Wieso?« Delaney schluckte mühsam ein Salatblatt, bekam es aber nicht hinunter. Damit Megan das nicht bemerkte, trank sie einen Schluck Wasser.

»Ich habe gefragt, ob du wirklich klarkommst, wenn du da unten bist, wegen – du weißt schon.«

Delaney holte tief Luft. Den Blick an die Decke gerichtet, wehrte sie mit aller Macht eine Erinnerung ab: wie Parker an einem seiner besseren Tage auf dem Dreirad der Kinderstation den Flur entlangsauste.

Langsam atmete sie aus, die geballten Fäuste im Schoß vor Megans Blick verborgen. »Ist ein Klacks.«

6

»Wow, Kumpel. Du siehst aus wie ausgekotzt.« Ethan klopfte Josh auf den Rücken, als er sich am frühen Samstagmorgen im Avery-Haus an den großen Küchentisch setzte. Er hatte eine in jeder Hinsicht verrückte Woche hinter sich, aber sobald er auf die breite Veranda des Kindergenesungsheims trat, fühlte er sich wie zu Hause.

Ethan betrieb es zusammen mit seiner Frau Josie. Als er damals das Geld dafür zusammengekratzt hatte, um sein Herzensprojekt zu verwirklichen, hatte er es zur Bedingung gemacht, dass Josh die ärztliche Betreuung übernahm. Dann hatten sie den alten Kasten, ein ehemaliges Hotel, gemeinsam umgestaltet und erstklassige Räume für die Patienten und auch für deren Angehörige eingerichtet, damit sie im Avery-Haus übernachten konnten. Das ermöglichte ihnen, zusammen mit ihrem kranken Kind den angrenzenden Vergnügungspark zu besuchen und in einer Umgebung zu entspannen, die einem B&B nahekam, aber nicht an eine der Kliniken erinnerte, in denen sie ohnehin so viel Zeit verbringen mussten.

Ethan hatte sich mit seiner Frau ein Leben eingerichtet, um das Josh ihn einerseits beneidete, andererseits nicht, denn es war mit viel harter Arbeit verbunden … und mit einem alten Schmerz, durch den sie sich ihr gegenwärtiges Glück verdient hatten.

Neben seiner Arbeit im Avery-Haus leitete Ethan auch *Snowflake Village*, den benachbarten Vergnügungspark, den Josies Vater aufgebaut hatte, als sie noch Kinder gewesen waren. Er war dessen rechte Hand und für die Finanzen zuständig gewesen, bis Josies Vater einen Schlaganfall erlitt und sich aus dem Geschäftsleben zurückziehen musste. Nun hielt Ethan die sprichwörtlichen Zügel in der Hand, und Josie arbeitete im Avery-Haus und im Mercy als Kindertherapeutin.

»Warst du wieder die ganze Nacht auf?« Ethan zeigte zur Kaffeekanne, und Josh nickte dankbar. »Wegen eines Patienten oder wegen einer Frau?«

Beides.

»Ich mache von meinem Aussageverweigerungsrecht Gebrauch.« Er nahm den Kaffee entgegen. »Danke.«

»Also nichts für ungut, aber bis Josie herunterkommt, solltest du eine gute Story parat haben. Den fünften Zusatzartikel zur Verfassung lässt sie nicht gelten, wenn sie denkt, es gibt eine Frau in deinem Leben.«

»Es gibt keine ...« Josh blickte zur Uhr. »Was machst du eigentlich noch hier? Solltest du nicht im Park sein?«

»Du wechselst das Thema?« Ethan lachte. »Es *gibt* eine Frau. Wer ist sie?«

»Wer ist wer?« Josie kam in T-Shirt und Yogahose durch die französischen Türen, die das Haupthaus von ihrer Privatwohnung trennten. Sie ging um den Tisch herum zur Kaffeemaschine. Verschlafen rieb sie sich die Augen und tastete dabei nach einer Tasse. »Es gibt eine Frau?«

Josh seufzte. »Es gibt keine Frau.«

Josie setzte sich und legte die Hände um ihre große Kaffeetasse. »Wo hast du sie kennengelernt? Wie ist sie denn so? Wo wohnt sie? Wann lernen *wir* sie kennen?«

»Im Ernst, Ethan.« Josh zeigte auf Josie. »Pfeif deine Frau zurück.«

Josie zuckte mit den Schultern. »Ich bin nur ein bisschen neugierig. Na und? Ich dachte, vielleicht hattest du endlich wieder ein Date seit – wie lange ist das her? Wollte nur wissen, ob wir was zu feiern haben.«

»Wenn ich sage: Halt die Klappe, nimmst du mir das übel?«

»Ja, total.«

»Halt die Klappe, Josie.«

Lachend griff sie über den Tisch nach Ethans Hand. »Da gibt es definitiv eine Frau.«

»Neues Thema. Egal welches, solange es nicht um mich geht.« Josh schüttelte den Kopf, musste aber doch lächeln. »Warum bist du nicht im Park, Ethan?«

Ethan schaute zur Uhr über der Spüle. »Die Journalistin vom *Globe* kommt heute Vormittag, um uns zu interviewen. Unsere Minions werden *Snowflake Village* in der ersten Stunde mal allein managen.«

»Aber Interviews findest du doch furchtbar.«

»Deshalb habe ich sie drei Monate lang hingehalten. Aber sie hat ihrem Chef versprochen, einen Artikel über einzigartige pädiatrische Einrichtungen zu bringen, und wir stellen ein, ich zitiere, leuchtendes Beispiel dar. Der Artikel steht jetzt an, und ich konnte sie nicht länger abhalten, ohne wie ein arrogantes Arschloch dazustehen.«

Josh nickte. »Verstehe.«

»Es geht mir hauptsächlich darum, Spender an Land zu ziehen. Der *Globe* wird in ganz Neuengland gelesen.«

»Meinst du, du kannst ein paar Spender auch ins Mercy schicken? Genauer gesagt zur Kinderstation?«

Ethan goss Kaffee in zwei Becher und schob Josh einen davon zu. »Warum? Stehen wieder Budgetkürzungen an?«

Josh schüttelte frustriert den Kopf. »Eine Frau aus der

Finanzabteilung wurde offenbar angewiesen, mein Budget gründlich zu bereinigen.«

»Bereinigen.«

»Genau.«

»Hast du vorgeschlagen, die Leute der Führungsetage könnten mal ihre Gehälter kürzen? Denk nur an die Leistungsangebote, die du damit retten würdest.«

»Ich war in Versuchung.« Er trank einen Schluck Kaffee und stellte die Tasse hin. »Doch deren neue Strategie ist, eine nette … und junge … und …«

»Heiße?«, half Ethan weiter.

Josie lächelte. »Um die geht es? Eine Kollegin aus der Finanzabteilung? Das ist die Frau?«

»Halt die Klappe, Jos.«

Er schüttelte den Kopf, während Ethan und Josie lachten. An manchen Tagen erwies es sich als ungünstig, mit den zwei Menschen, die er am längsten kannte, beruflich zusammenzustecken.

Zum Glück konnten sie nicht wissen, dass er die halbe Nacht an Delaney gedacht hatte. Oder dass er ständig nur Delaneys kecken Mund und ihren energischen Gang vor sich sah. Oder dass ihre sanfte Stimme und eleganten Finger ihn in seiner Fantasie zu Dingen verleiteten, die er sich bei einer Kollegin nicht ausmalen sollte. Erst recht nicht, wenn sie die Macht hatte, seine Station finanziell auszutrocknen.

Josie sah zur Uhr und betastete ihre schlafzerzausten Haare. »Du meine Güte, wann wollte die Journalistin hier sein?«

»In einer Viertelstunde, Jos.«

Sie sprang vom Tisch auf. »Warum hast du mir das nicht gesagt? Schau mich nur mal an!«

»Du siehst wunderbar aus.« Ethan legte ihr die Arme

um die Taille, um ihr einen Kuss auf den Mund zu drücken. »Aber du wirst dir etwas anziehen wollen.«

Sie kniff ihn in die Wange, dann huschte sie durch die französischen Türen zurück in die Wohnung, wobei Ethan jede ihrer Bewegungen in sich aufsaugte.

Josh erstickte den Funken Eifersucht, der jedes Mal aufglomm, wenn er die beiden zusammen sah. Sie hatten einen langen, schwierigen Weg zurückgelegt, um dahin zu gelangen, wo sie heute waren, aber jetzt lebten sie eine perfekte Beziehung, soweit er sehen konnte.

Er verschränkte die Unterarme auf dem Tisch. »Hättest du je gedacht, dass dein Leben heute so aussehen würde?«

»Genau so habe ich es mir immer erhofft.« Ethan zwinkerte ihm zu und stand auf, um sich Kaffeesahne aus dem Kühlschrank zu nehmen. »Josie hat nur ein bisschen länger gebraucht, als ich dachte, um zu mir zurückzufinden.«

»Zehn Jahre.« Josh lächelte.

»Diese Dinge darf man nicht übereilen.« Ethan setzte sich wieder. »Apropos übereilen … und da wir beide wissen, dass Josie mich ausquetschen wird, sowie du gegangen bist … kommen wir doch noch mal auf die heiße Braut vom Finanzbüro zurück. Würdest du mit ihr ausgehen?«

Josh schüttelte den Kopf. »Davon bin ich ein für alle Mal kuriert, dank Nicole.«

»Nicht jede ist …«

»Ich weiß. Nicht jede ist wie Nicole. Aber ich war der Trottel, der praktisch zum Altar gegangen ist, bevor er sie durchschaute.«

»Du warst kein Trottel.« Ethan verdrehte die Augen. »Sie hat dich eingewickelt.«

»Und damit zum Trottel gemacht.«

»Meiner Meinung nach bist du zu intelligent, um dich

durch eine schlechte Erfahrung von allen anderen Frauen abbringen zu lassen.«

»Und deshalb brauchst du mir das gar nicht erst zu sagen?«

»Genau.«

Josh schlürfte seinen Kaffee und dachte dabei an den Abend damals, an dem er früher vom Krankenhaus nach Hause gefahren war und unterwegs Blumen und Wein gekauft hatte, um Nicole zu überraschen.

Überrascht hatte er sie in der Tat.

Im Nachhinein betrachtet hätte der vor dem Haus parkende BMW ein Hinweis für ihn sein müssen, doch er marschierte ohne Zögern in ihre Wohnung und zog sich an der Garderobe die Stiefel aus.

Dabei fiel sein Blick auf die Kleiderspur, die den Flur entlang und die Treppe hinaufführte.

Und dann erst bemerkte er das fremde Stiefelpaar.

Die Blumen ließ er dort liegen, wo er sie fallen gelassen hatte, aber die Flasche Wein nahm er mit und leerte sie selbst. Am nächsten Morgen stand eine tränenüberströmte Nicole vor ihm und wollte geltend machen, er sähe das ganz falsch und sie habe sich einsam gefühlt. *Was hast du denn erwartet? Du bist ja nie zu Hause!*

Später an dem Nachmittag, noch übernächtigt und verkatert, kam er zu dem Schluss, Nicole habe recht. Er war tatsächlich nie zu Hause. Seine Arbeitszeiten waren unmöglich, und es wäre nicht fair, etwas anderes zu behaupten.

Eines Tages, wenn er aus dem Hamsterrad des Klinikalltags raus wäre und seine eigene Praxis hätte, würde er vielleicht Zeit haben für mehr als eine lockere Beziehung. Bis dahin aber würde er sein Herz nicht mehr hergeben, sich von keiner mehr verletzen lassen.

Ethans Stimme drang zu ihm durch. »Habt ihr keine attraktiven neuen Krankenschwestern? Oder MTAs? Phlebologinnen mit einer Schwäche für Unartigkeiten?«

Josh stöhnte. »Nichts dergleichen.«

»Mist. Man sollte meinen, in einer so großen Klinik gäbe es wenigstens eine, die bereit ist, mit dir auszugehen.«

»Ha. Die Einzigen, die ich kenne, wollen mich entweder herumkommandieren, oder sie wollen mein Geld.«

»Also reißen sie sich nicht mehr darum, dir morgens Kaffee zu bringen? Lässt du etwa nach?«

Josh schüttelte den Kopf. »Das mit dem kostenlosen Kaffee ist völlig außer Kontrolle geraten. Wenn ich ohne Kaffee funktionieren könnte, würde ich kalten Entzug in Kauf nehmen, nur um meine Ruhe zu haben.«

»Aber keine dieser Frauen würdest du für ein Date in Betracht ziehen?«

»Sie arbeiten für mich, Ethan.«

Der nickte. »Okay, das verstehe ich. Aber was ist mit der Frau aus der Finanzabteilung?«

»Ungünstig, gelinde gesagt. Ich habe erwähnt, dass sie meine Mittel kürzen will, ja?«

»Ist sie verheiratet? Verlobt?«

»Sie trägt keinen Ring.« Josh verdrehte die Augen. »Du redest am Wesentlichen vorbei.«

»Also …« Ethan lehnte sich zurück und verkniff sich sichtlich das Grinsen. »Sie ist jung, attraktiv, und du hast nach einem Ring geguckt. *Und* sie ist dir nicht unterstellt.«

»Das ist alles wahr. Aber das heißt nicht, dass ich mit ihr ausgehen sollte.«

Ethan zuckte mit den Schultern. »Vielleicht würde sie dann ein bisschen nachsichtiger mit deinem Budget umgehen … Ich meine ja bloß. Ein bisschen zusammen essen und trinken schadet nie in einer harten Verhandlungssituation.«

Am Montagmorgen stieg Delaney im sechsten Stock aus dem Aufzug und öffnete umständlich die Etagentür, die sie sodann mit einem Fuß aufhalten musste, denn sie balancierte ihren Kaffee und den Laptop auf einem Stapel Akten, die sie übers Wochenende nach Hause mitgenommen hatte. Es war erst sieben Uhr. Daher war sie wie gewohnt die Erste. Diese Stunde, wenn noch kein anderer da war, mochte sie besonders. Da konnte sie haufenweise Arbeit erledigen, bevor sich ihr E-Mail-Postfach füllte.

Im Vorbeigehen legte sie zwei Akten auf Megans Schreibtisch, klemmte sich die übrigen zwei unter den Arm und nahm Laptop und Kaffee in die freie Hand. So lief sie zu ihrem Büro und stieß prompt mit einem festen männlichen Körper zusammen. Fast hätte sie gequiekt, als ihr die Akten auf die Zehen fielen. Dann fluchte sie.

Dr. Mackenzie. Ebenfalls mit einem Kaffee in der Hand.

Während sie verlegen die schmerzenden Zehen an der Wade rieb, verbiss sie sich weitere Flüche.

»Was tun Sie hier oben?« *In meinem Territorium*, fügte sie im Stillen hinzu.

»Sie am frühen Morgen zu Tode erschrecken, fürchte ich.«

Oh ja, erschrocken war sie, und sie hatte weiche Knie, aber nicht, weil er sie erschreckt hatte. Er sah frisch geduscht aus, seine Haare waren noch feucht. Sein dunkelbraunes Hemd und die Khakihose betonten seine sportliche Figur. Er war zum Anbeißen. Und dazu noch, oh Gott, das Aftershave, das ihr schon viel zu sehr gefiel.

Ihr Herz klopfte heftig, sodass sie ihre Haare nach vorn fallen ließ, um die verräterisch pochende Ader zu verdecken.

Dr. Mackenzie hob die beiden Akten auf und öffnete ihr die Bürotür. »Es tut mir wirklich leid. Ich wollte Sie nicht erschrecken.«

»Warum lauern Sie mir dann um sieben Uhr früh auf meinem Flur auf? Wie sind Sie überhaupt hereingekommen?«

Er grinste. »Ich habe Marco das geheime Passwort gegeben. Und davon abgesehen verüble ich Ihnen den Ausdruck auflauern.«

Marcos lockere Interpretation der Zugangsbefugnisse war legendär, und gegen Ende seiner Nachtschicht war er besonders großzügig.

»Was für ein Passwort hat er heute verlangt?«

»Einen heißen Kaffee und einen Donut.«

Delaney schloss die Augen. *Was für ein Sicherheitssystem!*

Sie setzte sich an ihren Schreibtisch, hauptsächlich wegen ihrer weichen Knie, die er auf keinen Fall bemerken sollte. »Was kann ich für Sie tun?«

Er ging zum Fenster. »Wow. Eine tolle Aussicht haben Sie hier oben.«

Verlegen erinnerte sie sich, was sie am Freitag wegen dieser Aussicht gedacht hatte, aber sie schwieg dazu. Was könnte sie auch sagen, nachdem sie nun wusste, dass er durch sein Bürofenster lediglich auf den hektischen Stationsflur blickte?

Er drehte sich zu ihr um. »Ich wollte nur über ein paar Dinge mit Ihnen sprechen, bevor Sie heute zu uns nach unten kommen. Dachte, es wäre einfacher, das auf Ihrem Territorium zu tun.«

»Weil?«

»Weil die Leute auf *meinem* Territorium nicht unbedingt Fans der Finanzabteilung sind, besonders wegen des Klimas in der letzten Zeit. Ich weiß, sie werden sich von ihrer besten Seite zeigen, solange Sie bei uns sind. Trotzdem sind sie nervös. Alle wissen, was es heißt, wenn sich jemand aus der Finanzabteilung für eine bestimmte Station interessiert.«

Delaney wusste nicht, was sie erwidern sollte. Einerseits störte es sie, dass sie als Feind betrachtet wurde, bevor die Mitarbeiter sie überhaupt kennengelernt hatten. Andererseits war ihnen das kaum zu verdenken. Jeder kannte jemanden, der im Zuge einer Haushaltskürzung entlassen worden war. Zurzeit fühlte sich niemand auf seinem Posten sicher.

Schließlich seufzte sie. »Was kann ich tun, um es allen angenehmer zu machen?«

»Vermutlich nichts.« Er zuckte mit den Schultern. »Es bleibt unangenehm. So ist es nun mal. Aber meiner Ansicht nach könnte es nützen, wenn ich Sie in einiges einweihe, bevor Sie die Station betreten.«

»Okay.« Sie faltete förmlich die Hände auf ihrem Schreibtisch. »Einführung in die pädiatrische Station, Lektion eins. Ich bin ganz Ohr.«

»Als Erstes sollten Sie nett zu Therese sein, wenn Sie mittags essen gehen wollen.«

Delaney runzelte die Stirn. »Ich kann nicht ganz folgen.«

»Sie macht den Lunch-Plan. Das heißt, sie entscheidet, wer wann isst. Und wenn sie Sie nicht leiden kann, vergisst sie glatt, Sie in den Plan einzutragen.«

»Nichts für ungut, aber wieso bin ich auf ihren Plan überhaupt angewiesen? Ich arbeite nicht auf der Station, sondern beobachte nur.«

»Sie wollen doch wirklich erfahren, was es heißt, auf einer Station zu arbeiten, nicht wahr?«

Sie lehnte sich zurück. »Ähm, nein. *Sie* wollen das. Offenbar. Wann haben wir vereinbart, dass ich mehr tue, als mich im Hintergrund zu halten?«

»Millie, unsere Oberschwester, und ich haben heute früh miteinander gesprochen und waren uns einig: Wenn Ihnen wirklich daran gelegen ist, für die Station die besten Entscheidungen zu treffen, dann müssen Sie mitanpacken.«

»Mitanpacken? Was soll das heißen?« Delaney blickte auf die Uhr. Es war wirklich erst sieben, und er hatte schon ein Gespräch mit der Oberschwester geführt? »Was für Arbeitszeiten haben Sie eigentlich?«

»Wir haben alle einen sehr langen Tag, Delaney. Das gehört zu den Dingen, die Sie erfahren werden, wenn Sie bei uns sind. Ich habe fest angestellte Krankenschwestern, die fünfzig bis sechzig Stunden pro Woche arbeiten.«

»Wie ist das möglich? Geht die Gewerkschaft da nicht auf die Barrikaden?«

»Wir zahlen ein mordsmäßiges Überstundengeld. Dadurch ist das möglich. Weil, wie Sie freundlicherweise herausgestellt haben, unser Betreuungsverhältnis so hoch ist, dass ich keine weiteren Krankenschwestern einstellen durfte.«

Sie seufzte still. »Es tut mir leid, dass ich das gesagt habe.«

Das stimmte. Je mehr sie am Wochenende in die Materie eingestiegen war, desto überzeugter war sie, dass sie personell tatsächlich ungenügend ausgestattet waren. Der erste Punkt auf ihrer ursprünglichen Liste war die Reduzierung von Personal gewesen. Ein kurzsichtiger Vorschlag, das war ihr jetzt schon klar, und sie hatte noch nicht mal mit der offiziellen Beobachtung begonnen.

Er blickte sie durchdringend an, und sie versuchte, nicht verlegen zu werden. »Ich bin dankbar, dass Sie das sagen.«

Sie hob die Hände. »Dr. Mackenzie, ich habe kein Problem zuzugeben, wenn ich mich irre, okay?«

»Aber lassen Sie mich raten: Das passiert Ihnen nicht oft?«

»Nein.« Sie deutete auf die beiden Akten. »Darin steckt meine Recherche vom Wochenende, und mir ist klar, dass meine Kürzungsliste von voriger Woche noch unausgereift war, aber etwas Besseres konnte ich in der kurzen Zeit nicht zustande bringen, eine angemessene Analyse ist da kaum möglich.«

»Aber Sie meinen, die haben Sie nun erstellt?«

»Weitgehend, ja.«

»Also gibt es eine neue Liste?«

»Nur in meinem Kopf.«

Und auf meinem Laptop. Und auf drei ausgedruckten Seiten in der Mappe unter meinen Händen.

»Und werden Sie sie mir zeigen?«

Sie holte tief Luft. Die Ungewissheit, was nun auf dieser Liste stand, bereitete ihm sichtlich Unbehagen. War sie ein schrecklicher Mensch, weil sie das genoss? »Ich möchte erst einmal prüfen, ob meine Ideen realistisch sind. Dann können wir darüber sprechen.«

Er nickte bedächtig und trank seinen Kaffee. »Mehr kann ich wohl unter diesen Umständen nicht verlangen.«

»Da stimme ich Ihnen zu. Und in Zukunft würde ich gern in Gespräche einbezogen werden, wenn es darum geht, was ich auf Ihrer Station tun oder lassen werde. Ich bin mir nicht sicher, ob *mitanpacken* ein zielführender Ansatz ist.«

Sie legte die Hände in den Schoß, als sie bemerkte, dass sie zitterten. Was stellte er sich unter mitanpacken vor? Für medizinische Aufgaben war sie überhaupt nicht qualifiziert – das wussten die doch, oder? Sie war bereit, sich mit Patienten zu unterhalten – ruhig, beobachtend, als Außenstehende –, aber mehr auch nicht.

Von dieser Woche versprach sie sich, Dienstplan und Aufgabenverteilung eingehend zu studieren, ihre Schulungsprogramme zu prüfen und möglichst viele Gespräche zu führen, damit sie die Kürzungsvorschläge mit reinem Gewissen vorlegen konnte.

Sie tat nichts halbherzig, und Dr. Mackenzie würde das hoffentlich noch erkennen.

»Vertrauen Sie mir. Nur dadurch werden Sie die Sachlage wirklich verstehen.« Er trank noch einen Schluck Kaffee. »Und für meine Mitarbeiter wird es eine erfrischende Abwechslung sein zu sehen, dass Ihnen daran gelegen ist. Es gibt ein gewisses Maß an Misstrauen zwischen den medizinischen Abteilungen und der Vorstandsetage, das werden Sie sicher verstehen.«

Sie bemühte sich, nicht gereizt zu reagieren. Misstrauen? Im Ernst? Hatte auf der Kinderstation jemand eine Ahnung, wie viel Geld sie ihnen in den letzten fünf Jahren schon zugeschanzt hatte? Wie viele Stunden sie aufgewandt hatte, um Fördermöglichkeiten für sie zu finden, zu beantragen und zu erkämpfen? Wie viele Stunden sie in diesem Büro mit Aussicht gesessen hatte, um alle Möglichkeiten auszuschöpfen und eine pädiatrische Abteilung zu halten, deren Fortbestand auf der Kippe stand?

Wahrscheinlich nicht. Selbst Dr. Mackenzie schien nicht zu wissen, welche Anstrengungen sie im Hintergrund vollbracht hatte. Für ihn war sie eine Unterschrift auf Verwaltungsunterlagen, und nachdem sie vorige Woche auf seinen Schreibtisch geschaut hatte, war ziemlich klar, dass er gar keine Zeit hatte, besagte Unterlagen zu lesen.

Delaney atmete tief durch. »Dr. Mackenzie, ich möchte Ihnen nicht zu nahe treten, aber ich meine, Sie – und Ihre Mitarbeiter – sollten mit Unterstellungen vorsichtig sein. In dieser Klinik gibt es viele Leute, denen die Kinderstation am Herzen liegt. Ich kann Ihnen versichern, Sie sind nicht der Einzige, der sich bemüht, den Betrieb am Laufen zu halten.«

»Ich weiß.« Er hob abwehrend die Hand. »Das weiß ich wirklich.«

Sie zog die Brauen hoch. »Ich kann nicht behaupten, dass ich mich schon mal bereit erklärt habe, in die Besenkammer einer Station umzuziehen.«

»Büro.«

Sie senkte das Kinn und zog die Brauen noch höher. »Besenkammer.«

»Na schön, Besenkammer. Vor allem aber der einzige freie Raum auf der ganzen Station, das kann ich zu meiner Verteidigung anführen. Und außerdem möchten wir ohnehin nicht, dass Sie sich dort groß aufhalten.«

Delaney lehnte sich zurück. »Was genau stellen Sie sich denn vor, das ich dort tun soll?«

»Ich bin froh, dass Sie fragen.« Er lächelte, was ihre Gereiztheit sehr schnell dämpfte. »Wir haben einige Möglichkeiten erörtert. Ich denke, heute lassen wir Sie nach Belieben zuschauen. Morgen werde ich Sie wahrscheinlich einem Mitarbeiter zuweisen, damit Sie ihm bei der Arbeit über die Schulter gucken.«

»Sie weisen mich zu? Im Ernst?«

»Stört Sie das?«, fragte er leicht belustigt. »An Weisungen sind Sie nicht gewöhnt?«

Sie runzelte die Stirn. »Wie wär's, wenn Sie im Blick behielten, dass ich mich aus freien Stücken bereit erklärt habe, eine Woche bei Ihnen zu verbringen?«

»Hören Sie«, erwiderte er seufzend, »bemühen wir uns einfach, dass es funktioniert, einverstanden? Für Wortgefechte ist es noch zu früh am Morgen.«

Gegen ihren Willen musste sie lächeln. »Ihnen wurde wohl noch zu wenig Kaffee gebracht, hm?«

Er stutzte. »Woher wissen Sie …«

Delaney deutete auf die Akten. »Recherche, Doktor. Ich recherchiere immer sehr gründlich.«

7

Recherche? Blödsinn! Josh verdrehte die Augen. Er ging am Schwesternzimmer vorbei und direkt in sein Büro. Natürlich stand da eine dampfende Kaffeetasse auf dem Schreibtisch, verdammt.

Er sah es noch vor sich, wie Delaney mit ihrem niedlichen Grinsen auf die Akten deutete, und schüttelte den Kopf. Offenbar hatte sie ihn als Schürzenjäger abgestempelt, der sich gern von seinen Krankenschwestern anschmachten ließ.

Es war nicht seine Schuld, dass sie auch mal etwas Nettes für ihn taten. Er hatte nie jemanden gebeten, ihm Kaffee zu bringen – kein einziges Mal. Sie machten es einfach, was ihn selbst nach all der Zeit noch verblüffte. Genau ein Mal am Tag blickte er in den Spiegel – nämlich um sich zu vergewissern, dass er sich rasiert hatte, aber er sah bloß aus wie … er selbst. Nicht wie Dr. Dreamy oder was immer er Therese neulich flüstern hörte.

Im Ernst, wenn Therese ihn in der siebten Klasse gekannt hätte, mit seiner idiotischen Schmachtlocke und der Zahnspange und den entsetzlichen Hosen, die ihm immer zu kurz wurden, bevor seine Eltern ihm eine neue kaufen konnten, dann würde sie sich bestimmt nicht darum reißen, ihm morgens als Erste den Kaffee zu bringen.

»Morgen, Doc.« Millie streckte den Kopf in sein Büro und deutete auf die Tasse. »Wie ich sehe, sind Sie schon versorgt?«

Er seufzte. »Scheint so.«

»Das Leben ist hart, mein Lieber.« Sie lächelte. »Erwarten

wir Miss Schickimicki heute Morgen? Oder hat sie es sich anders überlegt?«

»Soweit ich weiß, kommt sie. Hat gesagt, sie muss vorher noch Papierkram erledigen.«

»Soll ich ihr eine kurze Einführung geben? Oder möchten Sie das selbst tun?«

Er dachte daran, wie Delaney mit hochgezogenen Brauen auf ihre Tür gezeigt hatte, nachdem er ihr angeboten hatte, sie auf die Kinderstation zu begleiten.

Ich finde selbst hin, danke, hatte sie kühl geantwortet.

Er seufzte. »Lassen wir sie selbst entscheiden, was sie heute tun möchte.«

»Dachte, Sie wollten, dass ich ihr einen Wochenplan mache.«

»Ms. Blair ist es sicherlich gewohnt, sich ihre Pläne selbst zu machen, Millie. Wir lassen ihr heute freie Hand. Sorgen Sie einfach dafür, dass sich alle von der besten Seite zeigen, okay?«

Millie schüttelte den Kopf. »Großartig. Jetzt habe ich eine voll belegte Station, eine Pflegekraft weniger und muss auch noch einen Finanzmenschen mit Samthandschuhen anfassen.«

»Tut mir leid.«

Seufzend wandte sie sich zum Gehen. »Was für eine Strategie haben wir dabei, Joshua? Meint sie es ernst mit den Kürzungen?«

»Ich fürchte, ja.« Er schaute auf die Berge von Papierkram auf seinem Schreibtisch. Irgendwo darunter lag eine Mappe mit Förderanträgen, mit denen er sich noch nicht befassen konnte. Würde er Zuschüsse ergattern können, um die Löcher zu stopfen, die Ms. Blair reißen wollte?

»Darf ich Ihnen einen kleinen Rat geben?«

»Kommt drauf an.«

»Besiegen Sie sie mit Freundlichkeit, mein Lieber. Benutzen Sie das gute Aussehen, das Ihre Mama Ihnen vererbt hat, und zermürben Sie sie.«

»Das ist nicht lustig, Millie.«

Sie seufzte. »Wir arbeiten mit Minimalbudget, Joshua. Noch ein paar Dollar weniger, und die Patientensicherheit ist gefährdet.«

»Miss Blair. Kommen Sie herein.« Um Punkt neun Uhr winkte Millie sie in den Pausenraum, wo Therese sie gerade abgeliefert hatte.

Delaney trat ein. Da es keine Stühle gab, blieb sie an der Tür stehen. Aller Augen waren auf sie gerichtet. Sie hob das Kinn und setzte ein Lächeln auf. Für ihren ersten Tag hatte sie sich ein bisschen legerer angezogen, um nicht wie eine beflissene Kontrolleurin des Gesundheitsamtes zu erscheinen – oder wie eine Finanzanalystin. Megan hatte nur einen Blick auf ihre kurzärmlige Strickjacke, den Rock und die Stiefel geworfen und den Kopf geschüttelt. Dann hatte sie ihr den obersten Knopf geöffnet.

»So, alle mal herhören«, sagte die Oberschwester. »Das ist Delaney Blair von der Finanzabteilung. Wie Sie wissen, hat Dr. Mackenzie sie eingeladen, sich diese Woche die Arbeit auf seiner Station anzuschauen, und sie hat zugesagt.«

Delaney lächelte, um den Anschein zu erwecken, sie sei bloß zu einer freundlichen Beobachtungsmission hier. Bei einem Blick in die Runde sah sie jedoch, dass sie sich umsonst bemühte. Mit solch einer Tarngeschichte ließ sich hier keiner täuschen.

»Heute wird sie sich nur ein wenig umsehen und wahrscheinlich viele Fragen stellen. Bitte bemüht euch nach Kräften, sie zu beantworten, und wenn ihr das nicht könnt, schickt ihr sie zu mir. Ab morgen wird sie jeweils für ein paar Stunden dem einen oder anderen von euch über die Schulter gucken.«

Niemand gab einen Mucks von sich, aber Delaney hätte schwören können, sie alle innerlich stöhnen zu hören.

Millie wandte sich ihr mit einem aufgesetzt wirkenden Lächeln zu und öffnete die Tür, um sie hinauszugeleiten. »Danke. Ich muss mich gerade noch um einige andere Dinge kümmern, aber wir möchten Ihre Zeit nicht weiter beanspruchen. Wollte Sie nur vorstellen, damit jeder das Gesicht zum Namen kennt.«

Delaney holte tief Luft und ging den Flur hinunter zu ihrer Besenkammer. Sie hatte darauf verzichtet, ihren Laptop mitzuschleppen. Auf keinen Fall würde sie hier etwas Nützliches erledigen können, nicht bei dem Geräuschpegel und dem Gerenne auf dem Gang. Und schon gar nicht, wenn sie »mit anpackte«. Sie würde eben einige lange Abende im sechsten Stock einplanen müssen.

Als sie an Dr. Mackenzies Büro vorbeikam und ihn an seinem Schreibtisch sitzen sah, bremste sie abrupt ihren Schritt. Voller Mitgefühl sah sie ihn leise fluchend über einem Papier brüten und sich die Stirn reiben. Sie fragte sich, wie viele Stunden er pro Woche arbeitete.

Schlief er überhaupt mal?

Leise klopfte sie an den Türrahmen, um ihn nicht zu erschrecken. Als er aufblickte, versuchte er sichtlich, seinen Ärger über die Störung beiseitezuschieben.

»Sie sind da.« Er lächelte, aber ein wenig geistesabwesend.

»Ja. Millie hat dem Pflegepersonal gerade erklärt, dass ich den ganzen Tag herumschleichen und ihnen Fragen stellen werde und dass sie bitte so tun sollen, als wäre ich ihre beste Freundin, damit ich keine Entlassungen empfehle.«

Er lehnte sich zurück. »Das hat sie nicht gesagt.«

»Nein.« Delaney schüttelte leicht genervt den Kopf. »Aber alle wussten, was sie meint.«

»Aber nicht doch.«

Delaney trat näher. »Darf ich mich für einen Moment setzen?«

»Sicher.« Er schob seinen Stuhl ein Stück zurück und richtete seine hinreißenden Augen erwartungsvoll auf sie.

Nachdem sie die Tür hinter sich geschlossen hatte, ließ sie sich auf der Stuhlkante nieder. »Ist das Haus nicht vollständig auf Elektronik umgerüstet?«, fragte sie mit Blick auf die Aktenstapel. »Wieso haben Sie derart viele Vorgänge auf Papier zu bearbeiten?«

»Ja, angeblich haben wir auf Computer umgestellt, aber ... die Klinikleitung hat die glückliche Entscheidung getroffen, unsere Systeme von verschiedenen Anbietern zu erwerben, und diese Systeme sprechen nicht miteinander, außer dienstags bei Vollmond. Folglich ... arbeite ich auf Papier.«

»Unsere Systeme sind nicht kompatibel?«, fragte Delaney verwundert.

»Nein.« Er hob die Augenbrauen. »Das ist Ihnen wirklich neu?«

»J-ja. Das höre ich zum ersten Mal. Wir hatten neulich erst eine Präsentation vonseiten der entsprechenden Firmenmitarbeiter, und die haben uns versichert, der Übergang sei zu fünfundneunzig Prozent vollzogen.«

»War jemand vom medizinischen Personal anwesend?«

Delaney dachte daran zurück, und nein, nur leitende Angestellte waren dort gewesen, alle aus dem sechsten Stock, was ihr jetzt erst auffiel. Angestellte, die mit den elektronischen Patientenakten nie zu tun hatten. »Die Leitung wollte sich nur einen Überblick verschaffen. Die Vertreter der Verkaufsfirmen kamen herein, um uns auf den neuesten Stand zu bringen. Aber sie haben eine praktische Demonstration geliefert. Demnach schien alles … bestens.«

Sie ließ den Satz leise verebben, als ihr bewusst wurde, wie lächerlich das klang. Natürlich wollte das Verkaufsteam die Mängel für sich behalten. Und natürlich würde ihre Demonstration die problembehafteten Bereiche sorgfältig auslassen.

Dr. Mackenzie zog die Brauen hoch, was offenbar zu einer dummen Gewohnheit wurde. »Und von Störungen ist Ihnen nichts zu Ohren gekommen? Ich bin schockiert.«

Delaney blickte ihn ruhig an, doch seine Augenbrauen blieben in der Mitte der Stirn. *Na schön.* Sie holte Block und Stift hervor. Es war wohl am besten, Beobachtungen sofort festzuhalten. Und ein problembehaftetes, wenig genutztes eGA-System, das Millionen gekostet hatte, konnte ruhig ganz oben auf ihrer heutigen Beobachtungsliste stehen.

Sie schrieb, dann zeigte sie auf seinen Laptop. »Glauben Sie, die Verkäufer wissen, dass es nicht korrekt funktioniert?«

»Ja, das wissen sie. Und alle drei haben ihre Techniker vor Ort, die wahrscheinlich zusätzliches Geld kosten, das wir nicht haben, und versuchen, drei Systeme kompatibel zu machen, die gar nicht darauf ausgelegt sind.«

Delaney hörte ihm seinen mühsam unterdrückten Ärger an. *Auch so eine abgehobene Entscheidung von oben, die unten ausgebadet wird*, sagte der Unterton.

»Da saßen aber auch *Ärzte* im Auswahlgremium, wissen Sie.« Sie hasste ihren defensiven Ton, aber mal im Ernst: Warf er ihrer Abteilung vor, Ärzten ein unbrauchbares System vorgesetzt zu haben? Sie waren nicht als Einzige an der Anschaffung beteiligt gewesen.

»Ich weiß. Ich war einer davon. Aber ich wette, wenn Sie

die Besprechungsprotokolle durchgehen, werden Sie nicht einen Arzt finden, der für drei verschiedene Fabrikate gestimmt hat. Den Fehler haben wir schon einmal gemacht, und es passiert immer das Gleiche. Mehr sage ich gar nicht. Am Ende lief es auf eine Entscheidung der Finanzabteilung hinaus.«

»Nur weil uns versichert wurde, dass die Systeme sich nahtlos zusammenfügen.«

»Vonseiten der Verkäufer, ja?«

Delaney seufzte. »Ja.«

Er deutete auf seine Aktenstapel. »Nun, bis das Problem behoben ist, arbeite ich auf Papier.«

»Okay.« Sie nickte, um gleich darauf den Kopf zu schütteln. Es war Zeit, ihr Gespräch auf das Thema zu lenken, das sie eigentlich mit ihm besprechen wollte.

Sie holte tief Luft und schlug die Beine übereinander. Er verfolgte die Bewegung genau, sodass sein Blick an ihren Stiefeln abwärts glitt. Anscheinend hatte Dr. Mackenzie eine Schwäche für hohe Absätze. Megan würde sie bestimmt auffordern, das auszunutzen ... so, wie sie auch immer wieder auf den obersten Knopf hinwies.

»Was können Sie mir über Millie sagen?«, fragte sie mit gezücktem Stift.

Sein Blick huschte an ihrem Körper entlang nach oben, doch sie konnte nicht feststellen, ob ihm bewusst war, dass er abgeschweift war. Ihr wurde plötzlich zu warm in dem winzigen Büro.

»Was meinen Sie?«

»Nur ... ich würde gern mehr über sie wissen. Sie ist offensichtlich eine Autorität, und wenn ich eine ganze Woche hier verbringen soll, würde ich gern wissen, wie sie tickt.«

»Und wie Sie es vermeiden können, sie auf die Palme zu bringen?«

Delaney lachte und sah seinen Blick zu ihrem Mund gehen. »Das auch.«

»Ähm.« Er schien verwirrt, was bei ihr ein kleines freudiges Flattern im Bauch auslöste. »Bei Millie kann man sich nur auf eine Art beliebt machen.«

»Und die wäre?«

Er schüttelte den Kopf. »Man muss sich ihre Sympathie verdienen. Ich könnte für Sie beide Hände ins Feuer legen, aber das würde gar nichts nützen, denn sie urteilt immer aufgrund eigener Erfahrung.«

Delaney sah Millies strenges Lächeln und ihre steife Haltung vor sich. »Ich habe schon eine Ahnung, was sie von mir hält.«

»Sie kennt Sie noch gar nicht.«

»Habe ich eine Chance, sie zu überzeugen, dass ich tatsächlich ein Mensch bin, obwohl ich aus dem sechsten Stock komme?«

Er schmunzelte. »Eine kleine. Für die übrigen Krankenschwestern kann ich nicht sprechen, aber wenn Sie Millie mit dem gebührenden Respekt behandeln, bekommen Sie den auch von ihr.«

Delaney nickte. Das machte die Sache schon leichter. »Wie lange arbeitet sie hier schon?«

»Fünfunddreißig Jahre.«

Ach du lieber Himmel. Delaney überschlug im Kopf die Höhe der Zulagen. Im Laufe des Wochenendes hatte sie sich notiert, wo sie genauer nachhaken wollte, solange sie hier unten arbeitete, und zu den Punkten gehörte die Tatsache, dass über ein Drittel von Joshuas Krankenschwestern kurz vor dem Rentenalter standen oder es bereits überschritten hatten. Zu ihrem neuen Kürzungskonzept gehörte ein Paket von Vorruhestandsverträgen, und Millie schien eine passende Kandidatin zu sein.

»Denkt sie bereits an den Ruhestand?«

»Nein.« Dr. Mackenzie schüttelte den Kopf. »Und wenn Sie ihr mit dem R-Wort kommen, kann ich nichts mehr für Sie tun. Millie wird wahrscheinlich auf dieser Etage sterben, und ich vermute, das wird erst in vierzig Jahren sein.«

»Also …«

»Wenn Sie bei ihr einen Vorruhestandsvertrag ansprechen, sind Sie ein für alle Mal verloren.«

»Hat das schon mal jemand bei ihr getan?«

»Ja, und ich sage es geradeheraus, Delaney. Es gibt Kollegen in dieser Klinik, die froh wären, einen Vorruhestandsvertrag zu unterschreiben, und sofort gehen würden. Denen würde ich sehr gern zu einem verhelfen, weil sie vermutlich nicht die Leute sind, die wir hier arbeiten lassen wollen. Millie gehört nicht dazu. Sie lebt für ihre Patienten, und ich meine es ernst, wenn ich sage, dass sie wahrscheinlich im Dienst sterben wird.«

Sein Blick wurde eindringlich. »Rühren Sie sie nicht an. Das ist mir absolut ernst. Eher können Sie mich entlassen, aber wagen Sie es ja nicht, Millie in Rente zu schicken.«

»Niemand wird irgendwen entlassen.« Sie schaute ihn fest an, damit er die Lüge nicht heraushörte, aber sie fühlte ihre Halsschlagader klopfen, während er ihr Gesicht musterte.

»Noch nicht, stimmt's?«

Sie seufzte. »Ich werde mein Möglichstes tun, damit es nicht dazu kommt. Besser?«

»Ehrlicher vielleicht.« Er schüttelte den Kopf. »Rühren Sie sie nicht an, Delaney.«

Sie hob beschwichtigend die Hände. »Ich habe verstanden, Dr. Mackenzie.«

»Wann werden Sie anfangen, mich mit dem Vornamen anzureden?«

Aus irgendeinem Grund wäre ihr das viel zu vertraulich. Sein Titel und der Nachname schufen eine unsichtbare Wand zwischen ihnen, die sie wirklich, wirklich brauchte.

»Das sehen wir noch, Dr. Mackenzie.«

8

Eine Stunde später schaute Delaney in ein Patientenzimmer, wo ein Mädchen mit Mukoviszidose im hinteren Bett lag. An der Patientenstatistik der Kinderstation hatte sie wie erwartet die Konvergenz von staatlicher Versicherung, chronischer Erkrankung und längerem Klinikaufenthalt ablesen können. Im Laufe dieser Woche wollte sie sich einige jener Patienten näher ansehen. Vielleicht ließe sich die Dauer der stationären Behandlungen doch verkürzen. Die leidige Realität war, dass private Versicherungen nach wie vor mehr zahlten. Die Betten entsprechend freizumachen würde theoretisch die Einnahmen erhöhen.

Im sechsten Stock war ihr das völlig vernünftig erschienen. Wenn sie jetzt das schmächtige, blasse Mädchen in dem Bett betrachtete, bekamen die nüchternen Zahlen jedoch ein Gesicht.

Sie holte tief Luft und klopfte an. »Hallo, Charlotte. Ich bin Delaney. Darf ich hereinkommen?«

»Sicher«, antwortete die Kleine, aber in fragendem Ton und ein wenig misstrauisch. Laut ihrer Patientenkarte war sie zwölf Jahre alt, durch ihre Statur wirkte sie jedoch wie eine Achtjährige. »Sind Sie die neue Sozialarbeiterin?«

»Nein. Ich arbeite hier im Krankenhaus, aber nicht mit Patienten. Ich sehe mich mal um und unterhalte mich mit den Leuten, anstatt den ganzen Tag in meinem Büro zu sitzen.«

»Oh.« Charlotte schaute betrübt und zugleich neugierig.

»Ist es okay, wenn ich mich setze?« Delaney zeigte auf den Stuhl neben dem Bett. »Dein Pyjama gefällt mir.«

Charlotte sah an sich hinab und strich über den hellrosa Stoff. »Den habe ich von Millie bekommen.«

Wirklich? Millie hatte offenbar ein weiches Herz.

»Wow. Das war nett von ihr.«

»Ja.« Charlotte lächelte. »Sie sagt, ich bin ihre Lieblingspatientin, aber das sagt sie zu uns allen.«

Delaney setzte sich zaghaft. Bevor sie am Morgen die Station betreten hatte, war sie kurz davor gewesen, die angstlösende Tablette von Megan anzunehmen. Mit weichen Knien hatte sie sich über die Flure bewegt und das ganze Treiben und die Geräuschkulisse, die ihr von damals vertraut waren, ertragen. Auch deshalb war sie in Charlottes Zimmer geschlüpft. Sie brauchte eine Auszeit von der Reizüberflutung.

»Millie kennt dich ziemlich gut, hm?«

»Seit ich drei war, ja.« Charlotte hustete, und es klang, als würde es ihr die Lunge zerreißen.

Dann sank sie auf ihr Kissen, um zu Atem zu kommen. Erschrocken sah Delaney den sonderbaren Hautton, den auch Parker gehabt hatte. Schwer schluckend versuchte sie die Erinnerungen auszublenden, aber sie waren hartnäckig.

»Würden Sie mir bitte einen Schluck Wasser holen?« Charlottes Stimme war heiser und schwach.

»Sicher. Natürlich.« Froh, etwas zu tun zu bekommen, griff Delaney nach dem leeren Plastikkrug auf dem Nachttisch.

»Alle sind beschäftigt.« Charlotte zuckte mit den Schultern. »Die hatten noch keine Zeit, ihn aufzufüllen. Aber das ist okay. Meistens hole ich es mir selbst. Nur heute nicht.« Sie holte mühsam Luft. »Die Atemtherapeuten schlagen mich immer grün und blau. Jetzt muss ich ständig husten.«

»Soll das gut sein?« Stirnrunzelnd stand Delaney auf, um mit dem Krug hinauszugehen und Wasser zu holen.

»Ja.« Charlotte klang resigniert. »Sie schlagen mich ja nicht wirklich grün und blau. Ich sag das nur immer, um sie zu ärgern. Zu Hause kriege ich keine gute Atemphysio. Darum setzt sich der Schleim fest, und ich bekomme Infektionen. Dann lande ich hier«, erklärte sie mit einer umfassenden Handbewegung.

Anders als das Zimmer der Magersuchtpatientin, bei der Delaney eben noch gewesen war, gab es hier keine Bilder an den Wänden, keine Stofftiere und Blumen. Es wirkte deprimierend. Sie nahm sich vor, dem Mädchen morgen etwas Aufheiterndes mitzubringen.

Fünf Minuten später hatte sie den Rundgang auf dem westlichen Teil der Station beendet und entdeckte endlich ein Kämmerchen mit einem Wasserspender. Während sie Charlottes Krug füllte, fragte sie sich kopfschüttelnd, wie lange es wohl gedauert hätte, bis das jemandem vom Pflegepersonal eingefallen wäre. Wie hatte sie nur denken können, es gäbe auf dieser Station zu viele Krankenschwestern?

Zurück in Charlottes Zimmer, sah sie das Mädchen mit geschlossenen Augen daliegen. Auf Zehenspitzen ging Delaney an das Bett und goss Wasser ins Glas, damit die Kleine es beim Aufwachen trinken konnte. Als sie leise hinausgehen wollte, wurde sie von der dünnen Kinderstimme aufgehalten.

»Sie brauchen nicht zu gehen. Ich schlafe nicht.«

Delaney machte kehrt. »Ganz sicher?«

»Ja.«

Charlotte sah so einsam aus, es brach ihr fast das Herz. Da lag sie in einem Krankenzimmer, von dem man die Fenster anderer Krankenzimmer sah, auf einer Kinderstation, auf der die Pflegekräfte nicht mal die Zeit hatten, ihr den Wasserkrug aufzufüllen, und ihre Eltern ließen sich wohl auch nicht blicken.

Delaney hatte allein für diesen Vormittag noch tausend Dinge auf ihrer Liste stehen, doch sie brachte es nicht über sich zu gehen.

»In welche Klasse kommst du diesen Herbst?«, fragte sie, nachdem sie sich wieder ans Bett gesetzt hatte.

»In die siebte.«

»Auf welche Schule gehst du?«

Charlotte zog die Stirn kraus. »Die werden Sie nicht kennen. Ich lebe in einem Kaff in New York.«

»Wirklich?«

»Ja. Ich muss hier behandelt werden, weil es für mich das nächste Mukoviszidose-Zentrum ist.«

Wow. Bis in den Nachbarstaat fuhr man gute anderthalb Stunden. Das Mädchen war wirklich allein.

»Für deine Familie ist es bestimmt schwierig, dich zu besuchen.«

»Ja.« Charlotte zuckte mit den Schultern. »Können sie eigentlich gar nicht.«

Sie sagte das in einem Ton, der klarmachte, dass es nun einmal so war. Ohne Drama, ohne Tränen. Aber als Zwölfjährige im Krankenhaus zu liegen, ohne mal Besuch von Eltern oder Freundinnen zu bekommen, das fand Delaney unvorstellbar.

»Was meinst du, wie lange du noch hierbleiben wirst?«

»Meistens sind es zwei Wochen«, erklärte Charlotte ebenso nüchtern. »Das ist okay. Ich bin daran gewöhnt.« Dann hustete sie wieder, und Delaney musste an sich halten, um das Mädchen bei dieser zermürbenden Anstrengung nicht in den Arm zu nehmen.

Nach dem Hustenanfall fühlte Delaney sich hilflos. Dann

fiel ihr auf, wie strähnig Charlottes lange Haare aussahen, und sie hatte einen Geistesblitz. Das Zimmer hatte sicherlich ein Waschbecken, und Shampoo würde sich auch auftreiben lassen. An dem Husten würde es nichts ändern, aber das Mädchen würde sich ein bisschen frischer fühlen.

»Hey, Charlotte. Ich könnte Shampoo besorgen. Was würdest du zu einer kleinen Wellness-Behandlung sagen?«

»Was meinen Sie?« Argwöhnisch kniff sie die Augen zusammen und fasste sich mit der IV-Schlauch-freien Hand an den Kopf. »Ich brauche keinen Haarschnitt.«

»Nein, natürlich nicht.« Der wäre zwar dringend nötig, aber … »Wie wär's mit einer Luxusshampoo-Haarwäsche? Und danach könnte ich dir einen Fischgrätenzopf flechten.«

»Sie wissen, wie der geht?«

»Allerdings, und du hast genau die richtigen Haare dafür.«

»Wirklich?« Charlotte betastete skeptisch ihre gespaltenen Spitzen.

»Wirklich. Bringen wir deine Haarpracht zur Geltung, bevor die Physiotherapeutin wiederkommt, okay?«

Delaney schlüpfte aus dem Zimmer, und dabei folgte Charlottes Lächeln ihr zur Tür und stärkte ihr Selbstvertrauen, was sie dringend nötig hatte. Als sie eine Krankenschwester zu fassen bekam, die ihr zu Shampoo verhelfen konnte, spürte sie, dass ihre Angst um ein paar Stufen runtergekurbelt war. Sie hatte tatsächlich zwei Krankenzimmer ohne Panikattacke überstanden und sogar eine Patientin zum Lächeln gebracht.

»Mitanpacken« war vielleicht doch gar nicht so übel.

Eine Stunde später stand Josh vor Charlottes Tür und las ihre Patientenkarte, bevor er hineinging. Gestern hatte er eine psychologische Untersuchung angeordnet, aus Sorge, das Mädchen könnte trotz aller Bemühungen weiter in die Depression abgleiten. Charlotte war jetzt seit einer Woche bei ihnen, aber selbst die Sozialpädagogin hatte sie mit ihren üblichen Tricks nicht aufmuntern können.

Natürlich war das auch schwierig bei einer Patientin, der man gerade zum ersten Mal eine Transplantation nahegelegt hatte.

Während er die Messwerte und Notizen der Krankenschwester überflog, hörte er von drinnen Gekicher und stutzte. Beim nächsten Kichern spähte er in den Raum, erleichtert, dass Charlotte endlich eine Fernsehsendung gefunden hatte, die sie lustig fand.

Doch sie kicherte gar nicht deswegen. Es war wegen Delaney, die an ihrem Bett saß und sie mit glitzerndem violetten Lidschatten schminkte. Charlottes Haare sahen auch nicht mehr wie ein Fransenmopp aus, sondern waren zu einem komplizierten Zopf geflochten, und mit dem zarten Make-up wirkte ihr Gesicht frisch und sauber.

Und glücklich.

Von der Tür aus beobachtete er, wie Delaney ihr die Lippen schminkte und Charlotte schließlich einen Spiegel vorhielt, damit sie sich betrachten konnte.

»Wie gefällt es dir?«

Da Delaney mit dem Rücken zu ihm saß, ahnte sie nichts von seiner Gegenwart, und auch Charlotte schien ihn nicht bemerkt zu haben.

»Also … wow!« Charlotte lächelte breit. »Ich sehe …«

»Toll aus?«

»Nein.«

»Doch.«

Charlotte neigte den Kopf kritisch nach rechts und links. »Es gefällt mir.« Dann streckte sie die Arme aus und zog Delaney in eine zaghafte Umarmung.

»Danke.«

Delaney stand auf und klappte ein Kästchen zu. »Gern geschehen. Das darfst du behalten.«

»Wirklich?«

»Jep. Dieser Lidschatten steht dir viel besser als mir. Mit Lila sehe ich immer aus wie ein Alien.«

Charlotte lachte, und Josh musste lächeln.

»Darf ich dich morgen wieder besuchen?« Wieder wirkte Delaney schüchterner, als Josh ihr zugetraut hätte. Begriff sie nicht, dass Charlotte sich nach Gesellschaft sehnte? Das Mädchen würde auf keinen Fall Nein sagen.

»Das wäre toll. Kannst du mir dann einen französischen Zopf flechten?« Josh sah, wie sich Charlotte erschöpft zurücklehnte, es aber vor Delaney zu verbergen versuchte.

Er hatte wohl eine raschelnde Bewegung gemacht, denn plötzlich drehten sich beide zu ihm um.

Grüßend hob er die Hand. »Ladies? Störe ich beim Wellnesstag?«

Delaney trat sanft lächelnd zur Seite, damit er näher ans Bett treten konnte. »Zwölfjährige Mädchen brauchen regelmäßige Wellness-Behandlungen. Könnten Sie bitte eine entsprechende Notiz in die Patientenkarte schreiben?«

Charlotte kicherte, als er tatsächlich etwas schrieb. »Aber gern. Noch etwas?«

»Sie bevorzugt das Kokosshampoo und den Conditioner mit Minze, Perlmuttgloss für die Lippen und violetten Glitzerlidschatten für die Augen.«

Das alles sagte Delaney vollkommen ernst, auch wenn ihre Augen vor Vergnügen funkelten, weil er tat, als schriebe er ihre Anweisungen mit.

»Ach, und wir haben eine Abmachung getroffen. Wenn sie heute Mittag ihren Teller leer isst, nehme ich sie in die Cafeteria mit und spendiere ihr einen Eisbecher, sofern Sie damit einverstanden sind.«

Josh zog die Brauen hoch. Die ganze Woche war es schwierig gewesen, Charlotte dazu zu bewegen, ausreichend Nahrung aufzunehmen.

Er sah das Mädchen an. »Du hast zugestimmt?«

Zuerst zuckte sie mit den Schultern, dann grinste sie frech. »Bisher hat mir noch keiner einen Eisbecher versprochen.«

Er wandte sich Delaney zu, um sie zu ermahnen, nichts zu versprechen, ohne ihn vorher zu fragen. Schließlich gehörte sie nicht zum medizinischen Personal. Sonst würde sie womöglich noch einem Diabetiker Bonbons versprechen. Doch ehe er ein Wort sagen konnte, hob sie die Hand.

»Ich habe vorher bei Millie nachgefragt«, erklärte sie mit einem herausfordernden Blick.

»Oh.« Er räusperte sich. »Ach so.«

Delaney neigte den Kopf zur Seite und winkte Charlotte zum Abschied. »Nach dem Mittagessen komme ich wieder, meine Schöne. Überleg dir schon mal, was für Streusel du auf dein Eis willst.«

Nachdem sie gegangen war, sah er sich Charlottes Werte noch mal genauer an und setzte sich auf den Stuhl am Bett. »Wie geht es dir heute?«

»Ziemlich gut. Muss nur andauernd husten. Ich hasse die Atemphysio.«

»Ich weiß. Aber es ist wichtiger denn je, deine Lungen möglichst freizuhalten.«

Sie senkte den Blick auf die Bettdecke und zupfte an einem Fädchen. »Sie meinen, damit ich eine Transplantation bekommen kann?«

»Also … ja. Aber auch damit du dich besser fühlst. Zu Hause warten sicher deine Freundinnen auf dich, und wir wollen, dass du mit ihnen abhängen und schwimmen gehen kannst, statt hier im Bett zu liegen.«

»Ich weiß.« Sie blickte noch immer nicht auf. Josh bückte sich ein wenig, um ihren Gesichtsausdruck besser sehen zu können.

»Wenn du dich weiter so aufhübschst, werde ich noch dafür sorgen müssen, dass die Jungs auf der Station im anderen Flügel untergebracht werden.«

Charlotte riskierte einen kurzen Blick, als ihr ein leises Kichern entkam. »Delaney ist nett.«

Das verblüffte ihn. Er hatte sie schon mit allerhand Eigenschaftswörtern belegt – intelligent, attraktiv, mutig und schüchtern zum Beispiel. Aber »nett« würde er sie erst nennen, wenn sie sich überzeugen ließe, seine Station nicht finanziell ausbluten zu lassen.

Als er jetzt Charlotte so ansah, die seit Tagen endlich mal ein fröhliches Gesicht machte, wurde ihm eines klar: Delaney Blair hatte mehr Seiten, als man auf den ersten Blick vermutete.

Am Abend gegen acht schob Delaney sich vom Schreibtisch weg und rieb sich den Nacken. Dabei drehte sie sich mit dem Stuhl zum Fenster, um den Sonnenuntergang über Echo Lake zu betrachten. Bis vier Uhr war sie auf der Kinderstation geblieben und hatte seitdem im sechsten Stock von dem Berg Routinearbeiten einiges abgebaut. Trotz Gregorys Versprechen, einige Aufgaben Megan zuzuschieben, hatte sie nicht mal die Hälfte von dem geschafft, was bis Feierabend fertig sein musste.

Ihr stand eine anstrengende Woche bevor.

Sie schreckte hoch, als es an der Tür klopfte, und drehte sich mit dem Stuhl um, verlegen, weil sie jemand erwischte, wie sie ohne Schuhe gedankenverloren aus dem Fenster starrte.

»Ich hatte gehofft, Sie noch anzutreffen.« Dr. Mackenzie hielt lächelnd zwei Salatboxen aus der Cafeteria hoch. »Und auch, dass Sie noch kein Abendessen hatten, denn ich habe Ihnen etwas mitgebracht. Mögen Sie Caesar Salad mit Hähnchenbrust?«

Zur Antwort knurrte ihr der Magen, und er musste lachen.

»Vielen Dank.« Sie nahm die Box und eine Plastikgabel entgegen. »Ich dachte, Sie seien verärgert, weil ich Ihre Patientin mit einem Eisbecher bestochen habe, und jetzt überraschen Sie mich mit einem Abendessen.«

»Na, dann sind Sie bestimmt froh zu hören, dass die Bestechung erfolgreich war. Charlotte hat heute Mittag gegessen wie ein Leistungssportler.«

»Das ist gut, oder?«

Er setzte sich und öffnete seine Box. Offensichtlich wollte er zum Essen bleiben. »Das hängt von Ihrem Eisbecherbudget ab, schätze ich. Es hat funktioniert, aber eine Gewohnheit darf nicht daraus werden.«

»Ich weiß. Tut mir leid. Ich hätte mir das gründlicher überlegen sollen. Ich dachte nur, vielleicht … kann ich ihr etwas Gutes tun. Aber das war vermutlich totales Anfängerverhalten, stimmt's?«

Er lachte. »Dem will ich nicht widersprechen. Für heute war es ein Erfolg, und Sie bekommen Bonuspunkte für die neue Frisur.«

»Was ist denn ihre Geschichte? Sie sagt, ihre Familie lebe in New York.«

Dr. Mackenzie nickte und schluckte einen Bissen Hähnchenbrust. »So ist es. Der Vater hat eine Autolackiererei, und die Mutter ist Kellnerin. Sie kommen ihre Tochter nicht besuchen, weil sie es sich nicht leisten können, einen Tag freizunehmen.«

Delaney nickte langsam. Sie verspürte eine leise Traurigkeit. »Also ist sie zwei Wochen hier und keiner kommt?«

»Ganz genau.« Er schüttelte den Kopf. »Darum hat Millie sie unter ihre Fittiche genommen. Sie und Kenderly, die Sozialpädagogin.«

Delaney kaute ein Blatt Salat. Es drängte sie, das Thema zu wechseln und ihn einiges zu fragen, wo er schon mal da war. »Wurden Charlottes Eltern für die heimische Pflege angemessen geschult?«

»Kommt drauf an, was Sie unter angemessen verstehen. Sie wurden geschult, sind aber ganztags berufstätig und haben vier weitere Kinder. Da lässt man die Dinge leicht schleifen, wenn derjenige gar nicht so krank wirkt.«

»Aber werden die Beschwerden dadurch nicht schlimmer?«

»Ja. Und Mukoviszidose ist eine fortschreitende Erkrankung, weshalb es manchmal schwer ist, den Familien begreiflich zu machen, dass ihre Anstrengungen lohnenswerten Erfolg haben werden.«

»Oh Gott, das ist schrecklich.«

»Charlotte kann außerdem ihre Symptome sehr gut verbergen, bis es ihr richtig schlecht geht, und sie vernachlässigt sich gern. Es ist also eine endlose Spirale von Vernachlässigungen, die dazu führen, dass sie immer häufiger herkommt.«

»Wie traurig.«

Er nickte. »Aber wenn sie auf Station liegt, schießen wir aus allen Rohren. Sie bekommt die richtige Medizin, gute Physiotherapie, gute Ernährung, und jedes Mal bringen wir ihr von Neuem bei, was wir ihr beim vorigen Mal erklärt haben. Irgendwann wird das hängen bleiben.«

»Gibt es das häufig? Patienten, die sich vernachlässigen? Oder Eltern, die ihren Kindern nicht die nötige Pflege angedeihen lassen?«

Dr. Mackenzie schaute auf den Boden und schwieg einen Moment lang. »So einfach ist das nicht. Wir wissen vieles nicht, was in den Familien vor sich geht, sobald die Kinder wieder zu Hause sind.«

»Ist deshalb die Verweildauer bei Ihnen höher als der Durchschnitt? Behalten Sie manche Kinder länger da, als es medizinisch nötig wäre?«

Er zog die Brauen hoch und hielt mit der Gabel inne. »Ich behalte sie so lange da, wie es nötig ist. Manchmal eben überdurchschnittlich lange.«

Delaney ließ die Schultern hängen, als sie ihn seufzen hörte. Sie hatte ihn nicht ins Kreuzverhör nehmen wollen, aber genau so waren ihre Fragen wohl bei ihm angekommen.

»Entschuldigen Sie bitte. Ich wollte gar kein Urteil darüber fällen, ob unsere Verweildauer akzeptabel ist. Ich will nur verstehen, wie diese Zahlen zustande kommen. Unter anderem habe ich mir vorgenommen, die Verweildauer chronisch Kranker wie Charlotte zu verkürzen.«

»Ich weiß. Und noch einmal möchte ich Ihnen ans Herz legen, die vielen demografischen Faktoren zu berücksichtigen, bevor Sie beurteilen, ob die nationalen Durchschnittswerte mit unseren speziellen Patientengruppen verglichen werden können.«

»Ich werde es versuchen. Versprochen. Charlotte wollte ich kennenlernen, weil sie auf dem Papier gesehen genau die Art Kind ist, die eine einwöchige Behandlung, keine zweiwöchige bekommen sollte.«

»Mit *genau die Art Kind* beziehen Sie sich auf den Umstand, dass ihre Behandlung von der staatlichen Gesundheitsfürsorge bezahlt wird?«

Seine Frage ärgerte sie, aber sie war zu erwarten gewesen. Wie viele Meetings fanden schließlich statt, in denen die Anzahl von Medicaid-Betten das Thema war? Wie oft war dabei von entgangenen Einnahmen die Rede? Und wenn sie ganz ehrlich war, war das nicht eigentlich der Grund gewesen, bei Charlotte vorbeizuschauen?

Allerdings war sie nicht bereit, das zuzugeben. »Tatsächlich auf ihr Alter und ihren allgemeinen Gesundheitszustand, nicht auf ihren Versicherungsstatus.«

Er senkte den Blick und schloss dann kurz die Augen. »Tut mir leid. Das war schlechtes Benehmen.«

Sie schwieg für einen Moment. »Ich weiß, Sie kennen mich nicht und ich komme aus dem bösen sechsten Stock, aber die Sache ist die: Es ist mein persönliches Bestreben, jedem Kind die Behandlung zu verschaffen, die es braucht. Ich bin nicht darauf aus, die Leistungen für hilfebedürftige Kinder zu beschneiden oder auf einer Station, die auf keine einzige Krankenschwester verzichten kann, das Personal zu reduzieren, und ich will auch nicht Patienten nach Hause schicken, die wirklich weiter behandelt werden müssen.«

»Das ist alles schön und gut, aber dann werden Sie das Budget nicht kürzen können, und wenn ich richtig verstanden habe, steht eine Kürzung außer Frage, richtig?«

Sie seufzte. Dabei schweifte ihr Blick über seine breiten Schultern, über die Hände, die sie seit ihrer ersten Begegnung zu Fantasien anregten, sosehr sie sich auch dagegen wehrte. Zum hundertsten Mal diese Woche wünschte sie, sie würden zusammen an einem unstrittigen Projekt arbeiten, statt an dieser leidigen, ungerechten Prozedur, in der sie Haushaltsposten priorisieren mussten, die alle mit gutem Grund für sich oberste Priorität verlangten.

Sie drückte den Deckel auf ihre Salatbox. »Wenn es eine Möglichkeit gibt, die Kosten Ihrer Station zu reduzieren, müssen wir sie finden. Es ist schon spät, darum sage ich es kurz und knapp: Sollte uns das nicht gelingen, steht nicht nur meine Stelle auf dem Spiel.«

»Verstehe.« Er hob die Hände. »Wenn wir bis an die Grenze des Vertretbaren gehen, können wir hier und da ein paar Hunderter einsparen, aber nicht die Summe, von der Sie reden. Das ist einfach unmöglich, und ich mache Ihnen da wirklich nichts vor. Also rundheraus: Sie werden nichts finden, das eine Einsparung der gewünschten Größenordnung ermöglicht. Es sei denn, Sie wollen über Leben und Tod entscheiden und manchen Kindern Behandlungen verwehren.«

»Selbstverständlich nicht.«

»Also, was tun wir?«

Delaney blickte nachdenklich an die Decke. »Wir müssen die vorgegebene Summe erreichen. Wenn sich das nicht durch eine Ausgabenkürzung bewerkstelligen lässt, dann eben durch eine Steigerung der Einnahmen. Als Erstes, meine ich, sollten wir uns beide zusammensetzen und meine neue Vorschlagsliste durchgehen. Ich will verstehen, welche Bedeutung die einzelnen Posten für die Station haben. Dann erst können wir alternative Wege beschreiten. Aber ich muss das mit der gebührenden Sorgfalt tun, Dr. Mackenzie. Ich kann nicht vor den Vorstand treten und vorschlagen, Fördergelder zu beschaffen, nur weil Sie das sagen. Damit komme ich nicht durch.«

»Verstehe. Was halten Sie davon: Sie kommen morgen wieder und beobachten die Arbeit auf der Station, und anschließend setzen wir uns zusammen?«

»Ich finde … das klingt gut.«

Er schaute wieder aus dem Fenster, dann durch die offene Tür auf den Flur und schüttelte den Kopf. »Unglaublich, wie still es hier oben ist.«

»Nun ja, es ist spät. Die anderen sind schon nach Hause gegangen.«

Er nickte. Offenbar hatte er es nicht eilig, wieder zu gehen. »Arbeiten Sie oft noch so spät? Oder nur, wenn Sie den Tag bei uns unten verbracht haben?«

»Beides.« Sie zuckte mit den Schultern. »Um diese Uhrzeit lässt es sich richtig gut arbeiten. Niemand unterbricht einen.«

»Ah.« Er richtete sich auf und nahm seine Salatschale samt Gabel. »Außer skrupellose Ärzte, die um ihr Budget bangen?«

»Die sind ein Problem. Aber Sie haben mir ein Abendessen gebracht, darum sind Sie entschuldigt. Also nochmals danke dafür.«

Er lächelte sie an. »Sie zum Hummeressen einzuladen wäre allzu durchsichtig, dachte ich. Das gäbe Gerede unter den Abteilungskollegen.«

Überrascht lachte sie auf, stockte aber, denn plötzlich war er ernst geworden. Im weichen Licht ihrer Schreibtischlampe konnte sie sich mühelos ausmalen, wie sie beide bei einem stillen kleinen Dinner in ihrem Büro saßen und schließlich zum … Dessert … Innerlich sah sie sich die Tür schließen und in seine Arme sinken, um sich auf dem freigelegten Schreibtisch im Mondschein leidenschaftlich küssen zu lassen. Sie fühlte ihre Wangen heiß werden.

»Stimmt.« Ihre Stimme zitterte verräterisch. »Und ich stehe auch gar nicht so auf Hummer.«

Ohne jede Eile schob er seinen Stuhl zurück, doch dann strebte er mit großen Schritten zur Tür, und sie folgte ihm, um sie hinter ihm zu schließen. Offenbar hörte er sie nicht, denn er machte noch einmal kehrt, sodass sie beinahe zusammenstießen.

Leise lachend fing er sie am Oberarm ab, und diesmal ließ er sie nicht los. Sie schaute zu ihm hoch. Sein Blick schweifte über ihr Gesicht und verweilte für einen langen Moment auf ihrem Mund. Dann hob er ruckartig den Kopf, ließ ihren Arm los und ging hinaus.

»Gute Nacht, Delaney.«

9

Am frühen Nachmittag des nächsten Tages kam Delaney an einem Patientenzimmer vorbei, aus dem zwei aufgeregte Stimmen zu hören waren, dann ein Schrei des Entsetzens.

»Oh nein! Hilfe! *Hilfe!*«

Delaney schaute nach rechts und links, aber auf dem Flur war ausnahmsweise niemand zu sehen. Sie war allein, und da brauchte jemand Hilfe. Oh Gott. Sie war für einen Notfall auf der Kinderstation nicht geschult, genau genommen für gar keinen Notfall.

Nach einem Schritt in das Zimmer blieb sie abrupt stehen, als sie die Mutter mit ihrem kleinen Jungen sah. Und das Blut. So viel Blut.

»Schnell! Helfen Sie mir! Er blutet!«

Die Frau ergriff ein Handtuch und drückte es auf ein Bein des Jungen, doch innerhalb von Augenblicken war es durchtränkt. Mit wachsendem Entsetzen sah Delaney in die angstvollen Augen des Kleinen.

Sie sprang hinzu, um den Rufknopf zu drücken, konnte ihn jedoch nirgends finden. *Lieber Himmel! Wo kann er sein? Wo sind die Schwestern?*

Ihr Blick fiel auf einen Stapel weißer Waschlappen auf einem Wandbord am Fuß des Bettes. Sie packte den ganzen Stapel und presste ihn auf den blutenden Oberschenkel, den Blick starr auf das Kindergesicht geheftet, damit sie nicht ohnmächtig würde.

»Ist schon gut, Kumpel.« Sie bemühte sich um einen

ruhigen Ton. »Das haben wir gleich. Der Doktor kommt schon.«

Bitte, lieber Gott, mach, dass er wirklich kommt.

Der Junge verdrehte die Augen nach oben, als die Waschlappen vollgesaugt waren. Delaney geriet in Panik.

»Was ist passiert? Wo ist sein Rufknopf?«

»Ich weiß es nicht!« Voller Angst tastete und wühlte die Mutter in dem Bettzeug.

»Gehen Sie Hilfe holen!« Delaney deutete mit dem Kinn zur Tür. Sie musste weiter auf die Wunde drücken, sonst würde das Kind verbluten. »Schnell! Holen Sie jemanden!«

Die Frau floh hinaus, und zehn Sekunden später hörte Delaney rennende Füße auf dem Gang. Viele rennende Füße. Inzwischen hatte sie das Bettlaken unter der Matratze hervorgezerrt, zusammengebauscht und ebenfalls auf die Wunde gepresst, aber die hörte nicht auf zu bluten. *Lieber Gott! Warum blutet es immer weiter?*

Zwei Hände fassten sie an der Schulter und zogen sie weg. »Aus dem Weg, Delaney.« Sie taumelte rückwärts, während Millie und die Krankenschwestern an das Bett traten. Von ihrer knappen, hastigen Verständigung schnappte Delaney nur wenige Worte auf, »Thrombozyten«, »sofort« und »OP«. Sie fühlte sich benebelt, seit sie diese sonderbar unbeschwerten, effektiven Kittelträger den Jungen umringen sah.

Die Szene blendete über in ein Bild ihrer Erinnerung, und sie musste sich an der Wand abstützen, um nicht umzukippen.

Sie sah nicht, was die Pflegekräfte taten, aber sie taten es mit größter Hast. Während sie entsetzt in der Zimmerecke stand, kam Dr. Mackenzie hereingeeilt. Er übernahm vollkommen ruhig die Führung, und zehn Minuten später war der Junge mit einem Druckverband am Oberschenkel auf dem Weg in den Operationssaal. Seine Mutter lief händeringend hinter dem Bett her.

Sobald das Zimmer leer war, stieß Delaney den Atem aus und löste sich von der Wand, musste sich nach ein paar Schritten aber gegen das freie Bett lehnen. Da bemerkte sie das Blut an sich. Sie hatte es an den Händen, an den Armen, auf dem Rock und den Schuhen. Mühsam schluckend starrte sie auf die Flecke.

»Wie geht es Ihnen?«

Sie schreckte hoch. In der Tür stand Dr. Mackenzie.

Wahrscheinlich sehe ich aus wie eine Gehetzte, dachte sie. *Als wäre ich den Zombies mit knapper Not entkommen.* Stumm hielt sie die Hände hoch und sah sie an, als wären es nicht ihre eigenen.

»Ich ... muss mich waschen«, stammelte sie.

Er zog die Brauen hoch und eilte auf sie zu. »Ich denke, Sie müssen sich setzen.«

»Nein, es geht schon. Ich ... komme zurecht. Es geht mir gut, ganz bestimmt.«

»Delaney, Sie sind kreidebleich. Setzen Sie sich hin.« Er drückte sie sanft auf einen Stuhl, legte seine warme Hand in ihren Nacken und beugte ihren Oberkörper nach vorn. »Den Kopf zwischen die Knie.«

»Ich werde nicht ohnmächtig.«

Doch, sie stand kurz davor.

»Und ob. Bitte, tun Sie, was ich sage. Ich bin Arzt, wissen Sie noch?«

»Okay, okay.« Delaney hörte sein Lächeln heraus. Sie gab dem Druck seiner Hand nach und beugte sich tiefer. Überraschenderweise ließ er sie nicht los, obwohl sich ihr Kopf zwischen den Knien befand. Vielmehr massierte er ihr beruhigend den Nacken.

»Atmen Sie langsam und tief.«

Seine Stimme war tief, sanft, beruhigend. So redete er bestimmt mit sterbenskranken Patienten, und jetzt kam sie sich lächerlich vor. Er war für eine voll belegte Station verantwortlich, für dreißig kleine Patienten und zehn Krankenschwestern, und statt sich um die zu kümmern, wurde er von einer unerwünschten Kollegin der Finanzabteilung aufgehalten, die kein Blut sehen konnte.

Abrupt richtete sie sich auf, woraufhin er seine Hand wegzog.

»Immer sachte. Bewegen Sie sich langsam.«

»Es tut mir schrecklich leid. Sie haben gerade viel wichtigere Patienten, um die Sie sich kümmern müssen.«

Er lachte leise. »Das denken Sie?«

»Natürlich.« Sie deutete auf den Platz, an dem das Bett des kleinen Jungen gestanden hatte. »Ihre Krankenschwestern sind unheimlich tüchtig, nebenbei bemerkt.«

»Jep. Das sind sie.« Er nickte. »Die besten, die es gibt. Es sind nur zu wenige.«

Unruhig schaute sie durch das Zimmer und versuchte, nicht zu der freien Stelle zu blicken, wo das Bett fehlte.

»Delaney.« Sein Ton befahl ihr, ihn anzusehen, und sie … gehorchte.

Zitternd holte sie Luft. »Wird er wieder gesund?«

»Sie tun alles, was sie können.«

Das wirkte entmutigend. Diesen Satz hatte sie schon einmal gehört, in einem anderen Leben.

»Haben Sie im Studium gelernt, so zu antworten?«, fragte sie leise. »Sie wissen schon, damit Sie nicht Ja oder Nein sagen müssen.«

»Es ist die Wahrheit.«

»Ja, aber wird er wieder gesund?«

Er atmete hörbar aus. »Ich weiß es nicht. Ist Ihnen diese Antwort lieber?«

Sie ließ den Kopf hängen und sah die angstvollen Augen des kleinen Jungen vor sich. »Nein.«

»Und deshalb gebe ich die andere.«

»Okay.« Sie brachte nur noch ein Flüstern zustande. »Okay.«

Er trat von ihr weg. »Ich muss jetzt zur Schwesternstation. Ich schicke Millie zu Ihnen. Sie wird Ihnen zeigen, wo Sie duschen können, und Ihnen etwas Sauberes zum Anziehen geben.«

»Danke.«

»Sie haben sich großartig verhalten, Delaney.«

»Überhaupt nicht.« Sie schluckte schwer. »Ich bin ... ich habe ... oh Gott.« Sie fühlte Tränen aufsteigen und kniff die Augen zu, um sie aufzuhalten.

»Hey.« Er kam zurück und legte eine Hand auf ihre Schulter. »Sie haben Ihr Bestes getan. Mehr kann man von niemandem verlangen.« Er suchte ihren Blick. »Kommen Sie klar? Wirklich?«

»Ja.« Sie nickte. »Es ... geht mir gut. Ich brauche nur einen Moment.«

Er drückte ihre Schulter, dann ließ er die Hand sinken, zögerte aber, bevor er sich abwandte. »Ich schicke Millie zu Ihnen.«

Als er aus dem Zimmer ging, fingen erst ihre Knie an zu zittern, dann ihre Oberschenkel. Die ganze zurückgehaltene Erschütterung der letzten zwanzig Minuten forderte ihren Tribut, und als ihre Finger zu kribbeln anfingen, bemerkte sie, dass sie schon wieder hyperventilierte.

Sie atmete tief durch und dachte an seine Hand in ihrem Nacken und seine beruhigende Stimme an ihrem Ohr.

Verdammt, genau deshalb arbeitete sie im sechsten Stock. Und genau deshalb war der Arztberuf für sie nur ein Luftschloss gewesen. Sie war nicht aus dem richtigen Holz geschnitzt, um in solchen Situationen einen kühlen Kopf zu bewahren, war nicht im Mindesten dafür geschaffen.

Mit Charlotte Wellness zu spielen war nicht die Realität der Kinderstation, sondern …

… *das.*

Zwanzig Minuten später drehte Delaney den Hahn weit auf und ließ sich das brühheiße Wasser auf die Haut prasseln. Eine ganze Weile stand sie so unter der Dusche, aber das Gefühl, Blut an sich zu haben, wurde sie nicht los. Auch der Geruch blieb in ihrer Nase. Und sie sah ständig die angstvollen Augen des kleinen Jungen vor sich.

Es war ihr peinlich, wie nah sie einer Ohnmacht gewesen war, als Dr. Mackenzie hereingekommen war. Das Blut an ihren Händen … hatte sie an die medizinische Hochschule erinnert, an den schrecklichen Tag, als ihr endlich klar wurde, dass sie nicht dort hingehörte, obwohl sie zu den Besten ihres Jahrgangs zählte und Stipendiatin war.

Während ihrer ganzen Kindheit hatte ihr Dad von seinen Erlebnissen im Krankenhaus berichtet. Er sprach gern über neue Behandlungsmethoden oder schwierige Fälle, und bei all dem nickte sie und hörte zu und kämpfte gegen den Brechreiz an.

Als es so weit war, das College für sie auszuwählen, winkte seine Alma Mater mit einem Stipendium, und sie nahm es an, weil sie glaubte, alles füge sich perfekt. Vier Jahre lang war sie der Überflieger, bekam danach einen Platz an der von ihr bevorzugten Hochschule und war überzeugt, dass ihr eine herausragende medizinische Karriere bevorstand.

Dann kam sie in Kontakt mit der Wirklichkeit.

An einem sonnigen Aprilnachmittag verließ sie fluchtartig den Seziersaal und duschte, bis nur noch kaltes Wasser aus dem Hahn kam. Dann ließ sie dem Wasserboiler eine Stunde Zeit, damit sie erneut duschen konnte. Vom ersten Tag an hatte sie sich vor dem Sezieren gefürchtet, den Kurs aber durchgezogen … bis sie an Händen arbeiten sollten.

Da starrte sie auf den Seziertisch und konnte sich nicht rühren. Andere Körperteile waren bloß Körperteile, Hände dagegen … etwas anderes. Sie dachte nur in einem fort daran, was diese Hände in ihrem Leben getan hatten: Kinder getröstet, ihnen über den Kopf gestrichen, den geliebten Partner bei der Hand genommen.

Sie brachte es nicht fertig, die Hand aufzuschneiden.

Es dauerte eine ganze Woche, bis sie ihrem Vater sagen konnte, dass sie das Studium hinwerfen wollte, und sie war sich auch heute noch nicht sicher, ob er das inzwischen verschmerzt hatte. Zwar arbeitete sie genau wie er auch im Gesundheitssektor, aber für ihn war es nicht dasselbe, sie war keine Ärztin.

Ihr BWL-Abschluss hatte ihn seinerzeit gar nicht beeindruckt, obwohl sie Bestnoten und etliche akademische Auszeichnungen bekommen hatte. Ihr glänzender Verstand, den er bei ihr von Geburt an gefördert habe, sei an Betriebswirtschaft verschwendet, fand er.

Das hatte er nie ausgesprochen, aber sie wusste das auch so. Denn mit ihrem Versagen waren seine Träume von einem Dr. Blair jr. nicht nur einmal, sondern gleich zum zweiten Mal geplatzt.

»Verbringen Sie die Nacht heute mal zu Hause, Doc?« Millie steckte den Kopf zur Tür herein.

Josh kniff sich in die Nasenwurzel, als er auf die Uhr sah.

Scheiße. Es war gar nicht mehr Nachmittag. »Ich warte nur ab, bis Ian aus dem OP kommt.«

»Es ist sieben Uhr.«

»Ist mir auch aufgefallen. Der Tag ist schnell rumgegangen. Und Sie sind auch noch hier, also keine schikanösen Bemerkungen wegen meiner Überstunden.«

»Er kommt wieder auf die Beine, Josh.«

»Ich weiß.« Er seufzte. »An dem Fall ist etwas seltsam, Millie. Der Junge muss heute Nacht sorgfältig beobachtet werden.«

»Ich habe das schon geregelt und Steph zur Nachtschicht eingeteilt. Mit Kontrollen im Zehn-Minuten-Abstand.«

Josh nickte. Steph war die beste Nachtschichtschwester.

»Sie müssen Feierabend machen, Josh. Steph kann Ihnen später noch kurz Bericht erstatten, wenn es Ihnen dann leichter fällt zu gehen.«

»Im Moment mache ich mir nicht nur um Ian Sorgen.«

Sie ließ sich auf den Besucherstuhl plumpsen. »Delaney?«

»Ja.«

»Eine fiese Einführung in die Stationsarbeit.«

Josh dachte daran zurück, wie blass sie gewesen war, kurz vor einer Ohnmacht, aber das hatte sie nicht zugeben wollen. Die Blässe und ihre zitternden Hände hatten seinen Beschützerinstinkt angesprochen, so stark wie noch nie, und ihm war noch immer nicht klar, warum. Ja, seiner Ausbildung gemäß hatte er ihr den Kopf zwischen die Knie gebeugt, damit sie nicht umfiel wie ein Baum, aber das erklärte nicht, warum er die Hand in ihrem zarten Nacken ließ – oder ihn sogar streichelte.

Als sie so zitternd dagesessen hatte, waren in ihm Schuldgefühle aufgekommen. Es war seine Idee gewesen, sie auf der Station umherstreifen zu lassen – seine Bedingung sogar.

Und plötzlich war sie mit einem heiklen Notfall konfrontiert gewesen, und das war seine Schuld. Sie hatte ihr Bestes getan – und er war ziemlich beeindruckt, dass sie sich derart gut zusammengerissen hatte –, aber allen war deutlich geworden, dass sie bei akuter Gefahr überfordert war.

Es war völlig daneben gewesen, sie solch einer Lage auszusetzen.

Millie blickte ihn fragend an. »Glauben Sie, sie kommt weiterhin zu uns?

»Ich weiß es nicht.« Er schüttelte den Kopf. »Würde es ihr nicht verübeln, wenn sie sich dagegen entscheidet.«

»Wenn sie doch kommt, müssen wir dem Mädchen auf jeden Fall das Nötigste beibringen. Sie muss wissen, was zu tun ist, wenn so etwas wie heute passiert.«

»Sie hat ihr Bestes getan, Millie.«

»Klar, und wir können von Glück reden, dass sie einen kühlen Kopf bewahrt hat. Aber Sie und ich haben sie auch hinterher gesehen. Nächstes Mal verläuft es vielleicht nicht so gut.«

»Da stimme ich Ihnen zu.«

»Als Erstes werde ich ihr eintrichtern, wie man Hilfe holt.«

Er strich sich übers Gesicht, völlig erschöpft von … allem. »Sicher hatte sie nicht mal Zeit nachzudenken. Sie hat einfach gehandelt.«

Millie musterte ihn schweigend. »Hmhm.«

»Verkneifen Sie sich Ihr *Hmhm.* Ich kenne diesen Ton.«

Ein kleines Lächeln stahl sich auf ihr Gesicht, bevor sie es unterdrücken konnte. »Wie auch immer, wenn sie morgen aufkreuzt, gehört sie in der ersten Stunde mir. Sie muss bei einem Notfall spontan und richtig reagieren können. Dafür werde ich sorgen.«

»Versprechen Sie mir, ihr keine Angst zu machen?«

Millie beäugte ihn erneut. »Vielleicht irre ich mich, aber Angst ist nicht die vorherrschende Emotion, die Miss Schickimicki im Augenblick durchlebt, mein Lieber.«

10

»Alles in Ordnung?« Megan hielt verblüfft inne, als sie eine Stunde später mit einem Stapel Akten in Delaneys Büro marschiert kam. »Wieso bist du noch da? Es ist acht Uhr. Und wieso trägst du einen OP-Anzug?«

Delaney blickte auf. »Das willst du gar nicht wissen. Wieso bist du noch da?«

»Ich habe zuerst gefragt.« Megan ließ die Akten auf den Schreibtisch plumpsen und setzte sich. »Aber ich geb dir meine Standardantwort: Ich arbeite für einen Sklaventreiber.«

»Du Ärmste.«

»Genau. Aber warte, bis du siehst, was ich heute alles geschafft habe. Du wirst vielleicht sogar vor Mitternacht hier rauskommen.«

»Du kriegst hundert Pro eine Gehaltserhöhung.«

»Sag das nicht, wenn Dr. Mackenzie in der Nähe ist. Wenn er herausfindet, dass du deiner Assistentin Gelder der pädiatrischen Abteilung zusteckst, klappt das nie zwischen euch.«

»Ich will gar nicht – ach, halt die Klappe. Ich bin zu müde, um zu merken, ob du es ernst oder ironisch meinst.«

Megan musterte aufmerksam ihr Gesicht. »Nimm's mir nicht übel, Laney, aber du siehst beschissen aus. Harter Tag heute?«

»So ungefähr.«

»Dann willst du jetzt keine Krankenschwester mehr werden, wenn du mal groß bist?«

»Ganz bestimmt nicht.«

Delaney erinnerte sich schaudernd daran, wie die Pflegekräfte Ians Bett umringt hatten – und wie er aus ihrem Blickfeld verschwunden war, genau wie Parker damals.

Megan lehnte sich zurück. »Wie ist es wirklich da unten?«

»Stressig. Alle sind pausenlos in Eile. Ich glaube, mir war nie klar, wie viele Krankheiten Kinder bekommen können.«

»Klingt bedrückend.«

»Ist es auch.« Delaney dachte an die Kinder, die sie in den zwei Tagen besucht hatte, und an die Eltern. Ihre Angst war praktisch greifbar. So viele Untersuchungen wurden angestellt, so viele Behandlungen angeordnet, und immerzu mussten sie warten.

»Hast du vor, die ganze Woche da unten zuzubringen?«

»Auch wenn ich mich im Moment sträube, finde ich es ehrlich gesagt unglaublich, wie viel ich in den zwei Tagen schon erfahren habe, nur weil ich mich dort aufhalte. Wenn Dr. Mackenzie mich lässt, werde ich bleiben.«

»Weil du dann besser entscheiden kannst, welche Kürzungen sinnvoll sind? Oder weil du mehr Zeit mit Dr. Hottie verbringen kannst?«

»Ersteres, ganz klar.« Sie sah an sich hinunter. »Aber ich denke, ich brauche eine andere Garderobe. Die Oberschwester hat mir nahegelegt, nicht mehr in Zivil zu kommen.«

Megan blickte interessiert. »Heißt das, du musst dir einen Schwesternkittel kaufen?«

»Nein. Wir haben jede Menge auf Lager. Ganze Schränke voll. Ich hatte ja keine Ahnung.«

»Dir ist klar, dass du wie eine Chirurgin aussiehst, oder?«

»Spricht was dagegen?«

Megan sah sie an, als wäre sie nicht ganz sicher, ob sie die Frage wirklich ernst meinte. Dann hob sie den Zeigefinger. »Erstens: Chirurgen sind furchterregend.«

»He, mein Dad ist Chirurg.«

Megan zog nur demonstrativ eine Braue hoch.

»Na schön.« Delaney verdrehte die Augen. »Chirurgen sind furchterregend.«

»Besonders für kleine Kinder und die Eltern kleiner Kinder. Läufst du in dem Aufzug durch die Station, wirst du Herzattacken auslösen, sobald du ein Zimmer betrittst.«

Delaney atmete tief durch. Megan hatte vermutlich recht. Sie malte sich aus, wie es wohl wäre, in einem der deprimierenden Räume auf eine gute Nachricht zu warten und plötzlich einen Chirurgen hereinkommen zu sehen.

Ja, das wäre furchterregend.

»Okay, verstanden. Ich werde morgen etwas anderes anziehen.«

Megan schüttelte den Kopf. »Willst du den zweiten Grund nicht hören, bevor du mir zustimmst?«

»Ich habe doch schon klein beigegeben.«

»Zweitens: Dr. Mackenzie.«

Delaney machte ein finsteres Gesicht. »Ich kann dir nicht folgen.«

Megan lächelte. »Dir bleiben nur noch drei Tage, um den Mann zu beeindrucken, und so leid es mir tut, aber dieser Kittel ist nicht geeignet, um deine Vorzüge voll zur Geltung zu bringen. Bist du sicher, dass du so was tragen musst?«

»Bist du Millie Swan schon mal begegnet? Das ist keine Frau, der man widerspricht. Sie hat gesagt, ich muss einen Kittel tragen, und wenn sie *Kittel tragen* sagt, antwortet man *aye, aye, Ma'am.* Außerdem habe ich gar keine Zeit, mir wegen meiner Vorzüge Gedanken zu machen. Er achtet sowieso nicht darauf, ganz sicher.«

Außer dass er mir immer wieder auf den Mund schaut ... und mich ein bisschen länger als nötig berührt.

»Na dann, sorgen wir dafür, dass er es tut.« Megan lachte. »Komm schon. Ich weiß, wo es richtig süße Kittel gibt, aber die machen um neun Uhr zu.«

»Ich habe noch stundenlang zu tun. Ich kann nicht mit dir shoppen gehen.«

Megan langte über Delaneys Schreibtisch hinweg und schaltete den Monitor aus. »Der ist morgen früh auch noch da. Du bist jetzt sowieso zu durcheinander, um noch etwas getan zu kriegen.«

Delaney wollte widersprechen, aber Megan hob die Hand und fixierte sie mit einem Blick, den sie sich vermutlich von ihrer Mom, der Polizistin, abgeguckt hatte.

»Der Plan ist nach wie vor, ihn mit Freundlichkeit zu besiegen? Dann lass uns freundlich sein – geben wir dem Mann was zu gucken.« Megan zwinkerte. »Vielleicht haben die auch solche Domina-Anzüge, die wir neulich mal im Kostümshop gesehen haben.«

»Guten Morgen.«

Delaney fuhr zusammen, als Dr. Mackenzie am Mittwochmorgen aus der Cafeteria kam. Er sah aus wie frisch geduscht, zum Anbeißen. Schon die ganze Zeit dachte sie an einen Traum der vergangenen Nacht – in dem der anziehende Doktor, ein definitiv nicht diensttauglicher Schwesternkittel und eine Besenkammer des Krankenhauses eine Rolle gespielt hatten. So hatte sie verträumt das Krankenhaus betreten und schüttelte jetzt den Kopf, um die Bilder loszuwerden, als sie neben ihm in den Gleichschritt fiel. Es war erst sechs Uhr, und sie war extra früh gekommen, weil sie hoffte, ein paar Stunden arbeiten zu können, ehe sie in den dritten Stock hinunterfahren musste. Aber er war offenbar auch früh dran.

»Ihr Aufzug gefällt mir.« Er schaute sie von oben bis unten an. »Heißt das, Sie haben sich entschieden, heute wieder zu uns zu kommen?«

»Eigentlich ist heute in der Vorstandsetage Kitteltag. Den haben wir einmal im Monat.«

Er lachte. »Wenn Sie in unschuldigem Weiß kommen, würde ich zu gern sehen, womit Gregory aufkreuzt.«

Am Fahrstuhl angelangt drückte sie mit dem Ellbogen den Aufwärts-Knopf. »Da bin ich zu Verschwiegenheit verpflichtet.«

»Ich schweige wie ein Grab.« Er hielt ihr einen Kaffee hin, und jetzt erst fiel ihr auf, dass er zwei Becher trug. »Mit Milch, ohne Zucker. Stimmt's?«

»Ja, tatsächlich.« Zögernd streckte sie die Hand nach dem Becher aus und wünschte, sie würde nicht auf eine Berührung mit seinen Fingern hoffen. »Woher wissen Sie das?«

»Recherche.«

Sie kniff die Augen zusammen. »Haben Sie etwa meine Assistentin ausgehorcht?«

In dem Moment glitten die Aufzugtüren auseinander, und er ließ ihr mit einer Geste den Vortritt. »Ich würde mich nie so hinterlistiger Taktiken bedienen.«

Nachdem sich die Türen geschlossen hatten, musterte sie ihn von der Seite. Wahrscheinlich hatte er gestern noch länger gearbeitet als sie, aber nun stand er um sechs Uhr früh auf der Matte und wirkte so putzmunter, als hätte er zwölf Stunden durchgeschlafen.

»Woher wussten Sie, dass ich so früh hier sein würde?«

»Wusste ich nicht. Ich wollte Marco bestechen, damit er den Becher auf Ihren Schreibtisch stellt, als Friedensangebot.«

»Friedensangebot? Wieso?«

Josh zögerte verlegen. »Weil wir Sie gestern allein haben

herumlaufen lassen. Den Vorfall mit Ian habe ich wirklich nicht vorausgesehen.«

»Das weiß ich.«

»Ich habe ein furchtbar schlechtes Gewissen. Als ich sagte, ich wolle, dass Sie einen echten Eindruck von der Arbeit auf unserer Station bekommen, habe ich mir nicht so eine Situation vorgestellt.«

Delaney sah die Etagennummern nacheinander aufleuchten. Der Aufzug fuhr am dritten Stock vorbei. Sie versuchte, die Bilder des Geschehens auszublenden. Was mit Ian passiert war, hatte Dr. Mackenzie nicht verschuldet, und wenn auch sicherlich häufig Notfälle vorkamen, hatte er doch nicht vorausahnen können, dass sich einer ereignete, wenn sie gerade allein im Patientenzimmer war.

»Sie brauchen sich nicht zu entschuldigen. So was kommt vor.« Sie gab sich unbeschwert, obwohl sie das ganz und gar nicht war. Es hatte fast eine Stunde gedauert, bis sie sich hatte überwinden können, den Kittel anzuziehen. »Falls das von Bedeutung ist: Ich war beeindruckt, wie gut Ihr Team die Situation in den Griff bekam. Unglaublich, wie schnell sie ihn stabilisiert hatten und zum OP bringen konnten.«

Er nickte. »Sie sind absolute Spitze. Millie duldet kein Mittelmaß.«

Der Fahrstuhl hielt, die Türen öffneten sich, und Delaney blieb einen Moment stehen, statt auszusteigen. »Was wird sie davon halten, wenn ich heute wiederkomme? Nach dem, was gestern passiert ist?«

»Soweit ich weiß, gibt Sie Ihnen heute Lektion zwei der Einführung in die pädiatrische Station. Das hätten wir gleich zu Anfang tun sollen. Ich habe leider nicht bedacht, dass ein Patient während Ihrer Wache versuchen könnte zu verbluten.«

»Nein. Sicher nicht. Eine zweite Lektion ist bestimmt nützlich.«

Er hielt die Aufzugtüren auf, während sie an ihm vorbei auf den Teppichboden der Vorstandsetage trat. Halb hoffte sie, er würde mitkommen, doch er tat es nicht.

»Hören Sie, Delaney.« Er sah ihr in die Augen, und erneut wünschte sie, sie wären keine Kollegen, die das Haushaltsproblem mit entgegengesetztem Interesse betrachten mussten. »Das war eine erschreckende Szene für Sie, und Sie geben sich tapfer. Aber wenn Sie heute nicht auf die Station kommen wollen, ist das in Ordnung. Ich werde versuchen, heute Abend etwas Zeit zu finden, damit wir uns zusammensetzen können, oder auch morgen früh.«

»Das weiß ich zu schätzen.« Sie holte tief Luft. »Und glauben Sie mir, ich habe vorhin überlegt, meine gewohnte Bürokleidung anzuziehen und mich in mein bequemes Büro zurückzuziehen. Aber auch wenn mich die ganze Situation ein bisschen erschreckt hat, ist es doch gut, dass ich sie erlebt habe. Sie wollten, dass ich den Alltag auf der Kinderstation kennenlerne, und das gehört nun mal auch dazu, nicht wahr?«

Er nickte. »Leider.«

»Aber ich werde mich künftig von blutenden Wunden fernhalten. Ich mein ja nur.«

»Das ist eine gute Idee.« Er lächelte. »Ian geht es ganz gut. Er würde sich bestimmt freuen, Sie zu sehen.«

Delaney schluckte. Sie war sich nicht sicher, ob sie fähig war, sein Zimmer zu betreten, ohne dass die Erinnerungen an den vergangenen Tag sie einholten.

»Das liegt natürlich bei Ihnen. Ich dachte, ich lasse Sie heute Kenderly bei der Arbeit zusehen. Die wird Ihnen bestimmt gefallen.«

»Ganz ohne Blut?«

»Ganz ohne Blut.« Er zwinkerte ihr zu und nahm die Hand von der Lichtschranke. »Bis später, Delaney. Wenn wir den Tag überstanden haben, können wir uns ja Ihre Liste vornehmen.«

Um Punkt neun Uhr trat Delaney aus dem Lift im dritten Stock und atmete tief durch. Sie sah Millie vor dem Schwesternzimmer stehen, mit dem Rücken zu ihr. Also setzte sie ein zuversichtliches Lächeln auf, straffte die Schultern, um sich den Anschein zu geben, der gestrige Vorfall sei nur ein kleiner Zwischenfall im Alltag und kein traumatisches Erlebnis mit einer drohenden Panikattacke gewesen.

Therese bemerkte sie als Erste, und Delaney wusste, die Überraschung im Gesicht der zierlichen Frau bildete sie sich nicht bloß ein.

»Guten Morgen, Delaney. Sie sind wieder da.«

Millie drehte sich um und musterte sie. »Sie waren shoppen?«

»Auf dienstliche Anweisung, nicht wahr?«

»Gut.« Millie nickte knapp. »Es ist eine Schande, gute Kleidung wegzuwerfen. Es tut mir leid, dass Sie am eigenen Leib erfahren mussten, warum Krankenschwestern Kittel tragen.«

»Danke. Alles ist gut. Ich bin ... gut drauf.«

Millie winkte sie zum Pausenraum. »Kommen Sie mit. In der ersten Stunde gehören Sie mir. Ärztliche Anweisung.«

Während dieser Stunde bekam Delaney die lebensrettenden Maßnahmen der pädiatrischen Notfallschulung eingetrichtert. Millie ging mit ihr durch, was zu tun war bei einer starken Blutung, bei Unterzuckerung, bei Ersticken und ebenso, wie man eine Herz-Lungen-Reanimation durchführte. Obwohl Delaney etwas lernte, hatte sie jetzt mehr Angst als vorher. *Meine Güte, was man da alles falsch machen kann!* Millie erklärte alles sehr schnell, und nach jeder geschilderten Maßnahme mahnte sie: *Denken Sie daran: Das tun Sie erst, nachdem Sie Hilfe gerufen haben, und so lange, bis die da ist.*

»Okay, jetzt kommt der Test.« Millie holte ein Blatt und gab es ihr.

Zögernd nahm sie es entgegen. »Und wenn ich nicht bestehe?«

»Dann wiederholen Sie ihn. Und wenn Sie wieder durchfallen, wiederholen Sie ihn noch mal. Wir können das den ganzen Tag tun.«

Hörte sie da ein Lächeln in Millies eiserner Stimme?

Delaney angelte einen Kugelschreiber aus der Tasche. Das musste sie den Kitteldesignern lassen: Die Taschen waren die reinsten Platzwunder. Wahrscheinlich könnte sie ein ganzes Mittagessen darin verstauen.

»Okay, ich bin so weit.« Sie setzte den Kuli an.

»Frage eins: Was tun Sie als Erstes bei einem Insulin-Schock?«

Das wusste Delaney. Sie schrieb die Antwort rasch hin und setzte eine Zwei aufs Papier.

»Nächste Frage. Was ist der erste Schritt, wenn Sie einen Patienten wiederbeleben müssen?«

Delaney sah an die Decke und überlegte. Die Maßnahme hatte sich seit ihrem Studium geändert. Sie schrieb die Antwort hin und blickte auf.

Millie beugte sich über den Tisch und las, dann schüttelte den Kopf. »Das wird dauern.«

Verwundert schaute Delaney auf ihr Blatt. Die Antworten waren richtig, das wusste sie genau. Sie hatte sehr gut aufgepasst, auf jedes Wort von Millie geachtet, denn sie wollte auf keinen Fall noch einmal so hilflos dastehen wie gestern und nicht wissen, wie sie das arme Kind retten konnte.

»Was meinen Sie? Stimmt nicht, was ich geschrieben habe?«

Millie schüttelte noch einmal den Kopf. »Leider nicht.« Dann stützte sie die Arme auf den Tisch und sah Delaney in die Augen. »Was ist der erste Schritt in jeder Notfallsituation, wenn man nicht medizinisch ausgebildet ist?«

»Oh Gott.« Delaney wurde rot. »Hilfe rufen.«

»Genau.«

»Es tut mir leid. Ich dachte, das versteht sich von selbst.« Sie deutete auf ihre Antworten. »Das sind die ersten Schritte nach diesem allerersten Schritt.«

»Hm-hm. Drehen Sie das Blatt um. Wir fangen von vorn an.«

Delaney schob die Unterlippe vor und blies den Atem aus. Das würde in der Tat dauern.

Später am Vormittag saß Delaney bei Kenderly im Büro und erhielt von ihr einen groben Überblick, was eine Sozialpädagogin in einer Klinik den ganzen Tag zu tun hatte. Je länger sie Kenderly erzählen hörte, wie sie den Patienten und ihren Angehörigen half, mit ihren Ängsten fertigzuwerden, und auf welch kreative Art sie ihnen beibrachte, was bei der Erkrankung zu beachten war, desto fesselnder fand sie es.

Peinlich berührt dachte sie an ihre Kürzungsliste, auf der auch die Stellen der beiden Sozialpädagoginnen standen. Bei ihrer bisherigen Recherche hatte sie den Zweck ihrer Arbeit zwar anerkannt, aber es war bequem gewesen, sie verglichen mit den Aufgaben des rein medizinischen Personals als »schön zu haben« zu bewerten.

»Egal was passiert und egal, wer Sie dazu auffordert, Sie dürfen niemals bei etwas mitwirken, das Schmerzen hervorruft. Sie halten niemals jemanden fest, helfen dem Arzt oder der Krankenschwester niemals bei etwas, das dem Kind Angst macht, sind niemals Teil des Unangenehmen. Sie sind der Mensch, bei dem sich das Kind sicher fühlen kann, der ihm unter keinen Umständen wehtut.«

»Ehrlich gesagt hört sich das wunderbar an.«

»Das ist es. Ein großartiger Beruf für Leute, die im medizinischen Bereich arbeiten, aber nichts mit medizinischer Behandlung zu tun haben wollen, wenn Sie verstehen, was ich meine.«

Delaney seufzte leise. »Und ob ich das verstehe.«

Vielleicht hätte sie in diese Ausbildung reinschnuppern sollen, nachdem sie das Medizinstudium geschmissen hatte.

Sie zog ihren Notizblock hervor und blätterte zu der Seite, auf der sie sich ihre Fragen an Kenderly notiert hatte. Jetzt sollte sie sehr vorsichtig formulieren, um nicht zu verraten, dass sie diese Arbeit bisher als ergänzend und optional eingestuft hatte.

»Also, wie sieht der typische Arbeitstag für Sie aus?«

Kenderly zog einen Mundwinkel hoch. »Den gibt es nicht.« Sie schaute auf einen Terminplan. »Wie es aussieht, haben wir heute Nachmittag eine Lumbalpunktion, eine Mukoviszidose-Schulung mit Charlotte und Diabetes-Training mit Milos Eltern. Das sind die wichtigsten drei heute. Die restliche Zeit wird nach Dringlichkeit genutzt, aber heute ist auch meine Kollegin im Dienst, da besteht die Chance, dass wir ein Viertel des Bedarfs abdecken können.«

»Wirklich? Sie meinen, wir sind auf diesem Gebiet unterbesetzt?«

Kenderly sah sie verwundert an. »Das ist eine Station mit

dreißig Betten. Wir haben eine Sozialpädagogin für die Tag- und eine für die Abendschicht, keine für die Nacht. Das ist alles. Wir sind sogar stark unterbesetzt, auch wenn Sie gehofft haben, das Gegenteil zu hören.«

»Ich möchte nur die Wahrheit hören, ob sie mir gefällt oder nicht.«

Delaney wusste, die beiden Posten würden in null Komma nichts dem Rotstift zum Opfer fallen, egal welche Empfehlung sie selbst ausspräche. Gewisse Leute würden diese Arbeit für verzichtbar halten, das konnte sie fast garantieren.

Aber in nur zwei Tagen hatte sie Kenderly auf der Station wundervolle Arbeit leisten sehen, und als sie nun in ihrem Büro darüber sprach, was sie den ganzen Tag tat, fragte sich Delaney immer wieder, wie viel besser Parkers Klinikaufenthalt verlaufen wäre, hätte er jemanden wie Kenderly um sich gehabt, der ihn in der schlimmen Zeit aufmunterte und stärkte. Für die kranken Kinder und deren Eltern war Kenderly alles andere als verzichtbar.

Delaney fiel etwas ein. Einen Moment lang sammelte sie ihre Gedanken, dann blätterte sie zu einer unbeschriebenen Seite. Sie schlug die Beine übereinander und lehnte sich zurück, als hätten sie stundenlang Zeit zu plaudern. Vielleicht würde sie Kenderly mit einer entspannten Ausstrahlung dazu bewegen, ihre Bitte-feuern-Sie-mich-nicht-Abwehr aufzugeben.

»Okay, eine andere Frage. Nehmen wir mal an, wir wollten dafür argumentieren, mehr Sozialarbeiterinnen einzustellen. Ich habe gesehen, wie positiv sich Ihre Arbeit auf die Kinder auswirkt. Nehmen wir an, Sie müssten das Geld bestmöglich auf Sachmittel und Arbeitszeit verteilen: Inwiefern hilft Ihre Arbeit den Krankenschwestern und Ärzten dieser Station, bei ihren Aufgaben effizienter zu sein?«

Kenderly lehnte sich nun ebenfalls zurück und betrachtete ihr Gegenüber mit neuem Respekt. Dann nickte sie langsam. »*Das* ist eine Unterhaltung, die ich gerne führe.«

11

»Du hältst dich krumm, Liebes.« Delaneys Mutter zog eine ihrer sorgfältig gezupften Brauen hoch und nippte an ihrem Zinfandel.

Delaney straffte seufzend die Schultern. Es war Mittwochabend, und daher saß sie an ihrem angestammten Platz am Esstisch ihrer Eltern. Obwohl sie erst seit einer Viertelstunde da war, schaute sie verstohlen zur Standuhr in der Ecke. Sie hatte früh Feierabend gemacht, damit sie pünktlich um sechs vor der Tür stehen konnte, wie es von ihr erwartet wurde. Dementsprechend lag noch eine Menge Arbeit auf ihrem Schreibtisch, weshalb sie gleich nach dem Essen zurück ins Mercy fahren würde.

Ob Dr. Mackenzie auch noch dort war?

Ihr Vater saß vor seinem Teller, scrollte mit einer Hand auf seinem Handy, während er mit der anderen Steak und Kartoffeln in sich reinschaufelte. Etwa zehn Worte hatte er zu ihr gesprochen, womit er sich im üblichen Rahmen bewegte. Ihre Mom säbelte ihr Steak in winzige Stücke, um sie mehr auf dem Teller herumzuschieben als zu essen. Und so blieb es wie immer an Delaney hängen, für die Konversation zu sorgen.

Eigentlich war sie selbst schuld. Sie hatte vor Langem darauf bestanden, sie sollten einmal pro Woche gemeinsam zu Abend essen. Um wenigstens die Illusion aufrechtzuerhalten, sie seien eine eng verbundene, halbwegs glückliche Familie.

Jedes Mal, wenn sie bei Tisch saßen, huschten Moms Blicke zu Parkers Sitzplatz, selbst nach all den Jahren noch. Und jeden Mittwochabend buk sie Brownies als Nachtisch, weil es ein Familienessen war und Brownies Parkers Lieblingsdessert gewesen waren.

Delaney brachte es nie übers Herz, ihre Mutter daran zu erinnern, dass sie auch ein Lieblingsdessert hatte. Aber ein anderes.

»Also … wie war eure Woche?« Delaney steckte sich ein Stück Steak in den Mund, das auf der Zunge zerging. Vor Parkers Tod war ihre Mom strahlende Gastgeberin ihrer Dinnerpartys gewesen. Gab es in der Chirurgie etwas zu feiern, fand es unweigerlich in ihrem Haus statt, und ihre Mom fungierte als Küchenchef. Ihr Heim glänzte, ihre Kinder glänzten, und – Delaney schaute sie flüchtig an – sie selbst ebenfalls.

»Ach, wie immer«, antwortete sie verkniffen lächelnd. »Du weißt schon, das Übliche.«

Delaney nickte. *Nein, weiß ich nicht.*

»Dad? Und bei dir? Gab es interessante Fälle?« Sie wappnete sich. »Ich meine natürlich welche, die sich beim Essen erzählen lassen.«

Ihr Dad legte sein Handy hin und blickte sie sogar kurz an. Kopfschüttelnd schnitt er sein Fleisch. »Ich denke, du weißt ziemlich genau, wie meine Woche war.«

Obwohl sie in demselben Krankenhaus arbeiteten, sah Delaney ihn selten. Daher ließ seine Antwort sie erst einmal ratlos zurück.

»Was meinst du?«

»Die Budgetkürzungen.« Er hielt inne. »Du wirst sicher davon gehört haben.«

»Oh.« Sie nickte. Offenbar stand seine Abteilung auch auf der Schwerpunktliste. »Natürlich. Entschuldige.«

»Du kannst nichts dafür. Die Wirtschaft ist im Keller, niemand kann noch anständige Gehälter zahlen, und nun soll gekürzt werden, wo nichts mehr zu kürzen ist. Ich habe angeboten, meine Patienten nach der OP nicht mehr zuzunähen, um Material zu sparen, aber Gregory hat sich gar nicht darüber gefreut.«

Delaney lächelte. »Wir wurden angewiesen, kreativ zu sein, oder?«

»Worauf haben sie dich angesetzt? Welches Budget musst du amputieren?«

»Autsch.« Sie verzog gequält das Gesicht. »Amputieren ist sehr plastisch, findest du nicht?«

Er schob seinen Teller weg, um die Ellbogen auf den Tisch zu stützen. »Sag mir eins: Ist dir eine Abteilung bekannt, die nicht schon fast ausgeblutet ist?«

»Ich ... bekomme nicht von allen die Zahlen. Ich weiß es nicht.«

»Du bist ein intelligentes Mädchen. Ich bin sicher, du hast eine ziemlich gute Vorstellung davon. Sag mir, warum sie sich die Chirurgie vorgenommen haben. Die Radiologie hat gerade einen MRT angeschafft. Woher kam denn das Geld?«

»Die Geräte machen sich viel schneller bezahlt als ... vieles andere.« Delaney zuckte entschuldigend mit den Schultern. Ihr war klar, wie lahm das klang. »Für die kann man immer gute Gründe anbringen.«

»Bald werde ich meine Patienten nur halb betäuben dürfen, um Anästhetika zu sparen. Das könnte lustig werden.«

»Wie bitte?«

Jetzt zuckte er mit den Schultern. »Das ist die einzige Einsparmöglichkeit, die ich sehe. Was kann die Chirurgie anderes tun?«

»Dad, lass die Witze. Gregory hat mir die Pädiatrie gegeben. Also glaub mir, ich mache die Hölle durch.«

»Wie viel musst du einsparen?«

Delaney nannte die Zahl und sah überrascht, dass ihr Vater sich empört zurücklehnte und den Kopf schüttelte.

»Dann hoffen wir mal, das Spendendinner nächste Woche bringt einiges ein. Sollten wir den Spendern sagen, dass ihre nächste OP ohne Anästhetikum vorgenommen wird, wenn sie keine großzügigen Schecks ausstellen, was meinst du?«

Delaney hatte gerade das Glas an den Mund gesetzt und merkte irritiert auf. Wie hatte sie das Spendendinner vergessen können? Daran nahm sie schon seit fünf Jahren teil, seit ihr Dad am Mercy angefangen hatte. Allerdings war es für sie immer ein Drahtseilakt gewesen, einerseits die Finanzabteilung zu repräsentieren und gleichzeitig als seine pflichtschuldige Tochter aufzutreten. Es war nicht unbedingt schwer, der Publicity halber in die Kameras zu lächeln und mit den Spendern zu plaudern … doch sie bekam praktisch nervösen Ausschlag, wenn sie fremden Leuten um den Bart gehen sollte, die wussten, sie redete nur mit ihnen über ihre Enkel und Haustiere, damit sie säckeweise Geld spendeten.

Sie verabscheute die alljährliche Spendenbeschaffung.

Bevor sie hinging, übte sie das Geschwafel immer vor dem Spiegel, steckte sich ein paar Karteikärtchen mit Stichworten in die Handtasche und trank ein Glas Wein, sowie sie dort ankam, um ihre Nerven zu beruhigen. Aber es war für sie nie angenehm. Kevin bearbeitete die Gäste wie ein Gebrauchtwagenhändler, brachte sie mit seinem strahlenden Lächeln und seiner pomadigen Erscheinung in einen hypnotischen, spendenwilligen Zustand, während Delaney ihren ganzen Mut zusammennehmen musste, um jemanden anzusprechen, den sie zuvor ins Visier genommen hatte.

Aber ausgerechnet dieses Jahr standen die Angebote auf dem Spiel, die ihr am meisten am Herzen lagen, und nach nur drei Tagen auf der Kinderstation war ihr zweifelsfrei klar, dass sich die Haushaltslöcher nur mit fremdem Geld stopfen ließen. Zuschüsse zu bekommen dauerte leider ewig, und eine Garantie darauf gab es nicht. Und die Abrechnung der Leistungen bei den Versicherern hatten sie bereits sehr geschickt optimiert.

Also würde sie ihr Event-Outfit und ihr Event-Lächeln hervorholen müssen. Sie, Delaney Blair, Paradebeispiel der klinisch Gehemmten, musste der pädiatrischen Abteilung eine dicke fette Spende beschaffen. Und zwar von jemandem, der bereit war, den Scheck innerhalb der nächsten drei Wochen zu unterschreiben.

Ein Glas Wein würde nie und nimmer ausreichen.

Zwei Tage später, als Delaney an Ians Zimmer vorbeiging, bewog sie etwas, stehen zu bleiben und zwei Schritte zurückzugehen. Durch die offene Tür sah sie seine Mutter mit den Infusionsschläuchen hantieren. Das war nicht ungewöhnlich, denn die verfingen sich häufig an Armen, Kissenzipfeln oder dem Bettgeländer, sodass man sie immer wieder entwirren musste. Dennoch hatte etwas sie beunruhigt, und ohne zu wissen, was es war, starrte sie in den Raum.

Im nächsten Moment fing der Überwachungsmonitor wild zu piepen an und versetzte Ians Mutter in helle Aufregung. Ehe Delaney auch nur Luft holen, geschweige denn Hilfe rufen konnte – und sie wusste, Millie würde ihr den Kopf abreißen, wenn sie das nicht tat –, kamen drei Krankenschwestern aus benachbarten Zimmern angelaufen.

Das Piepen hörte auf, als eine von ihnen Knöpfe am Monitor drückte. Ians Mutter machte den Schwestern Platz, die daraufhin Schläuche entwirrten und sich leise über ihre Maßnahmen verständigten. Kurz darauf lag Ian wieder bequem und still unter seiner Decke, und die Schwestern verließen das Zimmer, in dem eine händeringende Mutter am Bett ihres Jungen zurückblieb.

Delaney ging hinein. »Alles in Ordnung?«

Ians Mutter fuhr erschrocken herum. Sie hatte sie wohl nicht hereinkommen hören.

»Ich bin Delaney.« Sie gab der Frau die Hand und bemerkte, dass sie eiskalte Finger hatte und zitterte.

»Fiona.«

»Wie geht es Ian?« Delaney sprach leise, um ihn nicht zu stören.

»Nicht gut. Überhaupt nicht gut.« In ihren Augen sammelten sich Tränen, als sie ihn betrachtete. Delaney bemerkte es voller Mitgefühl. »Wir wissen noch immer nicht, was ihm eigentlich fehlt.«

»Wirklich?«

»Wir sind dieses Jahr schon zum dritten Mal hier. Er wird immer kränker.«

»Das tut mir wirklich leid, Fiona. Die Ärzte tun bestimmt ihr Möglichstes, um die Ursache zu finden.«

»Das ist wahr. Hier sind alle so wunderbar, so freundlich zu uns. Ich wünschte nur«, sie tätschelte den kleinen Fuß unter der Bettdecke, »sie kämen endlich dahinter, damit er bald wieder spielen kann.«

Delaney betrachtete ihn für einen Moment, sah ihn ruhig und gleichmäßig atmen. Was diese Frau durchmachte, hier tagtäglich zu sitzen und ihr Kind leiden zu sehen. Delaney bekam Magenschmerzen, weil sie an einen anderen kleinen Jungen im Krankenbett denken musste, der plötzlich zu wenig geatmet hatte.

»Möchten Sie vielleicht … Karten spielen oder etwas anderes?« Delaney schlug das Erstbeste vor, das ihr einfiel. Fiona wirkte so einsam, ihre verängstigten Augen erinnerten Delaney so sehr an ihre Mutter, dass sie wegsehen musste, um Distanz wahren können.

Parker hatte es damals im Krankenhaus nur schrecklich gefunden, sich vor den Ärzten und den Schwestern gefürchtet, und sogar die grellen Lampen hatten ihm Angst gemacht. Er hatte die Geräusche gehasst, die Rollbahre, die ihn zu grässlichen Räumen brachte, und hatte nie einschlafen wollen, aus Angst, jemand käme ihn holen und täte schreckliche Dinge mit ihm, wenn er nicht wachsam blieb.

Delaney fragte sich wieder einmal, wie es für ihn gewesen wäre, wenn er jemanden wie Kenderly um sich gehabt hätte, der mit ihm Quartett spielte, ihn in den Schlaf wiegte oder ihn vor einer Untersuchung zum Lachen brachte, anstatt ihn vor Angst weinen zu lassen. Ihre Mutter hatte ihr Bestes gegeben, aber selbst der kleine Parker hatte ihre Hoffnungslosigkeit gespürt.

Delaney hatte seinetwegen Ärztin werden wollen, eine, die sein Leben gerettet hätte. Damit hatte sie sein Andenken wahren wollen. Stattdessen fühlte sie sich immer wieder als Versagerin, weil sie das Medizinstudium geschmissen hatte.

Und jetzt? Sie hatte für ihren Abschluss in Betriebswirtschaft gebüffelt und sich in einem Krankenhaus hochgearbeitet, weil sie glaubte, sie könne dort etwas für Kinder wie Parker bewirken. Sie seufzte. Stattdessen war sie jetzt in der nicht beneidenswerten Position, genau die Leistungen streichen zu müssen, die Kindern wie ihm halfen, den Aufenthalt ohne seelische Langzeitschäden zu überstehen.

Sie hätte sich doch überwinden und das Medizinstudium durchstehen sollen.

Vier Stunden später saß sie in Dr. Mackenzies Büro und hoffte, ihn noch sprechen zu können, bevor er Feierabend machte. Der schwache Duft seines Aftershaves lag in der Luft, als wäre er eben noch hier gewesen, und sie atmete tief ein. Dann schüttelte sie den Kopf und spürte, wie ihr das Blut in die Wangen stieg. Sie war hier, um mit dem Mann zu reden, nicht um in seinem Geruch zu schwelgen – oder in seinem Anblick.

Während sie wartete, blickte sie durch den Raum, um dadurch vielleicht ein bisschen über ihn zu erfahren. An der Wand hinter dem Schreibtisch hingen Fotos, auf denen er mit verschiedenen Kindern zu sehen war. Sie stand auf, um sie sich näher anzuschauen, und fuhr sich mit der Hand staunend über den Mund. Die Fotos berührten sie. Einige waren offenbar auf der Station aufgenommen worden, auf anderen war im Hintergrund das Avery-Haus zu sehen.

Mit großen Augen trat sie einen Schritt zurück. Sie wusste seit Jahren von dieser Einrichtung. Das Erholungsheim für Kinder mit lebensbedrohlichen Krankheiten genoss in der Region einen sehr guten Ruf. Ethan und Josie Miller betrieben es zusätzlich zu *Snowflake Village*, dem benachbarten Vergnügungspark. Der *Boston Globe*, NPR und wahrscheinlich jeder Nachrichtenkanal in Neuengland hatten schon darüber berichtet.

Engagierte sich Dr. Mackenzie auch im Avery-Haus? Sie trat wieder näher heran, wobei ihr die breite Frontveranda des ehemaligen Hotels auffiel. Natürlich betrachtete sie auch die Kinder. Die strahlten lieber den Doktor an als in die Kamera.

Die ganze Woche über war sie sich wie ein verliebter Teenie vorgekommen. Tatsächlich hatte sie sich mehr als einmal davon abhalten müssen, die Krankenschwestern zu fragen, ob er eine Freundin hatte. Wenn sie aus einem Zimmer seine Stimme hörte, lehnte sie sich an die Flurwand, um zuzuhören. Wenn sie ihn auf dem Gang in ihre Richtung kommen sah, stolperte sie praktisch über die eigenen Füße.

Wenn er sie am Arm berührte, sie ansprach oder ihr über den Kopf eines Patienten hinweg zuzwinkerte oder lächelte, als hätten sie ein Geheimnis miteinander, dann verwandelten sich ihre Beine in Pudding. Und so peinlich ihr das war, sie musste sich eingestehen, dass sie seit ihrer ersten Begegnung beim Einschlafen an ihn dachte.

Das war so was von unprofessionell.

Sie schüttelte den Kopf, wandte sich aber erneut den Fotos zu. Darauf trug er weder Arztmantel noch Krawatte, sondern Jeans und Poloshirt, allenfalls mal Oberhemd. Auf jedem sah er hinreißend aus. Sie musste an sich halten, um nicht eines zu klauen.

»Hallo.«

Beim Klang seiner Stimme fuhr sie herum, riss ein Foto auf seinem Schreibtisch um, wollte es hastig wieder aufstellen und taumelte dabei gegen ein Bücherregal.

Lachend fing er sie am Ellbogen ab, und seine Berührung löste tief in ihr ein Kribbeln aus. »Seien Sie so nett und erinnern Sie mich, dass ich Ihnen nichts Zerbrechliches in die Hand gebe.«

Nachdem sie den Fotorahmen wieder aufgestellt hatte, schob sie sich vorsichtig zwischen Schreibtisch und Regal durch, um ihn an seinen Platz zu lassen.

»Entschuldigen Sie bitte. Ich habe mir bloß die Fotos angeschaut.«

Als er seinen Laptop ablegte, blickte er zur Wand. »Die sind großartig, nicht wahr?«

Sie nickte. Das waren sie wirklich. Im Stillen rechnete sie

sich aus, wie lange es dauern würde, eines von der Wand zu nehmen, nach unten in den Kopierraum zu laufen und es zurückzubringen, bevor es ihm auffiele.

»So.« Er setzte sich und blickte sie neugierig an. »Möchten Sie Platz nehmen?«

»Danke.« Sie holte tief Luft. »Ich wollte Sie abpassen, bevor Sie ins Wochenende gehen.«

Er sah auf die Uhr. »Es ist sieben. Wie lange warten Sie schon?«

»Nun ja, inzwischen weiß ich, dass Sie zumindest für Fotos am liebsten grüne Hemden tragen, dass Sie viel zu viel Papierkram auf dem Schreibtisch haben und Ihre Bürowände dringend mal gestrichen werden sollten.«

Er lachte wieder und warf einen Blick auf die Fotos. »Sieht wohl so aus.« Dann blickte er ihr in die Augen. »Also haben Sie die Woche bei uns überstanden.«

»Ja.« Sie nickte. »Was bestimmt alle überrascht hat.«

»Wie hat es Ihnen gefallen, Kenderly bei der Arbeit zu begleiten?«

»Ganz ehrlich? Ich will dasselbe machen wie sie, wenn ich mal groß bin.«

»Das hat sie vorausgesehen.« Einen Moment lang schwieg er. »Und jetzt ist der Zeitpunkt gekommen, um zusammen Ihre Liste durchzugehen? Bevor Sie in den sechsten Stock zurückkehren und Ihre Rechenkünste anwenden?«

Delaney atmete tief durch, um die Gedanken, die ihr beim Warten durch den Kopf gewirbelt waren, zu zügeln. »Eigentlich habe ich eine andere Idee.«

»Okay.« Er lehnte sich zurück und verschränkte die Hände hinter dem Kopf. Delaney juckte es in den Fingern, über seine Brust zu streichen, über der sich das Hemd spannte. Kein Wunder, dass sich die Krankenschwestern darum rissen, ihm morgens den Kaffee zu bringen. Du lieber Himmel, jede Modelagentur würde ihn unter Vertrag nehmen.

»Okay, was?« Delaney schüttelte errötend den Kopf. Was hatte sie gerade gesagt, bevor sie ihn sich mit nacktem Oberkörper vorgestellt hatte?

»Sie wollten mir von Ihrer Idee erzählen.«

»Ja, richtig. Ich ... habe mir überlegt ... Was halten Sie davon, wenn ich noch eine Woche auf der Station bleibe?«

Er nahm die Hände herunter und stützte die Unterarme auf den Schreibtisch, aber seinen Gesichtsausdruck konnte sie nicht deuten. »Warum?«

Sie holte tief Luft. »Weil ich mich geirrt habe. Bei jedem Posten auf meiner Liste. Bei allen Leistungen, die ich für zweitrangig hielt.«

»Oh. Wow.«

»Wir brauchen eine neue Herangehensweise, und dazu habe ich mir Gedanken gemacht.«

»Ausgezeichnet. Lassen Sie mal hören.« Er neigte sich gespannt nach vorn, aber seine Augen sahen müde aus, und sie bekam ein schlechtes Gewissen, weil sie ihn von seinem Feierabend abhielt.

In dem Moment gab ihr Magen ein beeindruckendes Knurren von sich. Verlegen legte sie sich eine Hand an den Bauch.

Er lächelte. »Hunger?«

»Verzeihen Sie. Ich habe ganz vergessen, heute Mittag zum Essen zu gehen.«

Er lachte angespannt. »Jetzt wissen Sie, wie es ist, auf der Kinderstation zu arbeiten.« Dann stand er auf und klappte den Laptop zu. »Ich sag Ihnen was: Mit leerem Magen kann ich nicht denken, und Sie sollten offenbar auch etwas zu sich nehmen. Wie wär's, wenn ich Sie zum Abendessen einlade? Außerhalb der Klink?«

»Sie wollen ... mich zum Essen einladen?«

»Ich versuche jetzt mal, über Ihren entsetzten Ton nicht gekränkt zu sein.«

»Es tut mir leid. Das ... kommt nur so unerwartet.« *Und hört sich nach einem Date an.*

»Mögen Sie das Bellinis?«

»Mag das irgendjemand nicht?« Delaney lächelte ihn an. Das Bellinis war das beste Restaurant in Echo Lake, aber nicht wegen einer anspruchsvollen Speisekarte oder eleganter Bedienung. Es gab italienische Küche im Ambiente eines irischen Pubs, aber was Mama Bellini kochte, brauchte einen Vergleich mit dem Bostoner Norden nicht zu scheuen.

»Ich kenne zumindest keinen.« Er deutete auf sie. »Aber Sie werden sich umziehen müssen. Mama B. duldet keine Krankenhauskittel.«

»Wirklich?«

»Hängt irgendwie mit gewissen Eingriffen zusammen, an die sie nicht erinnert werden will.« Er zuckte mit den Schultern. »Ich weiß es nicht so genau.«

»Sollen wir uns dort treffen?«

»Gute Idee. Acht Uhr? Schaffen Sie das?«

Sie nahm ihre Handtasche von der Stuhllehne. Bis sie aus der Klinik raus wäre und in ihrer Wohnung ankäme, wäre es so spät, dass ihr noch zweieinhalb Minuten zum Umziehen blieben.

Reicht hinten und vorne nicht. »Dicke.«

Zwei Minuten später im Aufzug sah sie ihr Spiegelbild im Stahlrahmen der Tür und erschrak. Mit ihren erhitzten Wangen und dem geistlosen Lächeln, das sich nicht abstellen ließ, sah sie aus, als hätte sie hemmungslos geknutscht.

Oder als würde sie gern hemmungslos knutschen.

12

Eine Dreiviertelstunde später ergatterte Josh die hinterste Nische im Bellinis und ließ sich dort nieder. Heftig blinzelnd kniff er sich in die Nasenwurzel, um einen klaren Kopf zu bekommen. Oh Mann, war das eine lange Woche gewesen. Jetzt noch eine Stunde dranzuhängen, um über Centbeträge zu streiten, war das Letzte, was er wollte. Aber er war hin und her gerissen gewesen, als Delaney vor ihm gesessen und darum gebeten hatte, eine zweite Woche auf seiner Station verbringen zu dürfen.

Einerseits war er verrückt nach ihr. Wenn er aus einem Patientenzimmer kam, blickte er jedes Mal den Flur entlang, ob sie irgendwo zu sehen war. Wenn er sie im Spielzimmer lachen hörte, ging er unter einem Vorwand hin und sprach wen immer er dort antraf auf irgendetwas an. Jeden Morgen im Aufzug spielte er mit dem Gedanken, nicht im dritten Stock auszusteigen, sondern in den sechsten weiterzufahren.

Andererseits wäre es ihm recht, wenn seine Belegschaft wieder ungestört arbeiten könnte, ohne ständig über die Schulter zu gucken, ob die Finanzanalystin sie beobachtete. Und er selbst würde gern aufhören, bei jeder Behandlung, Besprechung und Medikamentengabe zu rechnen, welche Kosten sie verursachten.

Er seufzte. Und er würde gern aufhören, sich zu wünschen, sie wäre mehr als eine Kollegin.

»Soll ich dir einen Kaffee bringen?« Molly stand am Tisch. »Nimm's mir nicht übel, aber du siehst beschissen aus.«

»Danke, Mols. Das höre ich in letzter Zeit ständig.«

Molly setzte sich in die Bank gegenüber, wahrscheinlich froh über eine kurze Pause. Sie hatte das kraftvolle Temperament der Italiener, aber er sah ihr an, dass sie vom Ansturm der Abendgäste geschafft war. Ihre Eltern besaßen das Restaurant schon seit sie laufen gelernt hatte, und obwohl sie Diplomkauffrau war und ganztags im *Snowflake Village* in der Verwaltung arbeitete, kellnerte sie mehr als während ihrer Highschool-Zeit.

Sie band ihre Haare zum Pferdeschwanz zusammen und fächelte sich mit einer Speisekarte Luft zu. »Bist du mit Ethan verabredet?«

»Nö.«

Molly schüttelte den Kopf. »Ich hab ja gesagt, das passiert, wenn die beiden verheiratet sind. Sie wollen immer nur zu Hause bleiben.«

»Wenn du in den Privaträumen im Avery-Haus wohnen würdest, würdest du je wieder ausgehen wollen?«

»Nö. Aber auf die habe ich verzichtet, als ich Ethan erlaubt habe, Josie zu heiraten anstatt mich.«

Josh lachte. »So war das also?«

»So ähnlich.« Sie wiegte den Kopf hin und her. »Oder sie waren schon ineinander verknallt, als sie noch in den Windeln lagen, und haben es endlich kapiert. Eins von beidem.«

»Klar.«

»Isst du hier allein?«

Josh seufzte. »Eigentlich nicht.«

»Oh mein Gott, du hast ein Date?« Molly machte große Augen.

Hastig blickte er zu den Nachbartischen. Das musste der ganze Pub gehört haben. »Könntest du mal versuchen, nicht so zu klingen, als wäre das ein Wunder?«

»Wäre es keins?«

»Klappe, Mols.«

Sie lachte. »War nur Spaß. Aber hast du ein richtiges Date?«

»Nein. Weder ein richtiges noch ein anderes. Das ist ein Geschäftsessen.«

»Och.« Sie zog die Nase kraus. »Wie langweilig.«

»Schön wär's.«

Langweilig würde es garantiert nicht werden. Nicht mit Delaney. Die größte Herausforderung würde es sein, sich auf ihren Notizblock voller Fragen zu konzentrieren, anstatt auf ihren Hals oder auf die Haarspitzen, die über ihr Schlüsselbein strichen, oder auf ihre Lippen, die …

»Immerhin ist Freitag«, gab Molly optimistisch zu bedenken. »Da kann sich nach dem geschäftlichen Teil noch was entwickeln.«

Er räusperte sich, um seine Fantasie im Keim zu ersticken. »Kann es nicht. Wir sind Kollegen.«

»Oh. Ach ja.« Molly nickte weise. »Hab ich glatt vergessen. Im Mercy lässt sich ja nie einer auf ein Date mit einer Kollegin ein.«

»Hab ich schon gesagt, du sollst die Klappe halten?«

»Mindestens ein Mal. Aber ich bin das gewöhnt, weil du das schon seit der dritten Klasse zu mir sagst, und ich weiß, du meinst es nicht so. Außerdem bist du hier mit ihr verabredet, was bedeutet, du willst, dass ich sie für dich abchecke und den Daumen recke oder senke, richtig?«

»Ganz bestimmt nicht.«

»Och.« Molly tat enttäuscht. »Aber ich bin praktisch Expertin dafür. Hab ich dir nicht ein Date mit Cherise empfohlen?«

Bei dem Gedanken an die Aushilfskrankenschwester, die

ein Frühjahr bei ihnen eingesprungen war, zog er ein leidendes Gesicht. Zuerst hatte sie einen lebhaften, lustigen Eindruck gemacht, sich dann aber als hochneurotisch entpuppt.

Molly zog die Brauen hoch. »Na? Ja oder Nein?«

»Ja, und wie!«

»Und mit Melody?«

»Mit der auch.«

»Oh, und wie hieß die noch mal, du weißt schon, die mit der irren Frisur?« Molly ließ den Finger über dem Kopf kreisen.

»Dara.«

»Richtig! Dara.« Sie lachte. »Ja, die war beängstigend. Du bist noch mal davongekommen, weil ich so getan habe, als ob die Küche brennt.«

Er schmunzelte. »Das muss ich dir zugutehalten.«

Leider hatten sie beide Dara viel zu spät durchschaut.

Molly stand auf, tippte ihm auf die Nase und drückte seine Schulter. »Gib mir ein Zeichen, wenn ich wieder einen Küchenbrand vortäuschen soll.«

Er verdrehte die Augen. »Wird nicht nötig sein.«

»Das kannst du nicht wissen. Bestell Kaffee mit drei Päckchen Kaffeesahne, wenn du gerettet werden willst. Ich kann auch weniger dramatisch, ohne Feuer.« Sie drückte ihm noch einen Kuss auf den Scheitel. »Viel Spaß. Ich komme wieder, wenn sie da ist. Zehn Mäuse, dass sie ein Mineralwasser mit Zitrone bestellt. Und einen Salat.«

Sie hielt ihm die Hand hin. Josh blickte genervt an die Decke, schlug aber ein. »Zehn Mäuse, dass sie das Tagesgericht nimmt.«

Sobald Molly die Bestellungen an der Theke angenommen hatte und in die Küche verschwunden war, blickte Josh zum Eingang und hielt tatsächlich den Atem an, als er Delaney dort stehen sah. Sie trug ein hübsches kurzes Sommerkleid, das bestimmt genau zu ihren blauen Augen passte, und ihre Haare waren irgendwie halb hochgesteckt und halb offen. Damit sah sie aus wie frisch vom College.

Und obwohl sie nicht mehr als zehn Minuten Zeit gehabt haben konnte, um sich umzuziehen, schien sie sogar dezent geschminkt zu sein – ein bisschen Farbe auf den Wangen und ein Schimmer auf den Lippen, den er bisher noch nicht an ihr gesehen hatte – aber damit sah sie aus wie eine Frau auf dem Weg zu ihrem Date.

Er holte tief Luft und straffte die Schultern, dann stand er auf, um ihr entgegenzugehen, und verspürte den völlig unvernünftigen Wunsch, es könne ein Date werden.

Als Delaney das Restaurant betrat, konnte sie den Knoblauch praktisch schon schmecken, so köstlich duftete es, und ihr lief das Wasser im Mund zusammen. Sie hoffte nur, ihr knurrte nicht wieder so laut der Magen, bevor das Essen auf dem Tisch stand.

Und dann entdeckte sie Dr. Mackenzie weit hinten in einer Sitznische, zusammen mit der zierlichen Brünetten, deren Eltern das Bellinis gehörte. Sie lachten miteinander wie alte Freunde. Dann jedoch stand sie auf und küsste ihn zärtlich auf den Kopf. Delaney zog es den Magen zusammen.

Oh.

Vielleicht war der Doktor doch kein Single, entgegen Megans Flurfunk-Info.

Es ärgerte sie, wie stark ihr Magen reagierte. Sie kam sich außerdem blöd vor, weil sie sich schnell noch Lipgloss aufgetupft hatte. Und noch blöder, weil sie diese Woche dreimal von ihm geträumt hatte.

Aber das war gut zu wissen, oder? Ehe sie sich noch in die

Illusion verrannte, sie könnten mehr sein als nur Kollegen. Oder?

Ja, definitiv.

Und wann hatte sie eigentlich angefangen, sich Illusionen zu machen? Sie schüttelte den Kopf. *Konzentriere dich auf das Wesentliche!* Sie hatte sich also die Wimpern getuscht und die Haare halbwegs ordentlich frisiert, bevor sie ihre Wohnung wieder verlassen hatte. Ja, sie hatte auch drei Kleider anprobiert und auf dem Boden liegen lassen, war hinausgeeilt und noch mal reingerannt, um sich Parfüm auf die Handgelenke zu sprühen.

Es war bloß ein Geschäftsessen. Nicht mehr und nicht weniger. Trotzdem hatte sie heftiges Herzklopfen bekommen, als er die Einladung ausgesprochen hatte. Wirklich jämmerlich, dass sie danach mit einem nervösen Magen und glühenden Wangen nach Hause gerast war und sich zurechtgemacht hatte.

Sie atmete tief durch und rief sich zur Vernunft. *Das ist kein Date. Kein Date!*

In dem Moment bemerkte er sie. Sie sah ihn tief Luft holen und ein Lächeln aufsetzen, mit dem er gleich darauf auf sie zukam. Na großartig. Er sah aus, als fürchtete er dieses Essen in demselben Maße wie ihre Erkundungswoche auf seiner Station. Oje, wahrscheinlich hatte er mit seiner Freundin gerade noch ein Rettungssignal ausgemacht.

Sie ging auf ihn zu, und er führte sie zu der Nische und wartete höflich, bis sie sich gesetzt hatte. Als er sich auf seiner Seite in die Bank schob, stießen sie mit den Knien aneinander. Sie hätte ihn zwar am liebsten während des Essens immer mal wieder zufällig berührt, aber jetzt zog sie ihre Beine sofort zurück.

»Entschuldigung«, sagte sie hastig und spürte, dass sie rot

wurde. Du meine Güte! In der vergangenen Woche war sie so oft rot geworden wie in den ganzen letzten Jahren nicht.

»Nein, ich muss mich entschuldigen«, widersprach er. »Ich vergesse immer, wie, äh, kuschelig eng die Sitznischen sind. Ich hätte einen Tisch nehmen können, dachte aber, hier hinten können wir ungestörter reden.«

Da kam auch schon seine kellnernde Freundin an. Breit lächelnd. »Hallo. Ich bin Molly. Kann ich euch was zu trinken bringen?«

Delaney kam sich jetzt noch alberner vor, weil sie drei Minuten für Wimperntusche und Parfüm geopfert hatte. Molly war eine italienische Schönheit mit prachtvollen Haaren und einer Wahnsinnsfigur, und Delaney hatte sie schon oft mit Gästen flirten sehen. Sie und Dr. Mackenzie würden mal entzückende Kinder haben.

Delaney räusperte sich nervös und trat sich dafür im Geiste vors Schienbein. »Kann ich ein Mineralwasser bekommen? Mit Zitrone?«

»Aber klar.«

Delaney sah, wie sich Molly auf die Unterlippe biss, um sich das Grinsen zu verkneifen. Was war so lustig an Mineralwasser mit Zitrone?

»Und für dich, Doc?«

Doc?

Einen Moment lang schaute er fassungslos, dann antwortete er: »Dasselbe wie immer, Mols.«

»Kommt sofort.« Sie drehte sich um und ging in die Küche. Delaney griff nach der Speisekarte, um nicht den Mann anzustarren, der eindeutig schon vergeben war.

Aber unmöglich. Sobald er seinerseits in die Karte schaute, betrachtete sie seine dunkelbraunen, dichten Haare und die langen Wimpern, die jetzt die hinreißenden blaugrünen Augen verbargen. Er hatte die Krawatte ausgezogen und den obersten Knopf geöffnet. Sie stellte sich vor, mit den Lippen über sein Schlüsselbein zu streichen.

Er blickte auf und ertappte sie beim Anstarren, woraufhin ihr die Hitze in die Wangen schoss.

Schon wieder.

»Was Gutes entdeckt?«, fragte er mit hochgezogenen Brauen, und sie hätte nicht sagen können, ob er es doppeldeutig meinte oder ob es ihr nur so vorkam.

»Ähm, ja.« Und ob. »Alles sieht gut aus ... auf der Karte.«

Schnell senkte sie den Blick und hob die Karte an, damit er ihr Gesicht nicht mehr sah. Sie musste sich jetzt mal zusammenreißen. Sie benahm sich ja, als hätte sie sich noch nie mit einem Mann getroffen. Ein paar Kerben konnte sie am Bettpfosten schon vorweisen. Wenige zwar, und sie waren schon alt, aber immerhin.

In dieser Nische in diesem schummrigen Pub mit diesem Mann zu sitzen, der zum Anschmachten war, löste bei ihr ungeahnte Fantasien aus.

Molly musste ausgerechnet jetzt die Getränke bringen – ihr Mineralwasser und ein schaumiges Fassbier für ihn. Sie blätterte ihren Bestellblock auf. Und nachdem Delaney einen Salat geordert hatte, sah sie ganz klar, dass Molly Dr. Mackenzie zuzwinkerte, als sie sich ihm zuwandte.

»Ich nehme das Tagesgericht.« Er zog sein Bier zu sich heran. »Delaney? Möchten Sie noch etwas außer Kaninchenfutter?«

»Wissen Sie was? Ich nehme auch das Tagesgericht. Danke.«

Daraufhin schoss er Molly einen triumphierenden Blick zu. Damit war sonnenklar, sie hatten vorher über sie geredet. Sie wüsste nur zu gern, was.

Als Molly sich in die Küche begab, griff Delaney nach

ihrem Notizblock. Sie hatte das starke Gefühl, dass er sie schnellstmöglich wieder los sein wollte. Also konnte sie ihn ebenso gut direkt aus der unangenehmen Lage befreien.

Nachdem sie den Block auf den Tisch gelegt hatte, um nach einem Kuli zu kramen, nahm er ihn weg und legte ihn neben sich auf die Bank.

»Später«, erklärte er. »Mit nüchternem Magen kann ich nicht denken. Und da Sie heute mindestens genauso viele Stunden gearbeitet haben wie ich, denke ich mir, Sie können eine Pause gut gebrauchen, bevor wir die Sache angehen, finden Sie nicht?«

»Schon möglich.« Sie wusste nicht, was sie anderes sagen sollte. Plötzlich machte er gar nicht mehr den Eindruck, als wäre er sie gern los.

Er hob sein Bier und reichte ihr das Glas Wasser. »Wollen wir anstoßen?«

Sie lachte verlegen. »Hängt davon ab, ob Sie mich noch als Feind betrachten.« Sie musterte ihr Getränk. »Ihre Freundin hat mir nicht zufällig was hineingekippt?«

»Meine …« Er schaute sie verwirrt an, bis sie auf Molly deutete. »Oh. Molly. Nein, sie ist nicht meine Freundin.«

»Ach. Verzeihung. Ich dachte …«

»Wir sind nur befreundet«, sagte er, und das sehr bestimmt. Oder bildete sie sich das ein? Wollte er ein Missverständnis ausschließen? Ihr Magen begann von Neuem zu kribbeln, als sie an sein Singledasein zu glauben begann.

Er trank von seinem Bier. »Und nein, ich bin ziemlich überzeugt, dass Sie nicht der Feind sind. Dafür habe ich Sie nie gehalten. Was Ihr Getränk betrifft: Soweit ich weiß, haben Sie Molly keinen Grund gegeben, ihr italienisches Temperament an Ihnen auszulassen.«

»Ich höre ein Noch am Satzende.«

Er lachte. »Ja, sie ist manchmal zum Fürchten. Seien Sie lieber vorsichtig.«

»Verstanden. Haben Sie vorher ein Zeichen vereinbart, für den Fall, dass ich etwas streichen will, woran Ihr Herz hängt? Zum Beispiel: Einmal Zwinkern heißt, tu ihr Chilipfeffer in die Makkaroni, zweimal Zwinkern heißt Chilipfeffer und Peperoni?«

»Na klar.« Leise lachend setzte er sein Bier ab und blickte ihr direkt in die Augen. »Ich habe auch eine Frage vorab: Besteht die Chance, dass Sie aufhören, mich Dr. Mackenzie zu nennen und mich stattdessen mit dem Vornamen anreden? Inzwischen werden Sie ihn sicher kennen.«

Delaney wurde verlegen. »Ich weiß nicht, ob ich das kann.«

»Weil?« Er zog die Brauen zusammen.

»Weil ich sofort die Ermahnungen meines Vaters höre – der noch sehr lebendig ist, muss ich betonen. Er hat mir im Lauf der Jahre einiges eingebläut, unter anderem, dass ich Ärzte immer mit Titel und Nachnamen anreden soll.«

»Dann tippe ich mal ganz kühn darauf, dass er Arzt ist?«

»Chirurg, um genau zu sein.« Sie nickte. »Herzchirurg.«

»Ich bin beeindruckt.«

»Das ist die Standardreaktion.« Sie rang den Ärger nieder, der immer in ihr aufstieg, wenn Leute sich über Gebühr beeindruckt äußerten, obwohl sie ihren Vater gar nicht kannten.

»Die Ihnen mittlerweile auf die Nerven geht?«

»Ein bisschen, ja.« Schuldbewusst senkte sie den Kopf. »Aber er verdient es. Er hat lange und hart gearbeitet, um so weit zu kommen.«

»Da ist es sicher schwer, in seine Fußstapfen zu treten.« Er zuckte mit den Schultern. »Außer er gehört zu den Vätern, die mit jeder Berufsentscheidung ihrer Tochter zufrieden sind.«

»Ist er nicht. Man ist Arzt oder gar nichts.«

»Autsch. Aber immerhin arbeiten Sie im Gesundheitswesen.«

»Das lässt er leider nicht gelten. Ich bekomme eben keine hochtrabenden Abkürzungen hinter meinem Namen.«

Dr. Mackenzie legte den Kopf schräg. »MBA zählt nicht?«

»Das sind nicht die richtigen Buchstaben.«

»Ah, verstehe.« Er trank einen Schluck Bier. »Betriebswirtschaft ist ein absolut respektables Fach. Wie wir beide wissen, steht die Finanzabteilung auf meiner Favoritenliste ganz unten, aber sie ist … nötig.«

»Na, besten Dank.«

Er lachte. »Tut mir leid. Also wünschte sich Ihr alter Herr für Sie ein Medizinstudium?«

Delaney nickte. »Obwohl ich in der zehnten Klasse umgekippt bin, als wir den Frosch sezieren mussten.«

»Das glaube ich ja nicht.«

»Doch, so war es.« Sie schob sich die Haare aus dem Gesicht, um ihm die rechte Schläfe zu zeigen. »Ich bin mit dem Kopf auf die Tischkante gefallen. Die Narbe ist noch zu sehen.«

Er beugte sich heran und strich zögernd mit dem Zeigefinger darüber. Sie hielt angespannt still.

»Da sind Sie wohl hart aufgeschlagen.«

Er schob ihre Haare wieder darüber, und es kam ihr vor, als wollte er seine Hand gar nicht gern zurückziehen.

»Zehn Stiche. Das hätte ich als Zeichen nehmen sollen, anstatt mich für Medizin einzuschreiben. Es war ein Desaster.«

»Moment mal. Sie haben tatsächlich Medizin studiert?«

»Ja.«

Er zog die Brauen zusammen. »Wollten Sie oder mussten Sie?«

»Ein bisschen von beidem vermutlich, aber ich wollte wirklich gern Ärztin werden.«

»Sieh an.« Überrascht hob er das Glas und trank einen Schluck. »Was ist passiert?«

Sie holte mühsam Luft. Noch immer schnürte es ihr die Kehle zu, wenn sie an ihr Versagen dachte, wenn ihr wieder vor Augen stand, wie sie sich in der Damentoilette vor dem Obduktionssaal erbrach. »Bei den Händen bin ich ausgestiegen.«

Er stellte sein Glas hin und musterte ihr Gesicht. Normalerweise hätte sie sich dabei unbehaglich gefühlt, stattdessen wurde ihr jetzt warm in der Brust. Dann griff er über den Tisch und strich einmal sanft über ihre Finger, um die Hand gleich darauf zurückzuziehen.

»Hände sezieren war auch für mich das Schlimmste.«

»Wirklich?«

»Absolut. Und das hätte ich nicht erwartet. Das war heftig.«

»Genau.« Dankbar für sein Verständnis nippte sie versonnen an ihrem Mineralwasser.

»Und da haben Sie den Schlussstrich gezogen? Danach sind Sie nicht wieder hingegangen?«

Delaney nickte. »Ich konnte das nicht mehr. Das war der Tropfen, der noch gefehlt hat. Vorher war schon einiges passiert, und da ist das Fass dann übergelaufen.« Zwei Wochen zuvor hatte sie am Schwarzen Brett im Pausenraum der Onkologie lauter Fotos von Kindern hängen sehen, die an Krebs gestorben waren, und war weinend hinausgelaufen.

»Und nach all dem haben Sie sich dennoch entschieden, in einer Klinik zu arbeiten?«

Sie nickte. »Auf der Vorstandsetage, wie Sie schon mehrfach betont haben. Wir arbeiten da oben mit Zahlen, nicht mit Menschen.«

Molly brachte ihnen den Salat, schob die beiden Teller auf den Tisch und legte Besteck dazu. »Lasst es euch schmecken! Das warme Essen kommt auch gleich.«

Delaney wälzte ihre Salatblätter mit der Gabel um. Ausgehungert wie sie war, wollte sie diese am liebsten in sich hineinstopfen, ließ das aber bleiben. »Nennt Sie jemand Joshua?«

»Äh, meine Mutter früher, wenn mir Ärger bevorstand. Millie tut es manchmal, wenn sie meinetwegen besorgt ist. Warum?«

»Weil ich Sie in Gedanken immer Dr. Mackenzie nenne und Sie mich eben gebeten haben, Sie mit Josh anzusprechen, und … es tut mir leid, es ist … Joshua finde ich für Sie passender.«

»Ha. Was soll ich dazu sagen?«

»Tut mir leid.« Sie wedelte mit der Gabel. »Das ist mir gerade klar geworden. Ich werde aber versuchen, Sie Josh zu nennen.«

»Ich höre auf beides, aber falls ich zusammenzucke, dann weil ich denke, ich bekomme Ärger.« Er zwinkerte. »Allerdings wird es aus Ihrem Mund viel netter klingen als aus Millies.«

Delaney fühlte ihre Wangen heiß werden. Flirtete er mit ihr? Ein bisschen? Sie wusste schon gar nicht mehr, was Flirten war, so lange lag ihr letztes Date zurück.

Nicht dass das überhaupt ein Date war. Ganz sicher nicht.

Aber in dem gemütlichen Pub in einer kleinen Sitznische, wo sie unter dem Tisch ständig mit den Knien aneinanderstießen und wo sie eindeutig sagen konnte, dass er noch schnell geduscht hatte, war es ganz leicht, sich vorzustellen, dies wäre ein Date.

Ganz unabhängig von der Berufsethik sollte ihr das Anlass genug sein, das Weite zu suchen.

Doch sie wollte nichts lieber als bleiben.

13

Joshua deutete auf ihren Salat. »Essen Sie. Sie müssen halb verhungert sein.«

Froh über die Ablenkung spießte sie mit der Gabel einen Haufen Blätter auf, und auch er verschlang seinen Salat, als hätte er den ganzen Tag nichts gegessen. Delaney fürchtete, das Schweigen könne sich unangenehm ausdehnen, aber das tat es nicht. Der Pub füllte sich gerade zum zweiten Mal mit hungrigen Gästen. Es waren die, die sich nebenan im Kino den frühen Abendfilm angesehen oder die irgendwo in der Stadt ihre Abendschicht beendet hatten. In der Küche schepperten Pfannen und Bleche, und das allgemeine Stimmengemurmel war leise, aber lebhaft. Noch morgen früh beim Aufwachen würden ihre Haare nach dem köstlichen Essen riechen.

»Was hat Sie nach Echo Lake gebracht?« Er legte die Gabel hin und schob seinen Salatteller ans Tischende.

»Meine Eltern. Als mein Vater die Stelle im Mercy annahm ...«

»Moment.« Joshua hob die Hand. »Ihr Vater ist *der* Dr. Blair?«

»Ja.« Sie seufzte. »Und ihm würde es gefallen, wie Sie den Artikel vor seinem Namen betonen.«

»Ach du heiliger ... Ich hatte ja keine Ahnung.«

»Verschafft mir das Pluspunkte oder Minuspunkte?«

»Weder noch. Ich kenne ihn nicht persönlich. Er operiert keine Kinder, soweit ich weiß. Ich kenne nur seinen Ruf.«

»Und der wäre?« Delaney wappnete sich. Ihr Dad war

der Beste seines Fachs, wurde im Mass General, im Cleveland und im Johns Hopkins zurate gezogen, aber seine aggressive, herablassende Art machte ihn weder bei Untergebenen noch bei Kollegen beliebt.

Joshua zögerte. »Es ist unfair, mich danach zu fragen, da er Ihr Vater ist.«

»Ist schon okay. Ich kenne ihn ziemlich gut. Und seinen Ruf auch. Es ist schwierig, mit ihm zu arbeiten.«

»Er ist ein brillanter Chirurg.«

»Stimmt.«

Joshua lächelte. »Wollen wir es dabei belassen?«

»Sicher«, antwortete sie ebenfalls lächelnd.

»Mannomann.« Er lehnte sich zurück. »Unvorstellbar, unter welchem Druck man als Tochter *dieses* Dr. Blair aufwächst.«

»Ich weiß. Da ist man wirklich zu bedauern. Ich habe in einem riesigen Haus gelebt, bin auf eine Privatschule gegangen, habe zum Geburtstag ein Auto bekommen und musste für mein Studium nichts bezahlen. Das war hart, glauben Sie mir.«

Er lachte. »Hört sich furchtbar an.«

»Am schlimmsten waren die Haushälterin und die Nanny. Ach, und der olympiamäßige Pool. Wirklich, wer überlebt so was?«

»Das tut mir entsetzlich leid. Ich hatte keine Ahnung.« Spöttisch mitfühlend legte er die Hand auf ihre, und ehe sie sich davon abhalten konnte, schlang sie die Finger um seine und drückte sie. Er lächelte. »Sollen wir über etwas anderes reden?«

»Bitte, ja, tun wir das. Ein unerträgliches Thema.« Sie zog ihre Hand nicht weg und er seine auch nicht. Erst nach ein paar Augenblicken schien ihm das aufzufallen.

Just in dem Moment kam Molly, um zweimal Makkaroni mit Hähnchen zu bringen. Delaney sah ihren Blick auf den verflochtenen Fingern landen.

»Alles in Ordnung?«, fragte Molly.

Joshua zog seine Hand weg, als er aufblickte. »Alles prima.«

»Brauchst du einen Kaffee?« Mit hochgezogenen Brauen starrte sie ihn an, und Delaney stutzte. Es war doch merkwürdig, vor dem Hauptgericht Kaffee anzubieten, nicht wahr?

»Nein. Jetzt noch nicht, danke.«

»Ganz sicher?«

Er nickte. »Delaney? Kaffee?«

Molly wandte sich ihr zu, wobei sie sichtlich Mühe hatte, ihr Kellnerinnen-Lächeln zustande zu bringen. »Kaffee?«

»Nein, danke. Vielleicht etwas später.«

Molly sagte etwas auf Italienisch, bevor sie mit den leeren Salattellern abzog.

Delaney nahm ihre Gabel in die Hand. »Was hat sie gesagt? Haben Sie das verstanden?«

»Das hieß so viel wie Klappe halten und essen, aber auf Italienisch klingt es nicht so grob.«

»Ah.« Sie wickelte ein Stückchen Butter aus und bestrich damit ein ofenfrisches, warmes Hefebrötchen. »Riecht das gut!«

»Mama B. ist eine geniale Köchin.«

Sie aßen ein paar Bissen. Delaney seufzte, als sie die würzige Soße und das zarte Hähnchenfleisch auf der Zunge hatte. »Ich glaube, ich sollte ursprünglich als Italienerin zur Welt kommen.«

»Mama B. wäre entzückt, das zu hören.« Er hob sein Glas Wasser, trank aber nicht. »Ich weiß jetzt, wie es Ihren Vater hierher verschlagen hat. Aber wie war das bei Ihnen? Wurden Sie beide zusammen eingestellt?«

»Nein«, antwortete sie schaudernd. Das dachten leider viele Leute. »Absolut nicht. Er hatte die Stelle schon einige Jahre, bevor ich beschloss, das Mass General zu verlassen und hierher zu ziehen.«

Er riss die Augen auf. »Von einer schnelllebigen Großstadt in eine ruhige Kleinstadt, eine ziemliche Umstellung.«

»Ja. Ich bin jeden Tag von North Shore gependelt. Dann bekam mein Vater die Stelle am Mercy, und ich besuchte meine Eltern ab und zu am Wochenende.« Sie zuckte mit den Schultern. »Tja, da habe ich mich irgendwie in Echo Lake verliebt – in das ruhige Leben, die Bäume, die Sonnenuntergänge. Als ich das Stellenangebot der Finanzabteilung sah, habe ich mich spaßeshalber beworben.«

»Einen berühmten Chirurgen zum Vater zu haben hat Ihre Chancen sicher nicht geschmälert.«

Delaney ballte die Fäuste im Schoß. Das dachte jeder. Daher hätte es sie nicht derart treffen sollen, ihn sagen zu hören, was ohnehin die vorherrschende Meinung war.

Doch das tat es.

Sie wünschte, er würde annehmen, dass sie die Stelle aufgrund ihrer Ausbildung und Berufserfahrung bekommen, dass sie sie verdient hatte – und vielleicht auch die nächst höhere, wenn alles gut ging.

Letzteres schien im Moment jedoch hoffnungslos.

»Ich möchte behaupten, ich wurde aufgrund meiner Qualifikation eingestellt. Er wusste nicht mal von meiner Bewerbung.«

Sie bemühte sich um einen unverkrampften Ton, merkte aber, als er sich zurücklehnte, dass das gründlich schiefgegangen war.

»Entschuldigung. Ich wollte nicht andeuten … Ein wunder Punkt?«

»Ein bisschen, ja.« Sie nahm die Hände unter dem Tisch hervor und griff zu ihrer Gabel, die sie großzügig abwinkend schwenkte. »Aber ist schon okay. Viele unterstellen das.« Und falls man sie zum Finanzchef beförderte, würden genauso viele unterstellen, ihr Vater habe ihr auch diesen Weg geebnet.

»Ich bin überzeugt, Sie machen Ihren Job sehr gut.« Er redete leiser, in entschuldigendem Ton, aber es wurmte sie noch immer.

»So ist es.« Sie atmete tief durch. »Aber genug von mir und meinem fragwürdigen Weg ins goldene Schloss. Wie sind Sie ins Mercy gelangt?«

»Ich bin hier aufgewachsen, habe an der UVM studiert und bin den kurzen Weg hierher zurückgekehrt.«

»Wollten Sie schon immer Arzt werden?«

Ein paar Augenblicke lang sah er woanders hin, weshalb sie vermutete, da gebe es auch eine Geschichte. »Nicht vor der Highschool. Sind Sie Ethan und Josie Miller mal begegnet?«

Delaney schüttelte den Kopf. »Nein, aber ich habe von ihnen gehört. Sie führen das Avery-Haus, nicht wahr?«

»Und *Snowflake Village*.«

»Stimmt.« Sie erinnerte sich an die Fotos an seiner Bürowand und daran, dass sie sich gefragt hatte, ob er sich dort engagierte. »Haben Sie auch mit dem Avery-Haus zu tun?«

Er nickte. »Offiziell bin ich medizinischer Direktor, aber in Wirklichkeit bin ich nur einmal am Tag zur Visite dort und stehe zur Verfügung, wenn die Krankenschwestern Fragen haben.«

»Das klingt nach einem Vollzeitjob.«

»Nö, eigentlich nicht. Das Mercy ist ein Vollzeitjob. Das Avery-Haus ist der angenehme Teil des Tages.«

»Wie sind Sie an diese Aufgabe gekommen?«

»Josie hat während der Highschool bei diesem Große-Schwester-Programm mitgemacht. Schließlich betreute sie die kleine Avery.« Joshua seufzte. »Wir waren alle viel mit Avery zusammen, Josie, Ethan, Molly und ich. Sie lebte in schrecklichen Verhältnissen. Wir haben sie unter unsere Fittiche genommen. Dann wurde bei ihr ein Neuroblastom diagnostiziert.«

»Oh Gott.« Delaney schlug sich die Hand vor den Mund.

Sie wusste noch vom Studium, dass die Überlebensrate von Kindern mit Hirntumor gering war. Inzwischen hatte sie sich zwar verbessert, war aber immer noch mies.

»Ja.« Er runzelte die Stirn. Delaney sah ihm an, wie er von Erinnerungen überschwemmt wurde. »Sie ... hat den Krebs nicht besiegt, und die Beziehung zwischen Ethan und Josie ging in die Brüche und ... es war furchtbar.«

»Das tut mir sehr leid.«

Sie wünschte, so etwas würde sie nicht immer an Parker erinnern, denn nach all den Jahren war der Trauerschmerz noch heftig.

»Darum haben sie das Avery-Haus gegründet? Sie sind noch so ... jung.«

Delaney beneidete sie um ihre Zielstrebigkeit. Was hatte *sie* hingegen getan, um Parkers Andenken zu ehren? Die Frage quälte sie ständig.

Er zuckte mit den Schultern. »Im Grunde ja. Josie ist kurz nach Averys Tod weggezogen. Sie hat es hier nicht mehr ausgehalten. Die Erinnerungen haben ihr zu sehr zugesetzt. Ethan ist geblieben. Und als das alte Hotel zum Verkauf stand, hat er getan, was er konnte, um das Geld dafür zusammenzukriegen. Dann hat er es zu dem gemacht, was es heute ist. Vor zwei Jahren kehrte Josie nach Echo Lake zurück, und alles andere ist nicht mehr wichtig, nehme ich an. Avery hat unseren Werdegang stark beeinflusst.«

»Eine unglaubliche Geschichte.«

»Sie müssen sich das Haus demnächst mal ansehen.« Er nickte versonnen, als wäre ihm die Idee gerade erst gekommen. »Ich glaube, es wird Ihnen gefallen.«

Sie lächelte. Das klang fast wie die Einladung zu einem zweiten Date ... wenn sie gerade ihr erstes hätten.

Nachdem sie von Avery abgeschweift waren, plätscherte die Unterhaltung angenehm dahin, und sie lachten viel miteinander. Kurze Zeit später hatten sie beide die Makkaroni verputzt.

»Na, wir waren ja wohl gar nicht ausgehungert«, sagte Delaney und deutete auf die leeren Teller.

Er lachte. »Möchten Sie ein Dessert?«

»Oh nein, ich bekomme keinen Bissen mehr hinunter.«

»Ganz sicher?« Er sah sie fragend an. »Haben Sie hier das Tiramisu schon mal probiert?«

Delaney lief das Wasser im Mund zusammen. »Morgen werde ich sechs Meilen joggen müssen, um das Essen abzutrainieren. Ich bin mir nicht sicher, ob ich sieben schaffen würde.«

»Kein Problem. Freitags gibt es hier die kalorienarme Variante.« Joshua gab Molly ein Zeichen, und diese erschien sofort, als hätte sie nur auf seinen Ruf gewartet.

»Möchtet ihr jetzt den Kaffee?« Sie blickte zwischen ihnen hin und her.

»Ich denke, ja.« Er lächelte, woraufhin Molly einen selbstgerechten Gesichtsausdruck bekam. Der verschwand jedoch, als er sagte: »Und dazu zwei Tiramisu.«

»Wirklich?« Jetzt schaute sie verwirrt. Delaney wünschte, sie könnte Gedanken lesen.

»Wirklich. Delaney? Kaffee?«

»Ja, bitte.« Sie nickte und erntete ein falsches Lächeln von Molly.

»Also zwei Kaffee, zwei Tiramisu?«

Joshua nickte.

»Sahne zum Kaffee?« Molly wartete gespannt.

»Nein, ich nehme ihn schwarz.«

»Bist du sicher?«

Delaney hätte beinahe gegrinst. Die Kaffeesahne musste das vereinbarte Signal sein, und er wollte partout keine bestellen.

Es war ihr beinahe peinlich, wie glücklich sie das machte.

»Gut.« Josh legte das Notizbuch auf den Tisch. »Nachdem wir uns den Bauch vollgeschlagen haben: Wollen wir uns dann jetzt dem geschäftlichen Teil des Geschäftsessens zuwenden?«

Und damit war ihr Glücksgefühl auch schon vorbei.

14

Josh betrachtete Delaneys Gesicht, während sie in ihrer Handtasche nach dem Kuli suchte, und zum hundertsten Mal fragte er sich, wie es wohl wäre, sie zu küssen. Als sie von ihrem Medizinstudium und ihrem Vater erzählt hatte, war er betroffen gewesen, welche Emotionen bei ihr zum Vorschein gekommen waren, und er konnte kaum glauben, dass er sogar nach ihrer Hand gegriffen hatte. Mehr als ein Mal. Du lieber Himmel!

Wer tat das bei einem Geschäftsessen?

Jemand, der sich in den Griff kriegen musste, so jemand.

Er setzte sich aufrechter hin und räusperte sich, entschlossen, die Interessenkonflikte zwischen ihnen auf professionelle, sachliche Art zu bewältigen. Ja, sie war scharf. Und ja, er konnte sich vorstellen, hinterher mit ihr zum See zu fahren und eine lauschige Stelle zu suchen, den Sonnenuntergang zu betrachten, sie zu küssen, sie mit nach Hause zu nehmen.

Aber nein. Er musste sich auf das konzentrieren, weshalb sie hier waren. Ihre pochende Halsschlagader zu beobachten brachte jedenfalls gar nichts, außer dass er mächtig abgelenkt war, verdammt noch mal.

»Okay.« Er deutete auf das Notizbuch. »Wo stehen wir jetzt? Ich nehme an, Sie haben die ursprüngliche Liste in den Papierkorb geworfen?«

»Ja, in gewisser Weise.«

»In welcher? Ich dachte, wir wären uns einig, dass sie -«

»Schlecht durchdacht war? Rücksichtslos war?«

Er schüttelte den Kopf. »Eher vom Blick auf Zahlen geprägt als -«

»Von der Realität?«

Er seufzte. »Wollen Sie jetzt jeden meiner Sätze für mich beenden?«

»Schon möglich. Aber bei diesem habe ich Sie ausreden lassen, also vielleicht doch nicht.« Sie zwinkerte ihm zu, was ihn zum Lächeln brachte.

»Na schön.« Er lehnte sich zurück. »Sie reden, ich höre zu.«

»Guter Plan.« Sie straffte die Schultern. »Okay, die Lage ist die: Ich muss eine festgesetzte Summe einsparen. Andernfalls könnte sich die Diskussion möglicherweise dahin bewegen, die Pädiatrie ganz auszulagern.«

»Wie bitte?«

Sie schob ihm ein Papier zu. »Protokoll der letzten Vorstandssitzung. Meine Assistentin wurde gebeten, es zu tippen. Sie hat eine Kopie auf meinem Schreibtisch vergessen.«

Er zog die Brauen hoch. »Vergessen?«

»Das kommt vor.« Sie zog ebenfalls die Brauen hoch. »Lesen Sie es. Dann können Sie mir sagen, ob Sie über ihre Vergesslichkeit nicht froh sind.«

Er nahm das Blatt und überflog den Text, wobei seine Augen immer größer wurden. Diese Besprechung war von den Unternehmensberatern anberaumt worden, die der Klinik helfen sollten, kreative Lösungen für die Haushaltsprobleme zu finden. Anscheinend war dem Tagesordnungspunkt beträchtliche Zeit eingeräumt worden, sodass Vorstandsmitglieder planlos Ideen auf den Tisch werfen konnten. Viele davon – Megan hatte sie alle ins Protokoll geschrieben – waren schlichtweg lächerlich oder unhaltbar, aber eine hatte bei der Diskussion Zugkraft gewonnen: die Idee, auf der Kinderstation nur noch Notfälle anzunehmen und die übrigen Patienten an die Bostoner Kinderklinik zu überweisen und lediglich für den Transport zu sorgen.

»Wieso gerade die Pädiatrie?« Mutlos legte er das Papier hin.

Sie reichte ihm ein anderes und machte dabei ein düsteres Gesicht. »Deswegen.«

Während er die Zahlen las, musste sie sich ein paarmal verlegen räuspern. »Sie wirft zurzeit keinen Gewinn ab, schon seit drei Jahren nicht. Und da Boston mit der Ambulanz nur etwa zwei Stunden entfernt ist, wurde argumentiert, dass man den Platz für etwas nutzen kann, das mehr einbringt.«

Er schaute sie über den Blattrand hinweg an, gespannt auf ihre Antwort. »Finden Sie das richtig?«

»Nein«, antwortete sie fest. »Aber ich sehe bei Ihrem Budget auch keinen einzigen Dollar, der sich noch einsparen ließe. Also ... sprechen wir mal über gegenteilige Maßnahmen. Wir brauchen einen Daddy Warbucks.«

»Ah ja.« Er schob das Papier zur ihr zurück. »Na, das dürfte im ländlichen Vermont nicht schwer sein.«

»Höre ich da einen ironischen Unterton?«

»Entschuldigung. Ja. Ein reicher Spender ist eine gute Idee, aber wo wollen Sie den hernehmen? In Echo Lake sind wir ein bisschen knapp an Millionären.«

»Nächste Woche findet doch das Spendendinner statt, nicht wahr?«

»J-ja. Sie denken, wir finden da einen?« Er tippte auf die beiden Papiere. »Einen, dessen Großzügigkeit die Zahl auf Ihrer Liste abdeckt?«

»Vielleicht, vielleicht auch nicht.« Sie strich mit dem Ende ihres Kugelschreibers über ihren Mund. Er musste sich zwingen, wegzusehen, sonst hätte er wie hypnotisiert verfolgt, wie sie mit den Lippen daran spielte. »Ich sehe gerade die Akten der vergangenen Jahre danach durch, ob es jemanden gibt, dem die Kinderheilkunde besonders am Herzen liegt.«

»Okay, aber wenn das nicht hinhaut, haben Sie einen Plan B?«

»Quasi.« Sie deutete mit dem Kuli auf ihn. »Die vielen Vorgänge auf Ihrem Schreibtisch – könnten sich darunter ein paar Förderanträge befinden, die Sie noch nicht fertig ausgefüllt haben?«

»Eine ganze Mappe voll, ja. Aber die bringen alle zusammen nicht die Summe ein, die wir brauchen.«

»Mehr als nichts, nicht wahr?«

Er zuckte mit den Schultern. »Schon möglich. Aber es dauert ewig, die Bewerbung abzufassen, und die Bewilligung dauert noch länger. Und dann ist nicht mal garantiert, dass wir das Geld am Ende bekommen. Das ist reine Glückssache.«

»Wohl wahr, aber das würde uns Zeit verschaffen. Wenn wir vorzeigen können, dass wir soundsoviel Geld in soundsoviel Wochen oder Monaten hereinbekommen, wird das den Vorstand ein wenig hinhalten. Wenn wir zusammen an den Anträgen arbeiten, dauert es nicht so lange.«

Zusammen? Wann, um Himmels willen? Sie arbeiteten beide im Grunde schon Doppelschichten. Wo sollten sie die Zeit noch hernehmen?

Er seufzte. »Ich weiß nicht, Delaney. Bestimmt können Sie sich etwas Interessanteres vorstellen, als Förderanträge zu schreiben. Ob es sinnvoll ist, da so viel Arbeit reinzustecken, obwohl der Erfolg nicht garantiert ist, wage ich zu bezweifeln.«

»*Jeder* kann sich etwas Interessanteres vorstellen als das. Aber das Geld ist vorhanden, und irgendjemand wird es sich holen. Warum nicht wir?«

Er hob die Hände. Sie hatte eindeutig schon beschlossen, die Anträge mit ihm zu schreiben. »Also gut. Wir tun es, und wir werden beim Spendenabend die Brieftaschen abklappern. Aber gestatten Sie eine Frage: Gibt es eine zweite magische Zahl? Falls wir nicht auf die geforderte Summe kommen, gibt es eine Mindestsumme, durch die sich der Vorstand erst mal besänftigen ließe? Die beweist, dass wir unser Möglichstes tun?«

Sie schüttelte den Kopf. »Das weiß ich nicht. Deshalb habe ich einen Plan C. Und dafür brauche ich Sie.«

»Sie brauchen mich?«

Er sah sie rot werden ... schon wieder. Wäre er ein besserer Mensch, würde er sich nicht so darüber freuen, wie leicht er sie zum Erröten bringen konnte. Sie griff nach ihrem Wasserglas, und er hätte Stein und Bein geschworen, dass er versuchte, es zu unterlassen, doch sein Blick klebte an ihren Lippen, als sie trank und schluckte. Das Wasser hinterließ einen feuchten Schimmer, der geradezu zum Küssen einlud. Er musste die Augen für einen langen Moment schließen. Mann! Er war völlig übermüdet. Ja, daran lag es bestimmt.

Sie tippte sich – vermutlich ganz unschuldig – mit dem Kuli an die Lippen, dann auf das Papier, als käme sie gerade zu einem Entschluss.

»Sie und ich wissen, wenn der Vorstand beschließt, die Kinderstation dichtzumachen, dann gibt es einen öffentlichen Aufschrei, nicht wahr? Der Vorstand weiß das auch. Wenn er das also wirklich durchziehen will, wird er als Erstes Meinungsmache betreiben. Die werden sagen, die Abteilung arbeite nur noch mit einem Minimalhaushalt und sei schlecht ausgestattet, und dann stellen sie es als Verbesserung dar, wenn sie den kranken Kindern eine schnellere Aufnahme in Bostoner Kliniken verschaffen.«

Josh schüttelte den Kopf. Ja, er konnte sich die entsprechenden Meetings gut vorstellen.

»Darum denke ich, wir sorgen am besten selbst für eine günstige öffentliche Meinung«, fuhr sie fort. »Wer seine Sicht als Erster präsentiert, bestimmt die Debatte.«

Kopfschüttelnd folgte er ihrem Gedankengang. »Wie wollen Sie dafür sorgen?«

Er sah ihre Augen aufleuchten. »Wir lancieren in den nächsten Wochen möglichst viele gute Nachrichten über die Kinderabteilung des Mercy.«

»Wie?«

»Ich hatte gehofft, dass Sie das fragen.« Lächelnd holte sie ein drittes Papier aus ihrem Notizbuch und schob es ihm hin. »Die Liste habe ich heute Morgen auf die Schnelle geschrieben. Da stehen wirksame Initiativen, einzigartige Behandlungen, die wir der Öffentlichkeit vorstellen, Kinder, die wir porträtieren können – alles, damit die Stadt sieht, wie wertvoll die pädiatrische Abteilung für die Region ist.«

Sie hielt inne, als er die Liste in die Hand nahm. »Und damit der Vorstand am Ende zu große Angst vor der Wut der Bürger hat, um sie zu schließen.«

»Also, was hat er gesagt?« Megan drückte Delaney einen Becher Kaffee aus dem Coffeeshop in die Hand, als sie am nächsten Morgen an ihr vorbei in die Wohnung stürmte. »Und wieso tragen wir am Samstagmorgen ein Kleid?«

Delaney sah an dem pfirsichfarbenen Kleid hinunter, für das sie sich entschieden hatte, nachdem ihr ein Kostüm als zu steif und ihre Shorts als zu leger erschienen waren.

»Ich habe heute Vormittag einen Termin.«

Erstaunt pflanzte Megan sich auf einen der Küchenhocker. »Einen Termin? Mit wem?«

»Joshua.«

Sie hob die Augenbrauen. »Wir sind schon beim Vornamen angelangt?«

»Er bittet mich immer wieder, ihn Josh zu nennen. Schließlich kam es mir grob vor abzulehnen. Aber ich fand, Joshua passt besser zu ihm. Für mich ist er jedenfalls eher ein Joshua.« Delaney zuckte mit den Schultern und nippte an dem brühheißen Kaffee.

Joshua. In Gedanken kostete sie den Klang aus.

»Dann hattet ihr also einen netten Abend, der gleich eine Verabredung zum Frühstück nach sich zog? Was hält er von deinen Ideen?«

Delaney rief sich vor Augen, was für ein Gesicht er gemacht hatte, nachdem sie ihm ihren Publicity-Plan präsentiert hatte – er hatte abwechselnd ungläubig, erleichtert und erschrocken gewirkt.

»Er brauchte ein paar Minuten, um darüber nachzudenken, aber schließlich hat er zugestimmt.«

»Das ist gut, oder? Wieso siehst du dann nicht glücklicher aus?«

»Weil ich noch nicht weiß, ob es funktionieren wird. Im Grunde ist das ein letzter verzweifelter Versuch.«

Megan schaute gekränkt. »Hey, wir haben uns für deine Liste den Kopf zerbrochen. Im Mercy wird sehr viel Gutes geleistet, und keiner weiß davon. Das ist ein guter Plan.«

»Ich weiß. Er findet, einen Versuch ist es wert.« Delaney legte ihr goldenes Medaillon um und schaute in den Spiegel. »Er hat mich eingeladen, ins Avery-Haus zu kommen. Eine Journalistin vom *Boston Globe* kommt, um Ethan und Josie Miller zu interviewen, und ich habe ihn wohl überzeugt, dass wir ihr Interesse auch für das Mercy wecken können.«

»Ich werde heute Vormittag Felicity Johnson vom WFET

anrufen. Sie schuldet mir einen Gefallen. Sie kann bestimmt innerhalb einer Woche etwas organisieren.«

»Was für einen Gefallen hast du ihr getan?«, fragte Delaney verwundert.

»Kann ich nicht sagen. Aber glaub mir. Sie wird das für mich tun. Und ich habe gute Kontakte zur *Free Press, Times Argus* und zum *Herald.* Wir werden den Vorstand mit Reportagen besiegen. Der wird gar nicht wissen, wie ihm geschieht.«

»Die viele positive Energie wird sie völlig überwältigen.« Delaney grinste. »Hab ich recht?«

»Hoffen wir's.« Megan stand auf und machte eine Drehbewegung mit der Hand. »Lass dich mal anschauen. Ich muss den Sexy-Faktor erst genehmigen.«

»Auf sexy kommt es mir gar nicht an.« Delaney drehte sich wie verlangt um die eigene Achse und seufzte im Stillen. Nicht, dass sie nicht die halbe Nacht an Sex gedacht hatte …

Aber irgendwann vor dem Morgengrauen war sie aus einem süßen Traum aufgewacht, erhitzt und beunruhigt, und hatte sich energisch ermahnt. Es gab keine Zukunft mit einem Mann wie Joshua, der von frühmorgens bis spätabends arbeitete. Sicher, ein Abendessen mit ihm war wunderbar, er war lustig und supernett und wahnsinnig anziehend – aber sie wusste aus Erfahrung, wie das Leben mit einem Arzt aussah.

Sie hatte es selbst mitbekommen und zugesehen, wie ihre Mutter damit zurechtkommen musste. Als das Unglück passierte, war die Beziehung ihrer Eltern dürftig, und danach führten sie eine der vielen Ehen, die nach dem Tod eines Kindes nur noch dem äußeren Anschein nach bestanden.

Ja, sie waren noch verheiratet, aber beide schliefen an entgegengesetzten Enden des Hauses, und sie aßen nur miteinander zu Abend, wenn Delaney kam oder wenn der eine oder andere Wohltätigkeitsverein einlud – das waren dann die Abende, an denen ihre Mom sich ein neues Kleid kaufte, zum Friseur ging und den ganzen Abend mit dem leeren Lächeln dasaß, das sie nach Parkers Tod perfektioniert hatte.

Delaney war oft genug zu solch einem Dinner mitgegangen und konnte auf zehn Minuten genau vorhersagen, wann welche Sätze fallen würden. Als Erstes machten sie einander Komplimente zu ihren Kleidern, das führte unweigerlich zum neuesten Trendgemüse, das ihnen ermöglichte, in besagte Kleider zu passen.

Schließlich käme das Gespräch auf die neuen Boote und den nächsten Winterurlaub, und ständig hörte man eine leise, aber mächtige Rivalität heraus. Wer verdiente am besten, wer hatte das größte was auch immer, wer reiste am weitesten – das war immer der Unterton.

Von solchen Veranstaltungen ging sie jedes Mal mit der beunruhigenden Erkenntnis heim, dass viele Ehefrauen ihre Männer gar nicht kannten, nicht richtig jedenfalls. Wie könnten sie auch? Ärzte arbeiteten bis zum Umfallen. Ja, der Kontostand war erfreulich, und manche Gattin hatte gerade deswegen geheiratet. Aber was hatte sie letztlich davon?

Die Anzahl der geschiedenen Ärzte war bekannt, aber hatte mal jemand die Anzahl der toten Arzt-Ehen erfasst?

Sie hatte vor Längerem beschlossen, niemals in eine der beiden Statistiken zu fallen. Und sosehr es sie schmerzte, sich das vor Augen zu halten: Wenn sie sich Illusionen über eine Zukunft mit Joshua machte, war Liebeskummer vorprogrammiert.

»Warum so betrübt?« Megan neigte den Kopf zur Seite und rückte eine Strähne an Delaneys Pony zurecht. »Ich würde liebend gern mit dir tauschen.«

Delaney lächelte, spürte aber, dass es verkrampft aussah.

»Ich sollte mir einen netten Automechaniker suchen oder einen Baumarktbesitzer oder so.«

»Du kannst dich nicht zwingen, dich in einen Typen mit normaler Arbeitszeit zu verlieben, Laney – nicht, wenn du schon in einen verknallt bist, der definitiv nicht in diese Kategorie fällt.«

»Ich bin nicht verknallt.«

»Erzähl mir doch nichts!«

Delaney seufzte. »Na gut. Einigen wir uns darauf: Es ist eine sehr schlechte Idee, sich in ihn zu verknallen.«

»Einverstanden.«

Delaney runzelte die Stirn. »Du willst nicht dagegen argumentieren?«

»Du würdest dann auch nur weiter argumentieren, und wir würden bloß unsere Zeit vergeuden. Das Kind ist ja längst in den Brunnen gefallen. Das wissen wir beide.«

Delaney ließ sich auf den zweiten Hocker sinken. »So sollte das überhaupt nicht laufen. Es ist total unprofessionell, Gefühle für ihn zu entwickeln. Was ich nicht tue. Aber wenn ...«

»So was hat man doch gar nicht im Griff.«

»Erinnerst du dich, wie ich ihn mir vorgestellt habe, bevor du mir sein Profil gezeigt hast?«

»Mittelalt und schlaff? Ja.«

»Ich wünschte, er wäre es. Ich meine ja bloß.«

»Schätze, das Schicksal hat andere Pläne für dich, Liebes.«

»Das Schicksal ist blöd.«

Meg lachte und zog ihr Handy hervor, um zu sehen, wie spät es war. »Wann triffst du dich mit Mister Jung und Knackig?«

Delaney sah auf die Uhr über der Spüle. »Ach du Schreck. Jetzt. Ich muss los.«

»Ich will nachher einen vollständigen Bericht.«

»Wünsch mir Glück.« Delaney warf einen hastigen Blick in den Spiegel. Ihre Wangen glühten, als wäre sie gejoggt.

»Ich wünsche dir Glück und Sex.«

»Megan!«

»Was denn?« Megan zuckte unschuldig mit den Schultern. »Das tue ich!«

Delaney riss die Tür auf und winkte sie hindurch. »Glück kann ich gebrauchen. Daran arbeite ich, wenn dich das beruhigt.«

»Gut.« Megan huschte in den Hausflur. »Dann wünsche ich dir Sex.«

15

»Josh sagt, ihr zwei habt eine Mission?«, fragte Josie Miller in verschwörerischem Ton, als sie sich am späten Nachmittag im Avery-Haus über den Tisch neigte. Trotz ihrer Absicht, nur für eine, höchstens zwei Stunden zu bleiben, hielt Delaney sich schon seit acht Stunden in dem umgebauten Hotel auf, und sie hatte gute Lust, dort einzuziehen. In ihrem ganzen Leben hatte sie noch kein schöneres Haus gesehen.

Verlegen zuckte sie mit den Schultern, da sie nicht wusste, wie viel Josh erzählt hatte. Von dem vertraulichen Vorstandsprotokoll hatte er todsicher nichts erwähnt, aber das waren seine besten Freunde. Was, wenn doch? Er und Ethan machten gerade eine ausgedehnte Hausbesichtigung mit der Journalistin vom *Globe*. Das sollte ihnen Sympathien, Spenden und ein paar Features einbringen.

Delaney wählte ihre Worte sorgfältig. »Wir möchten nur aktiv werden und erreichen, dass die Leute von den guten Leistungen des Mercy erfahren.«

Das klang glaubwürdig, oder?

Josie betrachtete sie neugierig, als ahnte sie, dass Delaney ihr Blödsinn auftischte, sagte aber kein Wort.

Erpicht darauf, das Thema zu wechseln, schaute Delaney durchs Fenster in den Garten über die üppig blühenden Beete. »Wow, ein wunderschöner Garten. Haben Sie den selbst angelegt?«

Josie blickte sie einen Moment länger an als nötig, um

ihr zu zeigen, dass sie genau wusste, was Delaney damit bezweckte, sie aber aus irgendeinem Grund damit durchkommen ließ.

»Kennen Sie Molly Bellini?«

»Seit gestern Abend.« Delaney nickte. »Ist sie Gartenbauarchitektin?«

»Nein, aber nach jeder gescheiterten Beziehung tobt sie sich mit der Schaufel aus.«

Delaney lachte auf und stockte dann verlegen. »Tut mir leid. Das war sicher nicht lustig.«

Josie zuckte mit den Schultern. »Schon gut. War auch nicht so gemeint. Sie kommt als Single besser zurecht, die meiste Zeit. Im Augenblick jedenfalls.«

»Also …« Delaney überlegte, wie sie die Frage formulieren sollte, die ihr seit gestern Nacht unter den Nägeln brannte. »Geht sie manchmal mit Joshua aus?«

»Nicht seit der Mittelstufe. Also, Josh ist Single, falls Sie das wissen wollten.«

»Was? Nein«, stammelte Delaney. »Ich wollte nicht …«

Josie grinste ironisch, aber nicht unfreundlich. »Ich bin zwar verheiratet, aber nicht blind. Dieser Mann ist ein hinreißendes Exemplar seiner Gattung und der netteste Typ, dem Sie je begegnen werden, abgesehen von Ethan natürlich.« Sie lächelte liebevoll. »Die zwei sind eine Wucht.«

»Unglaublich, dass Sie sich alle schon seit der Schule kennen.«

»Freunde fürs Leben, wie man so sagt.« Josies Gesicht verdüsterte sich kurz, dann kehrte das Lächeln zurück. »Nur damit Sie es wissen, Josh hat feste Pläne für seine Zukunft.«

»So?« Delaney schluckte. Gleich würde Josie ein ernstes Wort mit ihr reden, das spürte sie.

»Und eine richtige Beziehung will er erst eingehen, wenn

er eine eigene Praxis aufgemacht hat. Darum hat er keine Freundin. Da hält er ziemlichen Abstand.«

»Ach.« Delaney war enttäuscht, und das passte ihr gar nicht. »Wirklich?«

»Jep. Aber nicht, dass Sie das sonderlich betrifft. Dachte nur, Sie sollten das wissen, auch wenn Sie nicht ... was auch immer.« Sie ließ es schulterzuckend dabei bewenden, doch Delaney sah eine leise Belustigung in ihren Augen. Den ernsten Ton allerdings konnte sie nicht abtun.

Verlegen rückte sie auf ihrem Stuhl hin und her. »Wollen Sie ... mich damit warnen?«

»Nein.« Josie zog die Brauen hoch. »Nur andeuten, wie groß die Herausforderung ist.«

»Habt ihr eine Flasche Champagner da?« Joshua kam in die Küche zurück. Das Interview schien vorbei zu sein, und er lächelte so froh wie die ganze Woche nicht. »Ich denke, wir haben eine Story für die Titelseite hingekriegt.«

»Wirklich?« Josie sprang vom Tisch auf, um ihn stürmisch zu umarmen. »Das ist fantastisch!«

Ethan bestätigte das nickend. Er nahm Weingläser aus einem Oberschrank und brachte sie zum Tisch. »Sie meint, sie hat so viel guten Stoff, dass sie zwei Artikel daraus macht. Die erste Hälfte erscheint am kommenden Sonntag.«

»Oh mein Gott.« Josie deutete mit dem Kopf auf Delaney. »Was ist mit einem Zusatzartikel über das Mercy? Hat sie angebissen?«

Josh nickte und zog sich den Stuhl neben Delaney heran. »Der Ansatz gefällt ihr. Sie kommt am Montag auf die Station. Ich muss mit jemandem sprechen, der die Erlaubnis der Eltern einholt, damit die Kinder interviewt werden können. Delaney? Wissen Sie, wen wir fragen sollten?«

Sie nickte und ging im Geiste die Leute durch. »Ich kümmere mich darum. Meinen Sie, Charlottes Eltern lassen sich ein Okay abringen?«

»Sie wäre genau die Richtige. Versuchen wir's.«

In dem Moment platzte Molly Bellini herein und blieb verblüfft stehen, als sie alle um den Tisch sitzen sah. Sie wirkte erst recht verwundert, als ihr Blick auf Delaney fiel.

»Was gibt es zu feiern, Leute?« Sie stellte ihre Handtasche ab, nahm sich einen Stuhl und ließ sich auf der Kante nieder, als wäre sie nur auf dem Sprung. »Und ich trinke auch ein Glas, was immer ihr euch da genehmigt.«

Ethan lachte. »Traubensaftschorle, wie es aussieht. Weiß nicht, ob wir was Stärkeres da haben.«

»Klingt gut. Ich möchte nicht um die Uhrzeit schon einen sitzen haben. Leute, die bei der eigenen Überraschungsparty betrunken ankommen, kann ich nicht leiden.«

Es wurde still am Tisch. Plötzlich hatte Delaney das Gefühl, als Einzige die Pointe nicht zu verstehen.

»Wovon redest du da, Mols?« Joshua neigte den Kopf zur Seite und spielte gekonnt den Ahnungslosen. Sofern es tatsächlich darum ging, eine Überraschungsparty zu verheimlichen.

»Oh, kommt schon.« Molly schaute in die Runde. »Ich bin euch auf der Spur. Mein Geburtstag ist in drei Tagen, es ist Samstag, Mama hat mir überraschend den Abend freigegeben, und Josie hat mich zufällig hier oben auf einen Drink eingeladen?« Sie zog die Nase kraus. »Der, na ja, das ist schon seltsam, sich als Traubensaftschorle entpuppt?«

»Äußerst verdächtig.« Ethan nickte, während er die Saftflasche aufschraubte und reihum einschenkte. »Aber du liegst falsch, Mols. Das ist keine Überraschungsparty.«

»Echt nicht?«

Josie drehte sich zu ihr um. »In unserer Küche? Meinst du

nicht, wir würden dafür eine nettere Location wählen? Du verbringst schließlich dein halbes Leben in einer Küche.«

Molly blickte sie nacheinander prüfend an, einschließlich Delaney. Dann sprang sie auf und stürmte durch die Schwingtür in das angrenzende Wohnzimmer, um im nächsten Moment zurückzukehren und sich wieder auf ihren Platz zu setzen.

»Hmm.«

Josie kicherte. »Dachtest du, da wartet ein Rudel Leute und schreit ›Überraschung!‹?«

»Nö.«

»Na klar.« Joshua neigte sich zu ihr und drückte ihr die Schulter. Delaney wünschte sich, an ihrer Stelle zu sein.

»Na schön. Vielleicht.« Molly nahm ihr Glas. »Gut, lassen wir das, da es offenbar gar nicht um mich geht. Worauf stoßen wir denn an?«

Josie hob ihr Glas. »Auf ein erfolgreiches Interview mit dem *Boston Globe*.«

»Das habt ihr geschafft?« Molly riss die Augen auf.

Ethan nickte. »Aber so was von.« Dann sah er auf die Uhr. »Mir hängt der Magen in den Kniekehlen. Sollen wir was auf den Grill werfen?«

Josie schlug sich erschrocken die Hand vor den Mund. »Ach du je. Ich habe glatt vergessen einzukaufen. Wir haben Salat, saure Gurken und ein Ei da, glaube ich.«

Ethan zog eine Grimasse und wandte sich an die anderen. »Hat jemand Lust, essen zu gehen?«

Jetzt fühlte sich Delaney unter diesen altvertrauten Freunden erst recht wie das fünfte Rad am Wagen. Sie gingen so unbeschwert miteinander um. Solche Leichtigkeit entwickelte sich nur durch viele gemeinsame Erlebnisse. Wahrscheinlich verbrachten sie jedes Wochenende miteinander.

Josie griff nach Mollys Hand. »Kannst du es ertragen, ins

Bellinis zu gehen? Um diese Uhrzeit werden wir wahrscheinlich nur dort einen freien Tisch bekommen, wenn wir deine Mutter vorher anrufen.«

Molly rutschte auf ihrem Stuhl ein Stück tiefer. »Jetzt *weiß* ich, dass es keine Überraschungsparty gibt. Ihr würdet mir nicht zumuten, in meinem eigenen blöden Restaurant zu feiern.«

Josie und Ethan standen auf, und Molly nahm ihre Handtasche, wobei sie scheinbar beiläufig zu Joshua und Delaney blickte. »Kommt ihr zwei mit?«

Delaney schüttelte den Kopf. »Danke. Ich würde gern, aber ich muss zurück zum …«

»Na los.« Josie fasste sie beim Ellbogen. »Ihr wart zwar gestern Abend erst dort, aber mal ehrlich: Kann man vom Bellinis je genug kriegen? Außerdem habt ihr den ganzen Tag noch nichts gegessen.«

Delaney schaute Joshua fragend an. Wieso wussten alle von gestern Abend? Und wieso war sie deswegen auf einmal so freudig erregt? »Ich möchte Ihr gemeinsames Essen nicht stören. Ich war ja bloß wegen des Interviews hier.«

Joshua stand auf und reichte ihr die Hand. »Und das hat unerwartet den ganzen Tag in Anspruch genommen. Sie müssen halb verhungert sein. Kommen Sie doch mit.«

»Soll ich wirklich?«

Das war so peinlich – er war praktisch gezwungen, Ja zu sagen, da seine Freunde wartend dabeistanden.

Er lächelte sie an, und ihre Knie reagierten zuerst. »Wenn Sie mich schon wieder ertragen können?«

»Da bin ich mir nicht so sicher.«

Ethan lachte und hielt allen die Tür auf. »Okay, dann ist die Sache klar. Molly? Fährst du mit mir und Josie? Josh und Delaney, kommt ihr hinter uns her?«

Draußen hielt Delaney automatisch auf ihren Wagen zu, während Josie, Ethan und Molly in der Auffahrt in einen SUV einstiegen.

Joshua berührte sie am Arm und hielt sie auf. »Möchten Sie mit mir hinfahren?« Er winkte dem abfahrenden SUV, dann trat er näher an sie heran. »Wir feiern tatsächlich Mollys Überraschungsparty. Am Restaurant zu parken wird ein Albtraum sein. Fahren Sie mit mir. Ich verspreche, ich bringe Sie hinterher wieder hierher, wann immer Sie nach Hause möchten.«

»Ich weiß nicht so recht, Joshua. Ich sollte mich jetzt besser ausklinken. Sie haben sich für den Abend etwas vorgenommen, da will ich nicht stören. Wirklich.«

»Sie stören überhaupt nicht. Halb Echo Lake wird da sein. Es wird laut und lustig und sehr italienisch. Nach dem ersten Glas gehören Sie praktisch zur Familie.«

Sie lächelte. »So ist das bei den Bellini-Partys?«

»Bei allen, wo ich auch war.« Er zuckte mit den Schultern. »Kommen Sie mit, Delaney. Ich würde mich wirklich freuen.«

»Habe ich schon mal erwähnt, dass ich bei Menschenansammlungen nervösen Ausschlag bekomme?«

»Sie fremdeln?« Er zwinkerte.

»Und wie. Deshalb arbeite ich im sechsten Stock. Da ist es nicht so voll.«

Er lachte. »Tja, soweit ich diese Woche gesehen habe, würde niemand vermuten, dass Sie klinisch nervös sind. Sie sind mit den vielen Fremden im dritten Stock gut klargekommen.«

»Sicher.« Sie verdrehte die Augen. »Weil die aus Angst nett zu mir waren. Die glauben doch alle, ich habe ihre Personalnummern auf meiner Entlassungsliste stehen und brauche sie nur anzukreuzen.«

»Wohl wahr.« Er nickte lächelnd. Dann legte er einen Arm um ihre Schultern und drückte sie sanft, um sie sodann zu seinem Wagen zu dirigieren. »Also, fahren wir zur Party. Mir scheint, Sie kommen in letzter Zeit genauso wenig raus wie ich. Ein bisschen Geselligkeit außerhalb des Krankenhauses wird uns beiden guttun, meinen Sie nicht?«

Sie biss sich auf die Lippe, als er beim Öffnen seiner Wagentür die Hand von ihrer Schulter nahm und an ihrem Rücken hinabgleiten ließ. Als sie sich umdrehte, um zu antworten, stand er aufregend nah vor ihr. Ein, zwei Augenblicke lang sagte keiner ein Wort. Er schaute ihr in die Augen, dann auf ihren Mund, und sie merkte, dass sie flacher atmete, während sie den Blick über seinen Bartschatten zu dem offenen Hemdknopf schweifen ließ. Als sie ihm wieder in die Augen sah, war sein Blick nicht mehr freundlich amüsiert, sondern verlangend.

Sie schluckte. *Oh Himmel. Gleich küsst er mich.*

Und sie konnte es kaum erwarten. Wenn er sie jetzt nicht küsste, dann würde sie es tun.

Dann schloss er fest die Augen und trat zurück. »Wir sollten mal los … zur Party.«

»Stimmt.« Sie schluckte. »Natürlich.«

Er half ihr beim Einsteigen, aber keine Berührung dauerte länger als nötig. Dann warf er die Tür zu und lief um den Wagen herum auf die Fahrerseite. Delaney blieben drei Sekunden Zeit, um den Augenblick hinter sich zu lassen, bevor er sich ans Steuer setzte.

Als er neben ihr saß, warf er ihr ein freundliches Lächeln zu, gerade so, als wäre nichts gewesen. »Wollen wir?«

Sie holte tief Luft. *Und ob. Mehr, als du wissen willst.*

»Ja.«

»Ein kleiner Rat, da das Ihre erste Bellini-Party ist.« Er

ließ den Motor an. »Egal wie herzlich Mollys Vater Sie drängt, trinken Sie nicht mehr als einen von seinen Killer-Cocktails, sonst müssen wir Sie am Ende nach Hause tragen.«

Delaneys Herz klopfte schneller. Im Geiste sah sie vor sich, wie er sie über seine Schulter warf und in ihre Wohnung trug. Wenn sie das nur nicht so verlockend fände!

»Dann trinke ich vielleicht drei, nur um zu sehen, ob Sie das schaffen.«

Ach du Schreck. Hatte sie das wirklich gesagt?

Er drehte den Kopf zu ihr.

Jep, hatte sie.

Er räusperte sich. »Ich bin darauf vorbereitet.«

»Also.« Zwei Stunden später schob Ethan sich mit seinem Bier neben Josh an die Theke und lehnte sich mit dem Rücken dagegen, um suchend über die Köpfe zu schauen.

»Also was?«

»Delaney.«

Joshs Blick glitt automatisch zu der Nische, in der sie mit Josie zusammen saß. Sie lachten über etwas, das Josie gerade erzählte. Natürlich konnte er sie bei dem Stimmenlärm nicht hören, aber er hatte ihr Lachen von gestern Abend noch im Ohr und meinte, die Schwingungen im Bauch zu fühlen.

Er warf Ethan einen Blick von der Seite zu. »Haben Josie und Molly dich losgeschickt, damit du ihnen einen Exklusivbericht lieferst?«

»Na klar.«

Josh gab sich gelassen und hob sein Bier an den Mund. Doch dabei hatte er das Bild vor Augen, wie sie sich vorhin bei der Ankunft im Restaurant nervös über die Lippen geleckt und ihn schon wieder heiß gemacht hatte.

»Kollegen. Wir sind nur Kollegen.«

»Bist du sicher?«

»Eine Frage.« Josh drehte sich ganz zu ihm. »Wieso ist plötzlich jeder derart an meinen nicht existenten Dating-Geschichten interessiert?«

Ethan zuckte verschlagen grinsend mit den Schultern. »Vielleicht weil es so aussieht, als ob diese Phase sich dem Ende zuneigt?«

»Sie ist nicht mein Date.«

»Ich weiß. Selbst auferlegtes Dating-Verbot für Klinikmitarbeiter.«

»Genau.«

»Dann verrate mir eins: Wenn ihr keine Kollegen wärt, würdest du mit ihr ausgehen wollen?«

Josh sträubte sich, darauf zu antworten. Sein Blick wanderte erneut zu der Sitznische. Delaneys nackte Schulter war zu sehen, weil der weite Ausschnitt des Netzpullis verrutscht war. Er verspürte den starken Drang, sich durch die feiernden Gäste zu schieben, um ihr einen Kuss auf die Schulter zu geben und den Pulli zurechtzurücken.

Er räusperte sich. »Kann sein.«

»Du steckst in ernsten Schwierigkeiten, Kumpel.« Ethan schlug ihm lachend auf die Schulter. »Ich sag dir was. Ich werde dich decken, wenn du sie früher nach Hause bringen willst. Wenn du das jetzt tust, könntet ihr den Sonnenuntergang am Twilight Cove noch erleben.«

»Ich werde sie ganz bestimmt nicht zu unserem alten Knutschplatz schleppen.«

»Sie ist nicht hier aufgewachsen. Sie wird das gar nicht wissen. Sie wird nur denken, du hättest eine Schwäche für Sonnenuntergänge.«

Josh schnaubte. »Weißt du, du klingst allmählich wie ein rührseliger alter Knabe, der seit dreißig Jahren verheiratet ist.«

»Erschreckend, was?« Ethan stellte sein leeres Glas auf die Theke. »Geh und schnapp sie dir, Josh.«

»Ich habe keine Zeit für eine Freundin. Das weißt du. Das endet sowieso wie jedes Mal. Und Delaney ist zu … nett, als dass ich ihr das antun möchte.«

»Oder … es endet mal nicht wie bisher. Vielleicht ist sie anders.«

Josh dachte daran zurück, wie sie sich während der Woche auf seiner Station geschlagen hatte. »Oh, sie ist definitiv anders.«

»So? Wieso willst du dann nicht herausfinden, ob da was geht? Sei kein Trottel, sonst wirst du noch zusehen müssen, wie ein anderer sie nach Hause bringt. Wie fändest du das?« Ethan klopfte ihm ermunternd auf den Rücken und drängte sich dann zwischen den Leuten zu Josie und Delaney durch.

Josh wollte durchaus wissen, ob da was ging. Oh ja. Aber wem wollte er was vormachen? Vorhin an seinem Wagen hatte es heftig zwischen ihnen gefunkt. Es wäre mächtig heiß geworden, wenn er sie tatsächlich geküsst hätte. Sie wollte ihn – ganz eindeutig. Aber im Ernst, genau das würde ihn umbringen. Er würde sie um ein echtes Date bitten, es würde gut laufen, und einen Monat später würde sie mehr Zeit mit ihm verbringen wollen, und er wäre nicht in der Lage, ihr das zu geben.

Und dann wäre es vorbei.

So waren seine Beziehungen alle verlaufen. Jede einzelne. Auch bei der einen Frau, von der er überzeugt gewesen war, sie sei anders.

Seit Nicole war er mit keiner Frau mehr ausgegangen, bei der er sich vorstellen konnte, länger als einen Monat mit ihr zusammen zu sein. Aber trotzdem. Er konnte von Glück reden, wenn er neben der Arbeit in der Klinik und im Avery-

Haus fünf freie Stunden in der Woche hatte. Es war nicht fair, eine Frau glauben zu lassen, er habe in absehbarer Zeit mehr zu geben.

Vielleicht würde er eines Tages, wenn er eine eigene Praxis hatte und sich die Arbeit selbst einteilen konnte, endlich an eine feste Beziehung denken dürfen, anstatt nur mal alle drei Monate mit einer Frau essen zu gehen. Zurzeit jedenfalls, da seine beiden Arbeitsbereiche finanziell und personell unterversorgt waren, blieb er besser allein.

Seine Eltern hatten alles geopfert, damit er Arzt werden konnte, und dann waren sie noch vor seinem Examen gestorben. Sie hatten wegen des Ausbildungskredits nicht in den Ruhestand gehen können, und das nagte tagtäglich an ihm. Also würde er seinen Beruf nicht halbherzig ausüben, komme, was da wolle. Niemals. Das war er ihnen schuldig.

Er schaute zu Delaney, aber diesmal trafen sich ihre Blicke. Plötzlich bekam er ein schlechtes Gewissen, weil er sie so lange allein gelassen hatte. Unter all den Verwandten und Stammgästen kannte sie niemanden außer Josie und Ethan.

Der Blickkontakt wurde unterbrochen, weil Mollys Dad mit einem Krug seiner berüchtigten Limonade an den Tisch trat, um ihnen nachzuschenken. Oh verdammt. Er musste einschreiten. Sonst würden er und Ethan die beiden Frauen in der Schubkarre rausbringen müssen.

Er zwängte sich rücksichtslos zwischen den Gästen durch, entschlossen, zu Delaney zu gelangen, bevor sie Grund bekam, den ganzen Abend zu bereuen.

16

»Delaney, haben Sie meine Limonade schon probiert?« Der Herr des Hauses hielt einen beschlagenen Glaskrug hoch und neigte ihn zu ihrem leeren Glas hin. Delaney blinzelte heftig, weil sie ihn doppelt sah. Entweder war sie völlig übermüdet, oder die köstliche Limonade, die sie gerade hinuntergestürzt hatte, hatte es in sich.

Sie zog ihr Glas zu sich heran. »Ja, gerade eben, Mr. Bellini. Im Augenblick brauche ich keinen Nachschub.«

Er schaute sie ermahnend an. »Sie kommen in mein Restaurant zu einer privaten Feier, also nennen Sie mich Papi. So gehört sich das hier. Und Sie trinken meine Limonade.«

Er goss ihr ein und wandte sich an Josie. »Josie, noch ein Glas?«

Die schüttelte den Kopf. »Eins ist für mich reichlich, Papi.«

»Na gut. Viel Spaß noch. Sollen wir mal die Musik anwerfen?« Er vollführte einen ulkigen Hüftschwenk, mit dem er sie beide zum Lachen brachte, und schlug den Rückweg zur Theke ein, wobei er rechts und links die Gläser füllte.

Eigentlich sollte sie nicht, doch Delaney trank einen großen Schluck von ihrer Limonade. Es war wunderbar, wie das kalte Getränk durch die Kehle rann. Jetzt erst bemerkte sie dabei das leichte Brennen. Inzwischen war es heiß in dem Raum, und die Limonade war köstlich und erfrischend.

»Vorsichtig damit.« Josie deutete auf Delaneys Glas. »Das rächt sich fürchterlich.«

»Ist das das Zeug, vor dem mich Joshua gewarnt hat?«

Josie neigte den Kopf zur Seite. »Joshua?« Sie grinste. »Ja, das ist genau das Zeug.«

Delaney krümmte und streckte die Finger im Schoß und starrte darauf. »Wenn ich drei Hände mit fünfzehn Fingern sehe, habe ich dann genug?«

»Das klingt ganz danach.« Lachend nahm Josie ihr das Glas weg, dann schaute sie ihr prüfend in die Augen. »Sie trinken nicht oft was, oder?«

»Sehr selten.« Delaney schüttelte den Kopf, und ihr wurde plötzlich schwindlig. Das erinnerte sie an den Abend im Chinarestaurant, an dem sie zwei Gläser getrunken hatte, die gar nicht nach Alkohol, sondern wie eine süße Sommerlimonade geschmeckt hatten, und dann zur Toilette gewankt war. Später hatte sie in der Getränkekarte gelesen, dass in dem verflixten Mix nur Alkoholisches gewesen war.

»Du lieber Himmel. Was wird Joshua von mir denken?« Blinzelnd versuchte sie, Josies Köpfe zu einem einzigen zu vereinigen. Ach du je. In null Komma fünf Sekunden von »angenehm beschwipst« auf »sturzbetrunken«. »Was kippt Papi da eigentlich rein?«

Josie schmunzelte. »Das weiß keiner. Es ist ein Geheimrezept aus seiner alten Heimat, sagt er. Er freut sich, dass jeder mindestens ein Glas davon trinkt, bevor er die Wirkung spürt. In der Zwischenzeit tun seine Gäste alles, was er sagt.«

»Das ist ja … schrecklich.«

Josie zuckte mit den Schultern. »So ist er. Er hat es gern, wenn alle einen schönen Abend haben.« Sie schaute über Delaneys Schulter und rückte tiefer in die Nische. »Die Männer haben wohl das Unheil gewittert. Da kommen sie zu unserer Rettung.«

Ethan rutschte neben seine Frau und deutete mit dem

Kopf auf die neue Trinkgenossin. »Oh-oh.« Er zwinkerte. »Hat Papi Sie abgefüllt?«

Delaney schloss die Augen und nickte sehr vorsichtig. »Mir scheint, man hat mir einen kleinen Streich gespielt. Gebt der Neuen von dem berüchtigten Punsch, Sie wissen schon?«

»Josh hat Sie nicht davor gewarnt?«

»Doch, habe ich.«

Delaney hob ruckartig den Kopf, als sie Joshuas Stimme direkt neben sich hörte. Halb belustigt, halb besorgt blickte er zu ihr herab. Sie rutschte beiseite, um ihm Platz zu machen, aber sehr, sehr behutsam. Dann stützte sie das Kinn in die Hand. Vielleicht würde das Schwanken dann aufhören?

Sie roch die holzige Note seines Rasierwassers und lehnte sich leicht nach links, um mehr davon zu bekommen, aber ihr Gleichgewichtssinn war wohl abgeschaltet, denn ihr Kopf landete an seiner Schulter.

Sie versuchte, sich aufzurichten – doch, ganz bestimmt! Andererseits war ihr Kopf dort völlig glücklich, verflixt noch mal.

Ethan zog die Brauen hoch. »Hast du sie explizit vor der Limonade gewarnt?«

»Ja«, sagte Joshua zerknirscht, spähte von schräg oben in ihr Gesicht und schob dann mit möglichst sparsamen Bewegungen den Arm um sie. »Oder nicht?«

»Sie haben gesagt, er mache Killer-Cocktails. Mir war nicht klar, dass Sie Limonade meinten. Wer mixt denn Alkohol in Limonade?«

»Papi.« Alle drei lachten.

Joshua drückte sie leicht. »Geht's denn?«

»Jep.« Delaney versuchte, ihn scharf zu sehen, als sie den Kopf hob. »Aber für einen Arzt haben Sie schrecklich viele Nasen.«

Ethan schüttelte den Kopf. »Unfassbar, dass du sie etwas davon trinken lässt.« Er nahm Josies Hand. »Komm, gehen wir tanzen.«

»Ähm ...« Josie blickte besorgt zwischen Delaney und Joshua hin und her, als fragte sie sich, ob man die beiden allein lassen könne, und Delaney lachte beinahe, weil Ethan so offensichtlich genau das tun wollte.

»Na komm.« Er zog Josie am Arm mit, während er aus der Bank rutschte. »Bis später, ihr zwei.«

Als die Musikbox einen alten Countrysong ableierte, nahm Joshua ihre Hand. »Ich hätte ...«

»Mich genauer ausdrücken sollen?«

»Fürsorglicher sein sollen.«

Ihr wurde warm in der Brust, und nicht von der Limonade. Mit dem Daumen strich er über ihren Handrücken, und vielleicht lag es am Alkohol, aber sie musste sich bremsen, um ihn nicht zu küssen.

Er rückte den Ausschnitt ihres Pullis zurecht, und seine Finger strichen dabei unnötig lange über ihre nackte Haut. Oder war das Einbildung?

Dann neigte er sich an ihr Ohr und blieb an sie gelehnt sitzen. Nein, das bildete sie sich nicht ein. »Wollen wir uns verdrücken und frische Luft schnappen?«

Oh, nichts lieber als das! Sie wollte zu einem einsamen Plätzchen am See und sich besinnungslos küssen lassen.

Sie räusperte sich. »Mir geht's gut. Das ist Mollys Party. Es wäre unhöflich, früh zu gehen, wo sie doch zu Ihren engsten Freunden gehört.«

Er lachte und zog an ihrer Hand. »Kommen Sie. Frische Luft ist ein gutes Gegenmittel für Papis Höllenpunsch.«

Sie riss die Augen auf. »So nennt er ihn?«

»Nein. So nennen ihn alle anderen.«

Sie verabschiedeten sich von Josie und Ethan, und als sie sich durch die Gäste zum Ausgang fädelten, fühlte Delaney Joshuas Hand an ihrer Taille. Zugegeben, mit ihren schwankenden Beinen konnte sie eine Stütze gebrauchen.

Durfte sie Papis Höllenpunsch morgen früh die Schuld geben, wenn sie heute Nacht einen monumentalen Fehler beging?

Sie schüttelte den Kopf. Wenn sie klar genug denken konnte, um sich diese Frage zu stellen, dann brauchte sie sich mit der Ausrede selbst nicht zu kommen.

Als sie bei Joshuas Geländewagen ankamen, öffnete er die Beifahrertür und blieb stehen. Sie trat zwischen ihn und den Sitz, sodass sie ihm verlockend nahe kam, und hielt inne. Sein Blick glitt zu ihrem Mund, doch schon wieder schloss er die Augen und schüttelte den Kopf.

»Was ist los?«, fragte Delaney leise, aber angespannt. Wollte er sie nicht küssen?

Anstatt zu antworten, schob er eine Hand in ihren Nacken und in die Haare und drückte ihren Kopf an seine Brust.

»Sie bringen mich um«, sagte er, und sie hörte seinen Schmerz.

»Nicht mit Absicht«, flüsterte sie gegen sein Hemd.

Er stöhnte leise. »Das ist das Schlimmste.« Er legte den anderen Arm um sie und zog sie fest an sich.

Nach einem Moment löste sie sich von ihm, um ihm in die Augen zu sehen. »Wir können auch wieder hineingehen. Wenn Sie auch ein paar Gläser von Papis Höllenpunsch trinken, können wir für unsere Handlungen nicht verantwortlich gemacht werden, oder?«

Joshua kicherte. »Wir wären sicher nicht die Ersten, die diese Ausrede benutzen.« Sanft strich er ihr eine Strähne aus dem Gesicht und zog die Fingerspitze langsam am Rand ihres

Ohrläppchens entlang, als er die Haare hinters Ohr klemmte. »Aber ich habe so eine Ahnung, dass Sie es bereuen würden, wenn sich der Nebel gelichtet hat. Sehr sogar.«

»Ganz bestimmt nicht.« Delaney schüttelte den Kopf.

Oh doch.

Das wusste sie definitiv, trotz Höllenpunsch. Und sosehr es ihr widerstrebte, das zuzugeben, würde sie morgen sicher dankbar sein, dass er heute auf die Bremse getreten hatte, als sie bereit gewesen war, Vollgas zu geben.

Vielleicht.

Er küsste sie auf die Stirn und ließ sie los. »Lügnerin.« Er deutete auf den Sitz und half ihr hinauf, dann schloss er leise die Tür. Während er auf seine Seite ging, kniff sie sich in die Nasenwurzel, um dadurch vielleicht einen klaren Kopf zu bekommen.

Er stieg ein, steckte den Schlüssel ins Schloss. »Was halten Sie davon, wenn ich Sie nach Hause fahre? Wir können Ihr Auto morgen früh holen, wenn Sie möchten. Auf jeden Fall lasse ich Sie heute nicht mehr hinters Steuer.«

Nach Hause? Das war der letzte Ort auf der Welt, an den sie jetzt wollte. Sie würde allein in ihr Bett plumpsen und sich die ganze Nacht wünschen, sie wäre nicht so dermaßen verknallt in genau den verkehrten Mann. Welche Alternative gab es? Sie war Verwaltungsangestellte einer Klinik und traf Haushaltsentscheidungen, die besagter Mann unmittelbar zu spüren bekam. Sie durfte ihm gar nicht erlauben, sie woanders hinzufahren als nach Hause.

»Ich … will nicht nach Hause.«

Joshua lächelte. »Okay. Wohin möchten Sie dann?«

»Ganz ehrlich? Irgendwohin, wo ich einen monumentalen Fehler machen kann, den ich bereuen werde, aber auf Papis Höllenpunsch schieben kann.«

Oje, da spricht der Alkohol aus mir.

Er lachte. »Wie monumental?«

»Hängt davon ab, ob Sie bereit sind, mir bei Ihrem Blut zu schwören, dass Sie über diese Nacht kein Wort verlieren werden.«

»Wow.« Er nickte, als ob er über den Vorschlag nachdächte, dann schüttelte er den Kopf. »So verlockend das ist, ich leiste betrunkenen Frauen keinen Blutschwur.«

»So betrunken bin ich auch wieder nicht.«

»Delaney, Sie haben genug von Papis Höllenpunsch intus, um Blutschwüre von mir zu verlangen. Ich würde in Ihrer Achtung tief sinken, wenn ich die Situation ausnutzte.«

Sie seufzte. »Ich hasse es, wenn Leute mit guten Argumenten kommen, die ich nicht hören will.«

»Ich sag Ihnen was.« Er startete den Motor. »Sehen wir uns am See den Sonnenuntergang an. Ich kenne eine schöne Stelle.«

Sie zog die Brauen hoch. War ja klar. Wahrscheinlich hatte er schon die halbe Schwesternschaft des Mercy dahin abgeschleppt. Und warum auch nicht? Er war jung, Single und unmenschlich anziehend. Der Gedanke sollte sie nicht eifersüchtig machen.

Tat er aber.

Als sie vom Parkplatz abbogen, nahm er ihre Hand und drückte einen sanften Kuss auf die Knöchel.

»Danke, dass Sie mitgekommen sind. Ich weiß, das ist eigentlich nicht Ihre ... Szene.«

Noch leicht benebelt dachte sie über die Bemerkung nach. »Was denken Sie denn, was meine Szene ist?«

Er zuckte mit den Schultern. »Weiß ich noch nicht. Sie sind mir nach wie vor ein Rätsel.«

»Oh. Eine geheimnisvolle Frau, meinen Sie?«

»Ja.« Er grinste schief. »Bei unserer ersten Begegnung waren Sie völlig zugeknöpft in Ihrem sehr korrekten Kostüm. Ich habe Sie für die typische Buchhalterin gehalten, für die es nur Schwarz und Weiß und eine Endsumme gibt. Aber dann kreuzten Sie im weißen Schwesternkittel auf, und ich hörte Sie mit Charlotte lachen, sah Sie tatkräftig bei einem Notfall helfen. Eine ganz andere Frau.«

»Nein.« Delaney runzelte die Stirn. Hatte sie wirklich so viele Facetten? »Dieselbe wie vorher.«

»Und somit ein Rätsel.«

Darüber dachte sie eine Weile nach. Sie hatte sich immer für den glasklaren, offenen Typ gehalten und fand es aufregend, dass Joshua sie als rätselhaft empfand. Rätselhaft war gut, oder?

Er drehte ihr den Kopf zu. Sein Blick wanderte an ihr hinab bis zu den Schuhen und wieder hinauf. »Sie haben diese Country-Club-Ausstrahlung, aber mir scheint, dahinter verbirgt sich ein temperamentvoller, unternehmungslustiger Mensch.«

»Ach, was Sie nicht sagen.« Sie schaute an sich hinunter. Lugte etwa ihr pinkfarbener BH aus dem Kleid?

»Ja, doch. Ich muss zugeben, an den ersten zwei Tagen hatte ich ein bisschen Angst vor Ihnen, angesichts dieses korrekten Kostüms … und der Absätze. Aber – ich sollte das vermutlich nicht sagen – am zweiten Tag ist der oberste Blusenknopf aufgesprungen, als Sie sich nach vorn gebeugt haben. Das war eine Wahnsinnsablenkung.«

Delaney griff sich an die Brust. »Ist er nicht.«

»Doch.« Lächelnd hielt er den Blick geradeaus auf die Straße gerichtet. »Ich habe versucht dahinterzukommen, ob Sie das absichtlich getan haben, um mich einzuwickeln.«

»Nein!«

Er lachte, dann zog er eine Braue hoch. »Purpur steht Ihnen übrigens ausgezeichnet.«

»*Wie bitte?*« Sie verschränkte die Arme. An dem Tag hatte sie tatsächlich rotviolette Unterwäsche getragen, das wusste sie noch, weil der BH bei der ersten Bluse durchgeschimmert hatte und sie sich noch mal hatte umziehen müssen.

»Verzeihung. Ich konnte nicht anders – das war nicht meine Schuld. Sie haben da gesessen und … ach, Schluss damit.« Er schüttelte den Kopf.

Delaney biss sich auf die Lippe, um sich das Lächeln zu verkneifen, denn sie sah ihn rot werden.

»Unfassbar, dass Sie hingeguckt haben.«

Er bremste an einer Kreuzung und schaute sie an. Mit einem glühenden Blick. »Nehmen Sie's mir nicht übel, Delaney, aber kein normaler Mann hätte weggeguckt.«

Ein paar Minuten lang fuhren sie schweigend, bis Joshua auf eine ungepflasterte Straße abbog und Delaney bemerkte, dass sie keine Ahnung hatte, wo sie waren.

»Wohin fahren wir?« Die Bäume rechts und links der Straße wurden dichter und dämpften das Abendlicht, die Straße verengte sich zusehends. Ein passender Schauplatz für einen Stephen-King-Roman.

»Zum schönsten Sonnenuntergangsplatz am Echo Lake.«

»Sind wir bald da? Denn um ehrlich zu sein, der Wald gruselt mich.«

Gerade als sie das sagte, bog Joshua scharf links auf einen zugewucherten Waldweg ein. Delaney wurde es mulmig. *So kommen unschuldige Frauen ums Leben*, dachte sie. *Sie vertrauen jemandem, den sie kaum kennen, fahren mit ihm in die einsame Natur und dann …*

Zwei Minuten später, gerade als das Gerumpel über die Schlaglöcher ihr fast den Magen umdrehte, kamen sie aus dem

Wald heraus, und Joshua hielt an. Sie befanden sich auf dem Steilufer, das eine atemberaubende Aussicht bot.

Unter ihnen erstreckte sich der Echo Lake schimmernd im Sonnenuntergang. Die Sonne stand am Horizont und malte rosa Streifen auf die Wolken und das Wasser. Ein paar Segelboote waren draußen, und am Himmel kreisten die Möwen.

»Toll.«

»Sie sagten, Sie hätten sich in den See verliebt, als Sie Ihre Eltern besuchten. Dachte, dieser Blick könnte Ihnen gefallen.« Kurz drückte er ihre Hand und lächelte sie an. »Kommen Sie. Ich kenne eine großartige Stelle, wo man die Sonne im See versinken sieht.«

Nachdem sie beide ausgestiegen waren, deutete er zum Rand des Felsens und nahm sie bei der Hand. »Hier geht's lang.«

»Wohin? Über die Klippe in den Abgrund?« Delaney zog ihn zurück. »Eher nicht.«

Joshua lachte. »Da ist kein Steilfelsen, das sieht nur von hier aus so aus. Da führt ein Weg hinunter zu einem Felsplateau.«

»Äh …« Delaney folgte ihm bis zur Kante und stellte fest, dass es stimmte. Da ging es nicht senkrecht in die Tiefe, sondern der Hang war nur mäßig steil, und auf halber Höhe ragte ein glatter Felsen aus dem Erdreich. Sie trug jedoch Sandaletten und Kleid – beides nicht zum Klettern geeignet.

Er schaute zu ihr zurück und musterte ebenfalls kurz ihre Kleidung. Lächelnd blieb er stehen. »Ich habe eine andere Idee. Haben Sie schon mal von der Motorhaube eines Chevy aus die Sonne untergehen sehen?«

»Kann ich nicht behaupten.«

Er zwinkerte ihr zu. »Großstadtmädchen.«

Dann lief er zurück zum Wagen, holte hinter dem Sitz zwei Strandlaken hervor, breitete sie auf der Motorhaube aus und sah sie erwartungsvoll an.

»Schaffen Sie das?«

Delaney beäugte den Kotflügel. »Kommt darauf an, wie rutschig die Handtücher sind. Ich möchte nicht so gern mit aufgeschlagenen Knien heimfahren.«

Ehe sie Einwände erheben konnte, fasste er ihr um die Taille und hob sie hinauf. Ihr blieben zwei Sekunden, um sich zu wundern, wo er die Zeit für Muskeltraining hernahm, da saß sie auch schon bequem an die Windschutzscheibe gelehnt. Dann schwang er sich von der anderen Seite neben sie. Ein paar Augenblicke lang genossen sie die Abendstille.

»Sonnenuntergänge auf Chevymotorhauben, ist das typisch Vermont?«, fragte Delaney dann.

»Hier gibt es gerade eine Subaru-Schwemme, aber Sonnenuntergang und Motorhaube stimmt.«

Sie lächelte. »Es muss toll sein, hier aufzuwachsen. Es ist so ... wie die Bilder von Norman Rockwell.«

»Ja.« Er stimmte zögernd zu. »Schon möglich. Ein Einheimischer hat wahrscheinlich nicht den Blick dafür.«

Er verschränkte die Hände hinter dem Kopf. Jetzt wäre sie am liebsten näher an ihn herangerückt, damit er den Arm um sie legen konnte, doch sie hielt sich zurück. Die Wirkung des Alkohols ließ allmählich nach und damit auch ihre Unbekümmertheit. Was tat sie eigentlich hier draußen? Mit ihm? Wo war ihre professionelle Distanz abgeblieben?

Dann drehte er ihr den Kopf zu, und sein Blick wärmte sie vom Hals bis zu den Zehen. Bestimmt sah er ihr an, wie nervös sie war. Das konnte man gar nicht übersehen.

Sie räusperte sich. »Ist der Platz geheim? Oder kennt den jeder junge Mann in der Stadt?«

»Jeder. Er gehört zum ersten Date dazu. Wir leben in einer Kleinstadt.«

Er sagte das ernst, doch sie sah seine Lachfältchen hervorkommen.

»Gut.« Sie stieß ihn mit dem Ellbogen in die Seite. »Aber wir haben kein Date. Ist es Verrat an der Tradition, trotzdem hier zu sitzen?«

»Absolut, ja, aber ich nehme das auf meine Kappe.« Er zeigte zum See, wo einige Kajakfahrer langsam nach Westen paddelten. »Sehen Sie die Kinder? Die sind vom Campingplatz. Viele aus der Großstadt erleben hier zum ersten Mal die Wildnis. Die einheimischen Kinder betrachten es als ihre Aufgabe, sie so viel wie möglich zu schikanieren.«

»Auch so eine Kleinstadttradition?«

»Ja. Aber im Allgemeinen lustiger als das erste Date.«

Delaney lachte. »Hört sich an, als hätten Sie da eine Geschichte zu erzählen.«

»Nichts da. Sie zuerst. Erinnern Sie sich noch an Ihr erstes Date?«

»An das allererste?« Sie zog die Knie an die Brust und klemmte den Rock darunter ein. Er nickte. Sie schaute aufs Wasser und dachte an ein rosa Kleid, einen nervösen Cory Mohegan, eine schluchzende Mutter und an die nachfolgenden Dates, aber auch daran, dass Parker all das verwehrt geblieben war.

»Beim Abschlussball der Mittelstufe. Das Thema war Magie unter den Sternen, aber die Magie hat gefehlt.«

Joshua lachte. »Oh-oh.«

»Mein *Date* blieb während des Dinners bei mir, dann setzte er sich ab und betrank sich mit seinen Kumpeln in der Tiefgarage des Hotels.«

»Autsch.«

Sie grinste schief. »Es fällt natürlich leicht, ein Mädchen sitzenzulassen, wenn man gerade entdeckt hat, dass man auf ganz anderem Terrain jagt.«

»Ach du je.« Er lachte. »Er war schwul?«

»Ja. Und das hätte mir gar nichts ausgemacht, wenn ich es vorher gewusst hätte. Aber ich hatte mir den Abend hochromantisch ausgemalt, und mein Traum platzte dann, als mir klar wurde, dass er nicht mich nach Hause bringen würde.«

Er wurde ernst. »Eine mächtige Enttäuschung.«

»Er war es wohl leid, allen etwas vorzumachen. Aber sein Timing war beschissen.«

Joshua nahm die Hände hinter dem Kopf hervor und streckte die Arme zur Seite, sodass einer auf ihren Schultern zu liegen kam. »Ein erstklassiger Idiot, wie mir scheint.«

Sie schüttelte den Kopf. »Nein, eigentlich nicht. Er hatte das nicht geplant. Und um ehrlich zu sein …« Sie seufzte. »Meine Wärmesensoren funktionierten überhaupt nicht. Ich habe noch zwei Kerle gedatet, die später ihr Coming-out hatten.« Sie spürte, wie Joshua bebte, und stieß ihn in die Seite. »Das ist nicht lustig.«

»Irgendwie schon.«

»Sie haben leicht reden, schließlich waren Sie nie eine zweiundzwanzigjährige Frau, die sich den Kopf darüber zerbrach, warum die Männer nach einer Verabredung mit ihr zum anderen Ufer wechseln.«

»Sie dachten, Sie gäben den Anstoß dazu?«

»Was wusste denn ich? Ich war völlig unerfahren. Ich bin auf ein Internat gegangen, Mensch.«

Joshua lachte laut. Der Klang kribbelte in ihrem Unterleib, und Joshua drückte ihre Schulter und ließ die Hand auf ihrer nackten Haut liegen.

»Wenn wir ein echtes Date hätten, müsste ich mir wohl Sorgen machen.« Er zwinkerte ihr zu. »Es wird Sie trösten, die Geschichte von meinem ersten Date zu hören.«

»War sie lesbisch?«

»Nein, eine angehende Nymphomanin.«

»Ach, Sie Ärmster. Der Albtraum jedes männlichen Teenagers.«

»Es war eine Sommercamp-Romanze, und es kam zu einem vorsichtigen, linkischen Kuss. Doch bis zum nächsten Morgen soll angeblich noch allerhand passiert sein.«

»Oh-oh. Hat sie Ihren Namen an der Wand im Mädchenschlafzimmer verewigt?«

»Unter dem Bootssteg. Da waren die Zählstriche eingekerbt.«

Delaney lachte. »Aber wenigstens haben Sie mehr Ruhm geerntet, als Sie verdienten. Das kann doch nicht so schlecht gewesen sein.«

»Das war nicht der Ruhm, den ich mir wünschte.«

»Tut mir leid.« Sie schüttelte den Kopf. »Ich finde, von einem schwulen Jungen beim Abschlussball sitzengelassen zu werden ist schlimmer, als unverdientes Lob von einer Nymphomanin zu bekommen.«

»Beides ist auf seine Art beschissen.«

»Das stimmt.«

Er zog die Brauen hoch. »Inzwischen sind wir älter und weiser und dergleichen. Da sind erste Dates so viel einfacher.«

»Stimmt. Genau.« Ihr jagte ein Kribbeln durch den Leib, als er mit den Fingerspitzen über ihre Schulter strich. »Nicht, dass wir eins hätten.«

»Wie steht es mit dem ersten Kuss bei einem Date? Ist der inzwischen auch einfacher?« Er schaute geradeaus auf den See, aber ihr wurde so heiß, als ob er sie dabei anblickte.

»Ich … ich weiß nicht«, stammelte sie. »Es ist … eine Weile her, seit …«

Jetzt sah er sie an. Sein Blick huschte über ihre Stirn, ihre Augen und ihren Mund, bevor er mit der anderen Hand ihre Wange streichelte.

»Bei mir auch«, sagte er schließlich. Dann hob er ihr Kinn an und kam näher, während er mit dem Daumen die Linien ihrer Lippen nachzog. »Aber ich bin bereit, es zu versuchen, wenn du es auch bist.«

»Okay«, flüsterte sie und hatte es kaum zu Ende gesprochen, da spürte sie seine Lippen – eine süße, verheißungsvolle Liebkosung. Er griff in ihre Haare, um ihren Kopf zu halten, als er den Kuss vertiefte. Sie vergaß dabei fast zu atmen. Als das Zwielicht dunkler wurde, wollte sie nur noch eins, sich in dem Kuss verlieren … und in ihm.

Nein, bisher war kein erster Kuss so wundervoll gewesen. Joshua war sanft und fordernd zugleich, streichelte sie, als hätte er die ganze Nacht Zeit und könnte es doch nicht erwarten, sie auszuziehen. Er zog sie näher und dann noch einmal näher an sich und küsste sie am Hals, aufs Schlüsselbein, aufs Ohrläppchen, während seine Hand sich quälend langsam an ihrer Seite hinauf- und wieder hinabbewegte.

Eine ganze Weile später löste er sich von ihr und gab ihr einen Kuss auf die Nase. Delaney musste erst mal zu Atem kommen. Ihr Herz klopfte, als wollte es durch die Rippen springen, und ihre Halsschlagader pochte entsprechend. Bestimmt sah er das, obwohl es fast dunkel war.

Als sie ihm ins Gesicht schaute, war sie erleichtert zu sehen, dass sie nicht allein so erregt war. Seine Wangen waren gerötet, und sein Lächeln war echt.

Er strich ihr die Haare aus der Stirn. »Das war viel besser als mein *erster* erster Kuss.«

Sie schloss die Augen, überschwemmt von Gefühlen, über die sie jetzt gar nicht nachdenken wollte. »Als meiner auch. Tausendmal besser.«

Er küsste sie noch mal, aber während er die Hand wieder aufreizend langsam an ihren Rippen hinaufschob, hörte sie eine Mücke summen, und das Summen hatte dieselbe Tonhöhe wie ihre schrillenden Alarmglocken.

Gerade als sie einen Stich an der Schulter spürte, ließ er sie los und klatschte sich am Hals. »Mir scheint, wir werden gleich gefressen.«

»Da hast du wohl recht.«

Er sprang von der Motorhaube, hob sie herab und küsste sie noch einmal sanft, bevor er ihr in den Wagen half. Nachdem er die Handtücher verstaut und sich neben sie gesetzt hatte, schwiegen sie ein paar Augenblicke lang. Delaney versuchte, auf einen normalen Puls zu kommen, und machte sich Vorwürfe, weil sie das alles hatte geschehen lassen.

»Delaney?«, fragte er leise und drehte sich in dem fast dunklen Führerhaus halb zu ihr um.

»Hm?«

»Meinst du, ich könnte dich zu einem zweiten Date überreden?«

17

»Nein.« Sie sagte das ganz leise, aber für ihn musste es wie ein Schlag ins Gesicht sein, das war ihr klar.

»Nein?« Joshua neigte den Kopf zur Seite. »Verzeihung. Haben wir nicht gerade … war das …« Er lehnte sich wieder an und sah durch die Windschutzscheibe, mit noch immer geneigtem Kopf und sichtlich verwirrt. Delaney tat der Anblick weh. »Du willst nicht …«

»Wir haben, und doch, ich will.« Sie tat einen zittrigen Atemzug. »Aber wir dürfen nicht.«

»Was genau dürfen wir nicht?«

»Ich weiß nicht.« Ihre Stimme ließ nur halb so viel Schmerz erkennen, wie sie empfand. »Alles eigentlich. Wir dürfen nicht miteinander gehen, Joshua. Das … geht nicht.«

»Weil?«

»Weil wir Kollegen sind. Weil ich in knapp zwei Wochen zum Vorstand muss, um meine Kürzungsempfehlung abzugeben. Und im Augenblick lautet meine objektive Empfehlung, das Budget unangetastet zu lassen, egal, wie sich das auf andere Bereiche des Krankenhauses auswirkt. Die Chance, dass sie dieser Empfehlung folgen, steht jetzt fast bei null Prozent. Wenn jemand vermutet, dass ich etwas mit dem Leiter der pädiatrischen Abteilung habe, was meinst du, wird dann wohl passieren?«

»Dann werfen sie deine Empfehlung in den Papierkorb, und wir können uns alle nach einer neuen Stelle umsehen?«

Delaney nickte traurig. »Das ist möglich.«

»Ich habe absichtlich übertrieben.«

»Ich nicht.« Sie schüttelte den Kopf. Plötzlich sah sie Kevin McConnell vor sich. Kevin, der nichts dringender wollte, als seinen überteuerten Schreibtischstuhl ins Büro des Finanzdirektors zu schieben und Gregorys Platz einzunehmen. Kevin, der alles tun würde, um da hinzugelangen, trotz der Tatsache, dass er deprimierend unqualifiziert war. Für ihn war Delaney eine Bedrohung im Rennen um den Traumjob, und wenn er eine Gelegenheit sähe, sie zu diskreditieren und sich den Weg ins Eckbüro zu ebnen, dann würde er sie beim Schopf packen.

Eine Beziehung mit Joshua Mackenzie, dem vorübergehenden Leiter der Pädiatrie, wäre für Kevin ein goldgepflasterter Boulevard. Selbst wenn sie furchtbar vorsichtig wären, würde es doch jemand herausfinden, und dieser Jemand würde es jemandem erzählen, und ehe Delaney oder Joshua dem Gerücht entgegenwirken könnten, würde die ganze Belegschaft es wissen. Nach Kleinstadtmaßstäben war sie noch nicht lange am Mercy, aber die Gerüchteküche hatte sie schon brodeln sehen. Ein beeindruckendes Schauspiel, gelinde gesagt.

So gern sie jetzt mit Joshua nach Hause fahren und bis zum Morgen bei ihm bleiben wollte, sie musste sich das versagen. Und sie empfand einen schmerzhaften Druck in der Brust, während sie nach den passenden Worten suchte.

»Es war wirklich ein schöner Abend, Joshua.«

Er schloss die Augen und drehte den Zündschlüssel. »Okay.«

Sie sah den frustrierten Zug um seinen Mund. »Es tut mir leid. Du weißt, es ist das Richtige. Es steht zu viel auf dem Spiel … für uns beide.«

»Ich verstehe schon, Delaney.« Er wendete den Wagen.

Sie hielt sich am Türgriff fest und flehte im Stillen, er möge auch im Dunkeln genau wissen, wo die Kante des Abhangs lag. Aber wie es schien, hatte er hier schon oft im Dunkeln gewendet – verdammt –, denn ehe sie zweimal Luft geholt hatte, fuhren sie schon den Waldweg entlang und holperten über die Schlaglöcher.

Bis sie auf die gepflasterte Straße einbogen, herrschte ein unangenehmes Schweigen, aber dann griff er nach ihrer Hand, und sie überließ sie ihm.

»Es war auch für mich ein großartiger Abend. Und ich möchte nicht derjenige sein, der deine Professionalität gefährdet. Wir können so tun, als hätte es den Abend nicht gegeben, wenn du das möchtest.« Er hob ihre verschränkten Hände an und ließ sie wieder fallen. »Kein See, kein Sonnenuntergang, kein erster Kuss ... oder ein zweiter und dritter ...« Die letzten Worte flüsterte er nur noch, und sie war nahe dran, den Sicherheitsgurt zu öffnen, auf seinen Schoß zu steigen und zu sagen: Zum Teufel mit der verdammten Professionalität. »Wir vergessen den Abend einfach. Abgemacht?«

Sie schluckte, aber das war schwierig wegen des Golfballs, der in ihrer Kehle steckte. Vergessen war unmöglich. Wie ihr Körper unter seinen Lippen heiß wurde, das konnte sie nicht einfach aus ihrem Gedächtnis streichen. Sie würde bestimmt ständig daran denken, wie er sie auf die Motorhaube gehoben hatte, wie sich seine Finger auf ihrer Haut anfühlten.

Verdammter Mist.

Sie holte tief Luft. Sie hätte sich in den Hintern beißen können, weil sie überhaupt ins Bellinis mitgegangen war und damit den Weg zu diesem Moment eröffnet hatte, der ihr von jetzt an ewig im Kopf herumgehen würde. Widerstrebend zog sie ihre Hand aus seiner.

»Abgemacht.«

Eine Stunde später warf Josh die Schlüssel auf den Küchentisch des viktorianischen Hauses, das er von seinen Eltern geerbt hatte, und schaltete im Wohnzimmer eine Lampe ein. Aus Gewohnheit zog er einen Vorhang beiseite und schaute den Hügel hinauf zum Avery-Haus. Lichter glommen, wo die oberen Räume sein mussten, und im Erdgeschoss schien schon alles ruhig zu sein.

Er ließ den Vorhang los und sah sich im Zimmer um. Es war spät. Er sollte jetzt ins Bett gehen, aber mit Schlaf war vorerst nicht zu rechnen, das wusste er. Seit Delaney vorige Woche auf seiner Station aufgekreuzt war, hatte er ständig an sie gedacht. Und nun? Grundgütiger. Nun hatte er sie schon angefasst, sie geschmeckt … war bereit gewesen, mit ihr ins Bett zu gehen.

Kaum war er ihr ein bisschen nähergekommen, hatte er auch schon wieder auf Abstand gehen müssen.

Nein, schlafen würde er noch lange nicht.

Er dachte daran, wie sie am Tisch im Bellinis zu ihm hochgeschaut hatte oder wie sie an die Windschutzscheibe gelehnt nebeneinander gesessen hatten. Immer wieder hatte er ihre Augenfarbe studiert, sich gefragt, ob die Grün- oder die Blautöne überwogen, und hatte einige goldene Sprenkel bemerkt. Wenn sie lachte, zeigten sich Fältchen in den Augenwinkeln, die ihn reizten, sie immer wieder zum Lachen zu bringen.

Er ging an die Spüle und blickte durch die Dunkelheit in den Garten, der seit seiner Kindheit unverändert war. Das alte Baumhaus war noch da, wahrscheinlich aber stark verwittert, und im Mondschein war der alte Autoreifen zu erkennen, der als Schaukel an die Eiche gebunden war.

Er hatte alles so gelassen, weil er annahm, eines Tages werde er hinaufsteigen und für seine Kinder die morschen

Bretter auswechseln, der Schaukel neue Seile geben, und ein kleines Mädchen mit geflochtenen Zöpfen werde sich mit dem Autoreifen drehen, bis ihr schwindlig wurde.

Aber wann? Sein Vater hatte zu Lebzeiten sechzig Stunden in der Woche gearbeitet und es trotzdem geschafft, Joshua ein Baumhaus zu zimmern, mit ihm zelten zu gehen und ihm Überlebenstechniken beizubringen. Er hatte ihm abends Geschichten erzählt und war mit ihm für den Abschlussball seinen ersten Smoking ausleihen gegangen.

Josh schüttelte den Kopf. Wieso bekam er es nicht hin, ein Privatleben zu führen? Etwa weil er zwei Jobs hatte, die ihn forderten?

Oder hatte er zwei Jobs, damit er nicht darüber nachzudenken brauchte, wieso er noch immer zu misstrauisch war, um mehr als belanglose, lockere Kurzbeziehungen einzugehen?

Gewöhnlich ließ er sich an einem Abend wie diesem gern auf das Abschlussspiel ein, heute hatte er kurz vorher eine Ohrfeige bekommen. *Es war schön, danke, gute Nacht – und sprechen wir nicht mehr darüber.* Für einen, der es gern unverbindlich hielt, eigentlich genau richtig. Aber als Delaney das zu ihm gesagt hatte, hatte es sich angefühlt wie ein Messer im Bauch.

Warum?

Vielleicht weil diese Frau so gar nichts Unverbindliches hatte? Weil es ihm beim Küssen vorgekommen war, als hielte er eine kostbare Porzellanfigur im Arm? Weil er sich bei der ersten Lippenberührung bremsen musste, damit es nicht zu schnell zur Sache ging?

Er seufzte. Oder vielleicht weil sie Schluss gemacht hatte und nicht er?

Das Telefon klingelte und erschreckte ihn. Mechanisch

schaute er auf die Armbanduhr. Ein Notfall im Avery-Haus? Er wappnete sich, bevor er den Anruf annahm, und versuchte, nicht so aufgewühlt zu klingen, wie er sich fühlte.

»Du schuldest mir einen Zehner«, verkündete Molly, noch bevor er sich melden konnte.

Lächelnd schüttelte den Kopf. »Wofür?«

»Sie hat Salat und Mineralwasser bestellt. Mit Zitrone. Darauf habe ich gewettet.«

»Stimmt. Aber sie hat auch das Tagesgericht bestellt, also haben wir beide gewonnen und sind quitt.« Darauf folgte Schweigen, was ungewöhnlich war. »Aber ich denke mir, du rufst eigentlich wegen etwas anderem an.«

»Ich habe keine versteckten Motive. Wollte nur mal hören, ob dir die Party gefallen hat. Und dir für die Überraschung danken.«

Er seufzte. Molly war die Meisterin der versteckten Motive. »Gern geschehen. Und ja, es war eine schöne Party.«

»Und wie fandest du die After-Show-Party?«

»Es gab eine After-Show-Party?« Er rieb sich die Stirn und gab sich alle Mühe, den Deckmantel des Schweigens über das Geschehen zu breiten, wie Delaney es von ihm verlangte. »Wieso war ich nicht eingeladen?«

Molly brummte laut. »Tu nicht so beschränkt, Josh. Du warst bei der After-Show-Party und bist extra deswegen früher gegangen. Wir Dagebliebenen wollen jetzt wissen, wie es gewesen ist.«

»Es war … nett.«

»Nett«, wiederholte sie spöttisch.

»Ja, nett.«

»Ich fürchte, ich brauche mehr Einzelheiten, Mister.«

»Molly?«

Sie seufzte. »Ich weiß. Ich weiß, es geht mich nichts an.

Aber du bist mein ältester, bester Freund, abgesehen von Josie. Und ich habe dich noch nie eine Frau so anschauen sehen, wie du Delaney heute Abend angeschaut hast. Und dann kommst du mir mit *nett*? Das ist total unfair.«

»Das tut mir leid.« Er lächelte traurig und wünschte, der Abend hätte anders geendet ... und er könnte jetzt zufrieden grinsend »Ich sage kein Wort« erwidern und Molly damit verraten, dass es genau nach Wunsch gelaufen war.

Doch es war nichts gelaufen.

Na ja, es war schon etwas gelaufen, bis Delaney die Reißleine gezogen hatte.

»Pass auf dich auf, Josh.«

Zu spät, Mols. Er schwieg beharrlich.

Molly seufzte und zog es genüsslich in die Länge. Wie so oft wünschte er, er könnte bei Frauen Gedanken lesen. »Es sah nicht aus, als könntet ihr euch nicht leiden.«

»Das ist beängstigend.«

»Und sie ist hübsch.«

»Ja.« *Umwerfend.* »Sie ist attraktiv.«

»Jetzt komm aber! Sie ist so hübsch, dass sie jeder Mann mit nach Hause nehmen und am nächsten Morgen mit ihr im Bett frühstücken will.«

Er schnaubte leise und fuhr sich durch die Haare. Die standen bestimmt nach allen Seiten ab, so oft hatte er das schon getan, seit er Delaney zu ihrer Wohnung gefahren hatte. Er hatte ihr gespielt lässig gewinkt, bevor sie die Tür hinter sich schloss, und war dann zu seinem riesigen, leeren Haus am Sugar Maple Drive zurückgekehrt.

»Niemand nimmt irgendwen nach Hause mit, Mols.«

»Steig nicht mit ihr ins Bett, Josh. Versprich mir, dass du nicht mit ihr schlafen wirst.«

Er seufzte. Schon wieder. Es war viel zu spät für ein

Kreuzverhör. »Mols, ich liebe dich wie eine Schwester, aber du hast nichts dazu zu sagen, wen ich nach Hause mitnehme und wen nicht.«

»Selbst wenn ich schon sehe, dass du mit ihr innerhalb einer Woche Himmel und Hölle durchmachen würdest?«

Oh, das wusste er bereits.

»Selbst dann, ja.« Er nahm sich ein Bier aus dem Kühlschrank. »Und darf ich dich vielleicht darauf aufmerksam machen, dass du reichlich viele Vermutungen anstellst, obwohl du sie genau zwei Mal gesehen hast?«

»Ich bin eine gute Beobachterin. Das weißt du. Und ihre Körpersprache sagte deutlich, dass sie dich ins Bett kriegen will.«

Die Vorstellung erregte ihn sofort, und er trat sich dafür in den Hintern.

»Nur eins noch«, hörte er sie sagen.

Er stöhnte innerlich. »Meinetwegen, eins noch.«

»Sei vorsichtig. Ihre Motive sind vielleicht nicht so rein, wie es scheint.«

»Motive? Wie bitte?« Er schüttelte den Kopf. »Ich habe keine Ahnung, wovon du redest.«

Molly schwieg einen Moment. »Ich gebe das nur zu bedenken: Wenn ihr Job auf dem Spiel steht und sie ihn retten kann, indem sie mit deiner Abteilung etwas Folgenschweres anstellt … dann verfolgt sie hier vielleicht andere Ziele. Außer dich ins Bett zu kriegen, meine ich.«

Nein. Er konnte sich nicht eingebildet haben, wie ihre Haut unter seiner Berührung heiß wurde. Sie konnte nicht absichtlich rot werden, wenn er sie einen Moment länger anblickte als nötig. Auch das Begehren in ihren Augen hatte er sich nicht eingebildet.

»Tut mir leid«, fuhr Molly fort. »Ich will dir deinen Abend

nicht nachträglich versauen, sondern will dir nur ans Herz legen, ein bisschen vorsichtig zu sein. Da haben schon ganz andere als sie mit einem süßen Sommerkleid und bezauberndem Lachen gekriegt, was sie wollten.«

Am Montagmorgen bemühte sich Delaney, drei Berichte fertigzustellen, die am Freitag fällig gewesen wären, aber ihre Konzentration war vollkommen hinüber. Sie gab sich wirklich Mühe, gedanklich bei den Zahlen auf dem Bildschirm zu bleiben, schweifte jedoch immer wieder ab zu Samstagnacht.

Schon bevor sie sich von der Party weggeschlichen hatten – wenn sie aufrichtig war, hatten sie genau das getan –, hatte sie einen ungewohnten Frieden dabei empfunden, mit Joshuas Freunden in der Nische zu sitzen. Sie hätte eher geglaubt, sie würde sich deplatziert vorkommen und verkrampft sein, aber alle gaben ihr das Gefühl, als hätte sie von Anfang an auf der Gästeliste gestanden.

Während sie die sündhaft leckere Limonade trank und mit Josie die Reality-Sendung durchhechelte, bei der die Kandidatenteams durch die Welt geschickt wurden, fühlte sie sich ganz unerwartet, als gehörte sie dazu ... und das gefiel ihr sehr. Als sie vor fünf Jahren aus der Großstadt nach Echo Lake gezogen war, hatte sie nicht erwartet, gleich Anschluss zu finden, hatte es sich aber auch nicht so schwer vorgestellt. Schließlich war es eine Kleinstadt. Es schien, als wäre hier jeder in Echo Lake aufgewachsen und bräuchte keine neuen Freunde. Bin versorgt, vielen Dank.

Aber wenn sie ehrlich war, riss sie sich auch kein Bein aus, um Kontakte zu knüpfen, da sie immer sehr lange arbeitete und viel lieber abends ein Buch las, als auf fremde Menschen zuzugehen.

Und nun war Joshua auf der Bildfläche erschienen. Sie hatte ihn beobachtet, als er mit seinen Highschool-Freunden plauderte, sie war für ihn in der Sitznische zur Seite gerückt, sie hatte mit Ethan und Josie geredet und gelacht und sich vorgestellt, wie es wohl wäre, wenn sie wirklich ein Date mit Joshua hätte. Er war aufmerksam und lustig und süß, und sie überliefen süße Schauder, wenn sie daran dachte, wie er sich gegen sie gelehnt und gefragt hatte, ob sie die Party mit ihm verlassen wolle.

Es hatte ganz harmlos geklungen und gleichzeitig – nicht.

Was sie sich in ihren Tagträumen ausgemalt hatte, war nichts verglichen mit jenem ersten Kuss – und allen, die noch danach kamen. Himmel, der Mann konnte definitiv küssen.

»Hey, du Träumerin.« Megan kam herein und schloss die Tür hinter sich. »Ein Kuss, und du kannst kaum noch arbeiten?«

Delaney kehrte blinzelnd in die Gegenwart zurück. »So lassen sich Frauen zu Dummheiten verleiten.«

»Gegen die Hormone ist man machtlos.« Megan nickte weise und setzte sich in den Stuhl vor dem Schreibtisch. »Blöd nur, dass sie sich immer den falschen Zeitpunkt aussuchen.«

»Meinst du?« Delaney blies sich ein paar Haare aus der Stirn und versuchte, ein Bild aus ihrem Kopf zu verbannen: Joshuas Gesichtsausdruck, als er ihr am Samstagnachmittag in der Einfahrt vom Avery-Haus die Autotür aufhielt.

»Okay. Hier spielt die Musik.« Megan schnippte mit den Fingern vor Delaneys Nase. »Die Journalistin vom *Globe* ist auf dem Weg nach oben. Bist du so weit? Oder soll ich sie aufhalten, bis du Dr. Mackenzie aus deinen Gedanken verscheucht hast?«

Ha. Das war heute Morgen schlichtweg unmöglich. Dagegen konnte sie gar nichts machen.

Aber Amanda Sleighton fuhr gerade mit dem Aufzug in den sechsten Stock und würde gleich Delaneys Büro betreten, und da die Journalistin ihre beste Chance war, Joshuas Abteilung und ihren eigenen Job zu retten, musste Delaney den Samstagabend doch beiseiteschieben und sich auf die vorliegende Aufgabe konzentrieren.

»Hast du deine Notizen?« Megan deutete auf Delaneys Schreibtisch, der heute erstaunlich unordentlich aussah. »Bist du bereit?«

Delaney atmete tief durch. »Bereit.«

Nein, überhaupt nicht. Ganz und gar nicht.

Eine Dreiviertelstunde später saß Amanda im Besuchersessel, das Notebook auf den Knien, und bombardierte Delaney mit hundert Fragen gleichzeitig. Sie war nicht ohne Grund voll engagiert. Amanda war ebenso intelligent wie hübsch und wusste, die Artikelserie würde genauso herzerweichend werden, wie die Leser es liebten. Sie gab wirklich alles, und Delaney konnte das nur begrüßen.

Wenn das die Finanzlage der Kinderstation verbesserte, umso besser.

»Also …« Amanda beugte sich vor. »Ich denke, ich habe, was ich brauche, und kann gleich nach unten gehen. Jetzt wüsste ich nur noch gern, was Sie sich von dem Artikel versprechen.«

»Rundheraus: Er soll Spender aufrütteln, damit die Kin derabteilung des Mercy künftig schwarze Zahlen schreibt.«

»Demnach ist wahr, was man so hört?«

Delaney stockte. Einerseits wünschte sie, sie könnte Amanda restlos aufklären, die geschützte Quelle einer erschreckenden Enthüllung sein, damit der Vorstand seine Absicht aufgäbe, die Pädiatrie zu einer Kindernotaufnahme zu reduzieren. Leider könnte sich jeder sofort denken, wer diese Quelle wäre. Delaney waren die Hände gebunden.

»Ich bedauere, Amanda. Sie wissen, ich darf dazu nichts sagen.«

Die zuckte mit den Schultern. »Einen Versuch war es wert.« Dann lächelte sie. »Okay. Was meinen Sie, wie wir die Sache angehen sollten?«

»Auf die Frage habe ich schon gewartet.«

18

Bald darauf klopfte Delaney an Charlottes Tür und winkte Amanda ins Zimmer. »Und das ist Charlotte, unsere zwölf Jahre alte angehende Diva.«

Charlotte lachte heiser und stand auf, um die Journalistin zu begrüßen.

Amanda schüttelte ihr herzlich die Hand. »Vielen, vielen Dank, dass ich ein paar Minuten bei dir verbringen darf.« Sie sah sich Charlottes Zöpfe an, die Delaney ihr eben noch geflochten hatte. »Deine Haare sind toll.«

Charlotte betastete vorsichtig die Frisur, als sie sich wieder auf ihr Bett setzte. »Hat Delaney gemacht. Sie kann das echt gut.«

»Oh, wirklich? Meinst du, sie könnte aus meinem Mopp etwas machen?«

Delaney und Charlotte lachten zusammen. Die Journalistin hatte glänzende, makellos frisierte Wellen, und bestimmt zahlte sie ihrem Bostoner Friseur für diese Blondtöne ein sehr gutes Trinkgeld.

Eine Zeit lang plauderte Amanda scheinbar ziellos mit dem Mädchen. Wie es ihr gelang, ein so persönliches Gespräch zu führen, ohne dass Charlotte sich sträubte, konnte Delaney nur bewundern.

»Verbringst du die Ferien manchmal im Sommerlager?«, fragte Amanda, als nach einer vollen Stunde die erste Gesprächsflaute einsetzte.

Charlotte schüttelte den Kopf. »Nein. Meine Eltern können nicht …« Sie zuckte mit den Schultern. »Im Sommer haben wir immer viel zu tun.«

Amanda nickte freundlich. »Würdest gern mal eins mitmachen? Wenn das möglich wäre?«

»Auf jeden Fall. Auf einem Reiterhof. Mit Übernachten.« Charlotte lächelte und musste im nächsten Moment husten. »Aber da gibt es keinen, der Atemphysio mit mir machen kann.«

Amanda schaute nachdenklich, dann hellte sich ihr Gesicht auf. »Charlotte, warst du schon mal im Fernsehen?«

»Ich?« Das Mädchen riss die Augen auf. »Nein.«

»Möchtest du das mal?«

»Ähm. Was meinen Sie?«, fragte sie nach einem kurzen Blick zu Delaney.

»Tja, ich habe zufällig jemanden vom Fernsehen dabei, der hier gerade wegen einer Story dreht, und du bist eine sehr, sehr coole Zwölfjährige. Und außerdem hast du eine kamerataugliche Frisur.«

Charlotte lachte nervös.

»Wenn ich ihn bitte, später herzukommen, meinst du, du würdest mit ihm vor der Kamera reden? So wie wir beide gerade?«

»Vielleicht? Ich weiß nicht.« Charlotte schaute ein bisschen erschrocken. »Wieso denn?«

»Weil viele Menschen nicht wissen, was in Kliniken vor sich geht, wenn sie selbst nicht das Pech haben, krank zu sein. Wir würden diesen Leuten gern zeigen, was für Kinder hier behandelt werden, und ich denke, du bist dafür genau die Richtige.«

Charlotte starrte auf ihre Hände. Die Fingernägel krümmten sich um die Fingerspitzen, typisch für jemanden, dessen Gewebe ständig mit zu wenig Sauerstoff versorgt wurde. Amanda wartete ruhig auf die Antwort, ohne zu drängen.

Schließlich blickte Charlotte auf. Zuerst lächelte sie nur zaghaft, dann strahlte sie. »Okay. Ich mache es. Wenn Delaney so lange bei mir bleibt.«

»Abgemacht.« Amanda schüttelte ihr gespielt förmlich die Hand. Dann blickte sie auf ihr Handy. »Ich werde jetzt mit ein paar anderen Patienten sprechen«, sagte sie zu Delaney. »In ungefähr einer Stunde komme ich mit meinem Freund hierher. Er heißt Matt und ist supertoll. Ihr werdet ihn mögen.«

»Okay.«

Delaney ging mit Amanda hinaus. Auf dem Flur tippte Amanda mit sichtlicher Vorfreude auf ihrem Handy.

»Sie ist perfekt. Das wird toll.«

Delaney verschränkte die Arme. Plötzlich hatte sie das Gefühl, das Mädchen beschützen zu müssen. »Amanda?«

»Ist das nicht großartig?« Sie blickte nicht mal auf.

»Was tun Sie? Wir haben nicht über einen Fernsehspot gesprochen.«

Jetzt horchte die Journalistin auf. »Sie wollen Spender, oder?«

»Ja, schon …«

»Kein Aber. Charlotte wird Ihnen Spender einbringen. Da haben Sie die Richtige ausgesucht. Sie ist entzückend, sie ist süß, ihre Geschichte wird den Leuten ans Herz gehen.« Amanda neigte sich näher heran. »Und sie werden die Brieftasche zücken. Das ist genial.«

»Aber wir haben etwas ganz anderes vereinbart.«

Delaney wusste nicht so recht, wie sie reagieren sollte. Amanda packte den Stier bei den Hörnern, aber Delaney konnte nicht absehen, wohin sie den Stier dirigieren würde.

Amanda seufzte. »Deckt die Freigabe auch TV-Spots ab?«

»Ja. Das ist rechtlich okay. Aber ihre Eltern sind nicht hier, und ich will Charlotte nicht stressen.«

»Habe ich sie gerade gestresst?«

»Nein, aber ...«

»Dann verspreche ich, sie in einer Stunde auch nicht zu stressen. Matt ist ein ganz Lieber. Charlotte wird ihn mögen. Delaney, das ist eine gute Sache. Besser als erhofft. Wenn wir das Mädchen ins Fernsehen kriegen und dazu noch in der Wochenendausgabe berichten, werden Sie über das Resultat sehr, sehr froh sein.«

Als sich die Journalistin wieder ihrem Handy zuwandte und mit fliegenden Fingern Kurznachrichten tippte, sah Delaney sie erröten. An der Geschichte berührte sie etwas ganz persönlich – das spürte sie. Bevor sie Charlotte vor die Kamera ließe, musste sie das erfahren.

»Ich kann mir nicht helfen, aber ich habe den Eindruck, das ist mehr als eine Routineaufgabe für Sie.«

Amanda nickte zögernd und hielt beim Schreiben inne. »Das stimmt.«

Delaneys Beschützerdrang wuchs. Witterte Amanda eine Skandalstory, die dem Krankenhaus mehr schadete als nützte?

»Inwiefern? Welches Motiv haben Sie?«

Amanda stutzte. »Mein Motiv ist, Ihnen zu helfen. Ich bin ein großer Fan von Ethan und Josie und daher auch von Joshua. Ich ... möchte wirklich helfen.« Sie schaute den Flur hinunter, dann holte sie tief Luft und sah Delaney in die Augen. »Ich habe eine kleine Schwester, die dank dieser Klinik heute noch lebt. *Das* ist mein Motiv.«

Am Nachmittag wurde es eng in Charlottes Zimmer, denn Delaney führte Amanda, Matt und einen Kameramann herein. Nachdem der Dreh fertig vorbereitet war und die arme Charlotte sich an die grellen Scheinwerfer gewöhnt hatte, begann Amanda mit einfachen Fragen, damit sich das Mädchen wohlfühlte. Sie sprach mit dieser sanften, freundlichen Stimme, mit der sie selbst einen Mafioso umgarnen könnte, und Charlotte wurde sichtlich lockerer und schien zu vergessen, dass eine Kamera auf sie gerichtet war und jedes Wort und jede Geste aufnahm.

Nachdem eine halbe Stunde Film im Kasten war, wurden Kamera und Scheinwerfer ausgeschaltet.

Amanda beugte sich zu Charlotte. »Als wir uns vorhin unterhalten haben, hast du gesagt, dass du eines Tages mal gern Reiterferien machen würdest.«

»Das wäre der Hammer.« Charlotte lächelte traurig. »Aber daraus wird nichts werden.«

»Da wäre ich mir nicht so sicher.«

»Was meinen Sie?«

Amanda griff in ihre Tasche und schob ihr einen braunen Umschlag zu. »Mach ihn auf und sag mir, was drin ist.«

Charlotte blickte den Umschlag an, als tickte darin eine Zeitbombe. Schließlich nahm sie ihn und zog einen Scheck heraus. Ihre Augen leuchteten auf, als sie begriff.

»Ist das ein Aprilscherz?«

Amanda lachte. »Nein, wir haben Juli. Zufällig hat mich ein Spender beauftragt, ein Kind zu finden, das es verdient hat, wieder zu lachen.«

»Und Sie haben mich ausgesucht? Im Ernst?« Charlotte deutete auf die Nachbarzimmer. »Da liegen welche, die schlimmer dran sind als ich. Warum nehmen Sie nicht die?«

»Darum.« Amanda wurde ernst. »Du erinnerst mich an jemanden, und jeder hier, der dich kennt, findet, dass du es verdient hast.«

»Ich mache … Reiterferien?« Charlotte sprach das ganz vorsichtig aus, als würde es sonst vielleicht nicht wahr werden.

»Zwei Wochen. Du kannst jeden Tag reiten und nachts in einer schönen Hütte schlafen.«

»Was ist mit …« Sie zeigte auf ihre Brust und machte ein Gesicht, als dämmerte ihr gerade, dass doch nichts daraus werden konnte. Delaney tat es körperlich weh, das zu sehen.

»Es sind zwei ausgebildete Krankenschwestern dabei, die sich mit Mukoviszidose-Behandlung auskennen.«

»Wirklich?«

»Wirklich.«

Charlotte sprang aus dem Bett, ohne an ihre Infektionsschläuche zu denken. Amanda begriff das noch rechtzeitig und beugte sich ihr entgegen, um sich umarmen zu lassen.

»Danke!«

»Sehr, sehr gern.« Amanda strich ihr über den Kopf. »Du musst uns Fotos schicken. Alle deine Fans wollen wissen, wie es dir dann geht.«

Als Delaney den beiden zusah, spürte sie jemanden hinter sich. Es war Joshua. Er lächelte sie an und nickte. Prompt wurde ihr warm bis in die Zehen. Sie folgte ihm auf den Gang, wo er sich gegen die Wand lehnte und die Arme verschränkte.

Er zog die Brauen hoch, und sie konnte nicht sagen, ob er amüsiert oder verärgert war. »Fernsehkameras?«

»Ich weiß. Nicht gerade das, was wir abgesprochen haben.«

»Nicht im Geringsten, was wir abgesprochen haben.«

»Es tut mir leid. Amanda hat das vorgeschlagen, und dann konnte ich dich nicht finden, und dann kam Matt, und die Kamera wurde reingeschoben, und …« Delaney fuchtelte nervös mit den Händen. *Mist.* Sie hatte gerade ihre Befugnisse weit überschritten.

»Delaney.« Er legte ihr eine Hand auf die Schulter. »Das ist in Ordnung.«

Sie blickte auf, unsicher, ob sie den Worten trauen durfte. »Wirklich?«

»Ja. Amanda kann man schwer etwas abschlagen, wenn sie erst mal Feuer gefangen hat.«

Delaney war erleichtert. »Das stimmt. Wie viel hast du von dem Interview mitbekommen?«

»So viel, dass ich dich auf der Stelle küssen möchte, hier auf dem Gang.«

»Joshua!«, zischte sie und wurde schon wieder rot.

»Tut mir leid. Das musste ich loswerden. Du hast sie genau mit den Informationen gefüttert, aus denen sich eine erstklassige Story machen lässt. Gut gemacht.«

»Also … bist du nicht sauer?«

»Nur ein bisschen überrascht. Ich habe kein Fernsehteam auf meiner Station erwartet.«

»Natürlich. Tut mir leid.«

»Du kannst aufhören, dich zu entschuldigen.« Er löste sich von der Wand. »Das wird sich auszahlen.«

»Da stimme ich dir zu.« Auf Delaneys Gesicht breitete sich ein Grinsen aus. »Charlotte war toll. Ich wüsste zu gern, wer Amandas Spender ist.«

»Damit du denjenigen auch anbetteln kannst?«

»Bin ich so leicht zu durchschauen?«

Er grinste. »Dein Tatendrang gefällt mir, aber ich erspare dir die Mühe. Ich glaube, ich weiß schon, wer es ist.«

»Wer?«

»Sie selbst.«

»Wirklich? Meinst du?«

»Und ob. Leider ist ihre Brieftasche nicht dick genug, um uns aus dem Finanzloch zu helfen. Ihre Story dagegen wird uns jemanden bringen, der das kann.«

Delaney seufzte. »Hoffentlich.«

19

»Hey, Delaney.« Millie steckte den Kopf in Kayas Zimmer. Es war Donnerstagnachmittag. »Sie könnten etwas für uns tun.«

»Okay?« Delaney legte das kleine Mädchen wieder unter die Decke und richtete die Infusionsschläuche. Noch vier Tage Chemo, dann durfte sie hoffentlich nach Hause, das arme Ding.

Sie trat zu Millie auf den Flur und zog die Tür halb zu. »Was gibt's denn?«

»Es geht um Ian.«

Delaney schluckte nervös. Sie schaute täglich bei ihm vorbei, musste sich aber jedes Mal kurz wappnen, ehe sie zu ihm hineinging. Er erinnerte sie zu sehr an Parker.

»Aha. Und?«

»Ich brauche jemanden, der eine Weile auf ihn aufpasst.«

»Seine Mutter ist nicht da?«

»Doch.« Millie schaute an ihr vorbei auf die Wand, und Delaney wunderte sich über ihr Verhalten.

»Braucht sie mal eine Auszeit?«

Millie nickte. »Sie muss mit Josh reden. Aber sie will Ian nicht alleinlassen. Da Sie einen guten Draht zu ihr zu haben scheinen, dachte ich, sie wäre vielleicht einverstanden, wenn Sie ihr anbieten, so lange bei Ian zu bleiben.«

»Gut. Klar. Das kann ich machen.«

Während Delaney mit Millie den Flur entlangging, fiel ihr auf, dass die meisten Patientenzimmer geschlossen waren. Ungewöhnlich. Andererseits war es irre warm draußen. So blieben die Zimmer vielleicht kühl? Es war außerdem seltsam still. Aber auch das vielleicht wegen der Wärme?

Auf Höhe der Schwesternstation blieb Millie stehen. »Sagen Sie ihr einfach, Dr. Mackenzie will sie für ein paar Minuten sprechen und Sie würden sich freuen, so lange bei Ian zu bleiben. In Ordnung?«

Delaney neigte den Kopf zur Seite. Sie hatte ein komisches Gefühl bei der Sache. »Was ist los, Millie?«

»Nichts.« Die Oberschwester sah auf die Uhr, dann den Gang entlang, als erwartete sie jemanden, und zeigte schließlich auf Ians Zimmer. »Gehen Sie, und setzen Sie sich zu ihm.«

Als Delaney an die offene Tür klopfte, blickte Fiona auf. Sie saß am Bett und hielt nervös Ians Hand.

»Hallo, Fiona. Wie geht es Ihnen?«

Fiona zuckte mit den Schultern. »Ich weiß nicht. Nicht besonders.« Ihre Haare sahen aus, als hätte sie in dem Stuhl übernachtet, und sie trug dieselbe Kleidung wie am Vortag.

Delaney trat näher. »Kann ich Ihnen einen Kaffee holen? Oder etwas anderes?«

»Nein, vielen Dank. Ich brauche nichts.«

»Ich habe gehört, dass Dr. Mackenzie Sie sprechen möchte. Haben Sie etwas dagegen, wenn ich bei Ian bleibe, solange Sie bei Dr. Mackenzie sind?«

»Ich will nicht mit ihm reden«, erwiderte sie leise, aber bestimmt. Delaney wurde es plötzlich mulmig.

Sie versuchte ruhig zu bleiben und schlug einen harmlos-freundlichen Ton an. »Warum nicht?«

»Weil er nur schlechte Neuigkeiten für mich hat. Das ahne ich schon.«

»Wie kommen Sie darauf?«

»Wenn er gute Neuigkeiten hätte, würde er hier mit mir sprechen.«

Delaney wollte das abtun, besann sich aber eines Besseren. Fiona hatte recht. Worüber könnte Joshua mit ihr reden wollen, was in Ians Beisein nicht angebracht wäre? Delaney schauderte. Etwas, das den Jungen erschrecken würde.

Zaghaft streckte sie die Hand nach Fionas Schulter aus, und überraschenderweise ergriff Fiona sie und hielt sie mit großer Kraft fest.

»Ich will nur, dass es ihm besser geht, wissen Sie? Er muss wieder gesund werden. So krank sollte er doch nicht werden.«

Delaney nickte langsam, während die Sätze in ihr nachhallten. *So krank sollte er doch nicht werden.* Wie meinte sie das? Gehörte sie zu den vielen Menschen, die sich genauestens über die Symptome informierten und sich dann wegen eines fehlenden Illusionen machten? Hatte sie sich eingeredet, Ian werde wieder auf die Beine kommen, obwohl ... das nicht stimmte?

Sie atmete tief durch. Nein, sie sollte keine Parallelen zu Parker ziehen, trotz der Sommersprossen auf Ians Nase. Er schlief friedlich, und wenn man es nicht besser wusste, konnte man meinen, er sei ein gesundes Kind.

»Hören Sie«, sagte sie und drückte Fionas Hand, »ich verspreche, ich bleibe auf Ihrem Stuhl sitzen, solange Sie weg sind. Ich halte sogar seine Hand. Ich werde nicht weggehen.«

Fiona schüttelte den Kopf. »Ich wünschte, Dan wäre hier. Er kann mit schlechten Nachrichten besser umgehen als ich.«

»Vielleicht hat Ihnen Dr. Mackenzie gar nichts Schlechtes mitzuteilen. Ich sehe ihn ständig mit Eltern im Besprechungsraum sitzen, denen er gute Neuigkeiten bringt.« Das war gelogen. Aber war eine Notlüge hier nicht angebracht? Oder war sie grausam? »Vielleicht geht es um ein neues, wirksameres Medikament. Das wäre doch möglich.«

Fiona sah mit Tränen in den Augen zu ihr hoch. »Glauben Sie?«

»Ich weiß es nicht. Aber Sie sollten das in Erfahrung bringen.«

Fiona wischte sich über die Augen. Langsam stand sie auf, aber ohne den Blick von ihrem schlafenden Jungen zu lösen.

»Sie versprechen, ihn nicht alleinzulassen?«

»Hoch und heilig.« Delaney setzte sich ans Bett und nahm Ians Hand. »Ich werde hier sitzen, wenn Sie von dem Gespräch zurückkommen.«

Millie wartete draußen vor der Tür, und als Fiona noch einmal zum Bett schaute, nahm Millie sie behutsam beim Arm und ging mit ihr in Richtung des Arztzimmers.

»Hallo, Kumpel. Ich bin's, Delaney«, flüsterte sie und schaute zu den Monitoren über dem Kopfende des Bettes. »Ich werde hierbleiben, bis deine Mom wiederkommt.«

Sie meinte, seine Lider zucken zu sehen, doch eine andere Reaktion zeigte er nicht. Leise redete sie weiter und sah ihm beim Atmen zu, aber eher um sich selbst zu beruhigen, als dass sie glaubte, er brauche leeres Geplapper als Ansprache.

Er erinnerte sie so sehr an Parker, dass sie Tränen wegblinzeln musste. Er hatte die gleichen rotbraunen Haare, die gleichen kleinen Sommersprossen und auch einen Schlafanzug mit Kipplastern darauf. Er hatte genauso kleine Ohren, und bestimmt hörte er genau wie Parker vor allem das, was er nicht hören sollte.

Sie erinnerte sich an eine Nacht, als sie zum Treppenabsatz geschlichen war, weil ihre Eltern unten stritten. Sie wusste sehr gut, dass sie nicht lauschen sollte, tat es aber trotzdem. In der Nacht erfuhr sie, dass ihr Bruder nicht mehr lange leben würde. Sie rannte zurück in ihr Bett und schluchzte ins Kissen, bis sie seine kleine Hand spürte.

Was ist los, Laney? Er hatte den Daumen im Mund und

strich ihr mit der anderen Hand tröstend über den Rücken. *Warum bist du traurig?*

Delaney holte zitternd Luft, als die Tränen überzufließen drohten. *Verdammt.* Genau deswegen hatte sie das Medizinstudium abgebrochen. Mit den physischen Auswirkungen der Krankheiten hätte sie fertigwerden können, das wusste sie. Aber das hier? Kleine Jungen sehen zu müssen, die auch bald sterben würden? Das hätte sie nicht gepackt.

Darum war sie doch keine Ärztin geworden und würde auch nie eine sein.

Es würde immer etwas geben, das sie an Parker erinnerte – kleine Zehen, ein schiefes Lächeln, ein linkes Wangengrübchen, ein helles Kichern …

Wie konnte Joshua das jeden Tag aushalten? Wie kam er mit der Tatsache klar, dass manche Kinder das Krankenhaus nicht mehr verließen? Oder nur, um ihre letzten Tage daheim zu verbringen? Wie konnte er sie in sein Herz lassen und wissen, er würde um sie trauern müssen?

Denn sie wusste genau, dass er um sie trauerte. Sie kannte ihn noch nicht lange, aber der Mann behandelte jedes dieser Kinder wie sein eigenes. Es musste ihm jedes Mal zusetzen, wenn sich ihr Zustand verschlechterte. Es musste ihm zusetzen, wenn er den Eltern die schlimme Nachricht unterbreiten musste, besonders bei einer Mutter wie Fiona.

Delaney drückte sanft Ians Hand. Genau das dürfte jetzt in Joshuas Büro stattfinden. Es verursachte ihr Magenschmerzen. Vermutlich würde sie nicht erfahren, was er Fiona zu sagen hatte, aber das wollte sie auch nicht wissen. Wahrscheinlich würde Ian auch so schon in ihren Parker-Träumen auftauchen.

In dem Moment kamen Millie und zwei andere Krankenschwestern hereingeeilt, dicht gefolgt von zwei Pflegern. Delaney fuhr erschrocken hoch.

»Okay, danke, Delaney. Sie können jetzt gehen.«

Millie winkte sie zur Tür, aber Delaney rührte sich nicht vom Fleck. »Ich bleibe. Ich habe … es versprochen.« Verblüfft sah sie zu, wie die anderen zwei Schwestern das Bett und den Infusionsständer zum Transport bereit machten. Schließlich musste sie Ians Hand loslassen, weil die beiden dazwischentraten. »Was tun Sie? Wohin bringen Sie ihn?«

Sie hörte selbst ihren panischen Tonfall und war peinlich berührt, als die Schwestern innehielten und zuerst sie, dann Millie anblickten. Einen Moment später wandten sie sich wieder dem Patienten zu, steckten die Bettdecke ringsherum fest und senkten das Kopfende des Bettes behutsam herab.

Delaney griff nach dem Seitengeländer, als sie eine Erinnerung überfiel – wie Parker mit seinem Bett von einem Transportteam fortgebracht wurde.

»Lassen Sie los, Delaney.« Millie klang bestimmt und zugleich neugierig.

»Ich … ich kann nicht. Fiona wird außer sich sein, wenn sie zurückkommt und er nicht hier ist. Können Sie nicht solange warten? Wo wollen Sie ihn hinbringen?« Ihre Stimme wurde schrill und brachte ihr neugierige Blicke ein.

Millie beugte sich zu ihr herab. »Wir müssen ihn jetzt verlegen. Sofort. Ich erkläre es Ihnen später, aber jetzt müssen Sie loslassen. Schnell.«

Von Millies Tonfall erschreckt ließ sie tatsächlich los, und ehe sie sich versah, sausten die Schwestern mit Ian im Bett aus dem Zimmer. Delaney blieb ratlos in Fionas Stuhl zurück.

Dann fiel ihr Blick auf die Giraffe, die aus dem Bett gefallen war. Ians Kuscheltier. Sie nahm es und rannte zur Tür. Aber auf dem Flur war niemand. Wo immer sie ihn hinbrachten, sie waren schon weg. Leicht schwankend lehnte sie sich an die Wand. Sie fröstelte, und ihre Glieder kribbelten. Sie zwang sich, in das Zimmer zurückzugehen, setzte sich wieder auf den Stuhl und senkte den Kopf zwischen die Knie, um nicht ohnmächtig zu werden.

Was ging hier vor sich?

Und warum in Gottes Namen hatte sie sich hineinziehen lassen?

»Sie hat ihr eigenes Kind vergiftet?« Delaney legte die Arme um ihren Bauch. Sie saß in Joshuas Besucherstuhl und schaukelte mit dem Oberkörper.

Er nickte und stieß einen Seufzer aus. So erschöpft hatte sie ihn noch nie gesehen. »Das denken wir.«

Delaney war deswegen hundeelend. Sie fand kaum ihre Stimme, und wenn, dann klang sie heiser und ängstlich. »Aber wieso?«

Er seufzte erneut. »Man nennt es Münchhausen-Stellvertreter-Syndrom.«

Delaney nickte langsam. Davon hatte sie in den ersten Semestern mal gehört. Schon damals hatte sie nicht verstanden, warum jemand seinem Kind absichtlich schadete. Wussten diese Mütter nicht, welches Glück sie hatten, ein vollkommen gesundes Kind zu haben?

»Grundgütiger.«

»Du sagst es.«

»Wo ist Ian jetzt?« Das kam so leise, es war kaum zu verstehen.

»In Sicherheit, in einem anderen Teil des Krankenhauses.«

»Wird er …«

»Wieder gesund?«

Sie blickte ihn an. Dabei rang sie mit den Tränen. »Ich weiß. Du kannst das nicht sagen.«

»Doch, er wird wieder, Delaney. Ich denke, wir haben ihn rechtzeitig von ihr weggeholt.«

Erleichterung durchströmte sie, dann wurde sie wütend, weil sie vor sich sah, wie Fiona täglich an seinem Bett gesessen und die verzweifelte Mutter gespielt hatte, deren Sohn an einer rätselhaften Krankheit litt.

»Und Fiona?«

»Man spricht gerade mit ihr.«

»Die Polizei?«

Er schloss die Augen. »Ich weiß nicht, was ich dir erzählen darf. Tut mir leid. Geh einfach davon aus, dass alles Erforderliche getan wird, okay?«

Delaney lehnte sich zurück, die Arme noch schützend um den Leib gelegt.

»Ist so etwas hier schon öfter vorgekommen?«

Er lehnte sich ebenfalls zurück und verschränkte die Hände im Schoß. »Noch gar nicht. Bisher kannte ich nur die Fälle aus den Fachbüchern. Es ist eine recht seltene Erscheinung.«

»Wie ... wie kommst du damit klar? Wie bewältigst du diese ganzen Schrecklichkeiten?«

Er sah ihr in die Augen, wandte dann aber niedergeschlagen den Blick ab. »Ich komme nicht immer damit klar. Jedenfalls nicht gut. Diese Schicksale setzen mir zu, und manchmal rauben sie mir auch die Kraft.«

»Und warum ... wie ... wieso zwingst du dich, diese Arbeit weiter zu tun?«

»Weil ich das will.« Er stützte die Ellbogen auf den Schreibtisch. »Ian wird wieder gesund, soweit ich sehen kann. Er wird medizinisch behandelt und kommt in Pflege, damit ihm die Mutter nichts mehr tun kann.«

»Was wird aus Kaya?«

Zögernd zuckte er mit den Schultern. »Die Frage kann ich nicht beantworten. Du weißt, dass ich das nicht weiß. Aber solange sie hier ist, können wir ihr das Leben so schön wie möglich machen, alles tun, damit es ihr besser geht. Das ist keine Arbeit für schwache Gemüter, Delaney. Sie macht die Leute reihenweise fertig, und ich mache daraus niemandem einen Vorwurf. Aber da ich mit dieser Arbeit klarkomme, damit umgehen *kann*, werde ich mein Bestes tun und möglichst vielen Kindern helfen.«

Delaney nickte, und eine Weile schwiegen sie.

»Was, wenn …«, begann sie fast flüsternd. »Was, wenn es hier keine Kinderstation gäbe? Wenn Ian nach Boston hätte gehen müssen? Was wird aus dem nächsten Ian, wenn der Vorstand entscheidet, die Abteilung zu schließen?«

Joshua senkte den Blick auf die Schreibtischplatte, mit dunklen Schatten unter den Augen. »Das kann ich dir auch nicht sagen.«

20

Als Delaney am Mittwochmorgen die Glastür der Vorstandsetage öffnete, fühlte sie sich wie verkatert. Gestern Abend hatte sie Joshua in seinem Büro zurückgelassen und war direkt nach Hause gefahren, um endlich mal wieder zu joggen. Jetzt taten ihr die Beine und der Kopf weh, und ihre Brust war wie zugeschnürt, seit Ian gestern aus seinem Zimmer geschoben worden war.

Sie fragte sich, ob Joshua ihr heute erzählen würde, wo der Junge lag. Sie wollte ihm zumindest seine Giraffe bringen und sich vergewissern, dass es ihm gut ging.

Als sie an Megans Arbeitsplatz vorbeilief, stutzte sie und ging drei Schritte zurück. Erschrocken sah sie einen Mann über den Schreibtisch gebeugt.

Dann schlug ihr ein aufdringlicher Duft entgegen. Haargel und Rasierwasser. Das konnte nur einer sein.

»Kann ich dir behilflich sein, Kevin?« Sie blieb in der Tür stehen. Was tat er schon so früh hier?

Er fuhr herum, als fühlte er sich ertappt, und Delaneys Misstrauen war geweckt.

»Schleich dich nicht so an. Ich suche nur nach diesen blöden Kalkulationsbögen.«

»Die Kalkulationsbögen? Noch immer?«

»Ja, noch immer. Megan hat versprochen, mir dabei zu helfen, aber du hältst sie schon die ganze Woche auf Trab, sodass sie keine Zeit hatte.«

»Tja, sie ist nun mal *meine* Assistentin.« Delaney stellte

ihren Kaffeebecher auf den Aktenschrank gleich neben der Tür.

»Ich bin mir ziemlich sicher, dass sie hier jedem Mitarbeiter helfen soll.«

»Äh, nein. Megan ist ganz eindeutig mir zugeordnet.«

Er schüttelte den Kopf, während er sich weiter durch Megans unordentliche Stapel wühlte. Delaney nahm sich vor, einen weiteren Aktenschrank für sie aufzutreiben. Wenn man ein brennendes Streichholz in ihren Papierhaufen würfe, könnte man die Etage eine Woche lang heizen.

»Kevin, du wirst sie nicht finden. Warte einfach, bis sie hier ist. Ihr Schreibtisch mag chaotisch aussehen, aber ich garantiere dir, sie zieht das Formular mit einem Griff heraus.«

»Aber ich muss Gregory bis zehn ein paar Zahlen liefern.«

»Ach, deshalb bist du praktisch schon vor Morgengrauen hier.«

Er verdrehte die Augen. »Manche von uns haben auch ein Leben außerhalb des Büros, Delaney. Wir können nicht alle rund um die Uhr hier sein.«

Delaney dachte an Joshua, der anscheinend auch mit den Hühnern aufstand und trotzdem oft noch spät am Abend bei Patienten war.

»Du wärst überrascht zu erfahren, wie viele Kollegen tatsächlich so lange arbeiten, Kevin.«

»Tja, die müssen dringend was an ihrer Work-Life-Balance tun.« Er seufzte vernehmlich und wandte sich dem nächsten Papierhaufen zu. »Wie kann sie sich in dem Chaos zurechtfinden?«

Delaney lehnte sich an den Türrahmen. Sie gab sich gelassen, flehte aber im Stillen, dass Megan gestern nichts Belastendes auf ihrem Schreibtisch liegen lassen hatte.

»Kevin? Warst du schon mal auf einer unserer Bettenstationen?«

Er blickte auf und hielt inne. »Was meinst du?«

»Ich meine, bist du mal nach unten gefahren und hast dir die Zeit genommen zuzusehen, wie Patienten im Mercy behandelt werden?«

»Sei nicht albern.« Er schüttelte den Kopf. »Wir haben hier wirklich genug zu tun. Und die Mitarbeiter da unten können es auch nicht gebrauchen, wenn wir ihnen über die Schulter gucken.«

Sie nickte, während sie schamvoll daran dachte, wie lange sie gebraucht hatte, um sich einmal den Alltag einer Station anzusehen.

»Wenn ich verspreche, Megan mit dem Formular zu dir zu schicken, sobald sie zur Tür hereinkommt, hörst du dann auf, ihre Unterlagen zu durchwühlen?«

In dem Moment zog er ein Blatt Papier aus einem Stapel und riss die Augen auf. »Hab's schon.«

»Sicher?«

Grinsend machte er sich zwei Zentimeter größer. »Mehr als sicher.« Er rollte das Blatt zusammen und schlug ihr damit leicht auf den Kopf, als wären sie Freunde. »Danke.«

Eine Stunde später hörte sie Megan schon von Weitem kommen, denn selbst der weiche Teppichboden auf dem Flur konnte das Poltern ihrer Clogs nicht vollständig dämpfen.

»Unglaublich! Hast du das gesehen?« Megan stürmte herein und schwenkte eine Zeitung mit Charlottes Konterfei auf der Titelseite.

»Schon?« Delaney sprang auf. »Die Story ist schon erschienen?«

Megan gab ihr die Zeitung, und da bemerkte Delaney erst,

dass sie eine Reisetasche voller Exemplare über der Schulter trug.

»Du siehst aus wie ein Zeitungsverkäufer, Meg. Willst du die im ganzen Krankenhaus verteilen?«

»Nö. Nur an Leute, die einen gewissen Einfluss auf den Vorstand haben könnten. Das ist mein heutiger Dienst an der Öffentlichkeit. Der Artikel kommt genau richtig, da ja heute Abend das Spendendinner stattfindet.«

Lächelnd lehnte sich Delaney an die Schreibtischkante und las. Amanda hatte Charlottes Geschichte anschaulich geschildert, ab und zu wörtliche Rede sowie Zahlen und Fakten eingeflochten, die Delaney ihr genannt hatte.

Megan wartete gespannt. Sie wippte praktisch auf den Zehen. Als Delaney die Zeitung sinken ließ, blickte Megan sie an, die Brauen bis zum Haaransatz hochgezogen.

»Und?«

Delaney hatte vor Aufregung eine Gänsehaut. »Perfekt. Absolut wunderbar. Genau das, was wir uns erhofft haben. Toll geschrieben, und das in so kurzer Zeit.«

»Ich werde Kevin auch eine geben.« Megan zwinkerte ihr zu und griff nach der Tasche.

»Ach, da fällt mir ein: Er hat heute früh auf deinem Schreibtisch nach dem Kalkulationsbogen gesucht.«

»Dem … wie bitte?« Megan schaute verwirrt.

»Ja. Er scheint nicht damit zurande zu kommen, obwohl wir es ihm schon hundert Mal gezeigt haben. Er sagt, du hättest versprochen, ihm zu helfen. Er hat ihn jedenfalls gefunden.«

»Er hat etwas mitgenommen? Aus meinem Chaoshaufen?«

»Er wollte nicht warten. Ich habe versucht, ihn davon abzubringen.«

»Delaney, ich habe ihm gar nicht versprochen, bei irgendwas zu helfen. Ich habe keine Ahnung, was er da mitgenommen hat.«

Delaneys Alarmglocken schrillten. »Lag etwas auf deinem Schreibtisch, das er nicht sehen darf?«

»Nein.« Megan wurde rot. »Ich glaube, nicht. Oh Gott, ich hoffe, nicht.« Sie eilte hinaus. »Ich spreche ihn darauf an. Wahrscheinlich ist es nichts.«

Nachdem Megan weg war, wollte Delaney den Bericht fertig schreiben, an dem sie seit sieben Uhr saß, konnte sich aber nicht konzentrieren. Gestern Abend während ihrer Sechs-Meilen-Runde hatte sie sich in einem fort vor Augen gehalten, warum es eine ganz schlechte, wirklich superschlechte Idee war, sich in Joshua zu verlieben, und hatte nach fünf Meilen immer noch keinerlei Erfolg gesehen.

Sie hatte es mit dem Karriereargument versucht – bei dem sie dreißig Tage vorausblickte und ihr Vorschlag in der Vorstandssitzung abgelehnt wurde, weil sie eine persönliche Beziehung mit einem der Betroffenen eingegangen war – und war dennoch in schwärmerische Verzückung geraten, sobald sie an seine Küsse am See dachte.

Dann hatte sie es mit dem Beziehungsargument versucht – bei dem sie sich ihre Zukunft mit einem Klinikarzt vorstellte, der kaum Zeit für sie haben würde – und hatte sich den Mann trotzdem nicht aus dem Kopf schlagen können.

Die sechste Meile war sie noch schneller gerannt, eine Methode der Selbstbestrafung, die bislang immer Wunder gewirkt hatte. Aber als sie auf ihrer Türschwelle zusammenklappte und Kummer und Angst aus allen Poren schwitzte, wünschte sie sich noch immer, sie hätte ihm ein zweites Date nicht abschlagen müssen.

Denn ihr war, als hätte sie eine Tür zugeschlagen, und jetzt zweifelte sie, ob das die richtige Entscheidung gewesen war.

21

»Du hältst dich krumm, Liebes«, sagte Delaneys Mutter aus dem Mundwinkel, wobei sie die geschminkten Lippen kaum bewegte, während sie den Blick durch den Ballsaal des Hotels schweifen ließ.

»Ich richte nur das Fersenriemchen, Mom.«

Ich bin zweiunddreißig, Mom.

Delaney fingerte an ihrem Besteck herum. Sie saßen in der ersten Tischreihe. Seiner Gewohnheit gemäß hatte ihr Dad alle Plätze am Tisch gekauft und dann Kollegen und Golffreunde eingeladen, die er für würdig hielt, bei ihm zu sitzen.

»Du zappelst, Liebes.«

Delaney atmete tief durch und verschränkte die Hände im Schoß. In Gesellschaft ihrer Mutter war es extrem leicht, sich wie eine Zwölfjährige zu fühlen. Sie schaute in die Runde und lächelte die Ehefrauen an, die den halben Nachmittag beim Friseur verbracht hatten. Ihr Make-up versuchte, die vermeintlichen Makel zu verbergen, und ihre ein bisschen zu engen, ein bisschen zu auffälligen Kleider hätten zwanzig Jahre jüngeren Frauen besser gestanden.

Delaney war dieses Jahr die einzige erwachsene Tochter am Tisch, denn Scarlett O'Brien hatte letzten Sommer ihren Orthopäden geheiratet und saß jetzt eine Reihe hinter ihnen. Delaney wollte kein Drama daraus machen, dass sie der einzige Single über dreißig war, doch es war ein bisschen ernüchternd. Vor fünf Jahren hatte sie geglaubt, Echo Lake könnte genau der richtige Ort sein, um den Mann fürs Leben zu finden. Ihr war nicht klar gewesen, wie wenige Männer noch zu haben waren.

Und jetzt hatte sie das wohl Dümmste überhaupt getan – sie hatte ihre berufliche Reputation und ihr Herz für ein bisschen Pseudo-Intimität mit einem Kollegen riskiert. Sicher, sie hatten sich bloß geküsst, aber trotzdem. Der Posten des Finanzdirektors war zum Greifen nah, und da ließ sie sich von Joshua Mackenzie an den See mitnehmen.

Sie seufzte. Ach, wem wollte sie was vormachen? Wenn er ihr jetzt vorschlüge, noch mal hinzufahren, würde sie vermutlich wieder Ja sagen.

Und das war das Beängstigende daran. Sie hatte so hart dafür gearbeitet, so weit zu kommen, und hatte so viele Pläne, was sie für das Mercy tun würde, wenn sie erst mal das Kommando über die Finanzen hatte. Sie wollte der beste Finanzdirektor in der Geschichte dieser Klinik werden, und sie hatte sich gleich zu Beginn des BWL-Studiums mit Gesundheitsökonomie befasst und sich richtig reingekniet.

Wie konnte sie auch nur daran denken, ihre Karriere aufs Spiel zu setzen für eine Beziehung, die von Anfang an zum Scheitern verurteilt war?

»Ich muss mich mal frisch machen«, raunte sie ihrer Mutter zu. »Bin gleich wieder da.«

Sie fädelte sich zwischen den Tischen zum Ausgang des Saales durch und konnte im Foyer endlich aufatmen. Die nächste Stunde würden aufgeblasene Leute aufgeblasene Reden halten, und ihr Toleranzlevel war heute Abend auf einem Rekordtief.

Die Spender versprachen Geld, um einen Garten der Ruhe, eine gesündere Cafeteria und einen Sack voll anderer Lieblingsprojekte zu finanzieren, obwohl die Station, auf der sie gerade zwei Wochen verbracht hatte, ihren Patienten gerade mal die nötigsten Behandlungen anbieten konnte. Schwerkranken Kindern, um Himmels willen. Dort sollte das Spendengeld hingehen.

Heute Abend war es ihre Aufgabe, vier gut betuchte Spender anzusprechen, die sie mit Megan zusammen ausgesucht hatte. Am Nachmittag hatte sie ihren Fünf-Minuten-Sermon hundert Mal geübt, und nun hoffte sie, wenigstens einen der Spender bis zur entscheidenden zweiten Minute zu fesseln. Das konnte sie jedoch nicht tun, solange alle so taten, als lauschten sie den Reden. Also konnte sie sich ebenso gut ins Foyer zurückziehen, bis das Essen vorbei war und der gesellige Teil des Abends begann.

Beim Hinausgehen hatte sie sich im Saal umgeschaut, ob Joshua irgendwo zu entdecken war. Sie wusste, er war auch eingeladen – wie alle Stationsleiter –, doch diesen Nachmittag waren sechs neue Kinder aufgenommen worden. Seine Chancen, sich für das Dinner freizumachen, standen etwa bei null.

Sie wünschte, es wäre ihr egal.

Sie hielt auf eine Glastür zu, die zu einer Balkonterrasse mit Blick auf den See führte. Der Balkon war erleuchtet von Windlichtern, die in der vom See heraufwehenden Brise flackerten. Sie lehnte sich an das Geländer und schloss die Augen.

»Lassen Sie mich raten – sind Sie auch vor den Spendenreden geflüchtet?«, fragte jemand mit tiefer rauer Stimme.

Erschrocken drehte sie den Kopf und sah einen älteren Herrn mit weißem Haarschopf am Rand des Balkons eine Zigarre rauchen. Er lächelte verschwörerisch. »Keine Sorge. Ich verrate Sie nicht.«

Delaney erwiderte das Lächeln. »Danke. Ich bin nicht geflüchtet. Möchte nur mal frische Luft schnappen.«

Er zuckte mit den Schultern. »Sie schnappen frische Luft,

ich flüchte. Eins wie das andere, meinen Sie nicht?« Er hatte einen leichten Akzent, den sie nicht zuordnen konnte, aber er gehörte zu den angenehmen, bei denen man sich einen Stuhl heranziehen und sich an der Satzmelodie erfreuen wollte.

»Eins wie das andere.« Sie nickte. »Was hat Sie hier hergeführt?«

Könnten Sie zufällig der ersehnte Daddy Warbucks sein?

»Der Zufall eigentlich. Meine Frau und ich verbringen hier unseren Urlaub. Wir haben früher mal in Echo Lake gelebt. Als sie im Hotel das Plakat der Spendengala sah, wollte sie unbedingt hin. Vermutlich hofft sie, ihren ersten Freund hier zu treffen. Der ist Arzt.«

Delaney schmunzelte. »Und was sind Sie?«

»Pah.« Er machte eine wegwerfende Handbewegung. »Erfinder nutzloser technischer Spielereien. Ich kann mich glücklich schätzen, dass sie vierzig Jahre mit mir vorliebgenommen hat, obwohl sie einen Arzt hätte haben können.« Er drückte seine Zigarre aus und gab ihr die Hand. »Oscar. Und Sie sind?«

»Delaney. Freut mich, Sie kennenzulernen.«

»Und was führt Sie hierher? Sind Sie Ärztin?«

Delaney zog die Brauen zusammen. »Nein, mein Vater ist der Arzt in der Familie. Ich bin Betriebswirtin und arbeite als Finanzanalystin.«

»Ah.« Er nickte. »Sie entscheiden also, wie viel Betteln bei solchen Veranstaltungen nötig ist?«

Sie lachte. »So ähnlich.«

»Und sind Sie auch diejenige, die das Betteln erledigen soll?«

»So ist es.«

»Aber Sie können das ganz schlecht? Und darum verstecken Sie sich auf dem Balkon?«

»Ich … ja.« Sie grinste schief. Er hatte sie durchschaut. Leugnen war sinnlos. »Sogar furchtbar schlecht.«

»Möchten Sie es mit einem fremden Menschen üben?«

»Danke für das Angebot, aber nein. Ich habe hundert Mal vor dem Spiegel geübt.«

Oscar schmunzelte. »Nehmen Sie mal an, ich hätte statt der fünf Dollar, die ich unten ins Körbchen gelegt habe, eine Million zu vergeben. Was würden Sie damit machen?«

Das käme wie gerufen, dachte sie müde.

»Ich habe ein Herz für die Pädiatrie, Oscar. Die würden jeden Cent von mir bekommen.«

»Und was würden die damit machen? Etwas Besseres als einen neuen Garten anlegen, nehme ich an?«

Da war sie wohl auf einen Gleichgesinnten gestoßen. »Da gäbe es vieles, so vieles.« Sie erzählte von ihren Eindrücken der vergangenen zwei Wochen, sprach über die Patienten, die Krankenschwestern, den Arzt, der die Grenzen der eigenen Belastbarkeit überschritt, um den Betrieb der Station aufrechtzuerhalten. Sie erzählte von Kenderlys Arbeit, von Millie und sogar von Therese, von den häuslichen Problemen, die Kaya und Charlotte ins Krankenhaus begleiteten, und von Ian. Dabei vermied sie es, Namen zu nennen oder allzu genau zu werden, damit die Kinder anonym blieben. Oscar nickte immer wieder. Es war, als wäre ein Damm gebrochen. Sie wusste nicht, wann ihr die Kleinen auf der Station derart ans Herz gewachsen waren, aber als sie sich sprechen hörte, wurde ihr klar, dass sie sich nicht nur in Joshua verliebt hatte.

Sie liebte die ganze Kinderstation.

Nach zehn Minuten hielt sie inne, verlegen, weil sie in einem fort geredet hatte. »Bitte entschuldigen Sie. Ich habe gar nicht gewusst, dass ich so viel zu sagen hatte.«

Er schmunzelte, und seine blauen Augen funkelten. »Ich

bin seit vierzig Jahren verheiratet. Da bin ich ein sehr guter Zuhörer geworden.« Er trat von der Brüstung weg, um wieder in den Saal zu gehen, und streckte ihr erneut die Hand hin. »War mir eine Freude, Delaney. Und viel Glück bei der Bettelei heute Abend.«

»Danke, Oscar.« Sie schüttelte ihm die Hand. »Tut mir leid, dass ich Ihnen ein Ohr abgekaut habe.«

Er winkte ab und wandte sich zum Gehen. »Nach all den Ehejahren habe ich gar keins mehr.« An der Tür kehrte er noch mal kurz um. »Wenn ich Ihnen einen kleinen Rat geben dürfte?«

»Aber gern.«

»Verwenden Sie nicht die Rede, die Sie vor dem Spiegel geübt haben. Erzählen Sie den Leuten, was Sie mir erzählt haben.« Er klopfte sich sacht an die Brust. »Das ist aus dem Herzen gesprochen, und damit bewegen Sie die Leute, nicht mehr an Gärten zu denken, sondern an die Menschen.«

Er legte die Hand auf ihre Schulter und drückte sie ermutigend. »Sie haben ein gutes Herz, Delaney. Das Krankenhaus kann sich glücklich schätzen, Sie zu haben.« Und damit ging er.

Delaney blieb mit ihren wirbelnden Gedanken allein auf dem Balkon zurück. Ein Windstoß hob ihren Rocksaum an, und obwohl sie eigentlich in den Saal zurückkehren und sehen sollte, ob der gesellige Teil schon begonnen hatte, wollte sie draußen in der Abendstille bleiben, die Sonne untergehen sehen, sich den Wind durch die Haare wehen lassen.

Dann kam eine kräftige Bö und wühlte eine Erinnerung auf. Einmal war sie mit Parker allein in Mystic in Connecticut im Museumshafen spazieren gegangen, sie hatten sich die U-Boote angesehen. Damals war vom Meer her eine starke Windbö aufgekommen, sodass sie sich plötzlich am Geländer hatten festhalten müssen. Sie hatten geglaubt, sie würden weggeweht.

Sie sah ihren Bruder vor sich, wie er an dem Tag ausgesehen hatte – die flaumigen rotbraunen Haare und die winzigen Sommersprossen, die seine bläuliche Hautfärbung nicht ganz kaschieren konnten –, und fühlte Tränen aufsteigen. Sie hatte ihn damals so fest bei der Hand gehalten, als hätte er tatsächlich weggeweht werden können.

Am nächsten Tag waren ihre Eltern mit Parker zur Bostoner Kinderklinik gefahren. Sie selbst blieb bei einer Freundin. Aber sie kamen am Abend nicht zurück, und auch nicht am nächsten. Als Caras Mutter sie drei Tage später zu Hause ablieferte, war es unheimlich still im Haus, ihre Eltern gingen stumm und bedrückt umher.

Sechs Monate später, nachdem sie jeden renommierten Herzspezialisten aufgesucht hatten, packte ihr Vater die Koffer für einen letzten Campingtrip in den Norden von New Hampshire. *Besser als ein Klinikzimmer*, hörte Delaney ihn leise zu ihrer aufgeregten Mutter sagen. *Lassen wir ihn das Leben genießen, solange er es kann.*

Schon zwei Tage später brachten sie Parker in die Notaufnahme eines kleinen Krankenhauses, weil es ihm plötzlich sehr schlecht ging, und bevor der Transport mit einem Rettungshubschrauber arrangiert werden konnte, hörte Parkers Herz auf zu schlagen.

Die Krankenschwestern entfernten alle Schläuche und Kabel, dann durfte Delaney, damals acht Jahre alt, von ihm Abschied nehmen. Sie sah trotzdem die Abdrücke der Saugnäpfe in seinem kleinen Gesicht.

Bis heute konnte sie sich glasklar erinnern, wie sie auf dem Stuhl an seinem Bett saß, seinen Schlafanzug mit den Kipplastern nassweinte, über seine Wangen strich. Sie legte sich zu ihm ins Bett und hielt ihn an sich gedrückt, während ihre Mutter zusammenbrach.

Ihr Dad wollte sie aus dem Bett heben, aber sie hielt sich an Parker fest und weigerte sich loszulassen.

Sie wusste noch, wie sehr sie geschrien und geweint hatte, als ihr Vater sie den Krankenhausflur hinuntergetragen hatte.

»Möchtest du dem ganzen Zeremoniell entkommen?« Joshuas tiefe Stimme schreckte sie auf.

Er war doch gekommen.

Sie drehte sich weg, um die Tränen abzuwischen, bevor sie antwortete.

»Hey.« Er kam näher und berührte sie an der Schulter. »Alles in Ordnung?«

»Ja.« Sie wandte sich ihm zu. »Mir ist was ins Auge geflogen.«

Er schaute sie genauer an, schien zu überlegen, ob er das glauben sollte. Es sah nicht so aus, aber er ließ es dabei bewenden. Zärtlich strich er ihr die Haare von den Schultern nach hinten. »Also, was machst du hier draußen? Bist du die blöden Wichtigtuer da drinnen leid?«

Sie lächelte. »Vorsicht. Einer von denen ist mein Vater.«

»Oh, richtig«, sagte er peinlich berührt. »Entschuldige.«

»Schon gut. Manchmal ist er ja einer.«

»Also, warum bist du hier? Ich dachte, du suchst nach einem Daddy Warbucks.«

»Erst nach den Reden und nachdem hoffentlich alle ein paar lockernde Drinks intus haben. Die nicht das Benehmen, sondern die Brieftasche lockern.«

Joshua nickte weise. »Das schreit nach einem Einsatz von Papis Höllenpunsch.«

»Oh Gott.« Delaney lachte. »Daran hätten wir wirklich denken sollen.«

»Möchtest du dich setzen?« Joshua deutete auf die zwei Terrassensessel hinter ihnen. »Die Reden dauern noch eine Weile, und wir bekommen hier einen schönen Sonnenuntergang geboten.«

Delaney sah über den See, der in der niedrig stehenden Sonne leuchtete. Ihr wurde heiß, als sie an ihren vorigen gemeinsamen Sonnenuntergang dachte. Sie war sich ziemlich sicher, dass er auch daran dachte, während er schweigend dastand.

»Okay. Nur für ein Weilchen.«

Er rückte die Sessel auf Kollegendistanz auseinander und nahm nach ihr Platz. Sie versuchte, nicht zu beachten, wie sein Hemd an der Brust anlag oder wie die dunklen Härchen unter den halb aufgekrempelten Ärmeln hervorlugten.

»Und?« Er verschränkte die Arme. »Machen wir jetzt Smalltalk unter Kollegen?«

»Ja.« Sie lächelte schief.

»Demnach wäre es unpassend, dir an diesem Punkt zu sagen, dass du mir nicht mehr aus dem Sinn gehst?«

»Absolut.«

»Aber es ist so.«

Beruht auf Gegenseitigkeit, Kollege.

Den Blick über das Geländer gerichtet, kaute sie auf der Unterlippe und spürte, dass er sie musterte.

Er seufzte. »Da wir jedoch nicht darüber reden und da wir auf einer Klinikveranstaltung sind: Möchtest du dich über Klinikangelegenheiten unterhalten?«

»Eigentlich nicht.«

»Okay, dann Smalltalk. Tatsächlich beschäftigt mich schon die ganze Zeit immer wieder eine Frage, wenn ich dich mit den Patienten auf der Station sehe.«

»So?« Sie entspannte sich.

»Hast du es schon mal bereut, das Medizinstudium aufgegeben zu haben?«

Delaney holte tief Luft. »Jeden Tag.«

»Weil du denkst, du hast deinen Vater enttäuscht?«

»Nein. Weil ich völlig blauäugig angefangen habe. Ich wollte eine Ärztin werden, die nie sagen muss: ›Tut mir leid, ich kann nichts mehr für Sie tun.‹ Aber irgendwann im ersten Jahr habe ich begriffen, dass es solch einen Arzt nicht geben kann. Ich habe mich selbst enttäuscht.« Sie schüttelte den Kopf. »Ich gebe eine lausige Chirurgentochter ab.«

»Stimmt nicht.«

»Ich weiß. Manchmal.« Sie drehte ihm den Kopf zu, da ihr plötzlich bewusst wurde, wie wenig sie ihn eigentlich kannte. »Was ist mit dir? Was machen deine Eltern beruflich?«

Sie sah ihn ernst werden. »Aushilfslehrerin und Elektriker.«

»Das Interesse an Elektrik hast du nicht geerbt, und deshalb musstest dich mit dem Medizinstudium begnügen?«

»So ähnlich.«

»Warum hast du dich für Kinderheilkunde entschieden? Abgesehen von Avery.«

Joshua holte tief Luft und schaute über den See. »Anfangs dachte ich, ich werde Onkologe, aus den offensichtlichen Gründen.«

»Was hat deine Meinung geändert?«

»Ganz ehrlich?« Er seufzte. »Wie du habe ich die schlechten Heilungschancen gehasst. Inzwischen sind die viel besser, aber damals wusste ich nicht, ob ich damit klarkomme, dass ein hoher Prozentsatz der Kinder unter meiner Obhut sterben wird. Ich hatte zu Avery nicht so ein enges Verhältnis wie Josie und Ethan, und ihr Tod hat mich trotzdem fertiggemacht. Es war mir unerträglich, hilflos zusehen zu müssen, ein Kind nicht retten zu können.«

Seine einfache Erklärung ging ihr sehr zu Herzen.

»Und doch bist du heute Kinderarzt.«

»Ja. Das wirkt unlogisch, aber ich bin froh, mich dafür entschieden zu haben. Nenn es Berufung, wenn du willst. Eines Tages werde ich eine kleine Praxis und handverlesene Krankenschwestern haben und lauter niedliche Kinder behandeln. Aber im Moment ist das Mercy das Richtige für mich.«

Delaney war erst seit anderthalb Wochen auf der Kinderstation und hatte schon zur Genüge erlebt, wie viel er arbeitete, zusätzlich zu seinem Dienst im Avery-Haus.

»Fürchtest du nicht, irgendwann mal ausgebrannt zu sein? Bei deinem Dienstplan?«

»Doch, immer. Aber ich habe mir dieses Leben ausgesucht.«

»Da bleibt dir sicher keine Zeit für ein Privatleben.«

Daraufhin sah er sie lächelnd an. »Na ja, ich habe ja auch Zeit gefunden, zu diesem mitreißenden Event zu kommen, oder?«

»Nichts könnte dich von hier weglocken, was?«

»Vielleicht nicht.« Er hielt ihren Blick einen Moment zu lange fest, um ihn als beiläufig deuten zu können. »Vielleicht doch.«

»Meinst du … die sind mit den Reden jetzt durch?« Es war ihr unangenehm, wie nervös sie klang. Schon wieder.

»Wieso? Bist du so scharf darauf, wieder hineinzugehen?« Er berührte sie an der Hand, was ihr ein Kribbeln durch den Arm jagte. »Woran hast du gedacht, als ich auf den Balkon kam?«

Sie schloss die Augen. Das war nicht der richtige Moment, um ihm von Parker zu erzählen. »An nichts eigentlich.«

»Ich kauf dir nicht ab, dass dir was ins Auge geflogen ist. Ich sag's nur.«

Sie sah ihn an, und sein besorgter Blick ging ihr unter die Haut. Warum sorgte er sich um sie? Er kannte sie ja kaum, du lieber Himmel, und sie kannte ihn definitiv nicht gut genug, um ihre Familiengeschichte auf der Balkonterrasse eines Hotels vor ihm auszubreiten.

»Delaney, wir haben uns gerade erst kennengelernt, das ist mir klar, und ich bilde mir auch nicht ein, dass mir ein Abend am See das Recht gibt, alles über dich zu erfahren. Aber wenn du jemanden zum Reden brauchst: Ich bin ein guter Zuhörer, hat man mir gesagt.«

Sie lächelte. »Ich weiß.«

Das wusste sie wirklich. Oft nahm er sich bei den Patienten einen Stuhl und setzte sich, als hätte er den ganzen Tag Zeit, wenn das Kind oder die Eltern Redebedarf hatten, obwohl Berge von Arbeit auf ihn warteten. Sie hatte gesehen, wie es die Mütter beruhigte, wenn er erschien, und wie Kinder, die vor jedem anderen Mitarbeiter schreckliche Angst hatten, die Arme nach ihm ausstreckten. Sogar Charlotte mochte ihn wahnsinnig gern, und die hatte sehr gute Antennen für Heuchelei.

Eine volle Minute lang saßen sie still da, dann drehte er sich zu ihr hin. »Ich möchte dir eine sehr persönliche Frage stellen, aber fühl dich nicht verpflichtet zu antworten.«

»Ach du Schreck.«

Er lächelte. »Ja, eine abschreckende Gesprächseröffnung.« Er atmete tief durch. »Ich kann mir nicht helfen, aber mir scheint, bei dir sind persönliche Gründe im Spiel. Dir geht es nicht nur um den Erhalt deines Jobs. Warum ist dir die Pädiatrie so wichtig?«

»Weil es richtig ist, sie zu erhalten, Joshua.« Sie fummelte an ihrem Handtaschenhenkel herum. »Weil sonst Kinder gefährdet sind.«

»Okay.« Er nickte und schaute wieder über den See, wo ein Dutzend Segler im Dreieckskurs ihre wöchentliche Regatta austrugen.

Für ein paar Augenblicke saßen sie schweigend nebeneinander. Plötzlich drängte der Satz aus ihr heraus. »Ich hatte einen kleinen Bruder.«

Joshua drehte hastig den Kopf. »Hatte?«

»Ja.« Sie biss sich auf die Wangen, um nicht zu weinen. »Er starb mit fünf Jahren.«

»Oh nein. Das tut mir leid.« Er nahm ihre Hand. »Wie hieß er?«

»Parker. Nach meinem Großvater.«

Joshua streichelte mit dem Daumen ihren Handrücken, die Brauen ernst zusammengezogen.

»Wie war er?«

Delaney sah ihn an. Das fragten die Leute nie. Was ist passiert? Woran ist er gestorben? Das wollten sie immer wissen. Und jetzt machte es sie geradezu glücklich, dass Joshua diese zwei Fragen übersprungen hatte und sich stattdessen für Parkers Wesenszüge interessierte.

»Er war wunderbar. Blitzgescheit, süß, lustig. Er war passionierter Witzeerfinder. Die Witze waren schrecklich, aber er lachte sich darüber schlapp. Und er war gern in der freien Natur. Er liebte es zu zelten. Das taten wir ständig.«

Delaneys Stimme verebbte, als ihr bewusst wurde, wie viel sie bis zu seinem Tod als Familie unternommen hatten. Jedes Jahr eine zweiwöchige Campingreise zum Beispiel. Und das war die einzige Zeit im Jahr, zu der ihr Vater die Arbeit mal Arbeit sein ließ und sich ganz der Familie widmete.

»Wie sah er aus?«

Delaney beschrieb ihm ihren kleinen Bruder, und als sie seine Größe mit der Hand andeutete und seine lachenden grünen Augen erwähnte, wurde er für sie wieder lebendig. Joshua von ihm zu erzählen, nachdem sie viele Jahre zu Hause nicht darüber hatte sprechen können, war befreiend.

Es dauerte nicht lange, da hielt sie sich den Bauch vor Lachen, während sie die Geschichte zum Besten gab, als Parker eines Morgens einen Frosch in die Butterdose geschmuggelt hatte, kurz bevor der Toast ihrer Mom aus dem Toaster sprang.

Joshua lachte schallend. Es war das herzhafte Lachen, das andere ansteckte, ob sie nun wussten, worum es ging, oder nicht. Doch sie waren allein auf der Balkonterrasse, und sie empfand eine angenehme Vertrautheit.

»Ich kann mir so gut vorstellen, wie er am Tisch auf seinen Händen saß und darauf brannte, dass sie den Deckel hochhebt.«

Delaney grinste. »Großmutters Butterdose hat das nicht überlebt. Sie flog auf die Bodenfliesen und zersprang in tausend Stücke. Noch eine Woche später haben wir kleine Scherben aufgehoben. Ich habe noch nie eine Frau erlebt, die sich mit einem Porzellandeckel so wirksam verteidigen konnte.«

»Hat der Frosch überlebt?«

»Knapp. Parker hat ihn unter dem Tisch geschnappt und so lange versteckt, bis Mom aufhörte zu kreischen und plötzlich begriff, dass ihr jemand einen Streich gespielt hatte.«

»Ich wünschte, ich hätte ihn gekannt.«

»Ja.« Delaney wurde ernst. »Du hättest ihn gemocht.«

Joshua drückte ihre Hand. »Definitiv.«

Noch immer hatte er nicht gefragt, was passiert war, und dafür war Delaney dankbar. Fast eine halbe Stunde lang hatte sie an Parker als den quicklebendigen kleinen Jungen denken können, der er gewesen war, statt an sein trauriges Ende.

Sie erwiderte seine Geste. »Danke fürs Zuhören.«

»Immer gern, Delaney.« Er deutete mit dem Kopf zur Tür. »Ob der Tanz schon begonnen hat? Sollten wir vielleicht wieder reingehen?«

»Vermutlich. Mein Vater kriegt einen Anfall, wenn ich unseren alljährlichen Walzer verpasse.«

Joshua stand lachend auf und zog sie aus dem niedrigen Sessel hoch. Als sie beide standen, holte Delaney nervös Luft, denn sie brauchte nur einen Schritt zu tun und wäre in seinen Armen, könnte seinen Körper spüren.

Im nächsten Moment ließ er ihre Hand los und trat von ihr weg. »Dr. Blair.« Joshua streckte grüßend die Hand aus – ihrem Vater entgegen. »Joshua Mackenzie. Pädiatrie. Freut mich, Sie kennenzulernen, Sir.«

Ihr Dad schüttelte ihm die Hand. »Ich habe mich gefragt, wer wohl meine Tochter entführt hat.«

»Wir wollten gerade in den Saal zurück. Delaney sagte, sie schulde Ihnen einen Tanz.« Joshua lächelte sie an, und während sie viel lieber auf der Terrasse in seine Arme gesunken wäre, statt sich von ihrem Vater übers Parkett dirigieren zu lassen, bewunderte sie, wie ungezwungen er ihrem Dad den von ihm so geschätzten Respekt erwiesen hatte.

Als sie hinter ihrem Vater her in den Ballsaal ging, neigte sich Joshua noch rasch an ihr Ohr. »Reservierst du mir einen Tanz?«

Sie schauderte, als sein Atem über ihren Hals strich.

Ihr Vater drehte sich nach ihr um, um zu sehen, ob sie ihm tatsächlich gefolgt war, und in dem Moment meldete sich Joshuas Pager.

»Oh-oh.« Er zog ihn vom Gürtel und schaute aufs Display. »Sieht ganz so aus, als müssten wir den Tanz verschieben. Ich muss gehen.«

»Alles okay?« Delaney wurde es mulmig, und dadurch fiel

ihr auf, dass der Pager ihres Vaters bei ihr immer nur Ärger ausgelöst hatte. Das Piepen war ein ständig wiederkehrendes Geräusch ihrer Kindheit gewesen, durch das unterbrochen wurde, was immer sie gerade taten, weil ihr Vater die nächste Stunde am Telefon verbringen oder ins Krankenhaus fahren musste. Als Teenager vermutete sie manchmal, er könne das arrangiert haben, um sich ungeliebten Situationen zu entziehen, aber sie wagte nie, das auszusprechen. Und da er den Pager nie aus den Augen ließ, konnte sie ihre Theorie nicht überprüfen.

Aber wenn Joshuas Pager laut wurde, hieß das, er wurde im Mercy gebraucht, und sie kannte die Patienten, zu denen er gerufen wurde. Ging es um Charlotte? Um Kaya? Ian? Sie sah die Gesichter vor sich, und ihr Magen krampfte sich zusammen.

»Jemand, den ich kenne?«, fragte sie.

Er schüttelte den Kopf. »Diesmal ist es das Avery-Haus. Es tut mir leid. Ich muss wirklich los.«

»Natürlich. Wir sehen uns morgen.«

Sie konnte nicht anders, sie schaute ihm nach, bis er verschwunden war. Und dann fühlte sie sich leer.

Und das war ein erschreckendes Gefühl.

22

Am Donnerstagnachmittag beugte sich Joshua aus seinem Büro, als Delaney mit Kaya im Rollstuhl an seiner Tür vorbeiging.

»Hey … ich hatte gerade eine Idee.«

»Bin gespannt.«

»Ich wüsste gern, wie es gestern Abend gelaufen ist, nachdem ich wegmusste. Und du hast sicher den ganzen Tag nichts gegessen, stimmt's? Was hältst du davon, es mir beim Abendessen zu erzählen?«

Sie sah sich um, ob jemand zugehört hatte, aber alle Schwestern im Flur waren viel zu beschäftigt, um zu lauschen. *Sag Nein*, riet ihr die Vernunft, aber ihr Mund war schneller. »Was schwebt dir vor?«

»Ethan holt Essen für uns vom Bellinis. Das tun wir jeden Donnerstagabend. Er und Josie würden bestimmt auch gern wissen, wie das Spendendinner war.« Er zwinkerte. »Wir können es als Geschäftsessen deklarieren, wenn du dich dabei wohler fühlst.«

Sie wollte so gern Ja sagen, aber sie wusste, wenn sie nur eine Minute mit ihm außerhalb des Krankenhauses verbrachte, würde sie den Kopf verlieren. Und trotzdem brachte sie kein »Nein, danke« heraus.

»Eine Frage: Esst ihr auch mal was anderes als das, was Mama B. kocht?«

»Selten.«

Sie lachte, wurde aber direkt wieder ernst. »Meinst du

nicht, deine Freunde werden misstrauisch, wenn ich ständig mitkomme? Hast du das mal bedacht?«

»Keine Sorge.« Er winkte ab. »Ich habe ihnen erzählt, ich wolle mich bei dir einschleimen und dich bestechen, damit du der Pädiatrie mehr Mittel zuschanzt. Das hat sie überzeugt. Darum zeigen sie sich auch von ihrer besten Seite.«

Lächelnd schüttelte sie den Kopf. Dann zog sie die Brauen zusammen, weil ihr einfiel, dass Kevin am Morgen nach Rasierwasser und Angstschweiß riechend in Megans Büro geschlichen war und auf ihrem Schreibtisch herumgewühlt hatte. Sie hatte keine Ahnung, ob er so tief sinken und sie anschwärzen würde, wenn er Wind davon bekäme, dass sie mehr als eine berufliche Beziehung mit Joshua hatte. Aber das wollte sie am liebsten gar nicht herausfinden.

»Es ist bloß ein Abendessen, Delaney.« Joshua sah sie noch immer fragend an.

»Also gut.« Sie seufzte und verwünschte sich dafür, dass sie so leicht nachgab. »Nur ein Abendessen.«

Gegen acht Uhr saß sie in der großen rustikalen Küche in Ethans und Josies Wohnung, und ihr tat vor lauter Lachen der Bauch weh. Seit einer Stunde schon erzählten Ethan und Joshua Anekdoten aus ihrer Highschool-Zeit und warfen sich die Stichworte zu. Josie steuerte witzige Bemerkungen bei, die die beiden in einem nicht ganz so günstigen Licht dastehen ließen, wie sie es selbst gern gehabt hätten.

»Es ist unglaublich, dass du der alten Mrs. Quimby das Haus unterm Hintern weg verkaufen wolltest«, sagte Josie.

Joshua zog eine Braue hoch. »Das hatte sie verdient. Sie hat an Halloween immer Laub geharkt, und wenn sich einer in ihre Einfahrt wagte, zeigte sie mit der Harke auf ihn und brummte: ›Keiner zu Hause.‹«

»Trotzdem. Ein Verkaufsschild aufzustellen, wenn die Touristen umherschwärmen, um die Laubfärbung zu knipsen, das war …«

»Genial?«, platzte Ethan heraus. »Brillant? Das Beste war, als das Pärchen aus Manhattan an ihre Tür klopfte und ihr ein Bündel Bargeld hinhielt.«

Joshua schlug lachend mit der flachen Hand auf den Tisch. »Und dann kam sie voller Wut ins Bellinis gerannt, weil sie glaubte, Molly sei die Übeltäterin. Ich dachte, Mols bringt uns um. Sie musste eine Woche Stubenarrest absitzen, weil Mama B. ihr nicht glaubte, dass sie nichts damit zu tun hatte.«

»Das ist in Ordnung.« Josie schaufelte sich einen Nachschlag auf den Teller. »Sie hat es euch später heimgezahlt.«

Wie auf Kommando hielten sich Joshua und Ethan lautlos bebend den Bauch. Dann wandte sich Joshua Delaney zu. »Merk dir eins: Wenn du einen Bellini wütend gemacht hast, lass dir bei ihnen einen Monat lang kein Gratisessen servieren.«

»Oje.« Delaney schaute ihn mit großen Augen an. »Was ist passiert?«

»Sie hat uns mit Chili con carne und Schokoladenkuchen bewirtet«, erklärte Ethan. »Du kannst dir sicher denken, was sie in beides reintat, damit es uns die nächsten zwei Tage dreckig ging.«

Kichernd bestrich sie sich ein Brötchen mit Butter. »Ich empfinde ganz neuen Respekt für Molly.«

»Den solltest du dir bewahren«, riet Joshua. »Diese Frau möchtest du nicht zur Feindin haben.«

»Gut zu wissen.« Sie nickte und schob sich eine Gabel voll Spaghetti in den Mund. Zufrieden hörte sie den dreien zu, die während der nächsten Stunde ausgelassen durcheinanderredeten. Die Fenster zum Garten standen offen. Draußen stimmten die Grillen sich gerade ein, um die Nacht durchzuzirpen. Die ockergelben Wände der Küche waren warm beleuchtet von nostalgischen Gaslampen und von der untergehenden Sonne. Irgendwann lehnte sie sich zurück, trank ihren Wein und ließ die Unterhaltung dahinplätschern.

In Gesellschaft der drei war es ihr nur noch halb so peinlich, beim Spendendinner versagt zu haben. Angesichts eines Saales voll potenzieller Spender war sie verkrampft umhergelaufen. Ihre einstudierten Sätze waren ihr im Hals stecken geblieben, und sie hatte nicht mal zwei der vier Spender gefunden, die sie und Megan ins Visier genommen hatten. Es war erbärmlich.

Aber jetzt saß sie hier und war bester Laune. Wieder hatte sie damit gerechnet, sich unter diesen eingeschworenen Freunden außen vor zu fühlen, und wieder war es anders gekommen. Sie bezogen sie wie selbstverständlich mit ein und interessierten sich für ihr Leben vor Echo Lake.

Delaney erzählte von ihrem Skiurlaub im Smugglers' Notch Resort, wo sie zuerst drei College-Jungs traf, die sie aus einer Schneewehe ziehen mussten, und dann von der Ski-Patrouille mit ihrem gebrochenen Knöchel zur Hütte befördert wurde. Wirklich, der Urlaub hatte unter keinem guten Stern gestanden, aber nun erntete sie viel Gelächter.

»Darum werde ich mich nie wie ein echter Vermonter fühlen. Ihr fahrt schon Ski, bevor ihr laufen könnt.«

Josie tätschelte ihr den Arm. »Nicht alle.«

»Stimmt genau«, bestätigte Ethan. »Manche von uns werden auf Schneeschuhen geboren.«

Delaney schauderte. »Ich will mir gar nicht ausmalen, wie viel Schaden ich mit denen anrichten würde. Ich glaube, ich bleibe bei meinen Schlittschuhen.«

»Ich wollte schon immer mal Schlittschuhlaufen lernen.«

Josie hielt ihr Weinglas hoch. »Vielleicht kannst du es mir im nächsten Winter beibringen?«

Josie setzte also voraus, dass Delaney im Winter noch zu ihnen gehören würde? Ihr wurde buchstäblich warm vor Freude, und sie stieß mit Josie an. »Sehr gern.«

In dem Moment piepte ein Pager, und das warme Gefühl in ihrer Brust war schlagartig vorbei, als sie begriff, dass es Joshuas war.

Seufzend checkte er das Display, dann blickte er bedauernd in die Runde. »Entschuldigt mich für eine Minute. Ich muss im Krankenhaus anrufen.«

Er ging in den Garten. Delaney beobachtete ihn, wie er redete und den Kopf schüttelte. Als sie sich endlich wieder dem Tisch zuwandte, trug Ethan gerade die Teller zu der großen Porzellanspüle unter dem Fenster, und Josie sah ihr neugierig ins Gesicht.

»Also«, sagte Josie nach einem Schluck Wein. »Ich spüre, dass du nicht bloß berufliches Interesse an unserem geschätzten Joshua hast.«

»Mensch, Josie.« Ethan griff kopfschüttelnd nach der Spaghettischüssel.

»Ist er zufällig mit dir zum See gefahren?«

Ethan verdrehte die Augen, und Delaney verschluckte sich fast. »Josie, im Ernst. Hör auf, sie zu verhören.«

»Ich frag doch bloß! Als Freundin!«

»Du fragst, weil Molly es dir aufgetragen hat.«

»Hat sie nicht.« Josie zog einen Schmollmund.

»Josie?« Er stemmte eine Faust in die Seite und zog die Brauen hoch, was Delaney zum Lachen brachte. Sie konnte nicht anders.

»Okay, na gut. Hat sie doch.« Damit wandte sie sich Delaney wieder zu. »Also, was läuft da?«

»Ich … ich weiß nicht. Nichts eigentlich.«

Oh, ungeschickter geht's ja nicht.

»Du weißt schon, dass ich Therapeutin bin, oder?« Josie legte den Kopf schräg und lächelte einladend.

Delaney nickte. »Ja, und das macht mir gerade mehr als ein bisschen Angst.«

»Tapferes Mädchen.« Ethan lachte. »Komm ihren Tentakeln nicht zu nahe, das überlebst du nicht.«

»Halt die Klappe, Ethan. Sogar du kannst sehen, dass da was läuft.«

»So oder so geht mich das nichts an.« Er beugte sich über sie, um sie auf die Stirn zu küssen. »Und dich auch nicht. Lass die Arme in Ruhe, sonst traut sich Josh nicht mehr, sie mitzubringen.«

»Na gut.« Sie gab sich geschlagen. »Aber nur die eine Frage: *Ist* er mit dir zum See gefahren?«

Delaney lehnte sich zurück und nahm die gleiche Haltung ein wie Josie. »Dann habe ich auch eine Frage: Warum ist das so wichtig?«

Ethan kicherte an der Spüle, sagte aber nichts.

Statt zu antworten, blickte Josie sie prüfend an, dann nahm sie ihr Glas und stand auf. »Brich ihm nicht das Herz, okay? Das ist alles.«

Als sie zur Spüle ging, runzelte Delaney die Stirn. Ihm das Herz brechen? Ernsthaft? Als ob sie das überhaupt könnte.

»Ich habe nicht die Absicht, irgendjemandem das Herz zu brechen, nur damit das klar ist.«

»Gut.« Josie lächelte. »Denn wenn du das tätest, würdest du nie wieder einen Fuß ins Bellinis setzen können, ohne dass Molly dich um die Ecke bringt, und das würde mich doch deprimieren, denn ich kann dich gut leiden.«

Als Delaney lachte, kam Joshua von draußen herein, und sie konnte ihm ansehen, was er gleich verkünden würde.

»Du musst gehen?« Mit einem unbeschwerten Ton überspielte sie ihre Enttäuschung. Schließlich war er ihr zu nichts verpflichtet. Das war auch kein Date. Er hatte sie nur zu einem Essen bei Freunden eingeladen. Sie hatte keinen Anspruch auf seinen Abend. Und im Mercy gab es keinen Vertreter für ihn, weil die Personaldecke zu dünn war. Es war nicht seine Schuld, dass er immer wieder gerufen wurde.

Aber *das* war sein Leben.

Und als er sie auf dem Parkplatz vor dem Mercy bei ihrem Wagen absetzte, versuchte sie, diesen Satz im Kopf zu behalten.

Wenn sie sich noch weiter auf ihn einließ, würde das auch *ihr* Leben werden, und das bedeutete abgebrochene Abende, nicht eingehaltene Versprechen, einsame Nächte.

»Es tut mir leid, dass ich Sie vom Essen weggeholt habe«, sagte Millie, als sie ihn durch den Flur kommen sah. »Aber sie ist völlig am Boden. Will morgen nicht nach Hause, hat heute Abend ihre Behandlungen verweigert, will mit niemandem reden.«

Josh blieb an der Schwesternstation stehen, um nachzudenken. Die arme Charlotte. Sie wohnte in einem Doppelwohnwagen, wo ihnen jeden Monat einmal Wasser und Strom abgestellt wurden, sie teilte sich ein winziges Schlafzimmer mit vier Geschwistern, und während des Schuljahres wurde die Wochenendernährung der Familie aus Essensspenden der Schule bestritten.

Er machte den Eltern keinen Vorwurf. Die taten ihr Bestes. Beide arbeiteten mehr als acht Stunden am Tag in mehreren Jobs, in denen ihnen nur der Mindestlohn ohne Vergünstigungen gezahlt wurde. Eine siebenköpfige Familie damit durchzubringen war unmöglich.

Solange Charlotte im Mercy war, hatte sie ein Zimmer für sich allein, bekam gutes, warmes Essen und viel Aufmerksamkeit, die sie bitter nötig hatte. Zu Hause würde sie wieder in den Hintergrund rücken, bis sie erneut so krank war, dass sie einen Klinikaufenthalt brauchte.

In ein paar Monaten würden sie also wieder da sein, jedoch ein bisschen kränker als bei der vorigen Einlieferung. Jedes Mal wurde es ein bisschen schwieriger, sie in einen zufriedenstellenden Zustand zu bringen. Irgendwann käme der Tag, an dem das nicht mehr möglich sein würde.

Wenn ihre Eltern spätabends heimkamen, schlief sie schon. Noch vor Sonnenaufgang brachen sie zur Arbeit auf, sodass die Kinder sich das Frühstück selbst machen und dann zum Schulbus gehen mussten. Charlotte mochte an den Wochenenden vielleicht zweimal Atemtraining bekommen, aber nicht immer, obwohl sie das täglich brauchte. Sie hatte eine Vibrationsweste zum Lösen des Sekrets, aber die funktionierte natürlich nur mit Strom.

Er seufzte. »Haben Sie sich schon mal überlegt, von unseren Kindern welche zu adoptieren, Millie?«

»Jeden Tag.«

»Was sollen wir tun?«

»In den letzten vierundzwanzig Stunden war eine Verschlimmerung ihres Hustens zu bemerken.«

»Wirklich?«

Millie zuckte mit den Schultern und gab darauf keine Antwort. »Wir wissen beide, dass das Mädchen zu Hause keine Behandlung kriegt. Wenn wir sie noch ein paar Tage dabehalten, könnte sie bei der Entlassung in einem besseren Zustand sein. Kenderly könnte sich noch etwas mehr mit ihr befassen. Was meinen Sie?«

»Wäre eine Möglichkeit.«

»Vielleicht auch Delaney? Charlotte hat sie sehr gern.«

Joshua dachte lächelnd an den Vormittag zurück, als Delaney munter plaudernd auf Charlottes Bett gesessen und ihr die Haare geflochten hatte. Dann wurde er ernst, weil er ihr enttäuschtes Gesicht von gestern Abend vor sich sah, als sein Pager gepiept hatte. Wieder einmal.

Sie hatte ihre Enttäuschung verbergen wollen, doch er hatte sie gesehen, obwohl sie rasch ein entspanntes Lächeln aufsetzte und so tat, als machte es ihr nichts aus, dass er wegmusste. Er kannte diesen Gesichtsausdruck. Er hatte ihn bei allen Frauen gesehen, mit denen er bisher ausgegangen war – und oft genug bei Nicole. Bisher hatte ihn das immer geärgert. Er war nun einmal Arzt, der einen Pager bei sich trug und zu Notfällen gerufen wurde. Das gehörte zu seinem Berufsalltag.

Dieses Mal jedoch war er gar nicht verärgert, sondern bedrückt gewesen. Es hatte ihm wehgetan, sie enttäuscht zu sehen, und dann hatte er etwas ganz Unerwartetes empfunden.

Wie sich bei genauerem Hinsehen herausstellte, wollte er sie nicht enttäuschen. In dem Moment wollte er nicht, dass sie sich fühlte, als wäre irgendetwas wichtiger als sie. In keinem Moment eigentlich.

Und, gütiger Himmel, diese Erkenntnis hatte ihm einen gehörigen Schrecken versetzt.

23

»Hey, hast du schon gesehen?« Megan stürmte in Delaneys Büro und schwenkte die Freitagsausgabe des *Boston Globe.*

Blinzelnd löste Delaney sich von ihrem Posteingang, in dem seit gestern hundert neue E-Mails aufgelaufen waren. Sie hatte noch keine einzige beantwortet, weil sie total abgelenkt war, denn innerlich focht sie einen harten Kampf aus. Ihr Herz wehrte sich erbittert gegen ihre Vernunft.

»Guck doch! Amandas zweiter Artikel!« Megan klatschte ihr die Zeitung auf die Tastatur. »Die E-Mails können warten.«

Delaney nahm sie in die Hand und las. Ihre Freude wuchs mit jedem Absatz. Mensch, Amanda war richtig in Fahrt gekommen und hatte es wieder geschafft, alle wichtigen Behandlungsangebote im Text unterzubringen!

»Wow«, sagte sie, als sie die Zeitung senkte. »Eine bessere PR-Kampagne hätten wir für Geld nicht kriegen können.«

»Genau.« Megan setzte sich und reichte Delaney ihre Croissanthälfte. »Ich finde, wir sollten ihr Blumen schicken.«

Nun steckte Kevin den Kopf zur Tür herein. »Was habt ihr, Mädels? Warum so aufgeregt?«

Megan griff nach der Zeitung und drehte sich zu ihm um. »Hast du den Artikel schon gesehen?«

»Welchen Artikel?« Er zog die Brauen zusammen und kam herein.

»Über die Kinderstation.« Megan zwinkerte Delaney zu, während er ihr die Zeitung aus der Hand nahm. »Das ist so großartig! Die Journalistin war vorige Woche hier und hat jetzt dieses Porträt veröffentlicht. Das wird – was meinst du?«, fragte sie Delaney. »Von Tausenden Menschen gelesen?«

»Mindestens. Und sie hat Kollegen, die noch mal etwas in den Lokalblättern bringen. Es werden also noch weitere Artikel erscheinen.« Delaney zuckte sorglos mit den Schultern, biss sich aber auf die Wangen, um nicht triumphierend zu grinsen. An Kevins Hals kroch eine dunkle Röte bis zu den Ohren hoch, während er den Artikel las.

Megan, der diese Wirkung auch nicht entging, schwärmte weiter. »Ist das nicht toll? Ich werde dafür sorgen, dass die Vorstandsmitglieder eine Ausgabe bekommen.«

Die Röte drang bis in seine Wangen vor.

Delaney nickte. »Super Idee. Die arbeiten so hart, da tut es ihnen bestimmt gut zu sehen, dass sich ihre Leistung mithilfe der Publicity auszahlt. Stimmt's, Kevin?«

»Sicher. Klar. Doch.« Er schüttelte den Kopf. »Wie ist die Journalistin an die ganzen Informationen gekommen? Über die Behandlungsangebote und alles?«

»Sie hat gefragt«, antwortete Delaney schulterzuckend.

»Wen hat sie interviewt?«

»Krankenschwestern, Ärzte, Patienten – die ganze Belegschaft, wie es scheint.« Delaney hatte Mühe, nicht triumphierend zu klingen, da sie ihn innerlich schäumen sah, obwohl er sich das nicht anmerken lassen wollte. Und in seinem Kopf drehten sich die Zahnrädchen, auch das konnte sie ihm ansehen. Er wunderte sich, wieso Delaney ausgerechnet die Abteilung ergattert hatte, die dann diese fantastische PR bekam. Er hatte keine Ahnung, wie viel sie dafür getan hatte. Und dabei sollte es bleiben, wenn es nach ihr ginge.

»Ich frag mich, wieso die sich gerade für die Pädiatrie

derart interessieren.« Er fuhr sich durch die Haare, was die Gelfrisur zunichtemachte. Delaney schmunzelte. Das hatte er noch nie getan.

»Aus zwei Gründen, denke ich: Die Behandlungsangebote unserer Kinderstation sind ausgezeichnet, und sie wollte einen menschlichen Aufhänger. In dieser Story hat sie beides.«

»Und es geht um süße Kinder, das ist ein Vorteil«, warf Megan ein.

»Also, das ist … großartig.« Er wollte lächeln, bekam das aber kaum hin.

»Ja, nicht wahr?« Delaney tat, als bemerkte sie es nicht. »Hast du neulich abends die Doku auf Channel Five gesehen?«

»Nein. Worum ging es da?«

»Um dasselbe. Anscheinend hat die Kinderstation das Interesse der lokalen Medien auf sich gezogen – und nun sogar das der Bostoner Presse. Die Kombination mit dem Avery-Haus ist bestechend.«

»Wieso jetzt? Woher kommt auf einmal diese Aufmerksamkeit?« Er klang eindeutig misstrauisch. Delaney beschloss, das Gespräch möglichst schnell in eine andere Richtung zu lenken und sich eine Tarngeschichte zurechtzulegen.

»Keine Ahnung.« Sie zuckte mit den Schultern. »Man kennt doch die Medien, da weiß man nie.«

»Ach.«

Einen langen Moment stand er da, und wäre er nicht so ein Blödmann gewesen, hätte Delaney fast ein bisschen Mitgefühl für ihn aufgebracht. Überlegte er schon, wie sich die Publicity auf die Finanzentscheidungen des Vorstands auswirken würde? Und was das für seine Kürzungsvorschläge bedeutete?

Megan neigte huldvoll den Kopf zur Seite. »Du kannst das

Exemplar mitnehmen, wenn du willst. Ich habe noch ganz viele.«

Er sah die Zeitung an, als könnte sie ihn beißen, dann faltete er sie zusammen und klemmte sie sich unter den Arm. »Wie läuft es mit deiner Budgetkürzung, Delaney?«

»Bestens, danke.« Sie strahlte ihn an. »Und mit deiner?«

»Ausgezeichnet.« Er lächelte verkrampft. »Obwohl ich nicht mit einer Abteilung beschenkt wurde, die ich in die Presse bringen könnte.«

»Bei allem Respekt, die Pädiatrische kann man wohl kaum ein Geschenk nennen. Die Behandlung von Kindern finanziell zu beschneiden ist so ziemlich die übelste Aufgabe, die wir bekommen können.«

»Du spielst auf Mitgefühl? Ist das deine Strategie?«

Delaney lehnte sich zurück und atmete tief, aber unauffällig durch. Jetzt hieß es vorsichtig auftreten. »Ich mache nur meine Arbeit, Kevin. Genau wie du, nehme ich an.«

Er klopfte mit der Zeitung an den Türrahmen. »Meine Abteilungen können nicht mit noch weniger auskommen.«

»Meine auch nicht.«

»Das hat wohl der Vorstand zu entscheiden, meinst du nicht?« Er blickte auf seine Uhr und trat aus der Tür. »Ich bin am Nachmittag außer Haus, falls jemand was von mir will.«

Delaney zog eine Braue hoch. »Ich finde es erstaunlich, dass du dir mitten in einer Haushaltskrise so viel freinehmen kannst.«

Trotzig hob er das Kinn. »Du hast deine Methoden, ich habe meine.«

Eine Stunde später fand Joshua Millie im Pausenraum, wo sie sich einen Kaffee eingoss. »Millie, wissen Sie, ob Delaney heute schon hier war?«

»Sie ist bei Charlotte. Die kichern schon eine Stunde lang. Fast möchte man meinen, sie sollte mit Kindern arbeiten und nicht oben mit Zahlen jonglieren. Sie hat eine sanfte Art, die bei Kindern wie Charlotte und Ian gut ankommt.« Millie goss Milch in den Kaffee. »Und Sie wissen, so etwas sage ich nicht leichthin. Und Sie wissen auch, dass ich gar nicht vorhatte, sie zu mögen.«

Er schmunzelte. »Sie wächst Ihnen ans Herz?«

»Damit bin ich hier wohl nicht allein.«

»Ich weiß. Charlotte hat sie auch verzaubert.«

Millie blickte auf. »Ich meinte wohl kaum Charlotte.«

Kopfschüttelnd griff Josh nach der Kaffeetasse. Ihm schwante schon, dass ihm eine Standpauke bevorstand, und obwohl er Delaney nicht länger als fünf Minuten aus seinen Gedanken verbannen konnte, wollte er nicht mit der Oberschwester darüber reden. Gestern Nacht, als er endlich zu Hause angekommen war und bemerkte, dass es zu spät war, um Delaney anzurufen, geschweige denn, sich noch mit ihr zu treffen, hatte er sich frustriert in sein Wohnzimmer gesetzt und sich nicht mal eingestehen wollen, wie niedergeschlagen er war.

Keine Frage, zwischen ihm und Delaney stimmte die Chemie. Sie beide zusammen, das wäre fantastisch. Aber die Angst und Enttäuschung in ihrem Blick gestern Abend hatten ihm zugesetzt. Er durfte mir ihr keine Spielchen treiben, nichts versprechen, was er nicht halten konnte.

Aber, verdammt, es wäre leichter, alles beim Alten zu belassen, wenn er sie nicht so sehr wollen würde!

»Hören Sie auf, mich verkuppeln zu wollen, Millie.«

»Wollen Sie mir etwa erzählen, Sie hätten keine Zeit für eine Beziehung?«

»Will ich nicht. Sie kennen meinen Dienstplan selbst. Es

wäre nicht fair, so zu tun, als hätte ich nennenswert viel Freizeit.« Als er das aussprach, zog sich in seiner Brust etwas zusammen. Aber das war die Wahrheit, oder? »Für mehr als einen gelegentlichen Restaurantbesuch habe ich keine Zeit und Delaney auch nicht.«

»Dann nehmen Sie sich die Zeit.«

Er schoss ihr einen Seitenblick zu. »Millie, wie viele Stunden arbeiten Sie?«

»Zu viele«, brummte sie. »Und Sie arbeiten noch mehr als ich. Darum geht es mir ja.«

»Worum geht es Ihnen genau?«

»Wenn Sie weiter abwarten, bis der Zeitpunkt perfekt ist, werden Sie eines Tages verwundert feststellen, dass Sie ein einsamer alter Mann geworden sind.«

»Oh.« Er lachte, aber es klang nicht heiter. »Ist das alles?«

»Das ist nicht lustig, Doc. Ich meine es ernst. Ihr derzeitiger Plan ist – korrigieren Sie mich, wenn ich mich irre –, sich im Mercy bis zur Erschöpfung abzurackern, bis Doc Sullivan oder Doc McIntosh in Ruhestand gehen oder bis es in Echo Lake einen plötzlichen Zustrom an Kindern gibt. Und dann machen Sie Ihre eigene Praxis auf, richtig?«

»Richtig.« Lächelnd dachte er an regelmäßige Arbeitszeiten, vielleicht mit zwei Praxishelferinnen, an viele reizende Familien mit ebenso reizenden Kindern.

Sie setzte sich. »Haben Sie wirklich mal darüber nachgedacht, wie es wäre, allein eine Praxis zu haben?«

»Ja. Ständig.« Er trank einen Schluck Kaffee und verbrannte sich die Zunge. »Wieso?«

»Ich überlege nur.« Sie bedeutete ihm, sich zu ihr an den wackligen Tisch zu setzen. »Stellen wir uns doch mal einen Tag in diesem Leben vor, okay?«

»Meinetwegen.« Er war bereit, ihr den Gefallen zu tun, und nahm sich einen Stuhl. »Also los.«

»Es ist Juli. Wir haben, sagen wir mal, drei Sportunfälle, vier oder fünf kranke Säuglinge, vielleicht eine Mittelohrentzündung und ein verstauchtes Handgelenk, ja?«

»Sicher.«

»Sie haben fünf Minuten pro Patient, richtig? Denn um davon leben zu können, muss die Behandlungszeit auf zehn bis fünf Minuten beschränkt werden.«

»Kommt nicht infrage.«

»Haben Sie mal gerechnet?«

Er verdrehte die Augen.

»Na schön. Nehmen wir uns den Februar vor. Da gibt es ein paar Vorsorgeuntersuchungen, kranke Säuglinge, Hockey- und Turnverletzungen. Aber da bekommen Sie die Grippe.«

»Ich werde eine hervorragende Krankenschwester haben, die Anrufe entgegennimmt und die Patienten bestens berät.«

Molly nickte und sah ihn dabei mit großen Augen an. »Waren Sie mal Mutter eines Kleinkinds, das um zwei Uhr nachts hohes Fieber hat?«

»Ich werde einen Telefondienst anbieten.«

»Der Sie dann um zwei Uhr nachts anruft. Und um drei Uhr nachts. Und um vier und um fünf. Wochenlang.«

Josh seufzte. »Warum malen Sie mir so ein Schreckensszenario aus?«

»Das werden Sie gleich verstehen. Ich habe schon mal erwähnt, dass Sie Raubbau an Ihrer Gesundheit treiben. Und ich konfrontiere Sie wirklich nicht gern mit der harten Realität, aber wenn Sie das Mercy verlassen und eine kleine Praxis aufmachen, werden Sie nicht weniger arbeiten als jetzt – nicht, wenn Sie die Praxis allein betreiben.«

Millie legte ihre Hände auf seine. »Und Ihr Herz weiter so zu verschließen, weil Sie denken, keine Frau hätte Verständnis dafür, dass Sie rund um die Uhr im Dienst sind, ist auf Dauer auch keine Lösung. Keine Frau sollte damit leben müssen – denn auch ein Arzt kann für ein ausgewogenes Verhältnis zwischen Berufs- und Privatleben sorgen. Er muss es nur wollen.«

»So einfach ist das nicht, Millie.«

»Das weiß ich doch. Ich weiß auch, dass Sie eine niederdrückende Last mit sich herumschleppen, weil Sie Ihre Eltern stolz machen wollen.« Sie hielt inne und zwang ihn, sie anzusehen. »Ich habe Ihre Mutter gekannt, mein Lieber. Ihr größter Wunsch war es, dass Sie glücklich werden. Ob als Arzt oder Bauer, das war ihr ganz egal.«

»Ich *bin* glücklich. Ich habe eine Arbeit, die ich liebe.«

»Weiß ich. Aber irgendwann müssen Sie sich mal wieder verlieben – Sie brauchen die süße, chaotische, sagenhafte Verliebtheit, bei der Sie den ganzen Tag abgelenkt sind und um ein freies Wochenende betteln. *Das* brauchen Sie.«

Er schüttelte den Kopf. »Kann ich die süße, sagenhafte ohne die chaotische kriegen?«

»Können Sie versuchen.« Sie drückte seine Hände. »Sie müssen nur Ihre Augen öffnen, Joshua … und Ihr Herz.«

»Ach, und noch etwas.« Millie griff in ihre Kitteltasche und holte einen Schlüssel mit Elch-Anhänger heraus. »Heute Morgen hat ein Gast abgesagt. Meine Hütte ist frei. Sie ist gereinigt und bezugsfertig für Gäste, die nicht kommen, und ich finde, Sie sollten übers Wochenende hinfahren.«

»Millie, Sie machen fast den Eindruck, als hätten Sie Angst, dass ich auf einen Zusammenbruch zusteuere. Zuerst die Bemerkung mit dem Raubbau, und jetzt geben Sie mir den Schlüssel zu Ihrer Hütte?«

Sie schüttelte den Kopf. »Von einem Zusammenbruch sind Sie weit entfernt. Aber ich habe mir herausgenommen, Ihnen für die nächsten zwei Tage eine Vertretung zu besorgen, und mir scheint, auf dieser Etage gibt es eine Frau, die zu einem Hüttenwochenende am See Ja sagen könnte. Sie könnten sie einfach fragen.«

Lächelnd drückte er ihren Arm. »Sie sind unmöglich.«

»Ich weiß. Das macht meinen Charme aus.« Sie drückte ihm den Schlüsselbund in die Hand. »Vor Sonntagnachmittag will ich Sie hier nicht sehen. Und nach sechs heute Abend auch nicht mehr.«

24

Josh trat aus dem Aufzug. Eben hatte er noch nach Ian geschaut, der in einem Einzelzimmer auf der vierten Etage lag und rund um die Uhr bewacht wurde. Es ging ihm schon besser, und Josh konnte es kaum erwarten, Delaney davon zu berichten.

Mitten auf dem Gang hielt er inne.

Seit wann war sie der Mensch, dem er eine gute Neuigkeit zuerst erzählen wollte?

In dem Moment hörte er aus dem Spielzimmer ihre Stimme und ihr unverkennbares Lachen. Von uneingestandener Sehnsucht getrieben eilte er den Flur hinunter. An der offenen Tür stoppte er, um die Szene in sich aufzunehmen.

Annabeth, die laut Millie mit ihrer Therapeutin gerade Fortschritte machte, saß am Spieltisch, die knochigen Knie an die Brust gezogen. Es tat ihm weh zu sehen, wie ihr Schlüsselbein aus dem T-Shirt guckte. Die Magersucht hatte sie seit zwei Jahren fest im Griff. Es würde dauern, sie wieder auf ein gesundes Gewicht zu bringen.

»Gin!« Annabeth legte ihre Karten auf den Tisch. »Das wird Ihnen die Tränen in die Augen treiben!«

Delaney deckte ihr Blatt ebenfalls auf und grinste. »Darauf kannst du lange warten!«

Annabeth besah Delaneys Blatt. »Sie haben zwei Asse, zwei Könige und zwei Damen. Sie müssten heulen wie ein Schlosshund. Das sind siebzig Punkte Verlust.«

Delaney sammelte die Karten ein, um zu mischen. »Kein

Problem. Davon erhole ich mich im Nu. Ich weiß nur nicht, ob es mir so ganz gefällt, wie du aufschreibst.«

Annabeth blickte grinsend auf den Schreibblock neben ihrem Ellbogen. »Oje, Sie liegen dreihundert Punkte hinten.«

»Eben darum. Aber weißt du was? Ich habe noch genügend Zeit, um einen gewaltigen Sieg zu schaffen.«

Annabeth lachte schallend, und Josh war verblüfft. Das war das erste Mal, seit sie auf die Station gekommen war.

Dann schien ihr das selbst aufzufallen, denn sie zog sich plötzlich zurück und verschränkte trotzig die Arme, während Delaney mit den Karten hantierte. »Müssen Sie nicht woanders sein? Sachen erledigen?«

Delaney schaute auf die Karten und mischte sie in aller Ruhe. »Jep.«

»Und … wieso hängen Sie dann mit mir ab?«

»Weil das viel mehr Spaß macht als das andere Zeug, das ich tun sollte. Hast du eine Ahnung, wie lange es her ist, seit ich jemanden beim Gin Rommé so richtig abgezogen habe?«

Annabeth nahm lächelnd die Arme auseinander. »Sie ziehen überhaupt niemanden ab. Weil ich nämlich weit vorn liege.«

»Noch, Mädchen. Noch.« Delaney zeigte auf den Stapel. »Du bist dran mit mischen. Und diesmal gewinnst du auf gar keinen Fall.«

Josh zog sich schmunzelnd zurück und ging zu seinem Büro. Von Ian konnte er ihr später noch erzählen. Delaney tat gerade etwas sehr Wichtiges.

Sie wusste es nur nicht.

»Was ist so lustig?« Millie kam aus einem Patientenzimmer und rieb sich das Desinfektionsmittel zwischen die Finger. »Haben Sie das Gin-Rommé-Turnier beobachtet?«

»Ja.«

»Werden Sie Delaney mal sagen, dass sie ihre Berufung verfehlt hat?«

»Nein«, sagte er und verschwand in sein Büro. »Sie wird ganz von selbst dahinterkommen«, rief er noch.

Er setzte sich an den Schreibtisch und stöhnte angesichts des vielen unbearbeiteten Schriftkrams. Dann holte er tief Luft. »Zwei Zentimeter. Zwei Zentimeter kann ich zumindest abbauen.«

Die griff er sich vom nächsten Stapel und begann, den Laborbericht zu lesen. Ehe er zur zweiten Seite blätterte, wanderten seine Gedanken bereits zu einem mondbeschienenen Anleger, einem Becher Kaffee auf einer nebligen Veranda, einem zerwühlten Bett und einem lodernden Kaminfeuer.

Er blickte zu Millies Schlüssel auf der Schreibtischecke und ließ Revue passieren, was sie vorhin gesagt hatte. Eigentlich war er entschlossen gewesen, bei Delaney unverbindlich zu bleiben. Wie sonst auch. Aber es klappte nicht. Überhaupt nicht.

Er musste sich widerwillig eingestehen, dass er morgens, wenn er aus dem Aufzug stieg, nach ihr Ausschau hielt. Dass er auf ihre Stimme lauschte, während er mit seinen Patienten und deren Eltern sprach. Und dass er sich nachts, wenn er endlich in sein Bett fiel, noch einsamer fühlte als sonst.

»Hey. Alles gut?«

Als hätte er sie mit seinen Gedanken herbeigezaubert, stand Delaney in seiner Tür.

Er schüttelte den Kopf und blinzelte, um die Gedanken zu verscheuchen. »Ja, alles gut.«

»Schreibtischarbeit bereitet dir körperliche Schmerzen?« Sie schaute über die Stapel, deren Höhe nie abnahm.

»Ja. Wäre Krankschreiben eine Lösung?«

Sie runzelte die Stirn und schüttelte den Kopf. »Ich denke, hier ist eher ein Streichholz die Lösung.«

»Ich weiß, ich weiß. Ich muss auf Elektronik umstellen. Und sobald ich der traue, werde ich das tun.«

»Verstehe.« Sie lehnte sich an den Türrahmen, und er musste sich zusammenreißen, um sie nicht in den Raum zu ziehen und zu küssen. Heute trug sie einen geblümten Rock und eine keusche weiße Bluse. Er fixierte den obersten Knopf. Wie gern würde er den jetzt öffnen ... und dann den nächsten ... und den nächsten ...

Er räusperte sich. Sein Blick huschte zu Millies Schlüssel, dann stellte er die Frage, ehe er sich eines Besseren besinnen konnte. »Es ist zwar sehr kurzfristig, aber hast du am Wochenende schon was vor?«

Sie schaute erschrocken. »Einiges, ja.«

»Oh.« Es klang geradezu niedergeschlagen.

»Warum? Woran dachtest du?«

Ach verdammt. Sollte er sie überhaupt noch fragen? Von einem gemeinsamen Wochenende wieder runterzukommen war viel schwieriger, als nach ein paar Küssen auf Abstand zu gehen. War er wirklich bereit, seinen Seelenfrieden zu riskieren? Besonders, nachdem sie sich quasi geeinigt hatten, es nicht zu tun?

»Camping.« Das Wort kam wie von selbst.

»Camping?«

Er kicherte. »Ich wusste gar nicht, dass du die Brauen so weit hochziehen kannst. Camping ist nicht nach deinem Geschmack?«

»Nicht ... mehr, nein.«

Kurz sah sie traurig aus, bevor sie die Zähne zusammenbiss, und da fiel ihm ein, was sie von ihrer Familie erzählt hatte.

»Oh Gott, Delaney, es tut mir leid. Das war gedankenlos von mir. Ich ... habe nicht nachgedacht.«

»Schon gut. Ich hab das nur nicht mehr gemacht ... seit Parker. Seit damals.« Als sie ihn wieder ansah, straffte sie die Schultern. »Wie hast du dir das Camping vorgestellt?«

Er legte den Kopf schräg. *Wirklich?* Sie wies ihn nicht ab?

Dann hielt er den Schlüssel hoch. »Mit Holzboden und Fenstern, Verandaschaukel, Kamin, Sofas.«

Bestimmt fiel ihr auch auf, dass er nicht »Bett« gesagt hatte.

»Nicht mit Schlafsack und Mücken?«

»Nur, wenn dir das lieber ist.«

Sie nickte langsam. Dann sah sie weg, als kämpfte sie mit sich, ob sie es tun oder lassen sollte. Er kannte sie nicht gut genug, um ihre Entscheidung zu erahnen.

»Besitzt du eine Hütte?«

»Millie hat eine. Sie vermietet sie, aber ihre Gäste haben in letzter Minute abgesagt. Und so hat sie mir den Schlüssel gegeben und mir verboten, am Wochenende herzukommen.«

Delaney lachte. »Und du behauptest, du seist der Leiter der Pädiatrie.«

»Nur vor Leuten, die nicht Bescheid wissen. Also praktisch vor keinem.« Er blickte sie bittend an, im Stillen überrascht, wie viel ihm daran lag, dass sie mitkam. »Also, was sagst du? Wir haben zwar abgemacht, Abstand zu halten, aber ... ich muss dich einfach fragen. Meinst du, du kannst ein Wochenende mit einem Arzt in einer Hütte am See verbringen?«

»Ich weiß nicht«, antwortete sie verlegen, und seine Hoffnung schrumpfte. »Fehlen nur noch Sturm und Gewitter, und der Horror ist perfekt.«

»Oder die Romantik.« Er zuckte mit den Schultern. »Man kann nie wissen.«

Oh Mist! Hatte er das allen Ernstes gesagt? Mit ernstem Gesicht?

Sie blickte zu Boden und schien Pro und Kontra abzuwägen. Schließlich nickte sie zögernd. »Können wir im Bellinis bestellen?«

»Ihr habt euch gerade mal geküsst, und da gehst du schon für ein Wochenende mit ihm auf eine Hütte? Ich erkenne dich kaum wieder, Delaney.« Megan räumte sich ein Plätzchen auf dem Bett frei, damit sie sich hinsetzen konnte. Keine leichte Aufgabe, da es mit mehreren Schichten Kleidung bedeckt war.

»Ich weiß, es ist verrückt.« Delaney seufzte laut, als sie ein weiteres Shirt auf den Haufen warf. »Restlos verrückt. Was tue ich hier eigentlich?«

»Tja, mir scheint, du verbringst ein Wochenende mit Dr. Dreamy und wirst überwältigenden Sex haben.«

»Megan!«

Die zuckte mit den Schultern. »Ich sag's, wie es ist.«

»Ich wollte das nicht. Ich weiß genau, wir haben beschlossen, uns ganz professionell zu verhalten. Vor nicht mal einer Woche, Mensch. Und jetzt lädt er mich in eine Hütte am See ein? Und ich sage auch noch Ja? Habe ich überhaupt keine Willenskraft?«

»Sogar große, nur nicht bei ihm.« Megan zog einen Badeanzug aus dem Kleiderhaufen. »Nimmst du den mit?«

»Ich weiß nicht. Entweder den oder den blauen. Ich kann mich nicht entscheiden.«

»Du könntest auch ganz was Bescheuertes tun und beide mitnehmen.«

»Hör auf, dich über mich lustig zu machen.« Delaney wandte sich dem Kleiderschrank zu. »Du kennst meine Statistik. Es waren nun mal nur drei.«

»Ach, Schätzchen. Du hast so lange gewartet, dass der Richtige daherkommt und Nummer vier wird. Und schau! Er ist gekommen! Aber du bist eben der Typ, der dabei nervös wird.«

»Meinst du?«

»Du brauchst dir nur eins zu merken: Schraube A muss in Loch B.«

Megan quietschte, als eine Jeans geflogen kam und sie am Kopf traf.

Delaney wandte sich dem Schrank zu und versuchte zu entscheiden, welche Shirts ein bisschen sexy, aber nicht zu gewollt aussahen. Leider schien sie solche nicht zu besitzen.

»Wann holt er dich ab, Cinderella?«

»Um neun morgen früh.«

»Dann haben wir noch Zeit, shoppen zu gehen.« Megan deutete auf das Bett. »Denn offensichtlich hast du deine gesamte Garderobe verworfen und bist jetzt bei den Sachen von 1993 angekommen.«

»Shoppen ist deine Lösung für alles.«

»Nein.« Megan schüttelte den Kopf. »Aber es ist eine Lösung für das erste Hüttenwochenende mit einem heißen Typen, bei dem es dir bis in die Zehen kribbelt, wenn du bloß an ihn denkst.«

»Ich habe das schon mal gemacht, weißt du.«

»Oh ja. Nur nicht mehr seit …«

»Klappe. Wir rechnen das nicht aus.« Delaney kam aus dem Schrank hervor und warf einen Kleiderhaufen vom Sessel, um sich zu setzen. »Was mache ich nur? Ich wollte mich nie im Leben in einen Arzt verlieben.«

»Tja, man kann die besten Vorsätze haben …«

»Ich weiß.«

»Hey.« Megan riss die Augen auf. »Hast du noch deine Perfekter-Ehemann-Liste?«

»Nein.«

»Doch, hast du.« Megan sprang zur Kommode und zog die oberste Schublade auf.

»Hab ich nicht.« Delaney rannte hin, um sie abzuhalten.

Zu spät. Megan wühlte und brachte ein Blatt Papier zum Vorschein. »Ha. Ich wusste es.«

Na toll.

Lächelnd überflog Megan die Liste. »Wann hast du die eigentlich geschrieben?«

»Vor langer, langer Zeit.« Delaney griff danach, aber vergeblich. »Komm. Gib her.«

»Warum hast du sie noch?«

»Weil ich dann ehrlich bleibe. Und daran denke, nichts Dummes zu tun.«

»Nummer eins.« Megan hielt das Blatt höher.

»Meg, bitte.«

»Mein perfekter Ehemann darf kein Arzt sein.« Sie schüttelte den Kopf. »Oh oh, der arme Joshua.«

»Siehst du? Ich hab's ja gesagt.«

»Nummer zwei. Mein perfekter Ehemann muss blond sein.« Sie rümpfte die Nase. »Echt jetzt? Du hast auf blond gestanden?«

»Ich war verknallt in den Jungen, der damals in allen Disney-Filmen mitgespielt hat, okay?«

»Nächster Punkt. Er muss größer sein als ich. Puh! Joshua ist wieder im Rennen.«

»Megan, komm, lass.« Delaney lachte. »Gib mir jetzt die Liste!«

»Nichts da. Ich hab die seit dem College nicht mehr gesehen. Die kriegst du erst, wenn ich sie ganz vorgelesen habe.«

Zwanzig Minuten später hielt sich Delaney den Bauch vor Lachen, aber Megan war endlich durch.

»Also, fassen wir mal zusammen.« Sie holte tief Luft. »Anscheinend suchen wir nach einem großen blonden Buchhalter, der Hunde mag, Katzen nicht ausstehen kann und reisen will, aber nicht nach Übersee, weil da das Risiko größer ist, mit dem Flugzeug abzustürzen und nicht mehr gefunden zu werden.«

»Ich sag nur: Haie.«

Megan lachte. »Die Liste ist süß. Ich finde, du solltest sie einrahmen. Wir können sie eines Tages bei deiner Hochzeit vorlesen.«

»Na klar. Die zeichnet sich ja auch schon ab.«

»Hey.« Megan zuckte mit den Schultern. »Du hast ein heißes Wochenend-Date vor dir. Das ist schon mal ein Anfang, oder?«

»Solange ich mit intaktem Herzen heimkomme, ja.«

Megan tippte ihr mit der Liste an die Stirn. »Bin ich eine schlechte Freundin, wenn ich das Gegenteil hoffe?«

25

»Nur mit Milch, stimmt's?« Joshua hielt einen Pappbecher mit Kaffee hoch, als Delaney am Samstagmorgen die Tür aufmachte.

»Oh, ja.« Dankbar nahm sie den Kaffee entgegen, denn sie hatte noch keine Zeit gehabt, sich selbst welchen zu brühen. Obwohl sie und Megan gestern Abend eine Stunde lang durch die Boutiquen der Innenstadt gestreift waren, hatte sie beim Packen immer wieder überlegt.

»Komm rein. Ich bin fast so weit.« Sie trank einen großen Schluck, während er ihre Wohnung betrat.

Er lachte darüber, wie gierig sie den Kaffee einsog. »Hätte ich einen großen nehmen sollen?«

»Nein. Wir können unterwegs noch einen kaufen.«

»Die Hütte ist nur eine halbe Stunde weit weg auf der anderen Seite des Sees.«

Sie schüttelte den Kopf. »Zu weit. Meine Schmerzgrenze ist extrem niedrig, mein Koffeinbedarf dafür extrem hoch. Ich gehe ein, wenn wir nicht bei Dunkin' Donuts anhalten.«

Lächelnd schaute er sich um. »Eine sehr schöne Wohnung.«

Sie folgte seinem Blick und versuchte, sie mit fremden Augen zu sehen. Die hohen Fenster und Decken und die nackten Ziegelwände sprachen nur bestimmte Menschen an. Sie kannte ihn nicht gut genug, um seinen Geschmack einzuschätzen, und bei dem Gedanken wurde sie noch nervöser.

»Erinnert mich ein bisschen an die alte Küche im Avery-

Haus vor der Renovierung.« Er ging ein paar Schritte ins Wohnzimmer, das sie im Stil des Südwestens eingerichtet hatte, mit kleinen Teppichen, Navajo-Keramik und einer riesigen Couch voll erdfarbener Kissen, die sie sich nach dem Einzug im Kaufrausch angeschafft hatte.

»Klasse.« Am Fenster, das auf den Fluss hinausging, zog er einen der Gittervorhänge beiseite. »Fantastischer Blick.«

»Der hat mich auch überzeugt. Solange es keine Überschwemmung gibt, ist die Wohnung perfekt. Wenn doch, muss ich eben schnorcheln.«

Er lachte. »Wie lange wohnst du schon hier?«

»Ich bin quasi gerade erst eingezogen. Ich habe mir in der ganzen Stadt Wohnungen angesehen, aber diese, wie soll ich sagen, die atmet Geschichte. Man sieht ihr die ehemalige Fabrik noch an.«

Als er durch den offenen Wohnbereich schaute, war sie froh, die Schlafzimmertür geschlossen zu haben, bevor er geklingelt hatte. Die Kleidung lag noch immer im ganzen Zimmer verstreut. Sie hatte sogar auf dem Sofa geschlafen, weil sie das Bett nicht mehr abräumen wollte. Und im Moment war sie in Versuchung, alles einzupacken und für alle Fälle mitzunehmen, statt es wegzuräumen.

Joshua ging an der Wand entlang auf ein Foto zu. Angespannt sah sie ihn davor stehen bleiben und es ein paar Augenblicke lang betrachten.

»Ist das Parker?«

»Ja.«

Er rückte den Rahmen gerade. »Er sieht genauso aus wie du.« Lächelnd drehte er sich zu ihr um. »Also, hast du gepackt?«

»Ja.« Auf einmal wurde Delaney innerlich ganz ruhig. Er war hinsichtlich Parker so nüchtern. Bisher hatten die Leute entweder betroffen die Stimme gesenkt, sodass sie kaum zu verstehen waren, oder hatten ihr hundert neugierige Fragen gestellt. Dass Joshua ihn einfach nur als ihren kleinen Bruder ansah, war wohltuend.

Zehn Minuten später bog Joshua in der Stadtmitte in den Drive-in des Dunkin' Donuts ein.

»Du willst wirklich noch einen Kaffee, ja?« Er sah sie fragend an.

»Leider ja.«

»Gut. Denn ich brauche Donuts.«

Sie lachte. »Du bist Arzt und isst Donuts?«

»Nur zu besonderen Gelegenheiten.«

Delaney lächelte. »Und bei so einer bin ich dabei. Toll.«

»Welche Sorte magst du am liebsten?«

»Jelly«, sagte sie, ohne einen Gedanken daran zu verschwenden, dass sie furchtbar klebrige Finger und Lippen bekommen würde. »Und die Old-fashioned.«

Er wandte sich dem Mikrofon zu. »Wir nehmen zwei große Kaffee mit Milch und ein Dutzend Donuts. Halb Jelly, halb Old-fashioned.«

»Ein Dutzend?«

Er zuckte mit den Schultern. »Fürs Frühstück und fürs Mittagessen. Wir machen schließlich Ferien, und wann hast du überhaupt das letzte Mal Donuts gegessen?«

»Das ist lange her.« Sie lachte. »Ich weiß aber nicht, ob ich genug Trainingsklamotten dabeihabe, um ein halbes Dutzend Donuts abzutrainieren.«

»Keine Sorge.« Er zwinkerte und legte den Gang ein, um zum Ausgabefenster zu fahren. »Wir fahren mit Millies Kanu raus. Zwei Meilen paddeln, und du bettelst um Donuts.«

Delaney legte ihr Paddel auf die Kanten und verschränkte die Arme. *Mannomann.* Er hatte nicht gescherzt, was das Paddelworkout anging. Sie rannte zwanzig Meilen in der Woche, aber im Augenblick kam es ihr vor, als hätte sie sich zehn Jahre lang gehen lassen.

Der See war heute ruhig, und entlang des Ufers sah man Kinder planschen und von Anlegern ins Wasser springen. Der Himmel hatte das schönste Sommerblau, und es wehte gerade so viel Wind, dass man nicht vor Hitze einging.

»Wie geht es deinen Armen?«, fragte Joshua hinter ihr. Er paddelte natürlich weiter. Er musste zu Hause Trainingsgeräte haben. Auf keinen Fall hatte er Zeit fürs Fitnessstudio.

»Gut. Prima. Möchte nur mal Pause machen und auf Eistaucher horchen.«

»Oh, die wirst du hören, ob du paddelst oder nicht. Aber die kommen erst ein bisschen später raus.«

Sie zeigte zu dem kleinen Berg am Nordende des Sees. Eigentlich war es mehr ein Hügel, aber auf den stieg sie hinauf, seit sie nach Vermont gezogen war.

»Warst du auf dem schon mal?«

»Nicht mehr seit meiner Kindheit. Du?«

Sie nickte. »Ja. Es ist schön da. Ein großartiger Fleck, um über den See zu schauen. Weißt du«, sagte sie, nahm das Paddel wieder und tauchte es ins Wasser, »ich habe nicht mehr in einem Kanu gesessen, seit ich klein war.«

»Ihr seid gepaddelt, wenn ihr campen wart?«

»Ja.« Sie sah Parker vor sich im alten Kanu ihrer Eltern auf dem Aufblaskissen sitzen. Das war in den Ferien immer der schönste Ausflug gewesen.

»Leider hatte Mom die lästige Angewohnheit zu vergessen, wie kippelig Kanus sind. Jedes Jahr sind wir einmal ins Wasser gefallen und ans Ufer zurückgeschwommen.«

»Das hat deinem Vater bestimmt gefallen.«

»Es ist komisch: Ich kann mich nicht erinnern, dass ihm das auch nur ein Mal was ausgemacht hat. Im Urlaub war er anders. Total ... präsent. Das war eigentümlich. Auf eine gute Art.«

»Und du hast nie wieder gezeltet? Was für Urlaub hast du gemacht?«

Sie schüttelte den Kopf und wurde ernst. »Nach Parkers Tod sind wir nicht mehr weggefahren.«

»Oh.« Er hielt mit Paddeln inne. »Wirklich? Gar nicht mehr?«

»Nein.«

»Also war das Leben, wie du es kanntest ...«

»Vorbei, ja.« Sie paddelte, froh dass sie mit dem Rücken zu ihm saß. »Ich habe mich jahrelang mit Trauer beschäftigt und verstehe das jetzt ... aber damals war es schlimm. Viele trauernde Mütter klammern sich an ihre verbliebenen Kinder und erdrücken sie mit ihrer Liebe. Meine Mutter tat das Gegenteil. Sie hatte solche Angst, noch einmal einen geliebten Menschen zu verlieren, dass sie aufhörte zu lieben. Ich weiß natürlich, dass sie mich lieb hatte, tief im Innern, aber nach Parkers Tod hat sie hohe Mauern um sich gezogen, und ich bin nicht mehr an sie herangekommen. Und Dad vertiefte sich in die Arbeit. So war das.«

»Was ist passiert, Delaney?«

Sie hielt inne.

»Wie ist er gestorben?«

»Er hatte ein Herzproblem«, antwortete sie leise. »Vielleicht eins, das sich heute beheben lässt. Ich weiß es nicht. Er stand auf der Transplantationsliste, aber es gab nicht viel Hoffnung, dass er drankäme. Mein Vater fand, wir sollten noch einmal zusammen in die Ferien fahren, du weißt schon, weil es seine letzten sein könnten.« Sie holte zitternd Luft. »Es wurden tatsächlich seine letzten.«

»Oh nein.«

»Eigentlich ging es ihm gut. Wir hatten viel Spaß. Aber dann kippte er eines Abends einfach um. Es war offensichtlich, dass es schlecht um ihn stand, aber das nächste Krankenhaus hatte keine Kinderabteilung und auch keine Intensivstation. Und es war zu spät, um ihn mit dem Hubschrauber nach Boston zu fliegen.«

»Das tut mir schrecklich leid, Delaney. Ich wünschte …« Er seufzte, und in dem Seufzer hörte sie einen Schmerz, den sie auch empfand. »Ich wünschte, ich könnte etwas sagen, um es besser zu machen. Aber es gibt nichts.«

»Ja, da hast du recht. Und ob du es glaubst oder nicht, ich weiß es zu schätzen, dass du das erkennst, anstatt hohle Phrasen zu plappern, die nicht trösten können. Du würdest nicht glauben, was die Leute hinterher alles von sich gegeben haben.«

»Wahrscheinlich nicht.«

Sie hob die Hände. »Im Grunde verstehe ich das. Was soll man auch zu einer Achtjährigen sagen, die gerade ihren kleinen Bruder verloren hat? Sie wollten nur nett zu mir sein.«

»Ich denke, niemand weiß so recht, was er sagen soll, jedenfalls nicht in dem Moment, wenn er vor dem Hinterbliebenen steht.«

»Ja.«

Ein Weilchen trieben sie schweigend auf dem Wasser, und dann nahm Joshua sein Paddel. »Ist Parker gern Kanu gefahren?«

Delaney lächelte. »Er fand das toll. Besonders wenn wir ins Wasser kippten.«

»Und du? Hast du das auch gemocht?«

»Nur, wenn es heiß war.«

»So wie heute?«

Das Kanu schaukelte ein bisschen, und sie hielt sich an den Kanten fest. »Joshua Mackenzie, wage es ja nicht.«

Sie hörte ihn das Paddel weglegen. Als sie sich umdrehte, grinste er sie jungenhaft an und brachte das Kanu langsam zum Schaukeln.

»Kannst du schwimmen?«, fragte er.

»Ja.« Sie verzog das Gesicht. »Oder vielmehr nein. Wenn ich Nein sage, hörst du dann auf?«

»Nö. Wollte nur wissen, ob ich dich retten muss oder nicht.«

Dann versetzte er dem Kanu einen mächtigen Schwung, sodass sie beide in den See fielen. Sie ging unter, und einen Moment lang war sie wieder acht Jahre alt. Das kalte Wasser umfing ihren Kopf, und alle Nervenenden kribbelten, während sie hinuntersank. Als sie auftauchte, konnte sie nicht anders, sie lachte ausgelassen.

»In Innersten bist du Teenager geblieben.«

»Nee, gar nicht.« Lachend wischte er sich die Tropfen aus dem Gesicht. »Wäre ich noch einer, hätte ich uns weiter draußen in den See gekippt, damit du einen Vorwand hast, dich schreckerfüllt an mich zu klammern. So sind wir wenigstens vor Sonnenuntergang wieder beim Anleger.«

Delaney schaute zurück. Der Anleger war keine hundert Meter weit weg, aber sie fasste sich in bester Scarlett-O'Hara-Manier an die Stirn, als drohte eine Ohnmacht. »Das werde ich niemals schaffen. Du musst mich auf dem Rücken tragen.«

»Sehr gern.« Sie sah die Hitze in seinen Augen. »Oder wir steigen wieder ins Boot.« Er schwamm zum Kanu und drehte es um.

»Okay. Option B.«

Sie griff um den Rand und tat ihr Bestes, um halbwegs anmutig hineinzuklettern, während er das Boot so gut wie möglich stabilisierte. Sobald sie drin saß, neigte sie sich zur anderen Seite und hielt es in der Balance, damit er ebenfalls einsteigen konnte. Aber gerade als er schon halb an Bord war und sich über die Kante ziehen wollte, verlor sie das Gleichgewicht, und wieder landete er im See.

Sie warf sich hastig zur anderen Seite, um nicht auch aus dem wie verrückt schlingernden Kanu zu kippen, und lachte noch, als er mit dem Kopf aus dem Wasser auftauchte.

Sie hob die Hände. »Ich schwöre, das war keine Absicht.«

»Na klar.« Er legte die Unterarme auf den Seitenrand, zog sich aber nicht hinein. »Das würde ich glauben, wenn du jetzt nicht noch drin säßest. Man muss schon äußerst geschickt sein, damit nur einer ins Wasser fällt.«

»Ich schwöre, so geschickt bin ich nicht.«

Sie schaute zu ihm hinab und hielt den Atem an. Sein nasses T-Shirt klebte an ihm, brachte die Wölbungen seiner Brustmuskeln wunderbar zur Geltung. Er sah atemberaubend aus.

Und seine Arme, gütiger Himmel, seine Arme sahen aus, als könnte er sie mühelos hochheben … oder eine Nacht lang auf die Arme gestützt auf ihr liegen.

Sie bekam eine Gänsehaut, aber nicht, weil es etwa kühler wurde.

»Ist dir kalt?«, fragte er.

»Nein. Da kam gerade ein Windstoß.«

Er lächelte. »Im Wasser ist es schön.«

»Wage es ja nicht!« Sie hielt sich an den Seiten fest, als er das Kanu sanft zu schaukeln begann.

Dabei erinnerte sie sich daran, wie sie und Parker aus ihrem vertäuten Kanu gesprungen waren und im Wasser gespielt hatten, während ihre Eltern am Ufer das Mittagessen gekocht hatten.

»Schon mal Hai und Ellritze gespielt?« Sie zog grinsend die Brauen hoch.

»Nicht, dass ich wüsste. Wie geht das?«

Behutsam stand sie auf und tauchte auf der anderen Seite ins Wasser. Ihre gut trainierte Jogger-Lunge war von Vorteil, während sie im weiten Bogen tauchte, bis sie unter seinen schwebenden Füßen anlangte. Sie kitzelte ihn an der Fußsohle und tauchte blitzschnell weg.

Als sie durch die Wasseroberfläche stieß, war er nirgends zu sehen. Und ehe sie Luft holen konnte, wurde sie von starken Händen an den Waden gepackt und unter Wasser gezogen.

»Ohne untertauchen!«, verlangte sie spuckend, sowie sie an die Luft kam.

»Wir haben nie über die Regeln gesprochen«, erwiderte er lachend. »Ich hab den Hai super gespielt. Und ich bin ziemlich sicher, dass Untertauchen immer erlaubt ist.«

»Wenn man zwölf ist, ja.« Sie spritzte ihm Wasser ins Gesicht.

»Na gut. Dann klär mich mal auf. Wie lauten die Regeln für Erwachsene?«

Nachdenklich trat sie Wasser. »Weißt du, ich habe keinen blassen Schimmer.«

»Gut.« Er schwamm näher heran, sodass sie sich fast berührten. »Vielleicht können wir die gemeinsam entwickeln.«

»Vielleicht«, sagte sie und klang plötzlich rauchig, als sie mit den Füßen seine Beine streifte.

Er kam noch näher. Sie war verblüfft, wie erotisch es war, sich voreinander Wasser tretend an der Oberfläche zu halten und mit dem Körper immer wieder sanft aneinander zu stoßen.

»Ich bin froh, dass du mitgekommen bist.«

»Das ist zweifellos unvernünftig, aber ich auch.«

Er lächelte. »Wir haben gesagt, wie bleiben auf Abstand, und ich weiß, du zweifelst wahrscheinlich immer noch an deiner Entscheidung, aber ich habe eine Idee.«

»Okay?«

»Niemand außer Millie weiß, dass wir hier sind, Delaney. Lass uns so tun, als wäre das unser zweites Date. Ein geheimes Wochenende, von dem nie einer was erfahren wird. Lass uns vergessen, dass wir Kollegen sind und nichts miteinander anfangen dürfen. Denk nicht mehr daran, dass ich Arzt bin und damit das Ausschlusskriterium erfülle, wie ich stark vermute. Außerdem kannst du mir vielleicht zugutehalten, dass ich meinen Pager in der Klinik gelassen habe.«

Delaney musste gegen ihren Willen lächeln, als sie ihn ansah. Auf seiner Haut glänzten die Wassertropfen. Sie wollte ihm in die Haare greifen und ihn an sich ziehen.

»Sehr verlockend, das muss ich zugeben. Auch wenn Millie den Pager von deinem Schreibtisch entfernt hat, bevor du gegangen bist.«

»Ein unbedeutendes Detail. Entscheidend ist, dass ich ihn nicht von ihr zurückverlangt habe.«

Sie lachte. »Ein Riesenschritt, auf jeden Fall.«

»Also ... abgemacht?«

»Das klingt wie ein Fantasiespiel. Ich bin nicht ich, du bist nicht du, und keiner wird es je erfahren?«

Sein Blick wurde heißer und brachte ihren Puls zum Rasen. »Ich mache bei jeder Fantasie mit, die du dir ausdenkst, versprochen.«

»Oh Gott.« Ihr wurde von Kopf bis Fuß heiß. »Okay, okay, abgemacht.«

»Ausgezeichnet.« Daraufhin schob er die Finger zwischen

ihre und verschränkte sie. Bei dem Gefühl seiner starken warmen Hände im kalten Wasser wünschte sie sich, das Fantasiespiel möge jetzt und hier beginnen.

Lächelnd zog er die Brauen hoch. »Hast du schon mal Küss die Meerjungfrau gespielt?«

»Das haben bestimmt ein paar große Jungen im Sommercamp erfunden.«

Er lachte. »Kann sein.« Er zeigte die Uferlinie entlang. »Ethan und ich sind an vielen langweiligen Sommerabenden zum Campingplatz rübergepaddelt, weil wir hofften, ein paar Mädchen aus der Stadt kennenzulernen.«

»Und da ist Küss die Meerjungfrau entstanden?«

»Wahrscheinlich.« Er zuckte mit den Schultern und zwinkerte. »Eigentlich, wenn ich daran zurückdenke, waren es die beiden Mädchen aus Boston, die uns das beigebracht haben.«

»Na klar.«

»Tja, du weißt ja, was man über Bostoner Mädchen sagt.« Er fasste ihr mit einer Hand um die Taille, mit der anderen hielt er sich über Wasser.

»Was denn?«

Er zog sie näher zu sich und küsste sie auf den Mund.

»Sie geben die besten Meerjungfrauen ab«, murmelte er, während er an ihren Armen hinunterstrich und sie dann auf seine Schultern legte.

»Du kannst uns nicht beide über Wasser halten«, wandte sie ein, aber er hielt seine Arme zur Seite gestreckt und paddelte mit den Füßen. »Ich habe mindestens drei Donuts gegessen.«

»Oh. Das erklärt natürlich …« Der Rest des Satzes ging in Blubbern unter, da er mit dem Kopf untersank. Sie musste seine Schultern loslassen, sonst wäre sie auch gesunken.

Als er hochkam, spritzte sie ihn nass. »Das ist nicht lustig.«

Grinsend griff er nach ihr, und sie konnte nicht anders, sie ließ sich in seine Umarmung ziehen. Diesmal legte sie ihre Arme um seinen Nacken und drückte sich an ihn, als er sie küsste. Diesmal wünschte sie sich, er würde die Hände hinunterschieben und …

»Hey.« Sie machte sich überrascht los. »Du schwimmst ja gar nicht mehr.«

»Sandbank«, erklärte er nach unten zeigend, wo er mit den Füßen auf festem Grund stand. »Komm her, Meerjungfrau.«

Kraftvoll zog er sie an sich, und mit jeder Körperzelle spürte sie wunderbar intensiv die Berührung seiner Finger, die sanfte Bewegung des Wassers und die Stupser der Ellritzen an ihren Zehen.

Wo ihre ersten Küsse süß und heiß und neu gewesen waren, kam jetzt eine glühende Verheißung hinzu. Heute Abend würden sie nicht getrennt nach Hause gehen müssen und sich nicht am nächsten Morgen im Krankenhaus distanziert und höflich grüßen.

Nein. Heute Abend gab es außer ihnen beiden nichts, womit sie sich beschäftigen konnten. Die Hütte hatte keinen Telefonanschluss, keinen Fernseher oder Computer. Der Handyempfang war so schlecht, dass sie die Geräte ausgeschaltet hatten, als sie in der Kieseinfahrt parkten, und der Gedanke daran, was es bedeuten konnte, die nächsten vierundzwanzig Stunden mit Joshua allein und ungestört zu sein, jagte ihr wohlige Schauder durch den Leib.

Ausnahmsweise war sie froh, dass Megan sie gestern noch durch die Läden geschleppt hatte. Ganz besonders in das schrill-verspielte Lingeriegeschäft hinter Bobs Anglerladen. In ihrer Reisetasche wartete ein violettes Spitzenset – *bei dem garantiert jeder Mann seinen Namen vergisst,* hatte Megan gesagt.

Delaney schlang die Beine um seine Hüften, und er fasste um ihren Po. Obwohl sie mitten im See waren, wo jeder mit einem guten Fernglas sie deutlich sehen würde, wollte sie nichts so sehr, wie die Badesachen ausziehen und ihn an ihrer nackten Haut spüren.

Als er sie küssend an sich zog, schloss sie die Augen und genoss jeden Zentimeter, den sie von ihm fühlte, und nach dem Kuss spürte sie sein Herzklopfen.

»Wir sollten … wahrscheinlich besser ins Kanu steigen, bevor uns ein Wasserskifahrer über den Haufen fährt.«

Sie gab ihm einen sanften Kuss auf die Lippen. Auf keinen Fall wollte sie ihn loslassen. »Ich sehe keinen.«

Er kicherte. »Dann sollten wir wahrscheinlich besser ins Kanu steigen, bevor ich den Kopf verliere und dich auf der Stelle ausziehe.«

»Oh.« Sie lächelte an seinen Lippen. »Gut, dass wenigstens einer von uns klar denken kann.«

»Hmhm.« Er küsste sie wieder. »Hast du schon mal Küss die Meerjungfrau bei Dunkelheit im Wasser gespielt?«

»Oh Schreck, nein.«

Er schaukelte sie sacht gegen sich, und sie keuchte, weil ihr Körper heftig reagierte.

»Willst du es später ausprobieren?«

»Oh Gott, ja.«

26

»Kennt Mama B. das Restaurant?«, fragte Delaney, als der Kellner im Luciano sie an einen abgeschiedenen Tisch setzte. Sie wäre restlos zufrieden damit gewesen, in der Hütte zu bleiben und Käsemakkaroni aus der Packung zu kochen, aber Joshua hatte darauf bestanden, mit ihr essen zu gehen – »nur um zu beweisen, dass ich manchmal auch woanders als im Bellinis esse«.

»Ja, Mama B. hetzt ihnen zweimal im Jahr das Gesundheitsamt auf den Hals.«

Delaney nahm sich lachend die Speisekarte. »Es riecht hier genau wie im Bellinis.«

»Ob du es glaubst oder nicht, Mama B. ist Lucianos Cousine. Sie sind zusammen aufgewachsen.«

»Im Ernst? Tauschen sie alte Familienrezepte aus der Heimat aus?«

»Auf keinen Fall.« Joshua schüttelte den Kopf. »Ich glaube, sie haben früher mal auf einer Serviette eine Abmachung unterschrieben, wonach sie mit jedem Restaurant, das sie eröffnen, zehn Meilen Abstand voneinander halten müssen, und er darf keine Hähnchen-Makkaroni und sie keine Hummerravioli anbieten.«

Sie klappte die Karte auf. »Hier gibt es Hummerravioli? Da jauchzt meine italienische Seele.«

»Versprich mir nur, weder Molly noch Mama B. gegenüber zu erwähnen, dass wir hier waren.«

»Was würde dann passieren?«

Joshua zog ein gequältes Gesicht. »Die scharfe Soße im Bellinis hast du noch nicht kennengelernt, oder?«

»Nein.«

»Vermeide es. Wenn sie herausfinden, dass wir bei Luciano waren, schlagen uns beim nächsten Essen die Flammen aus dem Mund.«

Delaney lachte. »Ich schweige wie ein Grab.«

Nachdem sie bestellt hatten, schob Joshua ihr den Brotkorb zu. »Die Brötchen sind fantastisch, aber Mama B. behauptet, das Rezept dafür sei ihres und Luciano hätte es gestohlen.«

Sie nahm sich eins. »Also, wenn sie annähernd so gut sind wie im Bellinis, frage ich glatt, ob wir einen Korb voll mitnehmen dürfen. Ich habe heute schon mit den Donuts über die Stränge geschlagen, da kommt es auf die Brötchen auch nicht mehr an.«

»Denk dran, wir machen Ferien. Da zählen Kohlenhydrate nicht.« Er nahm sich auch eins und bestrich es mit Butter.

»Apropos: Wie kommst du klar ohne den Pager?« Sie deutete vage auf seine Brust.

Er schmunzelte ironisch. »Sehr gut, danke.«

»Du hast nicht mal nervöses Zucken gekriegt. Wie hältst du das aus?«

»Offenbar bin ich so abgelenkt, ich habe gar nicht mehr daran gedacht.« Er schob seine Füße an ihre, und sie wurde rot.

»Das ist sehr schmeichelhaft, danke.« Sie verdrehte die Augen. »Aber mal im Ernst. Macht es dich nicht ein kleines bisschen unruhig, nicht zu wissen, was auf der Station los ist?«

Joshua schaute einmal durch das Restaurant, bevor er sie ansah. »Ganz ehrlich? Ich habe damit gerecht, aber es ist nicht so. Ich habe schon sehr, sehr lange nicht mehr völlig abgeschaltet und so viel Spaß dabei gehabt.«

»Gut.« Sie räusperte sich. Die erotische Spannung zwischen ihnen stieg gerade spürbar. »Also gefällt es dir.«

»Und dir? Du arbeitest genauso lange wie ich, zumindest seit ich dich kenne. Wie findest du es, mal ganz von der Arbeit weg zu sein?«

»Wenn ich beim Schwimmen nicht untergetaucht werde, großartig. Ich könnte eine ganze Woche in der Hütte verbringen.«

»Du würdest die Arbeit nicht vermissen?«

Delaney rümpfte die Nase und schüttelte den Kopf. »Es ist komisch, und bitte erspar mir eine triumphierende Bemerkung, aber nach den zwei Wochen auf deiner Station vermisse ich das Geschehen dort mehr als meine eigentliche Arbeit.«

»Nun, du hattest sicher weniger Stress.«

»Stimmt.« Sie legte ihr Brötchen hin. »Aber es liegt nicht nur daran. Ich komme mir zwar vor wie eine Hochstaplerin, fühle mich aber, wie soll ich sagen, tief verbunden. Das empfinde ich im sechsten Stock nicht. Ich fühle mich … nützlich.« Sie schüttelte den Kopf. »Ach, vergiss es. Das klingt albern.«

»Nein, gar nicht.«

»Bei mir oben bin ich tatsächlich nützlich. Sehr sogar. Aber auf der Kinderstation erlebe ich das anders. Es gefällt mir.«

»Mehr als du gedacht hättest?«

Sie nickte. »Definitiv.«

»Hast du schon mal darüber nachgedacht, den Beruf zu wechseln und die Finanzen hinter dir zu lassen? Irgendwann mal?«

»Ja, nein.« Sie holte tief Luft. »Bei der Arbeit mit den Zahlen habe ich mich immer, na ja, als Drückeberger gefühlt. Objektiv gesehen leiste ich wertvolle Arbeit, aber am Ende des Tages gehe ich nicht nach Hause und sage: ›Heute habe ich jemandem das Leben gerettet‹, weißt du?«

Er schwieg für einen Moment. »Wie wäre es für dich, Gregorys Posten zu bekommen, wenn er in den Ruhestand geht?«

»Worauf willst du hinaus?«

»Ich weiß nicht.« Er runzelte die Stirn. »Seit ich im Mercy arbeite, habe ich schon viele Mitarbeiter auf meine Station kommen und wieder gehen sehen. Manche sind mit Leib und Seele dabei, und viele andere bleiben bei der Arbeit auf Distanz. Ich muss sagen, ich würde dich der ersten Gruppe zurechnen.«

»Ich habe viele Gründe, mich der Pädiatrie verbunden zu fühlen, eindeutig.«

»Als Kind seinen kleinen Bruder zu verlieren prädestiniert einen noch nicht für die Arbeit mit kranken Kindern. Aber bei dir sehe ich eine Berufung.«

Sie schüttelte den Kopf. »Das bezweifle ich.«

»Ich bin mir da sicher, Delaney. Wie oft hast du diese Woche bei der Arbeit gelacht?«

»Ich weiß nicht.« Sie lächelte. »Oft.«

»Und wie oft hast du auf der Vorstandsetage Grund zu lachen?«

»Gar nicht. Aber warum auch?«

Er legte seine Hand auf ihre. »Welche Arbeit macht mehr Spaß?«

»Das ist offensichtlich, aber man wählt doch seinen Beruf nicht nach dem Spaßfaktor aus, Joshua.«

»Warum denn nicht?«

Sie neigte den Kopf zur Seite. »Im Ernst. Ich habe Ziele, eine Aufgabe, muss Rechnungen bezahlen. Meine Arbeit ist wichtig.«

»Vielleicht solltest du aber auch weniger arbeiten und dir mehr Privatleben gönnen?«

In dem Moment brachte der Kellner das Essen und verschaffte ihr für die Antwort ein paar Minuten Aufschub. Nachdem sie beide ein paar Bissen gegessen hatten, blickte Joshua sie an, während er die nächste Bandnudel blind um seine Gabel wickelte. In seinen Augen spiegelte sich die Kerzenflamme. Ihr Blick wanderte zu seinem Mund, der sie hoffentlich die ganze Nacht wachhalten würde.

Dass ihnen eine gemeinsame Nacht bevorstand, machte sie nervös, aber je länger sie zusammen waren, desto weniger konnte sie es erwarten, mit dem Essen fertig zu werden und zur Hütte zurückzufahren – zu dem schönen Messingbett mit der Patchworkdecke.

Später, als die Sonne über dem Wasser unterging, zündete Josh die Zitronenölkerzen am Anleger ihrer Hütte an, dann setzte er sich neben Delaney in den tiefen Adirondack-Gartensessel. Er sah ihr Profil im Gegenlicht und musste sich kneifen. Den ganzen Tag schon hatte er alles viel intensiver empfunden als sonst. Die Sonne war wärmer, das Wasser kühler, der Himmel blauer, und sogar das Zirpen der Zikaden in der Wiese hinter der Hütte klang … schöner.

Aber nichts klang so schön wie Delaneys Lachen, und sie hatte viel gelacht. Ob er sie im Wasser untergetaucht oder auf dem Handtuch auf dem Anleger gekitzelt oder sich zweimal auf den Waldwegen verfahren hatte, bis sie das Luciano fanden, er hatte jede Minute mit ihr genossen.

Jetzt saß sie zurückgelehnt mit geschlossenen Augen da, und ihre Wimpern leuchteten in der Sonne, ihre Brust hob und senkte sich leicht, sie sah zufrieden aus.

Kaum zu glauben, dass er mit ihr hier war. Dass er überhaupt zu dieser Hütte gefahren war. Sicher, er hatte auch mal das eine oder andere Wochenende in einem B&B verbracht. Das war immer nett gewesen. Aber sich freiwillig von der Welt abzukoppeln und rund um die Uhr mit einer Frau zusammen zu sein und für alle anderen nicht erreichbar? Das hatte er nicht mal mit Nicole getan.

Nachdenklich ließ er den Blick an Delaneys schlankem Körper entlangwandern.

Warum hatte er das nie getan? War er in seinem Leben noch nicht so weit gewesen, dass es funktionierte? Oder hatte er noch keine Frau kennengelernt, mit der er das gerne getan hätte?

Delaney rührte sich, und er hob hastig den Blick, um nicht beim Gaffen ertappt zu werden. Nervös tippte sie mit den Fingerspitzen auf ihre Armlehne und rang sich offenbar zu etwas durch.

»Es ist mir absolut unangenehm, das zu fragen, aber das ist egal. Oder, na ja, es sollte egal sein. Ist es aber nicht. Schätze ich mal. Denke ich.«

Josh schüttelte verwirrt den Kopf. »Sollte ich das jetzt verstehen?«

»Nein.« Sie lachte. »Ich fühle mich so entspannt wie seit Jahren nicht, aber auch unglaublich angespannt, im positiven Sinne, und ich hoffe naiverweise, du machst das nicht … oft.« Sie wand sich vor Verlegenheit. »Ach, egal. Bitte, vergiss, was ich gerade gesagt habe.«

»Noch nie.«

»Noch … nie?«

Er nahm ihre Hand und neigte sich zu ihr, um ihr einen Kuss zu geben. »Nein, noch nie. Selbst Küss die Meerjungfrau habe ich, äh, seit Tagen nicht mehr gespielt.«

Sie boxte ihn gegen den Oberarm, dann lehnte sie sich wieder zurück und schloss die Augen. »Wenn das meine Hütte wäre, würde ich gar nicht mehr wegwollen. Es ist wunderschön hier.«

»Finde ich auch.« Er zog mit dem Daumen langsame Kreise auf ihrer Handfläche. Am Nordhimmel war schon ein Stern zu sehen. »Schau, da drüben, der erste Stern. Wir können uns etwas wünschen.«

Sie lachte. »Das habe ich ewig nicht mehr getan.«

»Oh, hey.« Er griff hinter sich nach einem alten CD-Player, den er in der Küche entdeckt hatte. »Da fällt mir ein, dass du mir noch einen Tanz schuldest.«

»Einen Tanz? Wieso das?«

»Vom Spendendinner. Da hast du mir einen Tanz versprochen.«

»Stimmt.« Sie nickte. »Aber du musstest vorher gehen.«

Nachdenklich legte sie den Kopf schräg. »Ich glaube, wer die Frau vor dem versprochenen Tanz sitzenlässt, schuldet ihr zwei.«

»Verstehe. Auch wenn es ein Notfall war?«

»Kommt drauf an. War es ein Pager-Notfall? Denn dann sind es drei. Tut mir leid. Doc-Dating-Regel Nummer vierunddreißig.«

Er lachte. »Dann also drei.«

Dann stand er auf und schaute auf sie hinab. Ihm gefiel ihr Sommerkleid, das die Schultern frei ließ und ihre schmale Taille betonte. Er reichte ihr die Hand.

»Willst du mit mir tanzen, Delaney?«

Sie lächelte. »Ja, das will ich.«

»*Stairway to Heaven* ist jetzt schon dreimal hintereinander gelaufen.« Delaney beugte den Kopf zurück, damit sie ihn ansehen konnte.

»Das ist der längste langsame Song, den ich kenne.« Er unterdrückte ein Grinsen. »Ich dachte, wenn ich dir drei Tänze schuldig bin, sollte der Song so lang und schmalzig wie möglich sein.«

»Gut mitgedacht.«

»Ich kann auf Wiederholen schalten, wenn du weitertanzen willst.« Er gab ihr einen zarten Kuss. »Oder wir gehen schwimmen.«

Delaney blickte schaudernd auf den schwarzen See. »Ich schwimme höchst ungern, wenn ich die Fische nicht sehen kann. Die großen kommen erst bei Dunkelheit raus, stimmt's?«

»Also, in diesem See reichen die größten nicht mal für ein Abendessen. Da brauchst du sicher nicht zu befürchten, dass du einen Arm oder ein Bein verlierst.«

»Ich weiß nicht.« Sie schüttelte den Kopf. »Ich glaube, wenn der Mond erst mal aufgegangen ist, reicht meine Abenteuerlust nur bis zum Ende des Anlegers.«

»Okay. Also nicht schwimmen. Und wie wär's mit einem Tanz im Mondschein?«

Delaney lachte leise. »Du bist ziemlich romantisch, weißt du.«

»Bin ich das?«

»Keine Angst, ich verrate es keinem.«

Er nickte. »Kein Mann hat es gern, wenn das über ihn herumerzählt wird. Zum Glück steht dein Ruf auch auf dem Spiel.«

»Erzähl bloß niemandem, dass ich ein Mensch bin. Sonst bin ich bei der nächsten Revision geliefert.«

»Ich schweige wie ein Grab.«

Der Song begann von vorn. Delaney seufzte, als er ihre Arme auf seine Schultern legte und sie an sich zog. Er legte das Kinn auf ihren Kopf und wiegte sich mit ihr hin und her.

»Delaney?«

»Hm?«

»Hast du schon mal ... in einer Hütte ... bei Mondschein ... in einem großen Messingbett ...«

Sie holte bebend Luft. »Nein.«

Er fasste ihr unters Kinn, um ihr in die Augen zu sehen, dann gab er ihr einen federleichten Kuss.

»Möchtest du es?«

27

»Ich will nicht nach Hause.« Mit einem Schmollmund setzte sich Delaney am Sonntagmorgen im Schneidersitz auf die Verandaschaukel.

Leise lachend reichte Josh ihr einen Becher Kaffee, setzte sich neben sie und legte einen Arm um ihre Schultern, als würden sie jeden Sonntag so verbringen. »Ich auch nicht.«

»Müssen wir wirklich schon ins echte Leben zurück? Können wir nicht die Handys ausgeschaltet lassen und noch eine Woche hierbleiben?«

»Das klingt idyllisch.« Er drückte ihre Schulter, überrascht, wie verlockend das tatsächlich für ihn war. Delaney in seiner Reichweite, in seinen Armen, in seinem Bett … tagelang.

Sie lehnte sich gegen ihn, schmiegte sich geradezu an ihn und schlürfte gemütlich ihren Kaffee. Er genoss das Gefühl ihrer weichen Haut unter seinen Fingern, und am liebsten hätte er sie bei der Hand genommen und ins Schlafzimmer gezogen, noch ein letztes Mal, bevor sie abfahren mussten.

Er hatte keine Ahnung, wie es werden würde, wenn sie die Hütte hinter sich gelassen hatten, aber er würde noch sehr lange an die gemeinsame Nacht zurückdenken. Bisher hatte er Delaney als rätselhaft empfunden, und jetzt, da er sie im Bett erlebt hatte, beim Höhepunkt und hinterher beim Entspannen … wurde ihr das Wort kaum gerecht.

Sie war abwechselnd süß und frech, schüchtern und selbstsicher … und das hatte ihm die ganze Nacht neue Rätsel aufgegeben. Stundenlang hatte er ihren Körper erkundet und sie seinen, und keiner von ihnen hatte an Schlaf gedacht, bis das Tageslicht durch die Vorhänge schien.

Als er zwei Stunden später wieder aufwachte, lag sie mit dem Rücken an ihn gekuschelt, und obwohl ihm der rechte Arm eingeschlafen war, wollte er sich nicht bewegen, sie nicht aufwecken. Wollte die Idylle nicht stören.

Doch sie spürte, dass er wach geworden war, drehte sich schläfrig zu ihm herum und griff nach ihm, schon wieder voll Verlangen. Hinterher duschten sie, bis das heiße Wasser verbraucht war, und zogen sich ganz langsam an, als wären sie beide noch nicht bereit für den Tag.

Jedoch mussten sie die Hütte bis zehn Uhr freigeben, da am Nachmittag neue Gäste kämen und das Putzteam bis dahin seine Arbeit getan haben musste. Müßig stieß er die Schaukel mit der Fußspitze an und wünschte, sie müssten nicht schon in einer Stunde in ihr jeweiliges Leben zurückkehren.

»Du siehst gut aus ohne Pager, weißt du.« Sie sah ihn traurig an. »Eigentlich siehst du ohne so manches gut aus.«

Er lachte. »Dito. Ich könnte ja sagen, dass ich es bedaure, dich nicht mal in der Hälfte der vielen Klamotten gesehen zu haben, die du eingepackt hast, aber das wäre gelogen.«

»Vielleicht ein andermal.«

»Definitiv.« Das sagte er ganz automatisch … und irgendwie auch wieder nicht. Schon öfter hatte er sonntagmorgens so etwas gesagt und es manchmal sogar ernst gemeint. Aber diesmal? Diesmal spürte er es geradezu körperlich, dass er es verbindlich wissen wollte.

In nur zwei Wochen war ihm Delaney Blair so nahe gekommen wie keine andere, und wenn er erst mal zu Hause war, würde er vielleicht dahinterkommen, wie ihr das gelungen war. Jetzt aber war er zu benebelt von den Erinnerungen an die lange, heiße Nacht mit ihr.

Sie trank ihren Kaffee aus und reckte sich, den Blick auf den See gerichtet. Sie wirkte entspannt, zufrieden und reichlich müde, was ihn zum Lächeln brachte. Am Nachmittag würde jeder auf seiner Couch einschlafen, da war er sich sicher, und versuchen, den fehlenden Schlaf nachzuholen.

Sie drehte sich zu ihm um. »Wir sollten wohl mal aufbrechen, hm?«

»Leider ja. Das sollten wir.«

»Vielleicht – wenn ich ganz, ganz nett zu Millie bin – lässt sie mich mal wieder in ihre Hütte. Was meinst du?«

»Hängt davon ab, ob der Überraschungsangriff der Medien genützt hat. Wenn sie sich nächsten Monat nach einer neuen Stelle umsehen muss, wird sie vielleicht nicht so großzügig sein.«

Delaney rieb sich verlegen die Stirn. Er bekam ein schlechtes Gewissen, weil er sie gerade an das Leben erinnert hatte, in das sie beide noch nicht zurück wollten.

»Wir sollten unterwegs ein paar Zeitungen kaufen und sehen, ob uns übers Wochenende noch jemand Schützenhilfe gegeben hat.«

Er legte den Arm um sie und zog sich an sich. »Wir haben unser Bestes getan, Delaney. Wenn jetzt alles schiefgeht, dann haben wir es wenigstens versucht, okay?«

»Stimmt wohl.« Sie seufzte. »Aber … es darf nicht schiefgehen.«

»Ganz deiner Meinung.« Er stand auf, wobei er sie mit hochzog, und gab ihr einen Kuss. »Denken wir noch nicht daran, einverstanden?«

Sie küsste ihn auch. »Hab ich schon gesagt, dass ich überhaupt nicht nach Hause will?«

Eine Stunde später bogen sie in die Stadt ein, und Josh bekam plötzlich eine trockene Kehle. Er war zu allem bereit, außer Delaney vor ihrer Wohnung am Fluss abzusetzen und den Rest des Tages in seinem riesigen einsamen Haus zu verbringen.

Sicher, er könnte zum Avery-Haus gehen – sollte er eigentlich sogar. Oder im Mercy vorbeischauen, ob alles in Ordnung war. Normalerweise würde er genau das tun wollen. Aber nicht heute. Als er den Kopf zu Delaney drehte, die mit zusammengezogenen Brauen die Häuser an sich vorbeiziehen ließ, wollte er sie noch so lange wie möglich bei sich behalten.

»Musst du eigentlich schon nach Hause?« Er nahm ihre Hand.

»Warum?« Sie drehte ihm lächelnd den Kopf zu. »Hast du noch irgendwo eine geheime Hütte, in die wir verschwinden könnten?«

»Schön wär's. Ich habe mich nur gerade gefragt … Möchtest du noch ein bisschen mit zu mir kommen?« Innerlich stöhnte er, weil ihm bewusst wurde, wie sich das anhörte. Als wollte er noch eine schnelle Nummer schieben. »Nur um … zusammen zu sein. Reden, vielleicht zu Mittag essen.«

»Wenn es bei dir Kaffee gibt, dann ja. Wenn nicht, können wir vorher irgendwo anhalten?«

Er drückte ihre Hand und griff wieder ans Lenkrad. »Du bist koffeinsüchtig.«

»Absolut.«

»Ich habe Kaffee da.«

Sie lächelte. »Dann komme ich sehr gern mit zu dir.«

Als er den Sugar Maple Drive hinauffuhr, überlegte er erschrocken, ob er das Frühstücksgeschirr weggeräumt hatte, ob er das Duschtuch aufgehängt oder – verdammt – das Bett gemacht hatte. Er hatte nicht im Mindesten damit gerechnet, mit ihr zusammen heimzukommen. Er betrat sein Haus sonst immer allein.

Während er auf seine Einfahrt zuhielt, überkam ihn ein ganz fremdes Gefühl – die Hoffnung, der Wunsch, Delaney möge sein Haus genauso schön finden wie er.

Nicole hatte es verabscheut – sie fand es zu groß, zugig und alt. Das hätte ihm ein Zeichen sein sollen, eines von vielen, doch er hatte es ignoriert, sich vorgestellt, sie würde sich schon noch damit anfreunden.

Er sah zu Delaney und hoffte sehr, sie werde es nicht schrecklich finden.

»Du meine Güte.« Delaney schaute mit offenem Mund, als Josh auf halber Höhe des Hangs in die Einfahrt einbog und sie das dunkelgrüne viktorianische Haus mit der breiten Veranda und den runden Ecktürmen sah. »Hier wohnst du?«

Er zuckte mit den Schultern. »Ja. Es hat meinen Eltern gehört. Es hat mich quasi nichts gekostet. Bei den Marktpreisen könnte ich mir so was gar nicht leisten.«

Er stieg aus dem Wagen und half ihr beim Aussteigen, dann stand sie da und starrte sein Haus ehrfurchtsvoll an. Er vergaß oft, wie schön es war, schließlich wohnte er schon sein ganzes Leben darin. Aber Delaneys Gesichtsausdruck führte es ihm wieder vor Augen.

»Bist du hier aufgewachsen? In diesem Haus?«

Er nickte. »Wollen wir hineingehen?«

»Oh, ich will definitiv hinein. Ich wette, es hat eine Hintertreppe und einen staubigen Dachboden und dergleichen.«

»Du hörst dich an wie ein Kind im Bonbonladen.« Er lachte erleichtert. »Staubige Dachböden sind gar nichts Tolles.«

»Für mich schon. Ich habe mir immer gewünscht, in solch einem Haus zu leben. Ich weiß, es ist albern, sich zu beschweren, aber wir haben immer in ganz modernen Häusern mit hohen Decken und großzügigen Räumen voller Designermöbel gelebt.«

»Klingt schrecklich.« Er schloss die Tür auf und winkte sie in den Flur, wo die breite Treppe nach oben zu den vier Schlafzimmern führte.

»War es auch.«

»Krumme Wände, schlechte Isolation und knarrende Böden sind viel schöner.« Er verdrehte die Augen. »All das habe ich hier übrigens.«

»Das gibt dem Haus Charakter.« Sie riss die Augen auf, als sie den großen Kamin im Wohnzimmer entdeckte. »Oh, der ist wahnsinnig schön!«

Eine halbe Stunde lang führte er sie herum, durch alle Stockwerke und über die Dienstbotentreppe wieder nach unten, sodass sie in der Küche ankamen. In einem fort machte sie Oh und Ah, und es tat ihm gut, das Haus mit ihren Augen zu sehen. Für ihn war es ganz selbstverständlich, dass die Morgensonne in die Küche schien, dass der Kamin auch das große Schlafzimmer beheizte, dass sein Vater breite Fensterbänke zum Sitzen in die Türme eingebaut hatte. Delaney bei der Erkundung des Hauses zuzusehen war eine Freude. Ihr Entzücken haute ihn fast um.

Als er zwei Flaschen Wasser aus dem Kühlschrank nahm, setzte sie sich auf einen Hocker und zeigte auf die schmiedeeiserne Ablage für die Töpfe und Pfannen über der Kücheninsel. »Dr. Mackenzie, ich glaube, Sie haben mir etwas verheimlicht. Die Küche deutet auf einen erstklassigen Koch hin.«

Er schüttelte den Kopf. »Leider ist das alles nur zum Angeben. Ich kann nicht besser kochen als meine Mutter früher.«

»Früher? Ist sie … Lebt sie nicht mehr?«

»Nein.« Er schwieg und atmete tief durch. Wann hatte er das letzte Mal darüber gesprochen? Würde es ihm inzwischen etwas leichter fallen? »Sie kamen ums Leben, als ich noch studierte. Bei einem Autounfall.«

»Oh, das tut mir leid, Joshua. Wie entsetzlich.«

Er holte Gläser aus einem Oberschrank, unsicher, ob er davon erzählen wollte.

»Sind sie das?« Sie zeigte auf ein Foto an der Wand – sein liebstes. Sein Dad hatte den Arm über die Schultern seiner Mom gelegt, und sie lachte. So wollte er sie immer vor Augen haben – lachend, glücklich, noch nach dreißig gemeinsamen Jahren ineinander verliebt.

Lächelnd schaute er hinüber. »Ja. Das war einen Monat vor dem Unfall. Meine Tante hat das Foto am See aufgenommen.«

»Wie waren sie?« Sie nahm das Glas, das er ihr anbot, und folgte ihm nach draußen auf die überdachte Terrasse zu den Chaiselongues.

»Oh, das ist eine große Frage.« Er setzte sich dem Garten zugewandt hin.

»Ich weiß.« Sie wurde ernst, und das tat ihm leid. »Entschuldige. Ich dachte nur …«

»Du brauchst dich nicht zu entschuldigen. Meine Mutter war lustig. Sie alberte gern herum, war klug und süß, und mein Dad und ich lachten uns oft schief über sie. Kochen konnte sie überhaupt nicht, aber das kümmerte sie nicht. Ich habe in meiner Kindheit so oft Käsemakkaroni gegessen, da ist es ein Wunder, dass ich keine gelbe Haut habe.«

Delaney lachte. »Besser als die Grünkohl- und Spinat-Smoothies, die meine Mutter mir aufgedrängt hat.«

»Mein Dad war richtiggehend verknallt in sie. Sie waren

unzertrennlich, weißt du? Die ewige Liebe, wie sie im Buche steht.«

»Klingt toll.« Delaney drehte den Kopf weg, aber er sah noch, dass sie traurig wurde. Er fragte sich, wie die Ehe ihrer Eltern Parkers Tod verkraftet hatte. Sie waren trotz der Tragödie noch zusammen, aber er ahnte, dass sie nicht glücklich miteinander waren.

Sie blickte ihn wieder an. »Hast du Geschwister?«

»Nein. Sie haben es versucht, aber das Schicksal hatte andere Pläne.«

»Und dann …« Sie holte tief Luft. »Lebst du jetzt allein hier.«

»In diesem wirklich riesigen Haus, ja. Meine Mutter hat es von ihren Eltern geerbt, aber sie und Dad hatten nie genug Geld – oder Zeit –, um es so instandzuhalten, wie sie es gern gehabt hätten. Eines Tages, das war ihr Mantra. Eines Tages fahren wir in die Karibik. Eines Tages setzen wir uns wirklich zur Ruhe. Dann war es damit ganz plötzlich vorbei.«

Er trank einen Schluck Wasser und versuchte, das Gespräch auf etwas anderes zu lenken.

Ehe ihm etwas einfiel, nahm Delaney seine Hand. »Ich denke, sie wären jetzt wirklich stolz auf dich, auf alles, was du tust. Und bestimmt haben sie nie einen Moment daran gezweifelt, dass sich ihr Opfer gelohnt hat.«

Traurig lächelnd drückte er ihre Hand. »Ich wünschte, ich könnte das auch so sehen.«

Ein Weilchen schwiegen sie, tranken ihr Wasser und schauten in den Garten. Irgendwo auf der Straße hörte man Kinder spielen und dann die kleine Melodie, mit der sich der Eiswagen ankündigte.

Sie blickte Joshua an, mit einem ganz neuen Verständnis seiner Persönlichkeit, das an ihr Herz rührte. Kein Wunder, dass er so getrieben war. Er hatte Eltern gehabt, die auf jedem Schritt seines Weges hinter ihm gestanden, jedes Opfer gebracht hatten, damit seine Träume wahr werden konnten. Und dann waren sie kurz vor der Verwirklichung ums Leben gekommen. Der Druck musste für ihn oft überwältigend sein.

Deshalb arbeitete er also derart viel. Deshalb steckte er Geld und Zeit in dieses Haus. Kein Wunder, dass er ständig nur an andere dachte.

Kein Wunder … kein Wunder, dass sie sich bis über beide Ohren in ihn verliebt hatte.

»Joshua?«

Er drehte ihr den Kopf zu.

»Meinst du, du könntest mich noch mal herumführen? Ich weiß gar nicht mehr, welches Schlafzimmer eigentlich deins war.«

Lächelnd schüttelte er den Kopf und setzte sein Glas ab. Dann zog er sie auf seine Chaiselongue, wo er mehr lag als saß. Als sie sich behutsam auf ihm niederließ, strich er ihr die Haare aus dem Gesicht und sah ihr in die Augen. »Ich muss zugeben, du bist ganz anders als erwartet, Ms. Blair.«

Sie lachte. »Gut zu wissen. Denn mein Eiskönigin-Image ist mir bestimmt vorausgeeilt.«

Er küsste sie sanft. »Du bist definitiv keine Eiskönigin.«

Ihr Kuss wurde heißer, begieriger, als er die Hände zuerst in ihre Haare schob, dann den Rücken hinabwandern ließ.

Dann strich er mit den Fingerspitzen über ihre Brust. »Du bringst mich um mit deinen Blusen. Sobald ich auf die Knöpfe blicke, erinnere ich mich an das erste Mal, als du in meinem Büro warst. Ich könnte schwören, das war eine Ablenkungsstrategie.«

Sie küsste ihn. »Das werde ich dir nie verraten.«

Er lachte leise. »Hat aber funktioniert.« Er zog ihre Hüften an sich. »Möchtest du nach oben gehen?«

»Du bist so was von verschwiegen, Missy.« Megan schaute Delaney böse an. »Darf ich denn, wenn du am Montagmorgen erst um neun im Büro auftauchst, daraus schließen, dass dein Wochenende bis heute Morgen gedauert hat?«

»Schsch, Meg. Ich arbeite.« Delaney klickte auf mehrere Fenster, um herauszufinden, was sie heute Vormittag erledigen musste. Das Gefühl von Joshuas Lippen auf ihrer Haut war noch zu frisch, als dass sie sich auf irgendwas konzentrieren konnte.

Megan lehnte sich zurück, trank ihren Kaffee und blickte sie forschend an. »War er gut?«

»Megan!«

»Na komm! Erzähl doch mal ein bisschen. Ich gehe mit dir scharfe Dessous kaufen und erfahre nicht mal, ob du sie getragen hast.«

»Hab ich nicht.« Delaney kaute lächelnd auf der Unterlippe. Nein, sie hatte keine Zeit gehabt, sie anzuziehen. Und sie hatte sie auch nicht vermisst – den ganzen Sonntagnachmittag nicht –, überhaupt nichts hatte sie vermisst.

»Du bist unmöglich. Du hast das ganze Wochenende nackt verbracht, stimmt's?«

»Geh jetzt.« Delaney scheuchte sie von ihrem Schreibtisch weg. »Wir haben heute viel zu tun.«

»Na schön. Du wirst ja sehen, ob ich noch mal mit dir shoppen gehe. Das war ein superschönes Negligé. Reine Verschwendung, sag ich dir!« Megan öffnete kopfschüttelnd die Bürotür, kehrte aber noch mal um und schloss Delaney in die Arme.

»Wofür war das?«

»Ich freue mich für dich, weiter nichts.« Megan ging summend hinaus, und Delaney konnte ihr albernes Lächeln nicht mehr abschalten.

Kurz darauf klingelte ihr Telefon.

»Delaney Blair«, meldete sie sich und klickte auf einen Bericht, den sie bis zur Mittagspause fertigstellen musste.

»Hier Gregory. Ich muss Sie sprechen. In meinem Büro. Sofort.«

Sie riss die Augen auf und erstarrte. Was hatte das zu bedeuten?

Und wieso klang er so finster?

28

»Wie weit sind Sie mit Ihren Kürzungsvorschlägen?«, fragte er, noch bevor sie sich gesetzt hatte. Um die Augen hatte er neue Falten bekommen, stellte sie fest, und er sah erschöpft aus.

»Äh … weit.« Eine glatte Lüge. Trotz heroischer Anstrengungen konnte sie keine Einsparmaßnahmen vorschlagen, keine Einnahmen ankündigen. Sie hatte lediglich für die Aufmerksamkeit der Medien gesorgt, was aber noch keinen Cent in die Kasse der Pädiatrie gespült hatte.

Gregory holte ein Papier hervor und hob es hoch. »Das ist Ihre ursprüngliche Vorschlagsliste. Bleiben wir bei der? Oder haben sich noch mehr Möglichkeiten aufgetan?«

Delaney spürte die ersten Anzeichen einer Panikattacke. »Die Liste gehört in den Schredder, Gregory. Diese Kürzungen können wir auf keinen Fall vornehmen.«

»Warum nicht?«

»Weil die Auswirkungen immens wären. Das hatte ich so nicht eingeschätzt.«

Er senkte das Papier. »Welche Posten enthält Ihr neuer Vorschlag?«

Delaney schluckte mühsam. *Wenn ich das wüsste!*

»Ich habe noch ein paar Fördermöglichkeiten zu prüfen, aber da kann sicher einiges an Geld reinkommen. Bei dem Spendendinner neulich habe ich die Fühler ausgestreckt und ein paar Kontakte geknüpft …« Sie wurde immer leiser und verstummte, weil ihr klar wurde, dass Gregory ihr den Mist nicht abkaufte.

Sie seufzte. »Wir sind am Ende, Gregory. Die Kinderstation kann auf keinen weiteren Dollar verzichten, und ich habe keine anderen Geldquellen aufgetan. So was geht auch nicht innerhalb von zwei, drei Wochen.«

»Nun, der Zeitraum hat sich verkürzt. Der Vorstand tritt am Mittwoch zusammen. Sie wollen die Vorschläge hören, ob sie schon ganz fertig sind oder nicht.«

»Mittwoch? *Diesen* Mittwoch? Übermorgen?« Delaney packte die Armlehnen ihres Stuhls.

»Übermorgen.«

»Was ... soll ich denn sagen? Dass es nichts mehr zu kürzen gibt, werden die nicht von mir hören wollen.«

»Nein, ganz gewiss nicht.«

»Aber etwas anderes kann ich ihnen nicht sagen. Ich kann nicht guten Gewissens empfehlen, das Budget zusammenzustreichen.«

Gregory nahm ihre alte Liste wieder zur Hand. »Sie können immer noch mit der in die Sitzung gehen. Und sie später zurücknehmen. So sieht es wenigstens so aus, als hätten Sie gewissenhaft gearbeitet. Gehen Sie mit leeren Händen hin, wird sich das furchtbar rächen.«

»Wenn ich diese Liste vorlege, werden sie sie beschließen. Ich werde gar nicht mehr sagen können, dass sie nur vorläufig und noch ungeprüft war und ich sie längst verworfen habe. Nein, diese Liste kann ich unmöglich mitnehmen.« Sie schüttelte den Kopf. »Nein.«

Er lehnte sich lässig zurück und verschränkte die Arme. Aber die Pose täuschte. Delaney kannte ihn lange genug und wusste, ohne es zu sehen, dass er unter dem Schreibtisch ungeduldig mit dem Fuß wippte.

»Wir sollten wahrscheinlich noch über etwas anderes reden.«

»So?« Ihr Magen schlug kribbelnd Alarm.

»Hätte jemand Grund, Ihnen hier unzulässige Einflussnahme vorzuwerfen?«

Sie legte den Kopf schräg. »Wie bitte?«

»Eine Dame aus dem Vorstand hat mich angerufen. Sie ist informiert worden, dass Sie möglicherweise ein privates Verhältnis mit Joshua Mackenzie haben. Der Vorstand sei gut beraten, zu prüfen, ob das stimme, meinte sie, bevor sie über gewisse Vorschläge abstimmten. So ihre Worte.«

»Was? Wer? Wieso? Wie bitte?« Delaney brachte keinen Satz mehr zustande und legte sich eine Hand auf den Magen.

Seufzend beugte er sich nach vorn und stützte die Ellbogen auf. »Delaney, ich kenne Joshua. Er ist ein guter Mann und ein hervorragender Arzt. Aber wenn Sie sich mit ihm eingelassen haben, müssen Sie auch an die möglichen Auswirkungen denken.«

»Als da wären?« Sie verschränkte die Arme. »Nicht, dass ich irgendetwas zugebe.«

»Sie könnten Ihre Stelle verlieren, Delaney. Und er auch. Eine interne Untersuchung wäre sehr wahrscheinlich, und einer von Ihnen oder beide müssten mit allerhand Konsequenzen rechnen, schlimmstenfalls mit der Entlassung. Ich sage nicht, dass das passieren wird. Nur dass es passieren kann.«

»Ich habe kein … wir haben kein … Verhältnis. Privates.« Delaney schloss die Augen, verabscheute jedes dieser Worte, verabscheute sich, weil sie dem Mann ins Gesicht log, vor dem sie den größten Respekt hatte.

»Ich frage Sie nicht. Aber die werden es tun.« Er schob ein paar Unterlagen zusammen und deutete mit dem Kopf zur Tür, womit das Gespräch beendet war. »Ich empfehle Ihnen, Ihren Auftritt zu üben, denn was Sie mir vorgespielt haben, wird Ihnen keiner abkaufen.«

Am Abend, als sie den Hügel hinaufjoggte, erhöhte sie nach drei Meilen das Tempo. Normalerweise hätte sie an dieser Stelle eine Pause eingelegt, die Hände auf die Knie gestützt, um den Puls zu senken, und einen Schluck Wasser getrunken. Heute rannte sie daran vorbei, trank keinen Tropfen, und ihr Puls war ihr völlig egal.

Den ganzen Tag war ihr das Gespräch mit Gregory im Kopf herumgegangen, und da sie sich sowieso in ihren inneren Konflikt hineingesteigert hatte, seit sie Joshuas Haus verlassen hatte, stand sie jetzt kurz vor dem Nervenzusammenbruch.

Was hast du dir bloß dabei gedacht? Diese Frage hatte sie sich bis zum Erbrechen gestellt, aber ihr waren nur hundert Gründe eingefallen, warum es jedem schwerfallen würde, Joshua zu widerstehen, und das war gar nicht hilfreich.

Vor langer Zeit hatte sie sich geschworen, sich nie mit einem Mann einzulassen, der nicht imstande war, seine Arbeit an die zweite Stelle zu setzen. Solch ein Leben kannte sie. Sie hatte die Ehe ihrer Eltern vor die Hunde gehen sehen und kannte scharenweise andere Ehefrauen, die denselben einsamen Weg gegangen waren wie ihre Mutter. Für sie kam das nicht infrage, verdammt noch mal! Sie hatte an erster Stelle zu stehen, komme, was wolle. Und wenn der Mann dazu nicht bereit war, dann war sie aus der Sache raus.

Genau.

So eine Entscheidung war in der Theorie leicht zu fällen. In der Theorie kamen nicht die zwei Augen vor, die sie mit einem Blick zum Schmelzen brachten, oder die zwei Hände, die sie mit einer Berührung heißmachen konnten. Sie bezog auch nicht mit ein, wie glücklich sein Lachen sie machte oder dass ihr alles einfach schöner vorkam, sobald sie ihn nur sah.

Und wer würde sich *nicht* in Dr. Joshua Mackenzie verlieben? Sie konnte überhaupt nichts dafür, verdammt. Er war süß, lustig und wahnsinnig anziehend. Seinen Patienten gegenüber war er engagiert, selbstlos und freundlich. Der Mann war zu jeder Tages- und Nachtzeit für andere da – was gab es daran auszusetzen?

Nichts … außer wenn sie an die Zukunft dachte. Sie wusste schon, wohin es führen würde. Was sie an Joshua am meisten bewunderte, war seine Hingabe für die Patienten. Was ihre Beziehung am Ende jedoch ruinieren würde – nicht, dass sie vorschnell sein wollte nach nur zwei Nächten mit diesem Mann –, war genau diese Hingabe an die Patienten. Work-Life-Balance war ein Mythos, nur ein Seminarthema, das alle einmal im Jahr durchkauen mussten. In Wirklichkeit gab es das nicht. Selbst wenn er mehr Freizeit haben wollte: Er war Arzt auf einer unterbesetzten Station, da konnte es so was wie Freizeit nicht geben.

Das war jedoch das Leben, das er seit der Highschool angestrebt hatte. Seit die kleine Avery in seinem Leben aufgetaucht war und ihm eine andere Richtung gegeben hatte, ging er diesen Weg in der Hoffnung, andere Kinder retten zu können. Seine Eltern hatte alles für ihn geopfert, und jeden Tag wurde er angetrieben von der Erinnerung an sie und von dem Gedanken, dass sie die neuen Fenster, den neuen Anstrich und den Ruhestand aufgeschoben hatten, damit er eines Tages seinen Traum leben konnte.

All das wusste sie. Das hatte er ihr erzählt.

Wie weh es tat zu erkennen, dass alles, was sie an ihm bewunderte, ihrer Liebe im Weg stehen würde! Denn wo wäre in seinem Leben noch Platz für sie? Sie wollte keine Ehefrau sein, die die Kerzen auf dem Tisch ausblies, nachdem das Essen kalt geworden war. Sie wollte nicht nachts neben sich tasten und feststellen, dass das Bett leer war. Sie wollte ihren

Kindern nicht erklären müssen, warum Daddy schon wieder den ganzen Abend arbeiten musste.

Nicht, dass sie eine Heirat mit ihm überhaupt in Erwägung zog.

Sie gelangte an die Fußgängerbrücke, wo sie meistens anhielt, um die Biber im Stillwater Pond zu beobachten, und rannte weiter. Ihre nervöse Energie trieb sie an, und sie konnte nicht stehen bleiben, selbst wenn sie es gewollt hätte.

Gregory hatte heute Morgen dem ganzen Problem, an dem sie zu knabbern hatte, noch einen harten Brocken hinzugefügt. Gütiger Himmel, wieso hatte sie sich auf dieses Hüttenwochenende eingelassen? Obwohl sie doch genau gewusst hatte, welche beruflichen Folgen das für sie beide haben konnte? Sie hatte daran sogar gedacht und trotzdem Ja gesagt. Sie war zu ihm ins Auto gestiegen … und in sein Bett.

Und jetzt drohte ihr der Vorstand, sie wegen ihrer Beziehung zu einem Kollegen zu befragen. Sie hatte ihre Karriere, seine Karriere und den Fortbestand der pädiatrischen Abteilung aufs Spiel gesetzt.

Den ganzen Nachmittag über hatte sie das von allen Seiten betrachtet, und um sieben Uhr, als sie sich die Joggingsachen angezogen hatte und endlich mal wieder laufen ging, sah es noch immer von allen Seiten gleich düster aus. Bestenfalls würde sie gerügt werden. Man würde ihr das Budget der Pädiatrie höchstwahrscheinlich wegnehmen, woraufhin es Kevin in den Schoß fiele. Das war das Best-Case-Szenario, und selbst das war beschissen.

Schlimmstenfalls würde sie entlassen werden. Die Personalvorschriften waren eindeutig: Wenn der konkrete Verdacht aufkam, dass zwei Mitarbeiter eine Beziehung hatten, wurde eine Untersuchung durchgeführt. Und egal, was dabei herauskam, der Ruf der beiden war langfristig beschädigt. Die

Untersuchung blieb in den Personalakten, und das Ergebnis konnte sich auf den weiteren Werdegang innerhalb der Klinik nachteilig auswirken.

Im Wesentlichen hieß das, Delaney würde niemals Finanzdirektorin im Mercy werden. Auf diesen Posten hatte sie fünf Jahre lang hingearbeitet, und nun konnte ihr Verhalten während eines einzigen Wochenendes alle Anstrengungen zunichte machen. Dass sie sich mit einem Kollegen eingelassen hatte, würde nicht nur ihre Kürzungsvorschläge hinsichtlich der Kinderstation diskreditieren, sondern jeden bisherigen Vorschlag … und jeden künftigen. Sie hatte bisher einen herausragenden Ruf genossen, und der würde jetzt wahrscheinlich in Rauch aufgehen.

Das hatte sie am Freitag gewusst. Und trotzdem hatte sie Ja gesagt.

Als hätte sie nicht die Kraft, Nein zu sagen.

Und was sagte das über ihre Unbestechlichkeit aus? Konnte sie am Mittwoch ehrlich vor den Vorstand treten und sicher sein, dass sie nicht unzulässig beeinflusst war? Die Kollegen erlebten sie jeden Tag als analytisch, offen und objektiv – sie erarbeitete stets finanzielle Empfehlungen, die auf unparteiischer, ehrlicher Recherche beruhten. Wenn sie schon selbst an ihrer Unbestechlichkeit zweifelte, wie könnte sie von anderen Vertrauen erwarten?

Das war, als würde ein Journalist jahrelang bestens recherchierte Artikel schreiben und dann eine Story erfinden. Dessen Ruf wäre unwiederbringlich ruiniert. Jede vorige Recherche würde noch mal unter die Lupe genommen, und man würde ihm nur noch unter Vorbehalt vertrauen, wenn überhaupt.

Sie hatte so hart gearbeitet, und jetzt das.

Aber, Himmel, sie wollte ihn. Und wie. Sie konnte nicht

anders. Sie hatte noch nie so für einen Mann empfunden, es war, als gehörte ihm bereits ein Stück ihres Herzens ... und sie wollte es nicht zurückhaben.

Völlig aufgewühlt rannte sie das letzte Stück des Abhangs hinunter zu der Stelle, an der sie sich immer mit Meg traf. Sie durfte aus der Sache mit Joshua nichts Ernstes werden lassen. So spritzig und anheimelnd und wunderbar das Wochenende mit Joshua gewesen war, es hatte nichts mit der Realität zu tun. Es war ein Stückchen vom Himmel, das bald nur noch Erinnerung sein würde, wenn sie beide wieder in der Wirklichkeit angekommen wären.

Und wenn sie sich noch weiter auf ihn einließ, würde es nur umso schlimmer sein, sich zu lösen. Um ihrer beider willen musste sie die Notbremse ziehen. Aus vielerlei Gründen war es das einzig Richtige.

Keuchend blieb sie stehen und merkte, dass sie schluchzte und die Nässe in ihrem Gesicht keine Schweißtropfen waren, sondern Tränen.

29

»Okay, ich sitze.« Joshua neigte neugierig den Kopf zur Seite, als Delaney am Dienstagabend ihre Bürotür schloss. »Warum so ernst?«

Sie setzte sich an ihren Schreibtisch und atmete einmal tief durch. Zwei Tage lang war sie ihm aus dem Weg gegangen. Die Vorstandssitzung würde in zwölf Stunden stattfinden, sie durfte das Gespräch mit ihm nicht länger aufschieben.

»Wir müssen reden«, sagte sie schließlich.

Er wurde starr. »Worüber?«

»Über das Wochenende.«

»Okay.« Unruhig lehnte er sich von einer Armstütze auf die andere. »Könntest du vielleicht diesen Ton lassen? Du klingst, als müsstest du ein Todesurteil verkünden.«

»Joshua ...« Noch einmal holte sie tief Luft und versuchte, sich nicht anmerken zu lassen, dass sie innerlich zitterte. »Es war ein Fehler.«

Kurz riss er die Augen auf, dann zog er die Brauen zusammen. »Ein Fehler.«

Sie nickte. »Ich denke ... das ist uns beiden klar.«

»Nein.« Er schüttelte energisch den Kopf. »Das ist uns nicht beiden klar. Was soll das, Delaney?«

Sie straffte die Schultern. Ein schneller, sauberer Schnitt. Den musste sie jetzt hinkriegen. Andernfalls würde sie sich in Tränen auflösen und nicht mehr sagen können, was gesagt werden musste. »Ich denke, wir waren ein bisschen schnell, weißt du. Vielleicht hätten wir auch gründlicher nachdenken sollen, anstatt gleich zu Millies Hütte zu fahren.«

»Gründlicher? Inwiefern?« Mit angespannter Miene lehnte er sich zurück.

»So gründlich, wie ich erst nach dem Wochenende nachgedacht habe. Jetzt weiß ich jedenfalls, dass es bei diesem einen geheimen Wochenende bleiben muss. Es geht nicht anders.«

»Warum?«

»Aus vielen Gründen. Aber zu allererst wegen deinem Beruf … und deiner Stellung.«

Er schloss die Augen und wirkte schwer getroffen. Sie fühlte sich zutiefst schuldig.

»Im Ernst, Joshua, wenn du nicht im Mercy arbeitest, dann bist du im Avery-Haus. Ich habe noch nicht herausgefunden, wann du eigentlich mal schläfst, und das … das macht mir Angst.«

»Weil du denkst, ich kann einer Frau, die mir etwas bedeutet, keinen Platz einräumen?« Sein Ton war freundlich, seine Miene nicht.

»Du möchtest das vielleicht«, räumte sie ein. »Du würdest dir das vornehmen, aber wenn es so weit wäre, würdest du dich für das Mercy entscheiden.« Sie schauderte und schüttelte den Kopf. »Ich glaube einfach nicht, dass du im Moment wirklich Zeit für eine Beziehung hast, und ich will nicht diejenige sein, die dir permanent ein schlechtes Gewissen macht.«

»Weißt du, ich finde es bemerkenswert, wie viele Entscheidungen du für *mein* Leben triffst.«

»Es tut mir leid. Es geht weniger um dich als um mich.«

Er seufzte. »Ich hätte einen originelleren Satz zum Schlussmachen von dir erwartet, ehrlich.«

»Ich mache nicht mit dir Schluss. Wir sind ja kein … wir haben keine … wir sind nicht mal …«

»Zusammen?« Er zog die Brauen hoch. »In einer Beziehung?«

Sie stieß den Atem aus, in der Brust verspürte sie einen schmerzhaften Druck. »Es war nur ein Wochenende, Joshua. Ein wunderbares, schönes, fantastisches Wochenende, das ich nie vergessen werde.«

»Das du aber nicht wiederholen möchtest.« Er nickte. »Ich verstehe.«

Sie sah ihn an, aber er wich ihrem Blick aus. Stattdessen nickte er schweigend und sah aus, als versuchte er, zivilisierte Worte zu finden. *Am liebsten würde er mich jetzt angiften*, dachte sie.

Sie hangelte sich weiter durch die Situation. »Es liegt nicht an dir, Joshua. Wirklich nicht. Ich möchte nur ... ein Leben, in dem ich nicht ständig um den ersten Platz kämpfen muss. Und das sehe ich bei dir nicht. Ich wünsche mir gar nicht, du wärst ein anderer Arzt oder ein anderer Mensch, als du jetzt bist, aber ich fürchte, genau das würdest du ständig denken. Ich will nicht die Frau sein, die dir ständig dieses Gefühl gibt. Und ich will mich nicht noch weiter darauf einlassen, wenn ich doch schon weiß, wo es enden wird.« Auf dem Schoß, wo er es nicht sehen konnte, ballte sie die Fäuste. Sie verabscheute jedes Wort, das sie gesagt hatte, jedes Wort, das ihn ins Herz traf. »Es tut mir wahnsinnig leid.«

Jetzt blickte er auf. »Geht es hier wirklich um Persönliches? Oder um Berufliches?«

»Was meinst du?«

»Ich meine, ist dir in den letzten zwei Tagen vielleicht eingefallen, dass eine Beziehung mit mir deine Karriere gefährden kann?«

Natürlich. Aber es ging viel mehr um *seine* Karriere als um ihre. Sie ahnte jedoch, dass das Argument nicht ziehen würde.

Sie seufzte. »Wir würden beide unsere Karriere riskieren, Joshua. Und wir arbeiten lange genug hier, um zu wissen, wie das mit internen Untersuchungen ist. Egal, was dabei herauskommt, den Makel wird man nicht wieder los.«

Joshua schaute sie so lange an, dass sie schon fürchtete, sie würde einknicken und sich in seine Arme werfen, um ihn wortreich um Verzeihung zu bitten. Die Wahrheit war, dass ihr die Karriere in diesem Moment herzlich egal war. Sie würde sie ohne Zögern an den Nagel hängen und im Supermarkt arbeiten, wenn sie dafür mit Joshua zusammenbleiben könnte.

Aber bei ihm war das anders. Er lebte für seinen Beruf. Und sie durfte nichts tun, was ihm das kaputt machte.

»Du hast dich also entschieden.« Er verschränkte die Arme.

Sie nickte bedächtig, wusste, sie musste jetzt stark sein, obwohl sie kurz davor stand, in Tränen auszubrechen. »Sei realistisch, Joshua. Du hast für eine Frau in deinem Leben keine Zeit. Nicht wirklich. Es wäre sowieso irgendwann so weit gekommen. Wir ersparen uns nur eine noch schmerzhaftere Trennung.«

Bei diesem Satz sah sie ihn rot werden, und seine Bestürzung schlug in Zorn um. Er blickte sie ein paar Momente lang an, dann stand er auf und war mit zwei langen Schritten an der Tür. Eine Hand am Türknauf blickte er kurz über die Schulter. »Keine Sorge. Wenn der Vorstand fragt, werde ich sagen, wir wären uns noch nie begegnet.«

»Delaney? Fangen wir mit Ihnen an.« Margaret Stevens, die Vorstandsvorsitzende, zeigte mit dem Füller auf sie. Es war zehn Uhr am Vormittag. Zusammen mit Gregory, Kevin und den neun Vorstandsmitgliedern saß Delaney in einem unterkühlten Konferenzraum und hegte den starken Verdacht, dass dies ihr letzter Arbeitstag im Mercy war.

Zwanzig Minuten lang war Margaret die Beschlüsse der vorigen Sitzung durchgegangen, hatte die Tagesordnung abnicken lassen und die Einführung eines neuen Bargeldrückgabe-Verfahrens in der Cafeteria vorgeschlagen, bei dem die Mitarbeiter dreiunddreißig Sekunden sparten und somit schneller an ihren Posten zurückkehren konnten.

Delaney hatte versucht, Margarets Stimme auszublenden, aber das war, als wollte man quietschende Tafelkreide überhören. Sie fühlte sich wie betäubt, als könnte sie die letzten vierundzwanzig Stunden nicht verarbeiten. Letzte Nacht hatte sich das Gespräch mit Joshua noch gefühlte tausend Mal vor ihren Augen abgespielt, und sie wusste noch immer nicht, ob sie das Richtige getan hatte. Der Moment, in dem sein Schmerz in Zorn umgeschlagen war, wühlte sie jedes Mal wieder auf, wenn sie nur daran dachte. Sie hatte sich auf diese Sitzung kaum richtig vorbereiten können.

Aber jetzt saß sie hier, in einem Kostüm, in dem sie sich eingeschnürt fühlte, mit Absätzen, die sie nach den zwei Wochen in Gesundheitsschuhen nur noch unbequem fand, und mit einer Make-up-Schicht, die ihre Schatten unter den Augen mehr schlecht als recht verdeckte.

Sie schaute zu Gregory, der ihr gegenübersaß. Besorgt erwiderte er ihren Blick. Er fürchtete den Ausgang der Sitzung, das wusste sie.

Und da war er nicht der Einzige.

»Delaney?«, sagte Margaret scharf. »Sind Sie bereit, Ihren Vorschlag vorzutragen?«

Delaney holte tief Luft. »Ja.«

Jetzt wurde es ernst. Sie hatte ihre Sorgfaltspflicht erfüllt, und die Tatsache, dass sie sich währenddessen zufällig in den

Leiter der Pädiatrie verliebt hatte, hatte ihre Empfehlungen nicht beeinflusst. Dessen war sie sich fast sicher … Den Vorstand davon zu überzeugen war jedoch so gut wie unmöglich, das war ihr klar.

Sie verteilte die Kopien, die sie um vier Uhr früh ausgedruckt hatte, bei der dritten Kanne Kaffee in dieser Nacht. Sie hatte sich mit dem Vorschlagspapier abgerackert, und obwohl es stichhaltig war, würde es mühsam zu verkaufen sein – wenn überhaupt.

Sobald jeder eine Kopie hatte, begann sie mit der Präsentation. Sie sprach über ihre Erfahrungen auf der Kinderstation, über das Personal und die Patienten. Berichtete, wie sie vor zwei Wochen mit einer Liste von Posten angefangen hatte, die sie glaubte kürzen zu können, und wie sie jeden einzelnen während ihrer Zeit im dritten Stock von der Liste gestrichen hatte.

Sie sprach über die Aufgaben- und Personalverteilung in anderen Kliniken, über die demografischen Fakten in Vermont und andere Dinge, die ihre Empfehlungen stützen konnten. Zwanzig Minuten später legte sie das Papier hin.

»Nach sorgfältiger Untersuchung und fachlicher Überlegung kann ich nichts anderes empfehlen.«

Darauf herrschte Totenstille. Sie schaute in die Runde, keiner erwiderte ihren Blick, nicht einmal Gregory. Eine volle Minute verstrich. Alle blätterten betreten in den Papieren. Dann räusperte sich Margaret und schaute über den Rand ihrer Brille zu Delaney. »Spendenbeschaffung? Das schlagen Sie vor?«

»Ja.« Delaney nickte entschlossen.

»Trotz der sehr klaren Anweisung, das Budget entsprechend der vorgegebenen Summe anzupassen?«

Delaney holte tief Luft. »Ja. Aus den soeben dargelegten Gründen.«

Margaret lehnte sich zurück, um sie zu betrachten. Sie setzte ihre Brille ab, drehte sie am Bügel zwischen den Fingern. Delaney hatte Mühe, unter ihrem Blick nicht in die Knie zu gehen.

Sie konnte geradezu sehen, wie Margaret sich zu der gefürchteten Frage entschloss.

»Delaney, ich muss Sie etwas fragen. Es betrifft Dr. Mackenzie.«

Delaney sah Gregory den Kopf recken, doch Margaret fuhr fort. »Mir ist zu Ohren gekommen -«

»Bitte gestatten Sie mir die Unterbrechung«, sagte Kevin, und Delaney fuhr zu ihm herum. Er sah sie an. *Gern geschehen. Ich bin gerade dabei, dich rauszuhauen,* sagte sein Blick.

Margaret setzte stirnrunzelnd die Brille auf. Niemand fiel der Vorstandsvorsitzenden ins Wort. Jedenfalls nicht dieser.

»Entschuldigung«, sagte Kevin mit Unschuldsmiene. »Tut mir wirklich leid, hier zu unterbrechen. Ich habe aber etwas, das die angespannte Situation lösen könnte. Wenn ich dürfte?«

Margaret seufzte. »Gut. Das wäre?«

Delaney zuckte bei dem barschen Ton zusammen. Kevin rückte seelenruhig seine Krawatte gerade. Er zog einen Stapel Papier aus einer Mappe und ließ ihn herumgehen, dann setzte er sein Verkäuferlächeln auf.

»Ich bin mit meinen Abteilungen ein bisschen eher fertig geworden und wusste, dass Delaney mit ihrer Schwierigkeiten hat.« Er bedachte sie mit einem mitfühlenden Blick, den er eigens geübt haben musste, und Delaney beschlich ein Verdacht, der sie langsam, aber sicher in Rage brachte. »Schließlich sind mit der Pädiatrie viele Emotionen verbunden. Keine Abteilung, der man leichten Herzens etwas wegnimmt. Daher dachte ich, ich probiere es mal, nur um zu sehen, ob mir eine Lösung einfällt.«

Wie bitte? Er hatte Kürzungsvorschläge? Für *ihre* Abteilung?

»So?« Margaret klang verdächtig hoffnungsvoll. »Welche Lösung haben Sie?«

Kevin lächelte. »Das steht alles ausführlich in den Papieren, aber ich fasse es gerne für Sie zusammen. Wenn Sie vielleicht Seite drei aufschlagen könnten, da beginnt die Postenaufstellung.«

Während alle blätterten, schoss er Delaney einen triumphierenden Blick zu, und sie musste an sich halten, um nicht aus dem Stuhl zu springen und den schleimigen Mistkerl zu erwürgen.

Wie konnte er es wagen?

Sodann ging er die Aufstellung durch. Delaney blickte auf ihr Exemplar, das sie gar nicht aufschlagen wollte. Sie stutzte, als es verdächtig nach ihrer ursprünglichen Liste klang, und blätterte zur dritten Seite, um sie zu überfliegen. Und als sie auf Seite fünf ankam, schäumte sie vor Wut. Vermutlich war sie rot wie eine Tomate.

Dieser Mistkerl hatte ihre ursprüngliche Kürzungsliste gestohlen.

Sie begegnete Gregorys Blick und sah ihn unauffällig den Kopf schütteln. *Machen Sie jetzt keine Welle, Delaney,* hieß der. *Auf diese Weise kommen Sie davon. Margaret wird keine Gelegenheit bekommen, ihre Frage zu stellen.*

Kevin erklärte vier weitere Posten der Liste, dann sagte er: »Posten zwölf: die Funktion der Sozialpädagoginnen.« Er nannte die Gehalts- und Vergünstigungssumme der beiden Stellen. »Nach meinen Recherchen bin ich zu dem Schluss gekommen, dass diese Arbeit zwar äußerst förderlich ist, aber eigentlich keinen medizinisch notwendigen Aufwand darstellt.«

Delaney sprang auf, ehe sie sich eines Besseren besinnen konnte, und aller Augen waren auf sie gerichtet, als sie mit der Faust auf den Tisch schlug. »Wissen Sie, was eine Sozialpädagogin leistet, Kevin?«

Er sah sie an, als hätte sie ihre Medikamente nicht genommen. Solch ein Auftreten in einer Vorstandssitzung war ein Skandal. Und sie wusste verdammt gut, dass der Vorstand derselben Ansicht war.

»Selbstverständlich weiß ich das. Und ich sagte gerade, dass ihre Arbeit sehr förderlich ist.«

»Haben Sie mal mit einer gesprochen?« Sie verschränkte die Arme und fixierte ihn.

»Delaney«, sagte Margaret. »Wir haben Sie bereits angehört. Lassen Sie Kevin bitte fortfahren.«

Delaney ignorierte sie. »Haben Sie mal einen Patienten der Kinderstation kennengelernt, Kevin? Haben Sie gesehen, wie die Leistungen der Abteilung aufeinander aufbauen? Haben Sie eine Vorstellung davon, was zu einer stationären Behandlung auf der Kinderstation gehört?«

Kevin atmete tief durch. Sie sah ihm an, dass er die Zähne zusammenbiss. Dann entspannte er sichtlich die Schultern und nickte mitleidig. »Es tut mir leid, Delaney. Ich weiß, keiner von uns hat die Erfahrung mit der Pädiatrie, die du hast. Deshalb ...« Er hob beschwichtigend die Hände, eine wirklich gut einstudierte Pose. »Deshalb dachte ich, ich kann vielleicht helfen. Ganz offensichtlich hat das für dich eine sehr emotionale Seite.«

»Soll das ein Witz sein? Das hat nichts mit irgendwelchen Emotionen meinerseits zu tun.« Delaney nahm die Sitzungsvorlage und hielt sie hoch, während sie jedem Einzelnen der

Anwesenden ins Gesicht blickte. »Das hier ist *mein* Kürzungsvorschlag. Meiner. Den habe ich aufgestellt, bevor ich zwei Wochen lang auf der Kinderstation recherchiert habe. Bevor ich eine Ahnung hatte, wie dort gearbeitet wird. Ich habe die Posten einen nach dem anderen verworfen, aber Kevin hat sich eine Kopie davon beschafft, und nun präsentiert er die Aufstellung als seine eigene.«

»Delaney, bitte. Das ist unnötig.« Kevin sah hilfesuchend zu Margaret, als wollte er sagen: *Befreien Sie mich von der Verrückten.* »Das ist das Ergebnis meiner Arbeit. Vielleicht ähneln sich die Vorschläge in einigen Punkten, aber das ist doch nur logisch.«

Delaney schaute in die Runde, und als sie die Gesichter sah, wusste sie, niemand würde sie unterstützen. Sie hatte einen Vorschlag präsentiert, für den Geld nötig war, das sie nicht hatten. Kevin dagegen hatte seine übliche Show abgezogen, und alle standen hinter ihm.

Während ihrer Zeit am Mercy war sie immer kühl und sachlich aufgetreten, und jetzt … benahm sie sich unüberlegt und emotional. Sie senkte den Blick auf das Papier, versuchte, ruhiger zu atmen, und fand einen Posten weiter unten, der tatsächlich auf seinem Mist gewachsen war. Niedergeschlagen schüttelte sie den Kopf. »Kevin, weißt du, warum so viele Teenager mit Mukoviszidose ein Zimmer für sich allein bekommen?«

Er neigte den Kopf zur Seite und zog die Brauen hoch. »Weil wir ihnen Privatsphäre geben wollen, das verstehe ich. Das ist wichtig. Aber wir können zwei Betten in diese Zimmer stellen. Das erhöht die Einnahmen.«

»Es geht nicht um Privatsphäre.« Sie klang resigniert, das hörte sie selbst. »Wir tun das, weil manche Infektionskrankheiten haben, die für andere Mukoviszidosepatienten hochansteckend sind.«

»Sicherlich kann man dem mit geeigneten Maßnahmen entgegenwirken. Wir sind ein kleines Krankenhaus. Wir haben bei solchen Dingen mehr Spielraum.«

Sie starrte ihn an. »Nein. Haben wir nicht. Die betroffenen Kinder können daran sterben, Kevin. Wir verkürzen ihre Lebenszeit, wenn wir die Behandlungsvorschriften nicht einhalten. Wir dürfen hier nicht Gott spielen.«

»Delaney.« Margaret schaltete sich erneut ein. »Vielleicht sollten Sie mal für einen Moment hinausgehen und frische Luft schnappen?«

Delaney blickte auf ihren Tisch und zählte bis zehn. »Der Vorschlag ist gefährlich, Margaret. Die Posten, die von mir stammen, sind schon unhaltbar, und nun fügt er noch einen unverantwortlichen hinzu. Bitte, lassen Sie den Vorschlag nicht durchkommen, weder in dieser, noch in anderer Form. Kevin hat das nicht geprüft. Er wird das bis in alle Ewigkeit leugnen, aber diese Liste stammt von mir. Und weil es meine Pflicht war, einen gut recherchierten, schlüssigen Vorschlag zu präsentieren, habe ich mir die Zeit genommen, jeden einzelnen dieser Posten auf seine Umsetzbarkeit zu prüfen. Daher weiß ich, dass meine ursprünglichen Kürzungsideen weder Hand noch Fuß haben. Wenn wir die umsetzen, gefährden wir die Patienten. Das ist das Fazit.«

»Danke.« Margaret nickte. »Und nun, denke ich, ist es das Beste, Sie verlassen die Sitzung. Wir haben Ihre Meinung gehört, und wir werden sie mit einbeziehen. Jetzt jedoch sollten wir uns Kevins Vorschlag zu Ende anhören.«

Delaney sah sie an, dann Gregory. *Im Ernst?* Margaret schickte sie raus? Und Kevin durfte seinen Bockmist weiter vortragen?

Margaret stand auf und öffnete die Tür. »Ich danke Ihnen, Delaney.«

30

»Dr. Mackenzie, danke, dass Sie zu mir kommen.« Kevin McConnell schüttelte ihm die Hand und deutete auf einen Stuhl. »Ich weiß, das kam für Sie sehr kurzfristig. Ich bin Ihnen sehr verbunden, dass Sie in Ihrem Terminplan ein wenig Zeit gefunden haben.«

Josh sah sich in dem leeren Konferenzraum um, während er Platz nahm. Er war misstrauisch und vergaß darüber fast die Wut, die er seit dem Gespräch mit Delaney mit sich herumtrug. »Bei allem Respekt, es klang nicht, als hätte ich eine Wahl.«

Kevin setzte sich an den Kopf des langen Tisches, legte sich Unterlagen zurecht und faltete die Hände, bevor er Josh ansah. »Wie Sie sicherlich wissen, haben wir in den vergangenen Wochen sehr gründliche Haushaltsanalysen vorgenommen, und Ihre Abteilung war ebenfalls davon betroffen. Unglücklicherweise mussten wir einige harte Entscheidungen treffen.«

Josh zog es den Magen zusammen. *Verdammt.*

Kevin setzte ein professionell-mitfühlendes Gesicht auf. *Das hat er bestimmt lange geübt,* dachte Josh.

Aber das wirkt bei mir nicht.

»Um was für Entscheidungen geht es?«

Kevin zog ein Blatt aus seinen Unterlagen hervor und betrachtete es einen Moment lang, dann seufzte er. »Der Vorstand ist heute Morgen zusammengetreten, um über die Kürzungsvorschläge zu entscheiden, und hat für unverzügliche

Veränderungen gestimmt. Wir mussten bei einer Anzahl von Budgetposten einige beträchtliche Berichtigungen vornehmen. Ich bedaure, dass ich derjenige bin, der Ihnen das mitteilen muss, und glauben Sie mir, ich wünschte, wir wären nicht zu diesen Anpassungen gezwungen.« Er reichte Josh das Papier. »Ich lasse Ihnen einen Augenblick Zeit zum Lesen, dann können wir es Zeile für Zeile durchgehen, wenn Ihnen das hilft.«

Josh versuchte, ruhig zu atmen und auszublenden, welche Rolle Delaney bei der Durchsetzung gespielt haben könnte oder auch nicht. Langsam las er die Aufstellung, sah sich jeden Posten genau an, und seine Verwunderung wuchs.

Das Papier hatte er schon mal gesehen. Delaney hatte es ihm sogar in die Hand gegeben. Aber dann hatte sie zwei Wochen auf seiner Station verbracht und schließlich behauptet, sie habe es geschreddert. Es sei unausgereift gewesen, nicht gründlich recherchiert, letztlich verantwortungslos. Also wieso lag es jetzt vor ihm?

»Darf ich fragen, wer für diese Aufstellung verantwortlich ist?« Er hatte Mühe, ruhig zu sprechen.

»Es war natürlich eine Gemeinschaftsleistung, aber die Lorbeeren muss ich meiner Kollegin Delaney Blair überlassen. Sie hat den Hauptteil erledigt. Sicher haben Sie sie in den letzten zwei Wochen mal auf Ihrer Station gesehen, als sie die Mitarbeiter bei der Arbeit beobachtet hat.«

Josh nickte langsam. Oh ja, er hatte sie gesehen. Auf der Station, auf dem Anleger, in seinem Bett …

»Das ist das Ergebnis ihrer Bemühungen.« Kevin deutete auf die Aufstellung. »Sie hat ihre Empfehlungen am Freitag abgeliefert.«

Nein. Mit dieser Aufstellung hatte sie *begonnen* und sie dann verworfen.

Oder doch nicht?

»Entschuldigen Sie.« Josh legte das Papier hin und beugte sich vor. »Das verwirrt mich einigermaßen. Sicher haben Sie eruiert, wie sich diese Einschnitte auf unsere Behandlungsmöglichkeiten auswirken. Delaney hat diese Kürzungen bestimmt nicht empfohlen. Da bin ich mir sicher.«

Kevin nickte ernst. »Es tut mir leid. Das war alles nicht einfach. Für keinen von uns. Sie hat uns gewarnt, die Ergebnisse seien bestürzend.«

»Bestürzend? *Bestürzend?* Das ist ein Scherz, oder?« Josh hatte das Gefühl, ihm platze gleich der Kopf. Die Kürzungen auf dieser Liste betrafen nicht nur das, was bei Haushaltskrisen üblicherweise für optional gehalten wurde. Hier sollten ihm Mitarbeiter genommen werden, die aber im Hinblick auf die Sicherheit und Pflege seiner Patienten unverzichtbar waren. Die waren nicht optional, sondern notwendig.

»Also, gehen wir die Posten einzeln durch.« Kevin hob begütigend die Hand, und Josh hatte gute Lust, sie ihm in den Rachen zu stoßen. Aber, Grundgütiger, vielleicht hatte dieser Kerl gar nichts mit den verdammten Empfehlungen zu tun. »Gehen wir sie durch und überlegen gemeinsam, wie wir die Veränderungen umsetzen können.«

»Wissen Sie, Wörter wie Veränderungen oder Berichtigungen täuschen mich nicht darüber hinweg, dass Sie mein Budget zusammenstreichen. Können wir wenigstens diesen Quatsch lassen?«

Kevin wich hastig mit dem Oberkörper zurück. *Ich bin bloß der Überbringer der schlechten Nachricht*, sollte das wohl heißen.

»Na schön«, sagte Josh. »Wir gehen sie durch, aber eins möchte ich vorher noch wissen: Warum spricht Delaney nicht selbst mit mir?«

Kevin wiegte den Kopf hin und her wie ein Footballspieler mit einer alten Nackenverletzung. »Delaney hält sich in dieser Phase gern raus.«

»In dieser Phase? Was heißt das?«

»Sie ist bei diesen Dingen die Hauptanalystin. Sie hängt sich gern richtig rein und macht sich die Finger schmutzig – sozusagen –, aber wenn die Kürzungen den Abteilungen vorgestellt werden müssen, überlässt sie das lieber anderen.«

Josh schüttelte den Kopf. Das war alles sonderbar. Er konnte nicht glauben, dass die Frau, mit der er das Wochenende verbracht hatte, für diese Kürzungsmaßnahmen verantwortlich war. Andererseits war die Delaney in der Hütte eine ganz andere gewesen als die, der er gestern Abend im sechsten Stock gegenübergesessen hatte. Diese Delaney hatte ihm nach einem heißen, süßen Wochenende mit ihr einen Eimer kaltes Wasser über den Kopf gekippt.

Vielleicht kannte er sie überhaupt nicht.

Wusste sie, dass Kevin jetzt mit ihm sprach? War sie oben in ihrem Büro? Hatte sie gestern Abend gewusst, dass dieses Gespräch anstand? Hatte sie sich von ihm getrennt, bevor der Vorstand Wind von ihrer Beziehung bekommen konnte, zumal ihr schon klar war, was seiner Station bevorstand?

Wenigstens hatte sie es sauber beendet, das musste er ihr lassen.

Kevin schob seine Unterlagen hin und her. »Es tut mir leid. So handhabt sie die Dinge eben.«

»Das hat sie schon öfter getan?« Josh blickte ihn erstaunt an.

»Ja.« Kevin nickte zögernd, als hätte er es mit einem Schüler zu tun, der schwer von Begriff war. »So ist Delaney.« Dann legte er den Kopf schräg. »Wir stellen den Haushalt auf, und sie kürzt ihn.«

»Aber ich habe diese Aufstellung schon gesehen. Sie hat sie mir gezeigt. Sie hat dazu gesagt, dass eine Umsetzung die ganze Abteilung gefährdet.« Josh überflog die Posten kopfschüttelnd. »Sie werden mir verzeihen, wenn das für mich alles keinen Sinn ergibt. Es fällt mir schwer zu glauben, dass Delaney diese Empfehlungen wirklich unterstützt hat.«

»Ich weiß«, sagte Kevin wieder in dem begütigenden Ton. »Das ist für jeden schwierig. Sie war nicht glücklich dabei, falls Sie das tröstet. Aber ihr waren die Hände gebunden.«

Josh konnte es nicht fassen. »Haben Sie diese Woche Zeitung gelesen oder in einen Lokalsender reingeschaut? Unsere Kinderstation wird gerade mit guter Publicity überschwemmt. Wenn diese Kürzungen umgesetzt werden, fallen die nächsten Nachrichten über uns ganz anders aus. Das will man sich gar nicht vorstellen.«

Er schüttelte den Kopf. Das musste er von Delaney selbst hören. »Können wir Delaney herholen? Sie soll mir das persönlich sagen.«

»Sie kann nicht. Tut mir leid.«

»Gehört das auch zur Strategie?«

Kevin zuckte entschuldigend mit den Schultern. »Ich bedaure, dass ich Ihnen die schlechte Nachricht mitteilen muss. Wirklich. Wie wär's, wenn ich Ihnen etwas Zeit lasse, um die Empfehlungen zu verdauen, und wir setzen uns morgen früh noch mal zusammen? Wäre das für Sie eine Lösung?«

Kopfschüttelnd starrte Josh auf die Aufstellung, ohne sie wirklich zu sehen.

Kevin seufzte, dann stand er auf und sah auf die Uhr. »Es tut mir wirklich leid. Rufen Sie mich morgen an, damit wir einen Termin vereinbaren können, ja? Wir haben noch ein bisschen Zeit bis zur Umsetzung.«

Fünf Minuten später saß Josh noch immer an dem Tisch, vor sich den kalten Kaffee und im Magen einen Klumpen Eis.

Mit finsterer Miene griff er nach dem Blatt und las es noch einmal. Diesmal fiel ihm eine Spalte auf, die er die ersten beiden Male nicht gesehen hatte. Seine Wut kochte hoch. Da stand hinter jedem Posten ein Durchführungstermin.

Noch drei Monate, dann würde seine Abteilung nicht mehr arbeitsfähig sein.

Er war es jetzt schon nicht mehr.

»Haben Sie Joshua gesehen? Dr. Mackenzie, meine ich?« Delaney rang vergeblich um einen ruhigen Ton, als sie sich über den Anmeldetresen der Schwesternstation beugte, um Thereses Aufmerksamkeit zu bekommen. Es war Mittwochnachmittag. Zwei Stunden lang hatte sie nach der Vorstandssitzung an ihrem Schreibtisch gegrübelt. Dann war Kevin vor zehn Minuten mit triumphierender Miene an ihrem Büro vorbeigegangen, was sie in panischen Schrecken versetzt hatte.

Er war sogar kurz umgekehrt, um ihr die Vorstandsentscheidung mitzuteilen. Ihr war speiübel geworden. Mit Siegerglanz in den Augen – *diese Partie habe ich gewonnen* – sagte er noch dazu, er habe ihr die Mühe erspart, Dr. Mackenzie die Nachricht zu überbringen.

Sie hatte nur gewartet, bis Kevin in seinem Büro verschwunden war, dann war sie aufgesprungen, hatte sich die hohen Schuhe ausgezogen und war die Treppe in den dritten Stock hinuntergerannt, denn sie hätte keine Geduld gehabt, auf den Aufzug zu warten. Vor der Tür zur Kinderstation hatte sie sich die Schuhe wieder angezogen und sich gezwungen, ruhig zu atmen, bevor sie die Tür öffnete. Sie hatte sich heute schon einmal wie ein aufgescheuchtes Huhn benommen. Das sollte ihr auf keinen Fall noch einmal passieren.

Sie musste zu Joshua, ihm erklären, was passiert war, ihm begreiflich machen, dass sie nichts dafür konnte. Auch wenn Kevin die Tatsachen todsicher verdreht hatte.

Therese blickte stirnrunzelnd auf, und Delaney sah ihr an, dass sie sorgsam ein neutrales Gesicht wahrte. »Ich weiß nicht, wo er ist«, antwortete sie, um sich sofort wieder ihrem Bildschirm zuzuwenden.

»Ist er auf der Station?«

Therese sah sie nicht mehr an. »Fragen Sie Millie. Die ist bei Annabeth.«

»Danke.« Delaney trommelte kurz mit den Fingern, dann hielt sie auf Annabeths Zimmer zu. An der Tür klopfte sie an und streckte den Kopf hinein.

Millie drehte sich um, aber sie hielt es nicht für nötig, ein neutrales Gesicht zu machen oder auf den eisigen Ton zu verzichten. Das verhieß nichts Gutes.

»Ja?«

»Ich suche Joshua. Haben Sie ihn gesehen?«

»Nein.«

»Irgendeine Idee, wo er sein könnte?«

Millie blickte sie herausfordernd an. »Nein.« Sie stand auf und ging auf Delaney zu, wobei sie sie von oben bis unten taxierte. Sie musste ihr die seelische Not wohl angesehen haben, denn dann deutete sie doch auf das Spielzimmer. »Zuletzt war er mit Kaya und ihrer Mutter da drinnen.«

»Danke.« Delaney eilte über den Flur und blieb stehen, als sie Kayas Stimmchen hörte.

»Morgen? Ich darf morgen schon nach Hause?«, fragte Kaya freudig erregt.

»Darauf kannst du wetten«, antwortete Joshua, und Delaney konnte sich vorstellen, wie er der Kleinen in die Wange kniff. »Aber du wirst mir fehlen.«

»Sie mir auch. Vielleicht kann ich mal zu Besuch kommen. Nur zu Besuch, nicht als Kranke.«

Er lachte, aber Delaney hörte den traurigen Beiklang. »Nur zu Besuch«, bekräftigte er.

Ein paar Augenblicke später kamen Kaya und ihre Mutter in den Flur, zwischen sich den Infusionsständer, den sie gemeinsam schoben. Delaney brachte ein Lächeln zustande, als sie an ihr vorbeigingen, und dann eilte sie zum Spielzimmer, um Joshua allein zu erwischen, bevor er mit jemand anderem ein Gespräch begann.

Als sie vor die Glastür trat, hatte sie einen riesigen Kloß im Hals. Joshua saß auf einem der Kinderstühle, die Ellbogen auf die Knie, den Kopf in die Hände gestützt. Er wirkte völlig erschöpft – und niedergeschlagen.

Zaghaft klopfte sie an, dann ging sie hinein. Er hob den Kopf und setzte ein Lächeln auf, das ihm sofort entglitt, als er sie sah.

»Was willst du hier?«, fragte er wütend.

»Mit dir reden.«

»Ich wüsste wirklich nicht, was wir noch zu bereden hätten, Delaney.« Er stand auf. »Bitte. Lass es.«

In ihrem Magen setzte ein brennender Schmerz ein. »Kevin hat gelogen.«

Er kniff sich in die Nasenwurzel. »In welcher Hinsicht sollte er gelogen haben? Dass du gerne Lügen darüber verbreitest, was du dem Vorstand vorlegst? Oder dass du gern andere vorschiebst, wenn die schlechte Nachricht überbracht werden muss?«

»Was -«

Ein Knall brachte sie zum Verstummen, und Joshua packte sie und drückte sie in die Hocke.

»Runter!«, zischte er. »Los! Kriech zum Bücherregal.«

»War das …?« Delaney kroch mit schreckgeweiteten Augen von der Glastür weg.

Er nickte und angelte dabei sein Handy aus der Tasche. Als er den Notruf wählte, fiel der nächste Schuss. »Mercy Hospital, dritter Stock, Kinderstation. Hier wird geschossen.«

Man hörte jemanden kreischen, dann brüllte ein Mann: »Ich will den Arzt. Sagen Sie mir, wo er ist, und ich brauche keinem mehr was zu tun.«

Keinem *mehr*? Hastig ging sie durch, welche Patienten und Angestellten sich gerade auf der Station aufhielten. Auf wen hatte er geschossen, um Himmels willen? Wer war er?

Sie sah Joshua blass werden. Sie befanden sich in einem Raum mit Glaswänden. Das Bücherregal war ihre einzige Deckung, und die würde eine Kugel nicht aufhalten.

Über die hausinterne Sprechanlage wurde der Code für den Abriegelungsfall durchgesagt, den sie alle in der Hoffnung geübt hatten, ihn nie anwenden zu müssen.

»He, Dok-tor!«, rief der Mann in zynischem Singsang.

»Hast du eine Ahnung, wer das ist?«, flüsterte Delaney.

Joshua schüttelte den Kopf und ergriff ihre Hand. »Komm. Wir müssen in den Abstellraum, bevor er näher kommt.«

Auf Zehenspitzen rannten sie den Flur hinunter zu dem fensterlosen Raum, in dem ein paar Rollstühle und andere Geräte standen. Leise drückte Joshua die Stahltür ins Schloss, schaltete das Licht aus und schloss ab.

Delaneys Handy meldete klingelnd eine SMS, und Delaney schaltete hastig den Ton aus. Die Nachricht war von Megan: *Wo bist du? Bitte nicht auf der Päd!*

Delaney antwortete rasch und steckte das Handy weg. Sie

versuchte, möglichst lautlos zu atmen, und lauschte auf die Schritte des Täters. Je näher er kam, desto größer wurde ihre Angst, er könnte jeden Atemzug hören. Die Sekunden dehnten sich. Unwillkürlich wollte sie sich schutzsuchend an Joshua drängen, aber das durfte sie nicht tun.

Wo blieben die Sicherheitsleute? Wie lange konnte es dauern, bis sie hier waren?

Sie schloss die Augen, obwohl es dunkel war. Vermutlich waren seit dem ersten Schuss nur fünfzehn Sekunden vergangen. Selbst der Expressaufzug war nicht so schnell.

Wieder fiel ein Schuss. Sie zuckte zusammen. *Oh Gott!* Sie hielt den Atem an. In dem Licht, das durch den unteren Türspalt hereinschien, sah sie den Schatten von zwei Füßen, die langsam am Abstellraum vorbeigingen. Schon einen Schritt weiter blieb der Mann stehen, als wüsste er genau, wo sie sich versteckten. Delaney war sicher, er hörte ihr Herz gegen die Rippen hämmern.

»Das nächste Opfer wird ein Kind, Doc.« Der Mann klang erschreckend ruhig. »Das ist die Rache, weil Sie mir meins genommen haben.«

Joshua griff zur Klinke, während er ihr bedeutete, hinter der Tür zu bleiben.

Sie schüttelte energisch den Kopf. Wenn er hinausging, würde sie folgen.

Er neigte sich dicht an ihr Ohr. »Bleib hier. Die Sicherheitsleute werden gleich da sein, aber ich muss verhindern, dass er auf noch jemanden schießt.«

»Ich komme …«

Sie hörten schnelle Schritte, ein Kreischen aus Annabeths Zimmer, und griffen gleichzeitig zur Türklinke.

»Nicht!« Joshua schloss auf und stürmte hinaus, Delaney hinterher.

Dann erstarrten sie.

Der Mann hielt Annabeth mit einem Arm vor sich fest wie einen Schild und setzte ihr die Pistole an den Kopf.

31

»Sind Sie Dr. Mackenzie?«

Joshua hob die Hände und machte dabei einen kleinen Schritt auf den Mann zu. »Ja. Bitte, lassen Sie sie gehen.«

Der Mann packte sie umso fester, sodass Annabeth vor Angst wimmerte. »Wohl kaum. Sie und ich haben erst mal was zu besprechen.«

Delaney blieb starr stehen, damit der Kerl nicht erschrak und abdrückte. Sie suchte Blickkontakt zu Annabeth, um ihr stumm zu versichern, es würde alles gut werden, und hoffte, ihre eigene Angst so lange verbergen zu können.

Es war nicht abzusehen, ob sie wirklich heil davonkämen.

Als sie lauschte, ob sich die Sicherheitsleute näherten, fiel ihr auf, wie still es auf der Station geworden war. Totenstill.

»Was möchten Sie besprechen?«, fragte Joshua ganz ruhig.

»Nicht hier.« Der Mann deutete mit der Pistole auf ein Patientenzimmer gegenüber. »Da rein!«

Delaney fing Joshuas Blick auf, während sie sich mit erhobenen Händen seitlich auf die Tür zubewegten. Verdammt, ausgerechnet ein Zimmer mit zwei Patienten.

Joshua versuchte, es hinauszuzögern, aber der Mann drohte mit der Pistole. »Beeilung. Entriegeln Sie die Tür.«

Eine Hand hielt er über dem Kopf, mit der anderen zog Joshua seinen Dienstausweis hervor und hielt ihn an das Sicherheitsschloss. Es klickte. Drinnen holte jemand erschrocken Luft, als die Tür zur Seite glitt. Entsetzt sah Delaney, dass nicht nur die zwei Kinder, sondern auch die Eltern und eine Krankenschwester in dem Raum waren.

»Na, das ist doch perfekt.« Der Mann erfasste die Szene, dann bedeutete er Joshua und Delaney mit der Pistole, hineinzugehen. Annabeth stolperte, als er sie vor sich herschob. Ihr liefen die Tränen übers Gesicht, aber sie gab keinen Ton von sich.

»Alle da rüber zu den Betten, wo ich Sie sehen kann. Die Hände immer schön vor dem Körper. Denken Sie nicht mal daran, was zu versuchen, sonst geht es Ihnen wie den anderen dreien.«

Delaney schluckte mit trockener Kehle. Drei. Gütiger Himmel.

»Okay.« Joshua klang offen und ruhig. Delaney verstand nicht, wie er das hinbekam. »Unterhalten wir uns. Ich weiß, Sie wollen eigentlich niemandem etwas tun. Reden wir darüber.«

Der Mann zog die Brauen hoch. »Ich bin nicht dumm, klar? Und irre bin ich auch nicht. Also sprechen Sie nicht in dem Ton mit mir.«

»In Ordnung.« Joshua nickte.

»Ich will meinen Sohn wiederhaben. Darum bin ich hier, und ich gehe nur mit ihm zusammen.«

Er will seinen Sohn zurück? Hieß das, er war ... gestorben? War der Mann vor Trauer verrückt geworden?

»Wer ist Ihr Sohn, Sir?«

Jetzt guckte er Joshua an, als hätte der den Verstand verloren. »Ian. Sie haben ihn entführt. Sie und diese Delaney, wer immer das ist.« Er spie den Namen aus wie etwas Ekelhaftes.

Joshua schloss die Augen und neigte für einen Moment den Kopf zurück. *Ah!*, schien er zu denken. Sie konnte es förmlich hören.

Der Mann schwenkte wieder die Waffe, und alle zogen ängstlich den Kopf ein. »Ich weiß, er ist hier irgendwo. Und wenn ich anfangen muss, Leute abzuknallen, um ihn zu bekommen, dann werde ich das tun.«

Er richtete den Lauf auf Delaney. Sie hob das Kinn. »Ist das Delaney? Vielleicht fange ich mit ihr an.«

»Bleiben wir doch bei Ian, Mr. Dawson.« Joshua schob sich sachte vor Delaney.

Sie atmete erleichtert aus, als Dawson die Waffe ein wenig senkte und seine Aufmerksamkeit wieder auf Joshua richtete. Im nächsten Moment hörte man eilige Schritte auf dem Gang, woraufhin der Mann aufgeregt über die Schulter blickte. Die Tür hatte er hinter sich abgeschlossen, und jetzt drehte er sich um und zielte darauf.

»Mr. Dawson, ich bin Lieutenant Schirling. Sind Sie da drinnen, Sir?«

Dawson schüttelte den Kopf. »Ich muss erst Geiseln nehmen, damit man mich mit Sir anspricht«, sagte er leise. »Sieh mal an.«

Solange er auf die Tür konzentriert war, schaute Delaney zu den anderen. Zu viele verängstigte Gesichter sahen sie an.

»Mr. Dawson? Wir wissen, dass Sie da drin sind, und wir wissen, dass Sie aufgeregt sind. Wie wär's, wenn Sie herauskommen und wir das Problem gemeinsam lösen?«

Der Lieutenant redete genauso ruhig und wohlüberlegt wie Joshua, stellte Delaney fest, aber als sie den Ausdruck in Dawsons Augen sah, wusste sie, die Polizei würde genauso wenig Erfolg bei ihm haben wie Joshua.

»Ich will nur meinen Sohn«, rief er durch die Tür. »Geben Sie ihn mir, und wir können alle ohne Blutvergießen nach Hause gehen.«

»Ihrem Sohn geht es gut«, sagte Joshua leise. »Er ist in Sicherheit.«

»In Sicherheit? Wo? *Zu Hause* war er sicher. Bei meiner Frau. Und die ist jetzt im Gefängnis. So eine Schlampe von Sozialarbeiterin war dreimal diese Woche bei mir zu Hause, und alle behaupten, Fiona hätte versucht, ihn … umzubringen. Sie haben unser Leben ruiniert!«

»Ian war sehr, sehr krank, als er zu uns kam. Wir haben alles getan, um ihn wieder gesund zu machen.« Joshua setzte sich langsam auf ein Bett. Er schaffte es als Einziger, ruhig zu wirken.

»Sie haben meiner Frau unseren Sohn weggenommen, und dann haben Sie mir meine Frau weggenommen. Dazu hatten Sie kein Recht.«

»Mir blieb keine Wahl, und es tut mir leid, dass das passiert ist. Wirklich. Sicher haben Sie gar nicht geahnt, was da vor sich ging, wenn Sie nicht zu Hause waren, denn sonst hätten Sie das verhindert.«

Er entlastete den Vater in der Hoffnung, sie alle lebend rauszubekommen. Delaney bewunderte ihn für seine Selbstbeherrschung.

»Und ob ich das …« Dawson stockte. Er hatte wohl begriffen, was er da gerade sagen wollte. »Sie hatten kein Recht dazu. Ich werde meinen Sohn mitnehmen.«

Delaney konnte nicht hören, was auf dem Flur passierte, aber vielleicht … Ohne den Kopf zu bewegen, blickte sie zu dem Gerät mit der Sprechanlage über dem vorderen Patientenbett. Das rote Lämpchen leuchtete. Die Polizei hörte alles mit.

»Das können wir vielleicht arrangieren.« Joshua nickte, als überlegte er tatsächlich, wie sich das bewerkstelligen ließe. »Aber Sie müssen bedenken, so, wie Sie das angehen, wird es nicht funktionieren. Man wird Sie nicht mit ihm gehen lassen, wenn Sie jemanden mit der Waffe bedrohen.«

»Was blieb mir denn anderes übrig? Keiner wollte mir zuhören.« Seine Stimme schwankte. »Ihr Ärzte kennt ihn nicht mal. Hier weiß doch keiner, was für ihn das Beste ist.«

Dawson holte aufgewühlt Luft, aber ohne die Waffe zu senken. Joshua saß schweigend da. Zufällig sah Delaney, wie sich seine Wadenmuskeln bewegten. Wollte er etwas Dummes tun und sich auf den Mann stürzen? Ihn umreißen?

Sich erschießen lassen?

Zitternd rang sie sich durch zu sprechen. »Ich weiß, dass Grün seine Lieblingsfarbe ist.«

Dawson schaute sie genervt an.

Sie redete hastig weiter. »Und er isst gern Möhren, aber Erbsen mag er überhaupt nicht. Er möchte mal Tierarzt werden. Er mag Fische, außer Zebrafische, die findet er gruselig. Er liebt das Baumhaus, das Sie ihm letzten Sommer gebaut haben, und er will mal mit Ihnen darin übernachten, wenn er aus dem Krankenhaus entlassen wird.«

Misstrauisch starrte Dawson sie an, sagte aber nichts, und so redete sie weiter. »Er spielt gern Quartett, aber nicht Schwarzer Peter, und er kann beim Damespiel schon richtig gut schummeln, sodass ihn hier keiner mehr besiegt. Er macht sich Sorgen, dass seine Schwester sich *seinetwegen* Sorgen macht, und er wünscht sich, Sie wären häufiger zu Hause, er versteht aber, dass Sie einen anstrengenden Job haben. Wissen Sie, dass er oft mit Ihren Ersatzstiefeln durchs Haus stapft und den Tag herbeisehnt, an dem sie ihm passen, damit er mit Ihnen zur Arbeit gehen kann?«

Delaney sah ihm dabei ununterbrochen ins Gesicht. Endlich ließ er die Schultern ein wenig sinken und dann den Arm mit der Waffe herabhängen. Sie durfte jetzt nicht mit dem Reden aufhören.

»Mr. Dawson, Ian liebt Sie. Er will mit Ihnen nach Hause gehen, und wir wollen das auch. Aber er ist hier die Hauptperson. Er muss erst ganz gesund sein.«

»Wo ist er?«, fragte Dawson mit schmerzerfüllter Stimme, und trotz ihrer Angst hatte Delaney Mitgefühl mit dem Vater, der Sohn und Frau auf einmal verloren hatte.

»Ich weiß es nicht«, antwortete sie.

Da hob er die Pistole erneut. »Blödsinn!«

»Sie weiß es wirklich nicht«, bestätigte Joshua. »Und ich kann es Ihnen auch nicht mehr sagen, denn als Sie so hereingekommen sind, wird man Ian als Erstes in Sicherheit gebracht haben.«

»Sie meinen, wo ich nicht an ihn rankommen kann?«, erwiderte Dawson drohend.

Joshua ließ sich nicht beirren. »Wollen Sie, dass Ian Sie so sieht? Wirklich?«

Dawson seufzte. »Nein.«

»Dann lassen Sie jetzt das Mädchen los, und wir beide gehen nach draußen und schauen mal, ob Sie zu ihm dürfen.«

Delaney zog die Brauen zusammen. Sobald Dawson aus dem Raum käme, würde man ihn in Handschellen abführen. Glaubte Joshua wirklich, dem Mann sei das nicht klar? Der würde bestimmt nicht darauf reinfallen, nachdem er so weit gegangen war.

Nicht, wenn er mit Geiseln Druck ausüben konnte.

»Wenn ich einen Fuß vor die Tür setze, bekomme ich eine Freifahrt zum Polizeirevier, Doc. Das wissen wir beide.«

»Vielleicht«, gab Joshua zu. »Aber für Sie wird die Situation günstiger, wenn Sie die Sache jetzt beenden, bevor noch mehr Personen zu Schaden kommen.«

»Niemand ist zu Schaden gekommen.« Er schüttelte traurig den Kopf, als könnte er selbst nicht fassen, wie es zu dieser Situation gekommen war. Er schubste Annabeth zu Delaney hinüber, die sie in den Arm nahm und hinter sich schob. »Ich habe niemanden erschossen.«

Delaney war erleichtert.

»Umso besser.« Joshua stand langsam auf, aber sie hörte ihm an, dass er dem Frieden nicht traute. »Vielleicht sollten Sie mir die Pistole geben, bevor wir die Tür öffnen. Auf diese Weise treten Sie nicht als Bewaffneter vor die Polizisten, verstehen Sie?«

Delaney hielt den Atem an. So leicht würde Dawson bestimmt nicht aufgeben. Er würde sein Machtinstrument nicht um alles in der Welt aus der Hand geben, denn sobald er das täte, würde für ihn die Hölle losbrechen. Das musste ihm klar sein.

Genau das schien ihm gerade mit voller Wucht bewusst zu werden, denn er verzog schmerzerfüllt das Gesicht. »Ich gehe ins Gefängnis, stimmt's? Meine Kinder werden dann beide Eltern im Gefängnis haben. Wer wird sie … Oh Gott, was habe ich getan?« Seine Hand mit der Waffe zitterte. Delaney sah es und Joshua sah es, als Dawson sie fester packte und den Finger zum Abzug bewegte.

Plötzlich sprang Joshua auf ihn zu und schlug ihm die Waffe aus der Hand, mit einer Bewegung, die Delaney bei einem Ex-Marine erwarten würde. Ehe Dawson an die Pistole herankam, riss Joshua ihn um und drehte ihm die Arme auf den Rücken. Delaney rannte los, um die Waffe aufzuheben.

Im nächsten Moment war der Raum voller Polizisten, aber anders als in Fernsehfilmen brüllte hier niemand, und der Täter wurde nicht von Bewaffneten umringt. Stattdessen ging es leise und schnell vonstatten, und innerhalb von Sekunden wurde Ians Vater in Handschellen abgeführt.

Als er außer Sicht war, kam der Lieutenant herein und bat Joshua und Delaney mitzukommen.

»Wir brauchen Ihre Aussagen. Dr. Mackenzie, Sie kommen mit mir, und Sie, Ms. Blair, gehen mit Officer Farley.«

»Was ist mit meinen Patienten?« Joshua deutete hinter sich. »Ich kann sie nach allem, was passiert ist, nicht einfach alleinlassen.«

Delaney hörte, wie besorgt er war, und sie empfand genauso. Da lagen zwei kleine, zutiefst verschreckte Kinder in dem Zimmer, und auch ihre Eltern brauchten jetzt Betreuung.

»Im Schwesternzimmer stehen schon die Psychologen bereit.« Er deutete den Gang hinunter. »Sobald wir ihnen das Okay geben, kümmern sie sich um die beiden Familien.«

Joshua schüttelte den Kopf. »Können Sie meine Aussage nicht später aufnehmen? Die Kinder brauchen mich jetzt.«

»Ich weiß, und wir machen es so kurz wie möglich, versprochen. Aber wir wollen Sie befragen, solange die Erinnerung an das Geschehen noch frisch ist.«

»Nichts für ungut, Lieutenant. Aber ich werde mich noch lange an jede Einzelheit erinnern.«

»Ich verstehe.« Der Lieutenant legte eine Hand auf Joshuas Schulter. »Sorgen Sie dafür, dass Sie selbst auch eine Stunde bei einem der Berater bekommen, bevor Sie nach Hause fahren, okay? Sie denken sicher, Sie brauchen das nicht, aber glauben Sie mir, wir brauchen das alle.«

Delaney griff nach Joshuas Hand, doch bei der ersten Berührung wich er aus, als könnte er sich an ihr verbrennen. Es schnürte ihr die Brust zusammen, und in ihren Augen brannten Tränen.

»Joshua …«

Er schüttelte den Kopf. Dann sah er sie lange und fest an, und in denselben Augen, in denen sie vor ein paar Tagen noch Zuneigung und Verlangen gesehen hatte, stand nur noch kalte Wut.

32

»Au. Scheiße«, rief Josh und schüttelte seine Hand. Er hatte sich gerade mit dem Hammer auf den Daumen gehauen. Es war Donnerstagabend. Die Zeitungen waren voll von Berichten über die Geiselnahme im Krankenhaus, und nach einem unüberlegten Einkaufsversuch im Supermarkt versteckte er sich zu Hause. Allein in der Obst- und Gemüseabteilung war er zehnmal angesprochen worden. Am Ende hatte er den Einkaufwagen stehen lassen und war geflüchtet, ohne seine Lebensmittel mitzunehmen.

»Du kannst besser Wunden flicken als Bretter zusammennageln, hm?« Ethan kam über den Rasen und brachte ein kaltes Bier mit.

»Auf jeden Fall besser, als Bretter auseinandernehmen.« Er legte den Hammer hin und nahm das Bier entgegen. »Danke.«

Ethan zuckte mit den Schultern. »Alles für den Helden von Echo Lake.«

»So wollte ich nicht unbedingt auf die Titelseite kommen.«

»Ich weiß. Schreckliche Sache. Daran willst du bestimmt nicht erinnert werden.« Ethan nahm kopfschüttelnd ein Brecheisen und schaute zu dem alten Baumhaus hoch, das sie angefangen hatten abzubauen. »Alles okay?«

»Ja.«

»Ganz sicher?«

»Die wollten mich gestern erst gehen lassen, nachdem ich mit einem Polizeipsychologen geredet hatte. Hab einen Haufen Broschüren zum Lesen mitbekommen und Nummern, die ich anrufen soll, falls es mich mitten in der Nacht überfällt. Mir geht es gut.«

»Wie geht's Delaney?«

Josh bekam Magenschmerzen, wenn er nur ihren Namen hörte. Er hatte sie den ganzen Tag nicht gesehen – nicht, seit er sie gestern auf dem Flur stehen gelassen hatte. Und genau so sollte es bleiben.

Die Pädiatrie hing am Tropf. Und sie hatte zumindest mitgeholfen, diesen Zustand herbeizuführen.

Molly kam durch die Terrassentür und stellte Schüsseln mit Chips und Salsa auf den Gartentisch. »Du siehst beschissen aus, Doc.«

»Danke.«

Spöttisch hob er darauf sein Bier und trank einen großen Schluck. Aus den Augenwinkeln sah er die beiden einen Blick wechseln. »Er dreht durch« hieß der eine und »er braucht Hilfe« der andere.

»Mir geht es gut, Leute. Hört auf, euch anzugucken, als könnte ich euch nicht sehen. Es geht mir gut.«

Molly strich sich mit der Fingerspitze unter einem Auge entlang. Er wusste selbst, was für dunkle Ringe er hatte.

»Hast du überhaupt geschlafen, seit das passiert ist?«

Er stöhnte genervt. »Ich werde heute Nacht schlafen.«

»Joshua Mackenzie, bist du etwa die ganze Nacht im Krankenhaus geblieben?«

»Ja.« *Weil das, liebe Molly, nämlich besser war, als sich in ein Bett zu legen, das noch nach Delaneys Shampoo riecht. Und besser, als in der Küche zu hocken und immerzu an die Chaiselongues auf der Terrasse zu denken. Besser, als am Badezimmer vorbeizumüssen und sie mit Schaum auf der Haut vor mir zu sehen.*

Molly runzelte die Stirn. »Mein lieber Freund, sobald wir dich satt gekriegt haben, bringen wir dich hoch ins Bett.«

»Ich bin sehr gut imstande, allein hochzugehen, Mols«, erwiderte er scharf und bereute es sofort. Er seufzte. »Aber danke. Ich weiß, du meinst es gut.«

»Okay.« Sie musterte weiter sein Gesicht. »Wie kommt Delaney mit der Sache klar?«

»Warum ist jeder so verdammt besorgt um Delaney?« Er stellte sein Bier hin, vielleicht ein bisschen heftiger als beabsichtigt, und diesmal versuchten Molly und Ethan gar nicht erst, ihre Besorgnis zu verbergen.

»Was ist los mit euch beiden?« Molly sah ihn völlig verblüfft an. »Samstagmorgen habt ihr noch kichernd Donuts gefuttert, und ich weiß genau, sie war Sonntagnacht noch hier, weil – na ja, ich weiß es eben. Und ich bin mir ziemlich sicher, dass sie auch Montagmorgen noch hier war, und das ist erst drei Tage her. Jetzt reißt du das Baumhaus ab, das du immer für deine Kinder bewahren wolltest. Was ist in der kurzen Zeit vorgefallen?«

»Außer der Geiselnahme im Mercy, meinst du?«

Schweigend taxierte sie sein Gesicht, wie sie es von ihrer Mutter gelernt hatte. Das war der Blick, bei dem man zu reden anfing, ob man es wollte oder nicht. Er widerstand. Aber sie kannte ihn schon ewig. Auf der Fahrt zwischen dem Mercy und dem Avery-Haus hatte er kurz angehalten, um in den Garten zu schauen, und da hatte ihn ein starkes, erschreckendes Gefühl überkommen, das er kaum begriff.

Delaneys Worte waren ihm seit Dienstagabend im Kopf herumgegangen, und sie ähnelten Nicoles Sätzen so sehr, dass er anfing, von Grund auf an seinen Entscheidungen zu zweifeln. In seinem Bestreben, seine Verpflichtung zu erfüllen und das Opfer seiner Eltern zu ehren, hatte er völlig den Blick dafür verloren, was wichtig war. Nicole hatte ihn gekränkt, er hatte ihr vorgeworfen, kalt, unsensibel und egoistisch zu sein. Er war wütend und enttäuscht gewesen … aber am Ende hatte er tief im Innern gewusst, dass sie eigentlich nicht zusammengehörten.

Er hatte immer gedacht, das habe an ihr gelegen. *Sie* hätte kein Verständnis gehabt, *sie* wollte sich nicht anpassen, um das Leben mit ihm teilen zu können, *ihr* fehlte es an Pflichtgefühl … *sie* liebte ihn nicht genug.

Während der letzten zwei Tage jedoch hatten diese Argumente die Zugkraft verloren, sogar rasch. Denn Delaney war nicht Nicole – war ihr nicht im Geringsten ähnlich. Und trotzdem … war sie zu derselben Entscheidung gelangt. Nur viel eher als Nicole. Delaney hatte sich die Zukunft mit ihm vorgestellt und *ihn* für ungeeignet befunden.

Dann mit ihm Schluss gemacht.

»Was ist passiert, Josh?« Molly berührte seinen Arm. »Und muss ich eine scharfe Lasagne in die Finanzabteilung liefern lassen?«

»Nein. Definitiv nicht.« Er schüttelte seufzend den Kopf. »Diesmal … bin ich selber schuld.«

Es dämmerte. Ringsherum hörte man immer mehr Baumfrösche quaken, und die Glühwürmchen tanzten über dem Rasen. Er fing an zu erzählen. Eine Stunde später hatte er das zweite Bier ausgetrunken. Ethan saß verblüfft da, und Molly ballte die Fäuste. »Ich wusste es. Hab ich dich nicht vor ihren Motiven gewarnt?«

Ethan stieß sie mit dem Ellbogen an. »Das ist nicht hilfreich.«

»Ich sag's ja nur. Ich hab das neulich schon vorausgesehen.« Sie stutzte. »Mensch, ist das wirklich erst drei Wochen her?«

Josh seufzte. Ja, so kurz. Und doch schien es ihm ewig her.

zu sein. Vor vier Wochen war Delaney Blair nur eine Unterschrift auf Verwaltungsvorgängen gewesen. Dann ein Dorn in seinem Fleisch, den ihr der Vorstand geschickt hatte.

Aber dann hatte er sie geküsst.

Und dann hatte er ein Wochenende mit ihr verbracht, an dem sie sich richtig nahegekommen waren.

»Ich glaube, ich brauche noch ein Bier.«

Molly zog die Brauen hoch. »Hast du heute Bereitschaft?«

»Würde ich ein drittes Bier trinken, wenn es so wäre?«

»Weißt du was? Nimm's mir nicht übel, mein Lieber, aber ich geb dir keins mehr.«

Er schoss ihr einen Blick zu. »Echt jetzt? Zwei Bier, Mols?«

»Zwei Bier und ein zertrampeltes Herz reichen für einen Abend, denke ich. Noch ein Bier mehr, und du rufst um Mitternacht betrunken bei ihr an. Das können wir nicht zulassen.«

Ethan zuckte mit den Schultern. »Da hat sie recht.«

»Ich habe noch nie im Leben jemanden betrunken angerufen.«

»Es gibt immer ein erstes Mal«, hielt Molly ihm entgegen. »Und mit dieser Frau willst du dieses erste Mal nicht erleben.«

Sie stand auf und nahm ihm die Flasche weg. »Ich werde dir einen Kaffee kochen.«

Nachdem sie ins Haus verschwunden war, schaute Ethan auf den Gartentisch und spielte schweigend mit einem Nagel. Das tat er unerträglich lange, bis Josh zum Hammer griff, um das nervende Geräusch abzustellen.

»Sag es einfach.«

»Was denn?« Ethan sah ihn unschuldig an.

»Was immer du gerade denkst. Damit wir es abhaken können.«

»Na schön. Warst du dabei, dich in sie zu verlieben? So richtig ernst?«

Josh verdrehte die Augen und schaute durch den Garten, aber es hatte keinen Zweck, seinen ältesten Freund zu belügen. Ethan würde es durchschauen.

»Ja.« Er schloss die Augen. »Verdammt, ja.«

»Bist du dir ganz sicher, dass du die Geschichte richtig mitbekommen hast?«

»Die ist ja nicht kompliziert.«

»Und hast du ihr eine Chance gegeben, es zu erklären?«

Josh schüttelte den Kopf. »Ich will mir keinen Blödsinn mehr von ihr anhören. Nicht schon wieder. Das ist beleidigend.«

»Wäre es nicht möglich, dass dir jemand anderer als Delaney Blödsinn erzählt hat?«

»Was meinst du?«

Ethan lehnte sich zurück. »Das passt doch alles nicht zusammen. Die Delaney, die wir kennen – die du kennst –, hätte diese Empfehlungen nicht abgegeben. Auf keinen Fall.«

»Tja, offensichtlich hat sie es aber getan. Nachdem sie mich abserviert hat. Nachdem sie von mir gekriegt hat, was sie wollte.«

»Hat sie angerufen?«

Frustriert schüttelte Josh den Kopf. Er dachte an die sechs Voicemails auf seinem Handy – sechs Nachrichten, die er sich nicht anhören wollte. »Warum ist das wichtig?«

»Wenn sie wirklich ein kaltherziges Miststück wäre, das dich als Sprungbrett für den nächsten Karriereschritt benutzt hat, dann wärst du ihr jetzt völlig egal.«

»Ich weiß nicht. Vielleicht flüstert ihr ja ein letzter Funken Anstand zu, dass ich eine Entschuldigung verdiene.«

Molly kam mit einem Kaffee für ihn und einem Bier für

Ethan wieder. Sobald sie zur Küche zurückkehrte, nahm Ethan sich die Tasse und überließ Josh die Flasche.

»Ich glaube die Geschichte nicht, und du vermutlich auch nicht.« Er zeigte auf das Bier. »Trink es ruhig, aber versprich mir, dass du sie erst morgen anrufst.«

»Donuts?«, fragte Delaney erstaunt. Es war Freitagmorgen, und Megan kam mit einer rosa Bäckereischachtel und zwei riesigen Pappbechern voll Kaffee in ihr Büro. Sie stellte das ganze Paket auf den Schreibtisch und schloss dann die Tür.

»Ja, Donuts.«

Delaney verscheuchte den Gedanken an eine andere Donutschachtel an einem anderen Morgen … der zu einem anderen Leben gehört hatte.

»Ich habe dich seit Tagen nichts mehr essen sehen, obwohl ich die üblichen Salate und Sandwiches auf den Schreibtisch geliefert habe. Darum habe ich heute Morgen mal Donuts genommen. Denen hast du noch nie widerstehen können.«

Delaney lächelte traurig. »Danke.«

»Welchen möchtest du?« Megan öffnete die Schachtel und hob sie schräg an. »Mit Gelee? Oder mit Zuckerguss? Oder mit kandierten Nüssen?«

Eigentlich wollte Delaney überhaupt keinen – sie bekam nichts runter. Megan hatte recht: Sie hatte seit Dienstag nichts mehr gegessen, und es war ihr egal.

Als sie nicht in die Schachtel griff, brummte Megan enttäuscht und stellte sie wieder hin. »Ich hab ja gesagt, mit ihm Schluss zu machen ist eine schlechte Idee.«

»Mir blieb keine andere Wahl.« Delaney schloss die Augen und lehnte den Kopf an. In ihrem ganzen Leben war sie noch nicht so erschöpft gewesen. Wenn sich so ein gebrochenes Herz anfühlte, wollte sie sich nie wieder verlieben. »Ich wollte ja auch gar nicht, dass es so endet.«

»Du hast ihm das Herz gebrochen, und er denkt, du hättest seine Abteilung hopsgehen lassen, und euch geht es beiden elend. Toll.«

»Soll mir das etwa helfen?« Delaney öffnete die Augen wieder.

»Ich bin ein bisschen überfordert. Tut mir leid. Du bist die große Planerin, Delaney. Du bist eigentlich niemand, der sich blindlings in ein Projekt stürzt und sich dabei genauso blindlings verliebt. Ich weiß nicht so richtig, was man in so einem Fall tut, okay?«

Delaney konnte nicht anders, sie musste über Megans ratlosen Tonfall lachen. Dann wurde sie wieder ernst. »Ja. Für mich ist das auch ganz neu.«

»Also, was willst du tun?«

»Ich wüsste nicht, was ich noch tun könnte. Ich habe ihm tausendmal auf die Mailbox gesprochen, ich bin zu ihm runtergegangen, um mit ihm zu reden, ich wollte einen Termin bei Margaret, um zu sehen, ob man den Vorstandsbeschluss kippen kann. Überall Mauern, Megan. Ich komme nicht durch. Ich kann da gar nichts mehr tun.« Sie seufzte. »Weißt du, vor drei Wochen bin ich widerwillig mit dem Aufzug in den dritten Stock gefahren und dachte, ich mache gleich mit eingezogenem Schwanz wieder kehrt.«

»Hast du aber nicht.«

»Richtig.« Delaney schüttelte den Kopf. »Ich wollte immer Ärztin sein, Meg. Immer. Und als dann klar wurde, dass es nie dazu kommen wird, war ich so … niedergeschlagen. Das war mein einziger Plan für mein Leben gewesen. Einen anderen hatte ich nicht. Damit hätte ich meinen Vater endlich stolz gemacht, weißt du?«

Megan nickte, sagte aber nichts.

»Und dann ging der schöne Plan den Bach runter, und ich bin wochenlang herumgelaufen und habe gedacht, ich sei ein Versager und ich würde nie etwas Wichtiges für andere Menschen tun können ... ich würde – das klingt vielleicht blöd, aber trotzdem – nie jemanden retten können.«

Sie stockte, weil sie einen dicken Kloß im Hals hatte. »Verdammt, ich *wollte* aber jemanden retten.«

Megan legte ihr eine Hand auf die Schulter. »Delaney, du tust etwas Wichtiges für andere Menschen. Jeden Tag.«

»Ich weiß. Aber aus der Ferne. Ich habe mich auf unserer Teppichbodenetage mit den großen Schreibtischen und den abschließbaren Türen isoliert. Das ist nicht das wirkliche Leben. Es kommt mir vor, als hätte ich es die ganze Zeit gelangweilt ertragen, anstatt mich ins echte Leben zu stürzen.«

»Das ist nicht wahr.«

»Doch. Du weißt, dass ich recht habe. Ich hatte solche Angst, den Patienten nahezukommen, Angst, sie könnten mir ans Herz wachsen, sie könnten mir wichtiger werden als die Zahlen. Und was hat mir das eingebracht? Ein größeres Büro und dass ich abends nach Hause gehen kann, ohne ihre Gesichter zu kennen oder ihre Verwandten oder die Schwierigkeiten in ihrem Leben jenseits des ICD-10-Codes auf einem blöden Bericht.«

»Du leistest wichtige Arbeit. Das weißt du.«

»Ja. Ich weiß aber nicht, ob das die Arbeit ist, die ich weiterhin leisten will.«

»Was ... willst du denn stattdessen?«

»Ich möchte mit Patienten arbeiten, Meg. Du denkst wahrscheinlich, ich habe den Verstand verloren, aber nach den zwei Wochen auf der Kinderstation weiß ich nicht mehr, ob mir ein Büro mit Fenster noch wichtig ist. Ich möchte eine

Arbeit, bei der ich jeden Tag, jede Stunde spüre, dass ich diesen Familien das Leben leichter mache. Ich will etwas tun, das ich erleben kann und nicht in Form von Zahlen auf einem Berechnungsblatt sehe.«

»Hast du schon mal daran gedacht: Wenn du diesen Posten nicht mehr hättest, könntest du dich frei und ungehindert mit Joshua einlassen.«

Delaney blickte auf die Schreibtischplatte und fühlte die Tränen kommen. »Das ist wohl endgültig vom Tisch, Meg.«

Ihr Telefon klingelte, und sie drückte den Sprechknopf. »Delaney Blair. Was kann ich für Sie tun?«

»Hier Gregory. Könnten Sie bitte in mein Büro kommen?«

Delaney blickte Megan an. »Bin schon unterwegs.«

Sie nahm den Finger vom Knopf, stand aber nicht auf.

Megan sah sie erschrocken an. »Was kann er wollen?«

»Ich weiß es nicht«, sagte Delaney kraftlos. »Aber ich habe das starke Gefühl, auf mich wartet ein Mercy-Becher.«

»Hör auf. Nein. Das kann es nicht sein.« Megan ging im Raum auf und ab. »Du hast gesagt, bei der Vorstandssitzung ergab sich gar keine Gelegenheit, darüber zu reden. Auf keinen Fall wirst du jetzt wegen Dr. Mackenzie gefeuert.«

»Vielleicht nicht. Vielleicht doch. Oder ich werde gefeuert, weil ich bei der wichtigsten Aufgabe versagt habe.« Delaney schob die Füße in die Pumps. »Oder vielleicht ... werde ich das erste Opfer dieser Haushaltskrise.«

33

Als Delaney Gregorys Büro betrat, fiel es ihr schwer, eine gerade Haltung zu bewahren. In dem Besucherstuhl vor dem Schreibtisch saß ein weißhaariger Mann mit dem Rücken zur Tür.

Gregory kam ihr entgegen und bedeutete ihr, die Tür hinter sich zu schließen. »Delaney. Danke, dass Sie kommen. Hier ist jemand, der Sie sprechen möchte.«

Mit bleiernen Schritten folgte Delaney ihrem Vorgesetzten. Sie erinnerte sich nicht, dass es in der Personalabteilung jemanden mit einem weißen Haarschopf gab, aber vielleicht war er einer der Unternehmensberater. Oder sollte er sie nach draußen eskortieren?

Als sie bei dem zweiten Besuchersessel ankam, wandte sich der Mann ihr zu, herzlich lächelnd. Jetzt erkannte sie ihn wieder.

»Oscar?«

Er schüttelte ihr die Hand. »Hallo, Delaney. Ich habe Gregory gerade von unserer Flucht auf die Balkonterrasse erzählt.«

»Ich bin nicht -«

»Schon gut.« Er zwinkerte. »Jeder flüchtet mal vor etwas. Spendendinner können sterbenslangweilig sein.«

»Nehmen Sie Platz, Delaney«, sagte Gregory. »Wir haben etwas zu besprechen.«

Sie setzte sich und dachte fieberhaft nach. Wer konnte dieser Oscar sein? Und wieso saß er mit einer Selbstverständlichkeit im Büro des Finanzdirektors, als spielten sie ständig zusammen Golf?

»Die Zeitungsberichte waren nicht zu übersehen«, begann er schließlich. »Meine Anerkennung, wie Sie den Geiselnehmer bearbeitet haben.«

»Danke. Aber es war Dr. Mackenzie, der uns gerettet hat. Eigentlich gebührt ihm die Anerkennung.«

Oscar zuckte mit den Schultern. »Den Berichten nach war es eine Teamleistung, sowohl vor als auch nach dem Vorfall.« Er zog die Brauen hoch. »Es war dasselbe Team, von dem Sie schon beim Spendendinner sprachen, nicht wahr?«

Sie nickte langsam. Wie die Krankenschwestern hinterher Kinder und Eltern beruhigt hatten, als die Polizei abgezogen war, war unglaublich gewesen. Nachdem Polizeipsychologen und Klinikpersonal ihre Arbeit getan hatten, konnten Kinder und Eltern wieder lächeln.

»Ich muss Ihnen etwas gestehen.« Oscar zog eine Geschäftskarte aus der Tasche. »Ich sagte seinerzeit, ich sei ein Erfinder nutzloser technischer Spielereien, nicht wahr?«

»Ja.« Sie neigte den Kopf zur Seite. »Das sagten Sie.«

»Nun, sehen Sie, nur ich denke, sie sind nutzlos. Andere nicht. Ich konnte damit genug Geld verdienen, um meine Familie zu ernähren.« Er hob die Hand, als sie zu einer Erwiderung ansetzte. »Und was darüber hinausgeht, verschenke ich gern. Heute bin ich hier, um Ihnen einen Teil davon zu geben.«

Lächelnd dachte sie an die fünf Dollar, die er beim Spendendinner seiner Frau gegeben hatte. »Oscar, das ist sehr großzügig von Ihnen, aber bitte, fühlen Sie sich nicht verpflichtet.«

Er winkte ab und griff in die Innentasche seines abgetragenen Jacketts. »Der Scheck ist schon ausgestellt. Ich möchte, dass Sie das Geld nehmen und entscheiden, wo es am nützlichsten ist. Ich habe ihn auf die pädiatrische Abteilung des Mercy Hospital ausgestellt. Und Gregory habe ich strikt angewiesen, dass nur Sie entscheiden, wie es ausgegeben wird.«

Er gab ihr einen Umschlag und stemmte sich vom Stuhl hoch. »Ich weiß nicht, wie Sie mit den anderen Gästen bei dem Dinner zurechtgekommen sind, aber ich habe den Eindruck, wenn Sie bei ihnen mit genauso viel Herz gesprochen haben wie bei mir, dann brauchen Sie meinen läppischen Scheck gar nicht.«

Er verbeugte sich leicht. »Sie werden sicher Gutes tun, Delaney.« Er deutete auf den Umschlag. »Der hilft Ihnen ein wenig dabei.«

»Vielen Dank, Oscar.« Sie umarmte ihn, und er erwiderte die Geste, dann klopfte er ihr auf die Schulter.

»Also dann. Ich muss gehen. Meine Frau und mein Kaffee warten in der Cafeteria. Sie werden beide schon etwas abgekühlt sein.«

Er ging hinaus und schloss die Tür hinter sich. Delaney schaute ihm lächelnd nach. Dann setzte sie sich wieder, den Umschlag noch in der Hand. Der Mann sah aus, als könnte er sich gerade einen Kaffee leisten. Vielleicht sollte sie den Umschlag irgendwo verlegen, statt ihn einzulösen?

Gregory nickte ihr leise lächelnd zu. »Wollen Sie ihn nicht öffnen?«

»Ich weiß nicht. Ich fühle mich ganz schlecht dabei. Er ist so ein reizender alter Mann.«

»Das ist er.« Sein Lächeln wurde breiter. »Öffnen Sie den Umschlag, Delaney.«

Sie schob einen Finger unter die Klappe, riss ihn auf und zog den Scheck heraus. Gregory blickte sie unverwandt an, während sie ihn auseinanderfaltete, dann sah sie ihre Finger zittern, bevor sie es fühlte. Sie sperrte den Mund auf und sah Gregory an.

»Eine Million Dollar?«

Gregory grinste, aber er sagte nichts.

Sie drehte den Scheck um und schaute, ob es sich um einen Scherz handelte, um eines dieser falschen Lotterielose, die man kaufen konnte. Aber nein, es war ein gewöhnlicher, herkömmlicher Scheck auf ein Girokonto in Maine.

»Sie hatten keine Ahnung, mit wem Sie an diesem Abend gesprochen haben, oder?« Gregory stand auf und kam um seinen Schreibtisch herum, um sich auf die Ecke zu setzen.

»Offensichtlich habe ich noch immer keine Ahnung.« Sie blickte auf den Scheck und las zum ersten Mal Oscars Nachnamen. »Moriarty. Oscar Moriarty. Das ist doch nicht ... es kann doch nicht ... auf keinen Fall.«

»Doch. Der Mann, nach dem der Moriarty-Flügel benannt ist. Oscar hat vor zehn Jahren das Geld für seinen Bau gespendet.«

»Ach du lieber Himmel. Er hat nichts dergleichen angedeutet. Er behauptete, hier mit seiner Frau Urlaub zu machen und ihr fünf Dollar für den Spendenkorb gegeben zu haben, Gregory!«

Er lachte. »Er hält sich gern bescheiden zurück. Er wollte auch nicht, dass der Flügel nach ihm benannt wird, aber seine Frau bestand darauf. Im Laufe der Jahre hat er dem Krankenhaus schon Millionen gespendet.«

»Wieso?«, fragte Delaney interessiert. »Wieso uns?«

Gregory machte ein ernstes Gesicht. »Er ist mit Ihrem Vater bekannt. Er weiß von Ihrem Bruder.« Er seufzte traurig. »Und er hatte einmal einen kleinen Jungen ... der den Großteil seines kurzen Lebens hier im Mercy verbracht hat.«

Am Vormittag saß Josh vor seinem Computer und versuchte, sich beizubringen, wie man das verdammte Online-Labor-System benutzte, mit dem man sich die Befunde seiner Patienten ansehen konnte. Dabei war er eindeutig nicht in der richtigen Gemütsverfassung, um sich in neue Technik einzuarbeiten.

Aus dem Augenwinkel nahm er eine Bewegung wahr, und als er aufblickte, sah er einen weiblichen Arm, der einen großen Becher Kaffee durch den Türspalt hielt.

»Sehr lustig, Therese. Ich gebe zu, ich habe schlechte Laune, trotzdem beiße ich nicht.«

Der Arm drückte die Tür auf, aber statt Therese kam eine Frau, die er nicht kannte, zaghaft in sein Büro. Sie hatte lange blonde Zöpfe und einen Rock wie aus den Siebzigern, aber der stand ihr durchaus.

»Wie ich gehört habe, ist Kaffee der Schlüssel zu Ihrem Herzen. Oder wenigstens zu Ihren Ohren.«

Sie stellte den Becher auf seinen Schreibtisch und ging zurück auf den Flur, und er schaute verblüfft zu. Im nächsten Moment kam sie rückwärts wieder herein und zog einen Wagen mit vier großen Aktenkartons hinter sich her.

»Was ist das?« Er neigte misstrauisch den Kopf zur Seite. »Wer sind Sie?«

Seine zweite Frage überging sie. »Das ...« Sie zerrte beherzt an dem Wagen, um die hinteren Räder über die Schwelle zu bekommen, und landete mit dem Po fast auf dem Besucherstuhl. »... ist etwas, das Sie jede Wette noch nie gesehen haben, aber ich habe entschieden, dass Sie es sich anschauen müssen.« Sie griff in den ersten Karton und nahm einen Ordner heraus, den sie ihm reichte. »Beweisstück A.«

Er nahm die Akte und schüttelte den Kopf. »Ich möchte ja nicht unhöflich sein, aber sind Sie sicher, dass Sie hier richtig sind?«

Sie setzte sich auf den Besucherstuhl und schlug die Beine übereinander, als hätte sie den ganzen Tag Zeit. »Ich habe Ihnen Kaffee gebracht, oder? Ich schätze, fünfzehn Minuten Ihrer Zeit sollte das wert sein, ob Sie mich nun kennen oder nicht.«

Er schüttelte wieder den Kopf. »Ich gebe Ihnen fünf. Zehn, wenn Sie mir sagen, wer Sie sind.«

Sie zuckte mit den Schultern. »Fünf sollten sogar reichen. Ich habe vorsorglich mehr verlangt.«

»Okay, was sehe ich mir an?« Er öffnete den vollen Ordner, in dem alles ordentlich abgeheftet war. Die erste Seite war eine typische Zuschusszusammenfassung, wie er sie schon zu Hunderten gesehen hatte. In diesem Schriftstück ging es um die erste Sozialpädagogenstelle, die sie je finanziert hatten. Drei Jahre lag das zurück.

Die Frau gab keine Antwort – sie reichte ihm nur noch einen weiteren Ordner. Als er ihn öffnete, sah er eine identische erste Seite. Sie gehörte zu einem Zuschuss, von dem sie im vergangenen Jahr eine Diabetes-Lernsoftware angeschafft hatten.

»Hier ist noch einer.« Sie reichte ihm einen dritten Ordner über den Schreibtisch, aber er wusste schon, was der enthielt. Er öffnete ihn gar nicht erst, sondern sah sie nur an.

»Wieso zeigen Sie mir diese Unterlagen?«

»Weil ich glaube, dass Sie über die meisten Zuschüsse, die diese Station in den letzten fünf Jahren erhalten hat, etwas Entscheidendes nicht wissen.«

»Und das wäre?«

»Sehen Sie in jeder Akte auf die letzte Seite – wo die Anträge abgeheftet sind.«

Er kniff die Augen zusammen, öffnete aber gehorsam noch mal den ersten Ordner. Auf der letzten Seite fand er einen ausgedruckten Antrag, in dem ausführlich begründet wurde, warum das Mercy Hospital Finanzmittel für die Stelle einer Sozialpädagogin benötigte. Es wurde außerdem angeführt, inwiefern mit dieser Stelle Pflege und Komfort der Patienten verbessert werden könnten. Während seiner Laufbahn hatte er etliche solcher Anträge verfasst. Ihm fehlte jedoch die Zeit, auch nur annähernd genug davon zu schreiben. Anträge zu schreiben war anstrengende Fleißarbeit, bei der man in Details ertrank.

»Drehen Sie es um«, sagte die Frau. »Schauen Sie auf die Unterschrift.«

Seufzend gehorchte er und erstarrte, als sein Blick auf die schleifenreiche Unterschrift fiel. Sie stammte von niemand anderem als Delaney Blair. Er schloss die Augen und wusste plötzlich genau, wer die Überbringerin der Akten war.

Er klappte den Ordner zu und öffnete die anderen beiden, obwohl er schon wusste, was er finden würde. Delaney hatte auch diese beiden Anträge unterschrieben. Er lehnte sich in seinem Sessel zurück, während sich seine Gedanken überschlugen.

»Sie müssen Megan sein.«

»Stimmt.«

»Und … ich nehme an, all die Anträge auf dem Wagen hat Delaney unterschrieben?«

Megan nickte. »Forschungsanträge, Bewilligungsanträge. Oben habe ich noch so einen Wagen, aber ich hatte gehofft, einer reicht.«

»Hat sie Sie zu mir geschickt?«

Megan schwieg kurz. »Wenn Sie sie nur ein bisschen kennen würden, könnten Sie sich Ihre Frage selbst beantworten. Sie würde mich umbringen, wenn sie wüsste, dass ich bei Ihnen bin.«

»Wieso sind Sie dann gekommen?« Er zeigte auf den Wagen. »Wieso die dramatische Vorführung?«

»Deshalb.« Sie blickte ihn lange an und schien sich ihre Antwort zurechtzulegen. Dann schüttelte sie den Kopf und erschauderte. »Weil es offensichtlich ist, dass Sie beide sich schnell und gründlich ineinander verliebt haben, und Sie müssen ein starrsinniger Idiot sein, wenn Sie sie nicht zurückrufen.«

Er starrte sie mit offenem Mund an. *Wie bitte?*

»Tut mir leid, dass ich so offen bin, aber ich kann nicht anders. Dr. Mackenzie, wenn Sie auch nur einen Augenblick lang glauben, Delaney hätte – in welcher Eigenschaft auch immer – Sie oder Ihre Abteilung auf diese Art missbraucht, dann kennen Sie sie überhaupt nicht.« Sie wies auf die Akten. »Seit sie am Mercy ist, hat sie Ihnen permanent Mittel beschafft. Sie will Ihnen gar nichts wegnehmen.«

»Warum gibt sie dann einen Kürzungsvorschlag ab, der unser Budget völlig zusammenstreicht? Warum hat sie mir gesagt, sie würde empfehlen, meine Station mit Spendengeldern zu finanzieren, wenn sie beim Vorstand genau auf das Gegenteil drängt?«

»Sie hat es ja empfohlen. Sie wurde abgewürgt und gebeten, die Sitzung zu verlassen, nachdem Kevin einen angeblich eigenen Vorschlag vorlegte, den er in Wirklichkeit von meinem Schreibtisch gestohlen hat.«

»Bitte.« Josh verdrehte die Augen.

Sie zog die Brauen hoch. »Kennen Sie Kevin McConnell eigentlich?«

Oh ja. Den kannte er. »Ja.«

»Der Kerl hat es nur auf eines abgesehen: Gregorys Job. Er ist bestürzend unqualifiziert, und nur seine Haargelsammlung ist noch größer als sein Ego. Er würde bedenkenlos jeden über die Klinge springen lassen, wenn er dadurch dem Eckbüro einen Schritt näher kommt. Bei Delaney hatte er ganz bestimmt keine Skrupel.«

Sie reichte ihm einen Aktendeckel. »Das hier war ihr Vorschlag. Er ähnelt in keiner Weise dem Vorschlag, den Kevin präsentiert hat und der vom Vorstand angenommen wurde.«

Josh lehnte sich zurück. Nachdem er ihn durchgelesen hatte, kniff er die Augen zu. War das wirklich wahr? Oder nur wieder eine neue Täuschung?

Megan nahm die Akten und legte sie wieder in die Kartons. »Falls es Sie interessiert, sie hat die ganze Woche kaum geschlafen oder gegessen. Heute Morgen konnte ich sie nicht einmal zu einem Donut überreden, und ich glaube, sogar Sie wissen, wie sehr sie Donuts liebt.«

Er schluckte und sah sie vor sich, lachend auf dem Beifahrersitz mit Puderzucker am Kinn.

»Ich sage nur: Sie haben ihr die Donuts verdorben.« Megan zuckte mit den Schultern. »Das ist keine Kleinigkeit.«

Eine Weile schwieg sie, dann stand sie auf. »Sie hat Sie nicht benutzt, Dr. Mackenzie. Und sie hat Sie nicht belogen. Ich dachte, das möchten Sie vielleicht doch wissen. Das hat sie Ihnen sagen wollen, ehe Sie sie stehen ließen.«

Josh erhob sich und ging zu seiner Fotowand. Ihm schwirrte der Kopf. Sein Blick fiel auf ein Foto, das er seiner kleinen Galerie erst vor wenigen Tagen hinzugefügt hatte – ein Foto von Delaney und Charlotte, beide grinsend und mit den gleichen albernen Zöpfen.

Er dachte an den Tag, als Delaney zum ersten Mal auf die Station gekommen war. Sie hatte ihn eher an ein ängstliches Kätzchen erinnert als an eine Finanzanalystin, und er starrte das Foto an. Er dachte an die tapfere Miene, die sie nach Ians Notfall aufgesetzt hatte, obwohl sie einer Ohnmacht nahe gewesen war, und wie sie an Ians Bett ausgeharrt hatte, weil sie es der Mutter versprochen hatte, und wie sie sich ihm am See hingegeben hatte.

Er schluckte und drehte sich um. Megan stand still da, die Arme verschränkt, und blickte auf den Boden. Er räusperte sich. »Habe ich mich wie ein Idiot benommen?«

Sie lächelte traurig. »Ja.«

»Was hält sie denn von Idioten ... so allgemein?«

Megan wurde ernst. »Sie hat nur begrenzte Erfahrung mit ihnen.«

Er fuhr sich frustriert durchs Haar. »Ist sie heute im Haus?«

»Nein. Sie hat sich den Rest des Tages freigenommen – sie brauchte Zeit für sich.«

»Haben Sie eine Idee, wo sie sein könnte?«

Megan zuckte mit den Schultern. »Ich bin mir nicht sicher. Am See vorbeizuschauen lohnt sich immer.«

»Megan, bis zum See sind es zwanzig Meilen.«

Sie zog herausfordernd die Brauen hoch. »Dann sollten Sie mal losfahren.«

Josh blickte in den Gang, wo wieder der normale Betrieb herrschte. Auf der Station gab es alle Hände voll zu tun. Er konnte nicht einfach ... weggehen. Er hatte Patienten – die Station war voll belegt. Und trotzdem sah er zum ersten Mal in seinem Leben, dass die Patienten nicht an erster Stelle stehen durften.

»Ich muss sie finden.«

Megan nickte. »Sehe ich auch so.«

In diesem Moment steckte Millie den Kopf herein. »Hallo. Dr. Hart ist im Schwesternzimmer. Sie sagt, Therese hätte sie bestellt, damit sie für Sie übernimmt, aber Therese weiß davon gar nichts. Wissen Sie, was da los ist?«

Josh zog die Brauen zusammen, dann fiel ihm auf, wie eifrig Megan plötzlich ihre Fingernägel betrachtete.

Er deutete auf sie. »Wissen *Sie* etwas darüber?«

»Wieso sollte ich etwas darüber wissen?«, erwiderte sie lächelnd in einer perfekten Nachahmung von Thereses Bostoner Akzent.

Millie hakte nach. »*Sie* haben Dr. Hart gerufen? Wieso?« In dem Moment bemerkte sie den Wagen voller Akten. »Was ist denn das für Zeug?«

Josh blickte Megan an. »Papierkram, den ich mir ansehen muss.«

»Soll ich nicht lieber ein Streichholz dranhalten?«

»Nein, ich muss sie mir wirklich ansehen.« Er befingerte die Ordner. »Alle. Millie, sagen Sie Dr. Hart, dass wir sie für den Rest des Tages brauchen. Ich muss … dringend weg.«

Millie wich verwundert auf den Korridor zurück. »Weg?«

»Ja. Weg.« Er nahm seine Autoschlüssel und küsste sie auf die Wange, als er sich an ihr vorbeischob. »Ich will kein einsamer alter Mann sein, wenn ich mal groß bin.«

34

»Hat dir schon jemand erklärt, wieso sie ihn Kizilla Mountain genannt haben?«, fragte Joshua plötzlich hinter ihr, und Delaney erschrak so heftig, dass sie beinahe von dem Felsblock gefallen wäre, auf dem sie saß. Während ihrer ganzen Wanderung den Berg hinauf hatte sie keinen anderen Menschen zu Gesicht bekommen. Was um alles in der Welt machte er hier?

Ehe sie auch nur den Mund geschlossen hatte, hatte er den Rucksack abgelegt und zog sich zu ihr hoch. Sie beäugte ihn wachsam, während er einen langen Zug aus seiner Wasserflasche nahm und über die Tannenwipfel auf Echo Lake blickte.

Sie schloss die Augen und versuchte, den Hoffnungsfunken zu löschen, der beim Klang seiner Stimme aufgeglimmt war. Es war drei Uhr am Nachmittag, er hatte die Station voller Patienten, und trotzdem war er hier, auf dem Gipfel des Berges … mit ihr.

Sie atmete tief durch. »Wieso?«

Er lächelte. »Es kommt von den Ureinwohnern, den Abenaki. Es heißt *vielleicht.*«

»Vielleicht-Berg?« Sie runzelte die Stirn. »Versteh ich nicht.«

»Weil er eigentlich gar nicht groß genug ist, um ein Berg zu sein, aber zu groß für einen Hügel. Also?« Er zuckte mit den Schultern. »Vielleicht-Berg.«

Delaney lächelte. Sie hatte den Kizilla oft bestiegen, seit sie hier hergezogen war, aber nie gewusst, was sein Name bedeutete. Offenbar hatten die alten Abenaki Humor gehabt.

»Schöner Tag zum Wandern.« Joshua blickte sie an. »Besser, als zu arbeiten.«

Sie musterte ihn misstrauisch. »Du bist niemals … nicht bei der Arbeit.«

»Ich weiß.« Er schwieg eine Weile und wandte sich ihr zu. »Vielleicht hatte ich nie einen ausreichenden Grund, es nicht zu sein.«

Der Funke wurde zu einem winzigen Flämmchen angefacht.

»Ich muss mich bei dir entschuldigen, Delaney.« Er rutschte herum, sodass er sie von vorn ansah, machte aber keine Anstalten, sie zu berühren. »Ich hoffe, dass du mich anhörst, und vor allem, dass du mich nicht von diesem Riesenfelsen stößt, ehe ich gesagt habe, was ich sagen muss.«

Sie lächelte matt. »Mir liegt schon genug auf der Seele, einen Mord brauche ich nicht auch noch.«

»Danke.« Er senkte den Blick. »Ich hätte es vorgezogen, dieses Gespräch auf Meereshöhe zu führen. Ich sag's nur.«

»Wie hast du mich gefunden?«

»Nicht ohne Unterstützung. Der Tipp mit dem See kam von Megan.«

Sie runzelte die Stirn. »Der See ist ziemlich groß. Wie hast du mich *hier* gefunden?«

»Ich wusste noch, wie du beim Kanufahren hier raufgezeigt hast. Da habe ich es einfach riskiert.« Er lächelte. »Als ich deinen Wagen sah, wusste ich, dass ich Glück hatte.«

»Weiß Millie, dass du nicht im Krankenhaus bist?«

»Ja.« Er atmete tief durch. »Kann ich jetzt zur Entschuldigung kommen?«

»Nur zu.« Sie konnte nicht anders, sie musste lächeln.

Er wirkte so wunderbar zerknirscht, dass sie an sich halten musste, um ihn nicht in die Arme zu nehmen und sich als Erste zu entschuldigen.

»Wofür möchtest du dich denn entschuldigen, Joshua?«

Er lächelte wehmütig. »Die Liste ist lang.«

Schweigend saßen sie einige Sekunden da, und Delaney konnte praktisch hören, wie er mühsam versuchte, seine Gedanken zu sammeln. Er schien genauso durcheinander zu sein wie sie.

Sie hatte den Berg schneller erklommen denn je, angetrieben von Zorn und Enttäuschung, nachdem sie die ganze Nacht tief traurig gewesen war.

Seitdem hatte sie in der Sonne gesessen, sich den Wind durch die Haare wehen lassen und ihre widersprüchlichen Gedanken gewälzt. Sie hätte erwartet, hier oben, wo es keine Ablenkungen gab, klare Antworten zu finden, aber sosehr sie hin und her überlegte, sie kam zu keinem Schluss.

Während ihrer Kindheit hatte sie zugesehen, wie ihre Eltern Mauern errichteten, in dem vergeblichen Versuch, sich vor Verletzung zu schützen. Sie hatte dieses Verhalten übernommen, und zwar in extremem Maße. Nach dem Abbruch ihres Medizinstudiums war sie am Boden zerstört gewesen. Sie hatte Pläne gehabt, verdammt. Sie hatte einen Weg finden wollen, wie man Herzkrankheiten wie die, an der Parker gestorben war, heilen konnte. Oder eine neue chirurgische Methode, damit die Familien vor Erleichterung weinten und nicht vor Trauer. Ihr Ziel war gewesen, etwas Großes zu leisten, das andere Familien davor bewahrte, am Kummer zugrunde zu gehen.

Und sie hatte versagt.

Aber dann hatte sie das Finanzwesen entdeckt und begriffen, dass es einen anderen Weg bot, Veränderungen zu bewirken – einen besseren vielleicht, wenigstens für sie. Wenn sie schon nicht als Ärztin helfen konnte, dann konnte sie wenigstens eine Möglichkeit finden, die kostspieligen Medikamente zu finanzieren.

Zwei Jahre später hatte sie mit einem MBA ihren ersten Job angetreten, bereit, die Welt zu ändern. Sie zog sich gut an, richtete sich ihr Büro nett ein und bewirkte jeden Tag etwas Gutes, ohne sich jemals dem Schmerz auszusetzen, der unweigerlich kam, wenn man persönlich mit Patienten zu tun hatte. Es war perfekt.

Aber jetzt stand sie hier und fragte sich nach zwei Wochen auf einer Station voller Patienten, ob sie vielleicht die ganze Zeit auf dem falschen Dampfer gewesen war. Jetzt, da sie Joshua Mackenzie kannte, fragte sie sich ernsthaft, ob sie je wirklich gewusst hatte, wie es in ihrem Herzen aussah.

Wind kam auf und wehte ihr die Haare ins Gesicht. Joshua schob sie ihr sanft hinters Ohr zurück.

Delaney schloss die Augen und riss sich zusammen, um nicht unter seiner Berührung dahinzuschmelzen.

»Es tut mir leid, dass ich nicht angerufen habe, Delaney. Es tut mir leid, dass ich nicht den Anstand hatte, dich anzuhören. Und es tut mir furchtbar leid, dass ich auf jemanden wie Kevin McConnell hereingefallen bin, der mir Dinge eingeredet hat, von denen ich wusste, dass sie nicht wahr sein können.«

»Ich habe dich nie belogen, Joshua.«

»Das weiß ich. Das wusste ich. Ich … wusste nur nicht, dass ich es wusste.« Er fuhr sich durch die Haare. »Das ergibt keinen Sinn.«

»Doch.« Sie atmete tief durch. »Tut mir leid, dass ich dich verletzt habe. Ich habe dir genau das vorgeworfen, was ich an dir bewundere. Das war gemein.«

»Es war ehrlich. Du warst einfach vollkommen ehrlich.« Er schüttelte den Kopf und blickte über die Bäume. »Und du hattest Angst, nehme ich an.«

Sie gab keine Antwort.

»Ich wollte dir nie Angst machen, Delaney.«

»Das weiß ich«, flüsterte sie. »Es ist nicht deine Schuld.«

»Was meinst du? Besteht irgendeine Chance, dass wir das Gespräch vom Dienstag wiederaufnehmen und ... ich weiß nicht ... wieder eine gemeinsame Basis finden?«

Sie wollte Ja sagen – das wollte sie mehr als alles andere auf der Welt, aber wenn sie es tat, dann stünden sie wieder an der gleichen Stelle wie zuvor. Sie wusste nicht, wie ihr Leben in einem Jahr aussehen würde, aber sie wusste, dass sie sich, um den nächsten Schritt zu gehen, aus den richtigen Gründen dafür entscheiden musste – und nicht, weil es für jemand anderen bequem war.

»Das weiß ich nicht, Joshua. Zum Teil – und es ist ein großer Teil – möchte ich einfach in deine Arme sinken, dich küssen und das Wochenende mit dir in Millies Hütte verbringen. Aber zum anderen Teil denke ich: Jetzt mach mal halblang, Schätzchen. Bleib mal realistisch.« Sie seufzte. »Und aus den Gründen, die ich an dem Abend genannt habe, glaube ich einfach nicht, dass es auf lange Sicht mit uns klappen würde.« Sie seufzte erneut. »Ich versuche immer, mich in einen Apotheker zu verlieben oder einen Lehrer – einen Verkäufer im Baumarkt meinetwegen. Ich suche jemanden, der arbeitet, um zu leben, nicht jemanden, der lebt, um zu arbeiten.«

Er grinste schief. »Ich kann ganz gut mit dem Hammer umgehen.«

Lachend zeigte sie auf seinen Daumen, der noch immer blau war von seinen katastrophalen Versuchen, das Baumhaus abzubauen. »Die Beweise sprechen gegen dich, Doc.«

Er hob die Hand und fuhr ihren Kiefer entlang, und sie konnte nicht anders, als sich an seine Finger zu schmiegen und die Augen zu schließen. Es fühlte sich einfach so … wunderbar an.

»Ich werde vielleicht nie jemand mit einem geregelten Arbeitstag sein, Delaney. Aber ich könnte darauf hinwirken, dass ich keine Nächte mehr durcharbeite, wenn du möchtest.«

Sie lächelte. »Das sagst du jetzt – und ich weiß es zu schätzen –, aber realistisch ist das nicht. Du bist im Krankenhaus, ehe es hell ist, und du gehst nicht, bevor es dunkel wird, es sei denn, du wirst im Avery-Haus gebraucht.«

»Vielleicht hatte ich aber auch nur noch keinen Grund, morgens länger im Bett zu bleiben.« Er zog die Brauen hoch, und ihr wurde warm im Unterleib. »Vielleicht hatte ich noch nie einen guten Grund, abends nach Hause zu kommen. Im Augenblick erwartet mich nur ein großes, einsames Haus, das voller Erinnerungen steckt.«

Er hob die Schultern. »Es sind gute Erinnerungen, aber nichts weiter. Ich habe einmal geglaubt, ich könnte mir nie vorstellen, dass jemand dieses Haus mit mir teilt – und dieses Leben. Aber ich habe mich geirrt. Völlig. Wusstest du, dass ich die ganze Woche nicht in meinem Bett schlafen konnte?«

»Wieso nicht?«

»Weil es nach dir riecht – deinem Shampoo, deiner Lotion … einfach nach dir.« Er streichelte ihren Kiefer mit dem Daumen. »Und zu denken, dass ich dich verloren habe, ehe ich dich wirklich hatte, bringt mich um.«

»Also, ich hatte gar keine Schlafschwierigkeiten«, log sie.

»Blödsinn.« Er berührte sie sanft an der Wange. »Charlotte bräuchte dich nur einmal anzusehen und würde sofort eine Make-up-Crew zusammenrufen, damit die dunklen Ringe unter deinen Augen verschwinden.«

»Ach, Joshua.« Sie lehnte sich an ihn. »Was haben wir nur getan?«

»Bin mir ziemlich sicher, dass ich davon schon gehört habe, aber ich wusste wohl nicht, wie es sich anfühlt.« Lächelnd legte er den Arm um sie. »Ich weiß nicht, wie es dir geht, aber ich habe die vergangenen drei Nächte wach gelegen und mir gewünscht, du wärest bei mir. Und so etwas habe ich vorher noch nie erlebt.«

»Ich auch nicht«, gestand sie flüsternd. Sie fühlte sich, als öffnete sie damit eine große Wunde, und hoffte, dass er kein Salz hineinstreute.

»Ich weiß, es ist noch zu früh, um zu sagen, dass ich dich liebe, denn vor einem Monat habe ich dich nicht einmal gekannt. So etwas soll ja unmöglich sein. So funktioniert das nicht. Außerdem habe ich eine Heidenangst, dass du mich wirklich runterstößt, wenn ich so etwas Irrsinniges sage.«

Er atmete tief durch. »Aber ich habe es von allen Seiten betrachtet und finde keine andere Erklärung. Ich vermisse dich. Ich ertrage es nicht, ohne dich zu sein. Zwei Tage lang bin ich wie betäubt rumgelaufen und habe versucht herauszufinden, was zum Teufel in mir vorgeht ... was mit meinem Verstand los ist, mit meinen Gefühlen. Mir ist, als wollte ich alles an mir ändern, was dir nicht gefällt ... weil ich sonst sterbe, Delaney.« Er nahm ihre Hände, und sie ließ es zu. »Liebling, du hast mir einen Vorgeschmack auf den Himmel geschenkt, und ich möchte mich niemals mit weniger zufriedengeben. Wenn das keine Liebe ist, dann weiß ich nicht, was Liebe sein soll.«

Delaney blickte zum See und versuchte, ihren Puls zu bremsen, der es locker mit einem Hasen aufnehmen konnte. »Ich wollte mich auf keinen Fall, nie und nimmer in einen Arzt verlieben.«

»Verständlich. Wir sind schon ein armseliger Haufen.« Er

führte ihre Hand an seine Lippen und küsste nacheinander jeden Finger. »Kann ich dich vielleicht irgendwie überzeugen, dass ich anders bin als die anderen?«

Sie versuchte verzweifelt, trotz seiner süßen, wunderbaren Worte hart zu bleiben. »Ich weiß es nicht.«

»Kann ich es wenigstens versuchen?«

Sie sah ihm forschend in die Augen, zog die Hand zurück und sah zu den Bäumen. Er neigte fragend den Kopf zur Seite.

»So einfach ist das nicht.«

»Das ... das weiß ich. Ich mache mir keine Illusionen.«

»Joshua, ich bin in einem großen Haus mit einem großen Schwimmbecken und einem großen Kinderzimmer und einer Tonne Spielzeug aufgewachsen, aber darauf hätte ich sofort verzichtet, wenn mein Dad zum Abendessen zu Hause gewesen wäre und mir eine Gutenachtgeschichte vorgelesen hätte.« Sie blickte ihn an. »Auf keinen Fall will ich meinen eigenen Kindern so ein Leben zumuten.«

»Das weiß ich. Und damit solltest du dich auch niemals begnügen. Ich kann hier nicht stehen und behaupten, dass sich alles sofort ändern wird – denn das geschieht nicht, und du würdest es mir sowieso nicht glauben. Aber ich kann dir versprechen, dass du in mir den Wunsch weckst, dass es sich ändert.« Er küsste sie sanft. »Du weckst in mir das Gefühl, dass ich mich ändern *muss*, und das ist das beste Gefühl, das ich je gekannt habe.«

Er strich ihr die Haare aus dem Gesicht und hielt sie fest wie etwas sehr Zerbrechliches. »Gibst du mir eine Chance, Delaney? Darf ich dir beweisen, dass ich dich so liebe, wie du es verdienst?«

Sie sah ihn lange an, und die Vernunft drängte sie, Nein zu sagen. Ihr Herz drängte sie, die Arme um ihn zu schlingen und Ja zu sagen.

»Kizilla«, sagte sie schließlich.

Er nickte, und ein trauriges Lächeln ersetzte das hoffnungsvolle.

»Vielleicht.«

35

»Hast du schon Pläne fürs Abendessen?« Zwei Tage später steckte Joshua den Kopf in Delaneys Büro. In seinem dunkelgrünen Hemd mit Krawatte sah er zum Anbeißen aus.

Zwei Tage lang hatte sie seine Anrufe ignoriert. Zwei Tage lang hatte sie seine Nachrichten nicht abgehört. Zwei Tage lang hatte sie ein Ausweich-Spielchen getrieben, das ihr – zu ihrem Entzücken und zu ihrer Bestürzung – verraten hatte, was sie wissen musste.

Sie war dummerweise und wider Willen vollkommen in den Mann verliebt.

Sie wusste nur noch nicht, wie sie damit umgehen sollte.

»Ich muss leider arbeiten.« Sie zeigte auf ihren Bildschirm, der voller Dateien war. Sie war gerade dabei, einen ersten Vorschlag zu verfassen, wie die Kinderstation Oscars großzügige Spende am besten nutzen konnte.

»Könnte das Wort *Bellinis* dich eventuell umstimmen?«

»Du kämpfst mit schmutzigen Tricks, Mister.«

Er lächelte. »Weiß ich.«

Sie sah auf die Uhr. »Wieso gehst du denn schon? Wir haben erst sechs.«

»Ich übe meinen neuen, verbesserten Lebensstil mit neu geordneten Prioritäten.«

Sie lachte. »Ich verstehe.«

»Schon komisch.« Er setzte sich auf ihren Besucherstuhl. »Als ich sagte, dass ich gehe, interessierte es niemanden so richtig. Nur Millie hat mich praktisch in den Aufzug geschoben.«

»Vielleicht freut sie sich, dass du einen normalen Arbeitstag einhältst?«

Er zuckte mit den Schultern. »Oder sie ist meinen Anblick leid. Wie auch immer, ich würde dich gern zum Essen ausführen, wenn du mich lässt.«

»Macht Mama B. heute Abend Hähnchen-Makkaroni?«

»Für dich ja.«

Vier Stunden später war Delaney von dem köstlichen Essen gesättigt. Sie nahm Joshuas Hand, während er den Waldweg zum Fels über dem Echo Lake entlangfuhr. Wieder war es dunkel, aber diesmal fand sie Trost in der Abgeschiedenheit, die die Wälder boten, während sie auf der Lichtung parkten. Er kam auf ihre Seite des Geländewagens und hob sie heraus, küsste sie und bedeckte ihr die Augen mit der Hand.

»Nicht gucken. Ich habe eine Überraschung.«

Er zog sie ein paar Schritte mit sich, dann ließ er sie los. Sie hörte ihn ein Streichholz anreißen, und als sie die Augen öffnete, fachte Joshua ein kleines Lagerfeuer mitten auf der Lichtung an.

»Warst du … vorher schon hier?« Im heller werdenden Feuerschein entdeckte sie ein Zelt und eine Kühlbox. Ihr Herz schlug schneller. Hoffte er, die Nacht mit ihr hier am See zu verbringen?

Es überraschte sie fast, dass sie damit vollkommen einverstanden war.

»Ja. Aber auch wenn alles für die romantischste Nacht vorbereitet ist, die hier je verbracht wurde, sollst du dich nicht gedrängt fühlen zu bleiben.«

Sie lächelte über seinen ernsten und dennoch heiteren Ton. »Verstanden.«

»Im Zelt sind zwei Klappstühle, wenn du sie holen willst.« Er sah vom Feuer auf. »Und in der Kühlbox sind Donuts.«

Sie lachte laut auf. »Du hast Donuts geholt?«

»Megan hat mir vorgeworfen, ich hätte dir die Lust auf Donuts verdorben. Sie klang ernst. Ich weiß, ich habe einiges wiedergutzumachen.«

Sie lachte wieder, bückte sich ins Zelt und holte die beiden Klappstühle heraus. Während er Holz nachlegte, stellte Delaney sie vor dem Feuer auf. Sie setzte sich, und als sie an den Flammen vorbei auf das mondbeschienene Wasser hinunterblickte, überkam sie ein Gefühl des Friedens.

»Ich habe Neuigkeiten.« Er setzte sich neben sie.

»Ich bin gespannt.«

»Ich habe mich entschieden, weniger Stunden im Mercy zu arbeiten.«

»Wirklich?« Erschrocken drehte sie ihm den Kopf zu.

»Es wird Zeit.« Er stocherte im Feuer. »Ich brauche einen Lebensinhalt.«

In Delaneys Brust breitete sich ein warmes Glücksgefühl aus. Dem folgte jedoch rasch ein scharfes Schuldgefühl. Tat er das nur ihretwegen?

»Du tust das nicht für jemand anderen, oder? Denn wenn du es nicht für dich selbst tust, wirst du die Entscheidung irgendwann verdammen – und diesen Jemand auch.«

Er schüttelte den Kopf. »Ich tue es für mich. Es war höchste Zeit, dass ich mein Leben neu bewerte, und nach sorgfältiger Analyse kam ich zu dem Schluss, dass ich als einsamer alter Mann sterben könnte.«

»Was?« Sie stieß ein Lachen hervor.

»Es stimmt«, bekräftigte er schulterzuckend. »Ich könnte hundert Stunden pro Woche im Krankenhaus arbeiten, und noch fünfzig im Avery-Haus draufsetzen, und am Ende ginge ich in einem großen leeren Haus in Rente – ohne jemandem außer mir darin. Das möchte ich nicht.«

»Was möchtest du denn?«, fragte sie leise und voller Hoffnung.

»Dich«, sagte er genauso leise und nahm ihre Hand. »Ich weiß, es ist verrückt. Ich bin dir erst vor ein paar Wochen begegnet, aber es kommt mir vor, als würde ich dich schon mein ganzes Leben kennen.«

Delaney blinzelte. Sie kämpfte mit den Tränen und wagte es nicht, etwas zu sagen.

Er verflocht seine Finger mit ihren. »Was ich will, das bist du, Delaney. Ich will dich in meinem Leben, und ich will dich auf dem dritten Stock, wo du Arbeit leistest, die dir am Herzen liegt, und ... ich will dich ... in meinem Bett.«

Er holte tief Luft. »Und wenn wir nun schon alles herauslassen, kann ich noch sagen, dass du vielleicht die beste Finanzanalystin bist, die das Mercy je hatte. Allerdings muss ich ständig daran denken, wie du mit den Kindern auf meiner Station umgegangen bist – und ich frage mich, ob du im Krankenhaus nicht vielleicht eher auf einer anderen Stelle am richtigen Platz wärst.« Er warf einen Zweig ins Feuer. »Ich würde dich so nicht einsetzen, wenn ich im Mercy die Personalentscheidungen treffen würde, zum Teufel mit deinem MBA.«

»Wo würdest du mich einsetzen?«

»In der Kinderabteilung, weil ich glaube, dass du dort wirklich hingehörst.«

»Wow.« Ihre Stimme war ganz leise.

»Ich weiß, du bist qualifiziert, eines Tages Finanzchefin zu werden, wenn du das möchtest. Aber soll ich ehrlich sein?« Er drückte ihre Hand. »Dein Herz ist auf dem sechsten Stock verschwendet, Delaney.«

Sie zog die Nase kraus und schüttelte den Kopf. »Das weiß ich nicht. Mein Herz ist da oben vielleicht sicherer.«

»Vielleicht«, räumte er ein. »Wahrscheinlich. Aber ist es glücklich? Wenn du abends nach Hause gehst, denkst du dann an die Charlottes und Kayas und Ians dieser Welt?«

»Nein.«

Genau deshalb ist mein Herz dort sicherer.

Er seufzte. »An manchen Tagen tut es richtig weh. Ich will dich nicht belügen. Sich diesen Kindern zu öffnen erfordert Mut, denn manchmal … manchmal brechen sie einem das Herz.« Er sah sie ruhig an. »Aber sie können Leuten nur das Herz brechen, weil sie es vorher so viel größer gemacht haben.«

Delaney atmete rasselnd ein und kniff die Augen fest zu. »Ich … habe auch Neuigkeiten.«

Seine Augen wurden groß. »Aha?«

»Auf die Gefahr hin, zugeben zu müssen, dass du recht hast: Ich habe entschieden, mich im Herbst für einige Kurse einzuschreiben. Nichts Kühnes, keine großen Entschlüsse vorerst, aber ich dachte, vielleicht ist es Zeit zu schauen, ob du vielleicht … ob du vielleicht recht hast. Es sind nur Grundkurse, aber ich bräuchte sie für einen Abschluss als Sozialpädagogin, sollte ich irgendwann entscheiden, dass es vielleicht der Job ist, den ich wirklich machen will.«

Sie sah zu, wie ein Lächeln langsam sein ganzes Gesicht eroberte. »Ehrlich? *Ehrlich?*«

»Ja, ehrlich.« Sie berührte seine Wange und ließ die Finger auf dem Dreitagebart ruhen, der sich auf ihrem Körper so köstlich angefühlt hatte. »Und ich habe dir zu danken, dass du mir die Augen geöffnet hast. Von selbst wäre ich nie darauf gekommen.«

Er schüttelte den Kopf. »Du hattest es die ganze Zeit in

dir. Aber nur damit du es weißt: Ich kann dir nicht jeden Tag einen Geiselnehmer bieten. Manchmal ist die Kinderstation auch stinklangweilig. Kommst du damit zurecht?«

Sie stemmte sich vom Stuhl hoch, rutschte auf seinen Schoß und lehnte sich an seine Schulter, als er die Arme fest um sie schlang. »Ich bin mir ziemlich sicher, dass das Leben mit dir nie langweilig ist, Dr. Mackenzie.«

Er vergrub seine Nase an ihrem Hals und küsste sie sanft, knabberte an ihrem Ohrläppchen und flüsterte: »Heißt das, du ziehst eines Tages in Erwägung, dein Leben mit mir zu verbringen?«

»Na, dafür ist es noch etwas früh.« Sie keuchte, als seine Hände an ihr hochwanderten. »Aber du argumentierst sehr überzeugend.«

Während er sie küsste, bewegte er die Lippen und Finger im Einklang, und ihr wurde noch heißer im Schein der Flammen. Dann hielt er inne. »Wir wären ein Traumteam, weißt du das?«

»Ich glaube, das sind wir schon, Joshua.« Lächelnd stand sie auf und zog ihn mit ins Zelt.

36

Zehn Wochen später saß Delaney in der Nische des Bellinis, in der sie schon bei ihrem ersten Abendessen mit Joshua gesessen hatte. Diesmal jedoch zitterten ihre Hände nicht, die Haare waren zu einem lässigen Pferdeschwanz gebunden, und sie hatte noch den Krankenhauskittel an, da sie am Nachmittag im dritten Stock ausgeholfen hatte. Zum Teufel mit Mama B.s Keine-Kittel-Regel.

Joshua saß ihr gegenüber. Er wirkte belustigt.

»Was ist so komisch?«, fragte sie.

»Nichts. Ich habe nur überlegt, was für ein Glück ich habe.«

»Mhm. Klar.«

Er zog die Brauen hoch. »Gut. Ich habe mich gefragt, was du unter dem unschuldig wirkenden Kittel wohl so trägst.«

»Tja, bis du das rausfindest, dauert es noch ein bisschen.« Sie blickte lächelnd auf ihr Handy. »Ethan und Josie sind spät dran.«

»Wie wäre es mit einer Andeutung?«

»Knallrosa Spitze. Aber nicht viel davon.«

Er stöhnte und schob die Hand unter dem Tisch an ihrem Oberschenkel hoch. »Wenn sie in fünf Minuten nicht hier sind, würde ich sagen, bestellen wir unser Essen zum Mitnehmen.«

»Abgemacht.«

Genau in dem Moment kam Molly mit zwei Tellern und setzte sie behutsam auf den Tisch. »Josie und Ethan stecken im Park fest – irgendein Fahrgeschäft hat eine Macke. Sie sagen, ihr sollt schon mal ohne sie essen.«

»Danke, Molly. Es sieht wie immer köstlich aus.« Delaney wickelte ihr Besteck aus. »Hast du Zeit, dich zu uns zu setzen und mitzuessen?«

»Heute Abend nicht.« Delaney glaubte zu sehen, dass sie Joshua zublinzelte. »Ihr müsst euch wohl schon selbst die Zeit vertreiben, würde ich sagen.«

Joshua drückte Delaneys Knie. »Wir tun unser Bestes.«

Eine halbe Stunde später kam Molly zurück, um ihre Teller abzuräumen. »Wie wäre es mit Dessert? Mama hat Tiramisu gemacht.«

Delaney stöhnte auf. »Ich bekomme keinen Bissen mehr runter.«

»Tiramisu, Delaney.« Molly wackelte mit den Augenbrauen.

»Okay.« Sie lächelte. »Aber nur, weil ich Mama B. nicht beleidigen möchte.«

»Josh?« Molly wandte sich ihm zu. »Ich nehme an, du nimmst auch eine Portion?«

»Absolut. Ich muss ja schritthalten.«

»Kaffee?«

»Ja.« Er nickte und sah Delaney vorsichtig an. »Mit drei Päckchen Kaffeesahne, bitte.«

»Sehr gern!« Grinsend kehrte Molly zur Küche zurück.

Delaney sah ihr nach und merkte, wie sie die Stirn runzelte. »Wieso freut sie sich so wegen der Sahne?«

»Ich weiß es wirklich nicht. Vielleicht ist sie froh, den Tisch freizubekommen für Leute, die freigiebiger mit dem Trinkgeld sind.«

»Augenblick mal.« Bei Delaney regte sich eine Erinnerung. An ein anderes Abendessen, wo es auch um Kaffeesahne gegangen war, aber es fiel ihr gerade nicht ein.

Ehe sie es sich zusammenreimen konnte, war Molly wieder am Tisch, zwei Portionen Tiramisu in der Hand. Sie stellte sie mit uncharakteristischer Sorgfalt ab und hielt inne, dann machte sie schwungvoll kehrt und ging zur Küche zurück.

»Was ist denn heute Abend mit ihr los?« Delaney nahm ihre Gabel. »Sie ist beschwingter als sonst, und das will etwas heißen.«

»Keine Ahnung. Vielleicht klappt es endlich mit der italienischen Dating-Seite, und sie hat nachher noch ein heißes Rendezvous.« Er zeigte auf ihr Dessert. »Nur zu. Probier es.«

Delaney sah auf ihr Tiramisu, das heute Abend mit Schokoflocken dekoriert war. Im schummrigen Licht des Pubs funkelte ihr Dessert geradezu.

Moment.

Das Dessert funkelte wirklich.

Sie senkte den Kopf, um das Phänomen genauer zu betrachten, und machte große Augen, als sie Joshua wieder anblickte.

»Ach du je. Joshua, sie hat mir das falsche Dessert gebracht! Da ist ein Verlobungsring drin!« Sie sah sich hektisch um und versuchte, einen nervös Bräutigam in spe zu entdecken, der besorgt zusah, wie seine Freundin ihr Tiramisu aß. »Wink mal Molly!«

Joshua regte sich nicht – er lächelte nur und schüttelte langsam den Kopf.

»Im Ernst, guck doch!« Sie drehte den Teller, damit er den Ring sehen konnte, der – sie musste es zugeben – todschick war. Wenn sie sich eines Tages einen Ring aussuchen würde, dann auf jeden Fall einen wie diesen.

Er griff nach dem Ring, und sie schlug ihm leicht auf die Hand. »Fass ihn nicht an! Guck doch nur, wie vorsichtig Mama B. ihn in die Schokoflocken gebettet hat. Das dürfen wir nicht ruinieren.« Sie sah sich um, aber Molly war nirgendwo zu sehen. »Oh Gott, Joshua. Irgendein armer Kerl sitzt hier im Restaurant und fragt sich, wohin sein Ring verschwunden ist. Ich bringe den Teller in die Küche.«

»Delaney.« Er legte ihr eine Hand auf den Arm und hielt sie auf.

»Was denn?« Sie sah ihn an, und plötzlich, endlich, dämmerte es ihr.

Sie blickte auf den Ring, sah ihn an, schaute wieder auf den Ring.

»Auf keinen Fall.« Sie schüttelte den Kopf. »Der ist nicht für mich.«

»Na ja, das musst du schon selbst entscheiden. Ich schätze, so läuft das eben.«

»Joshua?« Delaney spürte Tränen in den Augen. Machte er ihr wirklich einen Heiratsantrag? Nach nur drei Monaten?

Er nahm ihre Hände und strich ihr mit den Daumen über die Finger, während er ihr in die Augen sah. »Ich weiß, das ist verrückt. Völliger Irrsinn. Abgefahren. In mancher Hinsicht kommt es mir vor, als würden wir uns kaum kennen. Trotzdem ist es, als wärst du mein ganzes Leben schon ein Teil von mir gewesen. Ich werde dich eines Tages heiraten, das weiß ich mit absoluter Sicherheit. Allerdings kann es noch lange dauern, bis *du* dir genauso sicher bist. Deshalb frage ich, und du kannst mir die Antwort geben, die du mir geben musst.«

»Ach du lieber Gott«, flüsterte Delaney. Sie sah ihn nur noch verschwommen, weil sich die Tränen in ihren Augen sammelten.

»Delaney Blair, jetzt, wo ich weiß, wie es ist, wenn du ein Teil meines Lebens bist, möchte ich auf keinen Fall wissen, wie es ist, wenn du *nicht* dazugehörst. Ich möchte mit dir auf dem Sugar Maple Drive wohnen, in einem großen alten Haus, das wir mit allem füllen können, was dir gefällt. Ich möchte sonntags mit dir im Bett frühstücken, ich möchte Freunden absagen, weil wir zu Hause bleiben wollen, ich möchte ein neues Baumhaus bauen … eines Tages. Ich möchte mit dir alt werden, in der Schaukel auf der großen Veranda sitzen und jeden Morgen Kaffee und Donuts frühstücken.«

Er verstummte, und sie blinzelte heftig, damit ihr die Tränen nicht die Wangen hinunterliefen. Zu spät.

Mit den Daumen strich er ihr die Tränen von den Wangen. »Ich möchte dich heiraten, Delaney. Wirst du mich eines Tages, wenn du sicher bist, dass ich deiner würdig bin, vielleicht heiraten?«

Er lächelte, und ihre Kehle war plötzlich wie zugeschnürt, sodass sie nicht reden konnte.

Nach ein paar Sekunden neigte er den Kopf. »Eine Antwort deinerseits wäre jetzt wirklich toll. Ich will's nur sagen. Du machst mich gerade ziemlich fertig.«

Sie holte zittrig Luft und deutete auf den Ring. »Ich dachte wirklich, der wäre für jemand anderen.«

»Ich weiß.« Er ließ ihre Hände los, zog den Ring aus dem Nachtisch und reichte ihn ihr. »Ist er nicht. Ich habe ihn selbst ausgesucht. Ehrenwort.«

Sie lächelte. »Ich würde dich liebend gern heiraten, Joshua. Heute Abend noch, wenn wir könnten. Aber morgen wäre auch schön.«

Er lachte sein tiefes, raues, hinreißendes Lachen, das sie so liebte, stand vom Tisch auf, zog sie in seine Arme und steckte ihr den Ring auf den Finger.

»Hat sie Ja gesagt?« Molly erschien am Rand von Delaneys Blickfeld. Sie wischte sich die Augen. »Meine Güte, ich habe das dahinten kaum ausgehalten!«

Delaney streckte den Ring vor, aber Molly winkte ab und nahm sie in die Arme. »Den hab ich schon gesehen.

Was meinst du, wer ihm geholfen hat, ihn auszusuchen?« Sie wandte sich der Küche zu. »Josie! Ethan! Sie hat Ja gesagt.«

Wie aus dem Nichts jubelte das gesamte Restaurant, und als sie sich umblickte, begriff Delaney, dass sie so gut wie jeden Anwesenden kannte. Josie kam aus der Küche gelaufen, schlang die Arme um Joshua und um Delaney, als sie an den Tisch kam, und Ethan folgte nur einen Schritt dahinter. Er schüttelte Joshua die Hand und klopfte ihm auf den Rücken.

Dann wandte er sich Delaney zu und zog sie an sich. »Willkommen in der Familie, Delaney.«

Er drehte sich wieder zu Joshua, und überall ringsum spürte Delaney eine Woge des Glücks und der Liebe, als sich fast alle Gäste erhoben und zu ihnen kamen, um zu gratulieren.

Vor einigen Monaten noch hatte sie sich in dieser Stadt, in der jeder jeden kannte, wie eine Fremde gefühlt. Und jetzt?

Jetzt … hatte sie eine Familie.

Eine Stunde später, mit einem Glas – wirklich nur einem – von Papis Höllenpunsch intus, lehnte sich Delaney an Joshua. Er legte von hinten die Arme um sie und zog sie eng an sich.

»Bist du glücklich?«, flüsterte er ihr ins Ohr.

Sie drehte sich zu und nahm sein Gesicht in beide Hände. »Ich bin nie glücklicher gewesen.«

»Hast du es wirklich ernst gemeint, als du sagtest, dass du mich morgen heiraten möchtest?«

»Ja.«

»Ich habe nämlich Kontakte.« Er zwinkerte. »Es ließe sich einrichten.«

Sie lachte. »Meine Mutter bekäme einen Anfall. Und sie würde glauben, ich wäre schwanger.«

»Na …« Er fuhr ihr verlockend die Arme entlang. »Eines Tages bist du es hoffentlich.«

»Ja, das hoffe ich auch.«

»Aber wenn du warten könntest, bis ich gelernt habe, mit einem Hammer umzugehen, wäre es besser. Das Baumhaus ist nicht kindersicher, und wir bräuchten Schaukelpferde und Schaukeln und …«

Delaney legte ihm einen Finger auf die Lippen, um ihn zum Schweigen zu bringen. »Es passiert, wenn es passieren soll, ob wir bereit sind oder nicht.«

»So wie bei uns?«

»Genau wie bei uns, und das sollte dir – vermutlich – Angst machen.« Sie verschränkte die Finger hinter seinem Nacken und küsste ihn sanft. »Aber keine Sorge. *Ich* kann mit einem Hammer umgehen.«

Epilog

»Wessen Idee war es eigentlich, ausgerechnet am Valentinstag zu heiraten?« Delaney tigerte von Fenster zu Fenster und sah zu, wie sich auf dem Sugar Maple Drive der Schnee türmte.

Megan lächelte. »Deine.«

»Bist du sicher?«

»Jep.«

»Und wer hatte die Idee mit dem Schneesturm?«

»Das weiß ich auch nicht genau. Tut mir leid.« Megan deutete auf die Tür. »Willst du dein Kleid anziehen?«

Delaney rang mit den Tränen, als die Schneeflocken sich verdichteten. »Niemand wird kommen können.«

»Delaney, wir sind in Vermont. Wer irgendwie hier herkommen kann, der kommt auch.«

»Die Straßen sind nicht mal geräumt. Sie kommen damit nicht nach. Wir sollen mehr als siebzig Zentimeter Schnee bekommen!«

Megan nickte ruhig. »Das ist viel Schnee. Da gebe ich dir recht.«

Delaney atmete tief durch und umarmte Megan fest. »Ich bin froh, dass du über Nacht geblieben bist. Ich könnte mir nicht vorstellen, hier draußen ohne dich zu heiraten.«

»Ich wäre notfalls mit Skiern gekommen.« Megan lächelte. »Und Ethan und Josie sind mit Joshua unten. Es ist eine kleine, intime Hochzeit – genau das Richtige für euch beide.«

An der Tür zum Flur klopfte es zaghaft. Megan öffnete. Draußen stand Delaneys Mutter in einem pastellfarbenen

Brautmutterkleid, das jeder gesellschaftlichen Prüfung standgehalten hätte, wären tatsächlich irgendwelche Gäste zur Feier durchgekommen.

»Du hast es geschafft!« Mit großen Augen winkte Delaney sie herein. »Wie?«

»Ethan und Josie haben uns abgeholt.« Ihre Mom stand unsicher in der Tür, und Delaney musste an sich halten, als ihrer Mutter die Tränen in die Augen traten. Jetzt ging es los. Wieder ein Heulanfall, schon wieder eine wichtige Station im Leben, die Parker nicht erlebte.

Ihre Mom atmete tief durch, straffte die Schultern und kämpfte gegen die Tränen an. »Du siehst wunderschön aus, mein Herz.«

Delaney erstarrte, als sie das Kosewort hörte. Sie warf einen Seitenblick auf Megan, die vorsichtig mit den Schultern zuckte.

»Danke.«

»Ich ... äh ... ich habe eine Kleinigkeit mitgebracht.« Ihre Mom griff mit zittrigen Fingern in die Handtasche und zog eine kleine Schmuckschatulle hervor. Sie machte drei zögernde Schritte auf Delaney zu und reichte sie ihr.

»Mom?« Delaney machte große Augen. Sie kannte die Schatulle – sie hatte sogar einen festen Klaps auf die Hand bekommen, als sie es einmal gewagt hatte, sie nach Parkers Tod zu öffnen.

»Das ist der Ring deiner Großmutter.«

»Ich weiß«, flüsterte sie, während sie die Schatulle öffnete. Auf dem Samt lag der Weißgoldring, besetzt mit Saphiren und Brillanten. »Aber den sollte doch Parker bekommen – damit er ihn eines Tages seiner Braut gibt.«

»Nun ...« Ihre Mom atmete noch einmal ein und langsam wieder aus. »Wir finden, du sollst ihn haben, Delaney. Deine

Großmutter wäre so stolz auf die Frau, die du geworden bist. Sie würde wollen, dass du ihn bekommst.«

»Und Dad?« Immerhin war es der Ring seiner Mutter.

»Dein Vater wollte ihn dir gestern Abend beim Probeessen geben, fürchtete aber, er würde plappern wie ein Kleinkind.«

Delaney lachte überrascht auf, dann schaute sie ernst auf den Ring. »Seid ihr euch sicher?«

»Ganz sicher.« Ihre Mom nahm den Ring aus der Schatulle und steckte ihn auf Delaneys rechten Ringfinger. Sie hob ihn ins Licht, das durch das Fenster fiel, und lächelte – ein echtes Lächeln, ein aufrichtiges Lächeln … wie Delaney es bei ihr seit Ewigkeiten nicht gesehen hatte.

»Also.« Sie hob die pastellfarbene Handtasche. »Hast du diesen Kram mit etwas Blauem, etwas Geborgtem erledigt?«

Delaney nickte, und diesmal war sie es, die gegen die Tränen anblinzelte. Sie nahm ihre Mom bei der Hand und führte sie zum Tisch unter dem Fenster, wo Megan die Blumensträuße hingestellt hatte. Unter den weißen Rosen und Stechpalmen des Brautbuketts hatte Delaney die Stängel mit einem Stoffstreifen umwickelt, den sie vor langer Zeit aus einer Schublade in Parkers Zimmer stibitzt hatte.

Ihre Mom schlug die Hand vor den Mund, als sie es sah. Dann streckte sie zögernd den Finger aus, um den mit Kipplastern bedruckten Stoff zu berühren, und endlich rannen ihr die Tränen über die Wangen. »Perfekt.«

Delaneys Hals fühlte sich wie zugeschnürt an. »Ich weiß, dass es schwer ist. Es tut mir so leid, dass er nie zu seiner eigenen Hochzeit gehen wird. Es tut mir leid, dass er nicht zu meiner kommt.«

Im nächsten Moment öffnete ihre Mutter die Arme und zog Delaney fest an sich. »Du bist nicht diejenige, der es leidtun sollte, Liebes. Du hast alles richtig gemacht. Und ich …

ich werde von jetzt an sehr hart daran arbeiten, dass ich es … besser mache. Heute ist ein glücklicher Anlass, ein Neuanfang für dich … vielleicht für uns alle. Es tut mir so leid, dass ich so oft nicht für dich da war.«

Delaney löste sich von ihr und wollte Einwände erheben, aber ihre Mom legte ihr einen Finger auf die Lippen und brachte sie zum Schweigen. »Mir ist es gelungen, dir jeden besonderen Anlass zu zerreden, den du bisher hattest, und heute werde ich das ganz bestimmt nicht tun. Heute ist dein großer Tag. Er wird wunderschön und perfekt, dafür werden Megan und ich sorgen. Stimmt's, Megan?«

Megan lächelte, als sie Delaneys Schulter berührte. »Auf jeden Fall, Mrs. Blair.«

Delaney umarmte sie beide, ließ aber los, als sie vor dem Fenster ein seltsames Summen hörte. »Was ist denn das?«

Megan und sie zogen die Spitzengardinen beiseite, und Delaney schlug sich die Hand vor den Mund und lachte laut los. Auf dem Sugar Maple Drive sah sie eine lange Kette von Schneemobilen, die eins nach dem anderen herankrochen. Als sie den Hügel überquerten, winkten Ethan und Josie sie in die Zufahrt und dirigierten sie auf den Rasen. Zehn Minuten später war der ganze Rasen mit Schneemobilen zugeparkt, und Delaney hörte eine große Menschenmenge unten im Wohnzimmer.

Megan umarmte sie. »Überraschung!«

»Du wusstest Bescheid?«

»Hast du wirklich geglaubt, jemand lässt sich das entgehen? Jetzt komm. Ziehen wir dir dein Wahnsinnskleid an! Schließlich steht uns eine Hochzeit bevor.«

Drei Stunden später öffnete Delaney die Hintertür und zog sich einen langen Mantel über das Hochzeitskleid. Joshua war auf der Veranda, die jemand vor weniger als einer Stunde freigeschaufelt hatte – und trotzdem lag der Schnee schon wieder über fünf Zentimeter hoch.

Als er hörte, wie die Tür zufiel, drehte er sich um. Sie sah, wie seine Augen bei ihrem Anblick aufleuchteten, und sie lächelte. Er zog sie eng an sich und drückte ihr einen Kuss auf die Nase. »Hallo, meine wunderbare Frau.«

»Was machst du hier draußen?« Sie blickte auf den Hof, der jetzt einer Mondlandschaft glich – nur Schneewehen, die alle zuvor erkennbaren Gegenstände bedeckten.

»Nur einen Moment Pause. Ich denke an meine Eltern. Wünschte, sie wären hier, hoffe, sie wären … stolz.«

Delaney nahm sein Gesicht in beide Hände. »Das sollten sie sein, Joshua. Ich bin sicher, sie sind irgendwo da oben, stoßen mit himmlischem Champagner an und sind glücklich, weil du glücklich bist.«

»Meinst du?« Er lächelte. »Mom liebte einen guten Schneesturm, weißt du. Vielleicht hat sie die Hand im Spiel.«

Delaney lachte. »Das weiß man nie.« Sie hob das Gesicht in die fallenden Schneeflocken und ließ sie auf ihren Wangen landen. »Ich denke, deine Eltern wären so … so froh zu wissen, dass du dein Glück gefunden hast … und die Liebe … und dass eines Tages das Haus, das sie so geliebt haben, wieder von Lachen und Durcheinander und trappelnden kleinen Füßchen erfüllt sein wird.«

»Ich kann es nicht erwarten.« Er küsste sie langsam und verlangend, und einen Augenblick lang wünschte sie sich, sie könnten sich einfach nach oben schleichen, ohne auf die Gäste Rücksicht zu nehmen.

Sie löste sich nur eine Winzigkeit von ihm. »Wusstest du, dass das Krankenhaus neun Monate nach so einem Schneesturm mehr Schwestern für die Wöchnerinnenstation einteilt?«

»Wirklich?«

»Offenbar neigen die Menschen dazu, mehr zu ... schlafen, wenn draußen ein Blizzard tobt.«

Joshua lachte leise und zog ihr Gesicht an seine Brust.

»Und neun Monate später: Kleine Füßchen?«

»Genau.«

Er wiegte nachdenklich den Kopf. »Also ... wenn sie ja sowieso schon eingeteilt sind ...«

Sie lächelte. »Es ist ganz offiziell ein Blizzard. Jeden Moment kann der Strom ausfallen. Was soll ein frischverheiratetes Paar dann tun?«

Er löste sich und suchte ihren Blick. »Sagst du wirklich, was ... du da sagst?«

Sie nickte, sicherer, als sie sich je gewesen war. »Wirklich.«

Dann zog sie seine Hand an ihr Herz, und die Wärme seiner Finger strahlte durch ihren ganzen Körper. »Ich habe dir mein Herz geschenkt, Joshua. Weil du mir beigebracht hast, dass es nur größer wird, wenn man etwas davon hergibt. Wenn wir das Glück haben, Kinder zu bekommen, dann werden sie etwas von deinem und etwas von meinem Herzen haben, eine wunderbare Mischung. Was könnte magischer sein als das?«

»Nichts.« Er zog sie an sich und küsste sie, während ringsum die Schneeflocken fielen. »Nichts könnte magischer sein als das.«

Dank

Küss mich, Doc! ist der dritte Band in der Echo-Lake-Reihe, und ich freue mich unsäglich, dass ich in den vergangenen zwei Jahren in dieser zauberhaften kleinen Stadt »leben« konnte. Durch die Hilfe einiger besonderer Menschen ist mein Traum wahr geworden, und ich bin ihnen dafür ungeheuer dankbar:

Courtney Miller-Callihan, meiner lieben, großartigen Agentin – 2016 hatten wir unseren fünften Jahrestag, und ich könnte nicht dankbarer sein, dass ein kleines Manuskript aus der Schublade uns zusammengebracht hat.

Holly Ingraham, meiner fantastischen Lektorin – vielen, vielen Dank, dass du Schwung in die Echo Lake-Reihe gebracht hast! Es ist mir eine große Ehre, dass du mir geholfen hast!

Lizzie Poteet, einer ganz besonderen Lektorin für Notfälle – enormen Dank, dass sie eingesprungen ist, als Hometeam-Holly ein sofortiges Quartett wurde. Es war ein Vergnügen, mit dir zu arbeiten!

Jennifer Brodie, meiner kritischen Partnerin und Freundin – kein Wort ist groß genug, um dir für alles zu danken, was du tust! Eines Tages machen wir das mit dem weißen Sandstrand … und bleiben einen ganzen Monat.

Der Millie, Therese und Kenderly aus dem wirklichen Leben – den superlieben, großzügigen Mitgliedern meines Außenteams. Ich hoffe, ihr mögt die Figuren, die ihr in diesem Buch geworden seid. Und auch den übrigen – danke für eure

Energie und Unterstützung! Ich kann mich glücklich schätzen, euch zu haben!

Den Bartlett Bunnys – anfangs Plotter, dann Freunde fürs Leben.

Und natürlich meiner Familie. Ich liebe euch unbeschreiblich.

Würden Sie Ihrer ersten großen Liebe eine zweite Chance geben?

Maggie McGinnis
ECHO LAKE - ZWEIMAL HEISST FÜR IMMER
Roman
Aus dem amerikanischen Englisch von Angela Koonen
ISBN 978-3-404-17949-7

Josie ist Expertin für gebrochene Herzen und Seelen in Not. Sie ist Therapeutin und kann jedem helfen – nur sich selbst nicht. Auch nach Jahren in der Ferne kommt sie nur ungern in ihren Heimatort Echo Lake zurück. Während die Besucher im Freizeitpark ihrer Familie unvergesslich schöne Stunden verleben, verbindet Josie mit ihm den Verlust eines geliebten Menschen. Für sie steht fest: Sie wird schnellstmöglich wieder abreisen. Doch dann trifft sie auf Ethan, ihre erste große Liebe. Den Mann, den sie einst zurückließ ...

Auftakt der neuen Liebesroman-Reihe aus Vermont – zum Wegträumen schön!

In der Liebe zählt jeder Moment

Renée Carlino
DIESER EINE AUGENBLICK
Roman
Aus dem amerikanischen Englisch von
Frauke MeierFrauke Meier
320 Seiten
ISBN 978-3 431-04132-3

Als Charlotte auf Adam trifft, ist es, als würden sie sich schon ewig kennen. Sie verbringen eine wunderbare Nacht zusammen, am nächsten Morgen jedoch ist er wie verwandelt und zeigt ihr die kalte Schulter. Aber Charlotte kann den mysteriösen Fremden nicht vergessen, der ihr in nur einer Nacht das Herz gebrochen hat. Sie macht sich auf die Suche nach ihm, um endlich Klarheit zu bekommen. Doch sie ahnt nicht, dass Adam ein Geheimnis hat, das ihr Leben für immer verändern wird.

Dieses Buch müssen Sie einfach lesen. Einhundert Prozent Gefühle, vom Anfang bis zum Ende. USA TODAY

Bastei Lübbe